Elizabeth Buchan
Rosen für die zweite Frau

SERIE PIPER

Zu diesem Buch

Von der ewigen Geliebten zur zweiten Ehefrau: In Mintys Leben hat sich einiges geändert, seit Nathan sich von Rose hat scheiden lassen und stattdessen sie geheiratet hat. Doch der Spagat zwischen ihrem Beruf in einer kleinen TV-Produktionsfirma und dem Familienalltag mit den sechsjährigen Zwillingssöhnen fordert all ihre Kräfte, und nicht selten befürchtet Minty, in einer Sackgasse gelandet zu sein. Währenddessen hat Rose sich als erfolgreiche Reisejournalistin etabliert – ihr Leben ist aufregender als je zuvor. Und sie scheint noch immer ein gutes Verhältnis zu ihrem Exmann zu haben, was Mintys Eifersucht weckt. Doch ein unerwartetes Ereignis zwingt die beiden Frauen, näher zusammenzurücken ... Eine unwiderstehliche Geschichte über Liebe und Trauer, Hoffnung und Eifersucht und über die neuen Chancen, die das Leben immer bereithält.

Elizabeth Buchan lebt mit ihrem Mann und zwei Kindern in London. Sie arbeitete mehrere Jahre in der Verlagsbranche und schrieb eine Beatrix-Potter-Biographie für Kinder sowie bislang neun Romane für Erwachsene. Auf deutsch erschienen unter anderem »Die Rache der reifen Frau«, »Das kann's doch nicht gewesen sein«, »Im Zwiespalt des Lebens«, »Ein gewisses Alter« und »Rosen für die zweite Frau«. Weiteres zur Autorin: www.elizabethbuchan.com

Elizabeth Buchan

Rosen für die zweite Frau

Roman

Aus dem Englischen von
Karin Dufner

Piper München Zürich

Von Elizabeth Buchan liegen bei Piper im Taschenbuch vor:
Das kann's doch nicht gewesen sein
Die Rache der reifen Frau
Im Zwiespalt des Lebens
Ein gewisses Alter
Rosen für die zweite Frau

Für Marika

Deutsche Erstausgabe
Februar 2008
© 2006 Elizabeth Buchan
Titel der englischen Originalausgabe:
»The Second Wife«, Michael Joseph / Penguin Books, London 2006
© der deutschsprachigen Ausgabe:
2008 Piper Verlag GmbH, München
Umschlag: Büro Hamburg, Heike Dehning, Stefanie Levers
Bildredaktion: Alke Bücking, Charlotte Wippermann, Daniel Barthmann
Umschlagabbildung: Thomas Rolly
Autorenfoto: Charles Shearn
Satz: Filmsatz Schröter, München
Papier: Munken Print von Arctic Paper Munkedals AB, Schweden
Druck und Bindung: Clausen & Bosse, Leck
Printed in Germany   ISBN 978-3-492-25032-0

www.piper.de

*Nun wenden wir uns ein wenig ausführlicher
dem Überlebenskampf zu.*

Charles Darwin, Die Entstehung der Arten

Wie es anfing

Am Tag meiner Hochzeit trug ich einen weiten Rock aus roter Seide und dazu einen schwarzen Blazer, um zu verbergen, dass ich schon in der zehnten Woche war. Lange stand ich in meinem winzigen Schlafzimmer vor dem Spiegel, zupfte an meinem Rock herum, verkünstelte mich an meinem Make-up und wünschte, ich könnte hochhackige Schuhe anziehen. Doch wegen der Schwangerschaft taten mir die Füße weh. Vermutlich brauchte ich diese Zeit, um mich an meinen zukünftigen Status als »Mrs. Lloyd« zu gewöhnen. Der Spiegel zeigte mir, wie meine Lippen diesen Namen formten – doch natürlich sah ich nur eine Verzerrung, denn für mich las es sich eher wie »die zweite Mrs. Lloyd«.

Nathan rief ein Taxi, und wir fuhren zum Standesamt. Er hatte seinen dunkelgrauen Büroanzug an, und sein Haar war ziemlich kurz geschnitten, was mir nicht gefiel, denn er wirkte mit dieser Frisur irgendwie unreif und so gar nicht wie der gewandte Weltmann, den ich so schätzte. Außerdem hatte er abgenommen und machte einen unterernährten Eindruck.

»Du könntest ein bisschen glücklicher dreinschauen«, sagte ich über die Mittellehne hinweg.

Seine Miene erhellte sich. »Entschuldige, Liebling, ich habe gerade an etwas anderes gedacht.«

Ich beobachtete einen Radfahrer, der sich todesmutig durch den Verkehr schlängelte. »Wir sind unterwegs zu unserer Hochzeit, und du denkst an etwas anderes?«

»Hey.« Nathan nahm meine Hand, die ständig heiß war – auch eine Nebenwirkung der Schwangerschaft. »Kein Grund zur Sorge, Ehrenwort.«

Obwohl ich ihm glaubte, wollte ich auf Nummer sicher gehen. »Heute ist unser ganz besonderer Tag.«

Er schenkte mir ein Lächeln, das männliche Überlegenheit ausstrahlte. »Alles bestens. Und ich schwöre, dass ich von jetzt an nur noch an dich denken werde.«

Ich kniff ihn in den Arm. »Hoppla, was für eine Überraschung! Der Bräutigam denkt tatsächlich an die Braut.«

Nathan hatte die Gäste – insgesamt acht – ausdrücklich gebeten, nicht in Festtagskleidung zu erscheinen. Kein Tamtam, hatte er gesagt. Kein Theater. Ihm war viel daran gelegen, kein großes Aufhebens um diesen Tag zu machen. »Du verstehst das doch?«, hatte er mich mehr als einmal gefragt, was mich ziemlich ärgerte. Doch dass ich schwanger und arbeitslos war, schwächte meine Verhandlungsposition.

Als wir ankamen, starrte Nathan wie gebannt auf den hässlichen Behördenklotz. Der Warteraum drinnen bestach durch eine Wandvertäfelung aus Kunststoff mit geschmacklosem Golddekor und einer Bodenvase voller staubiger Plastikblumen in schauderhaften Rosa- und Blautönen.

Während wir bereits eintraten, kam Paige hinter uns hergehastet. Damals arbeitete sie noch in der Bank und trug ein beiges Kostüm mit einer weißen Bluse. Sie hatte einen Schmutzfleck am Kragen. »Du siehst toll aus, Minty.« Sie wuchtete die von Papieren überquellende Aktentasche von einer Hand in die andere. »Es hieß ja, wir brauchen uns nicht in Schale zu werfen. Ich komme gerade aus einer Sitzung …«

»Ja …«

Sie sah mich forschend an. »Oh, mein Gott, du wolltest eigentlich doch, dass ich mich fein mache.«

Ich konnte nichts weiter, als sie stumm und verständnislos anzustarren. Denn, ja, ich gestehe, genau das hatte ich gewollt: Paige in ihrem besten Alexander-McQueen-Outfit und mit einem Hut, der die Bedeutung des gesellschaftlichen Anlasses geradezu herausschrie. Schließlich hatte ich genug durchgemacht und verzehrte mich nun nach Seide und Tüll, blitzenden Brillanten im Ohr, Champagnerprickeln, dem Duft teurer Blumen, großen Gefühlen und einem Knistern in der Luft. Ich hoffte, dass die Gäste in einem Moment gemeinsamer Größe und selbstloser

Güte vereint wären, mit der Sehnsucht, selbst noch einmal von vorne anfangen zu können.

Paige verzog finster das Gesicht. »Wo sind denn deine Blumen, Minty?«

»Ich habe keine.«

»Aha«, sagte Paige, was man ihr nicht verdenken konnte. »Moment mal.« Sie drückte mir ihre Aktentasche in die Hand und eilte hinaus.

Nathan winkte mich in die Ecke hinüber, wo seine Kinder Poppy und Sam mit ihren Ehepartnern Richard und Jilly standen und sich mit Peter und Carolyne Shaker unterhielten. Poppy trug Schwarz, und die hochschwangere Jilly hatte ein Jeanskleid an, das dringend gebügelt werden musste. Nur Carolyne hatte sich mit ihrem leuchtend roten Kleid und ihrer weißen Jacke Mühe gegeben.

Sam wich meinem Blick aus. »Hallo, Minty.«

Jilly legte sich etwas mehr ins Zeug und küsste mich flüchtig auf die Wange. Ihr langes, seidiges Haar, das mein Gesicht streifte, roch nach Shampoo und anderen guten Sachen. »Wie fühlst du dich?«, flüsterte sie verschwörerisch, von einer Schwangeren zur anderen.

»Gut. Es ist kaum ein Unterschied – abgesehen von heißen Händen und dass die Füße wehtun.«

Sie musterte mich. »Man sieht es dir kaum an, du Glückliche.«

Das war keineswegs ein ernst gemeintes Kompliment, denn der herausgestreckte Bauch und sämtliche anderen Kurven ihres Körpers kündeten von ihrem Glück, dass ihre Fruchtbarkeit für jedermann sichtbar war. Sie lehnte sich an Sam. »Warte nur, schmerzende Füße sind erst der Anfang«, meinte sie selbstzufrieden.

Paige kam wieder hereingehastet. »Hier ist dein Strauß, Minty. Er ist zwar scheußlich, aber er muss genügen.« Sie drückte mir ein paar rote Rosen, wie ausgebeutete Einwanderer sie an Straßenecken verhökern, in die Hand. Die Blüten waren noch fest geschlossen, die Blumen selbst halb tot.

Der Standesbeamte räusperte sich. »Können wir anfangen?«

»Die Folie«, zischte Paige.

Ich riss sie ab, knüllte sie zusammen und ließ sie auf dem Tisch liegen.

»Oh, Minty«, sagte Nathan. »Ich habe deine Blumen ganz vergessen.«

Später im Restaurant, wo Nathan einen Tisch zum Mittagessen reserviert hatte, gesellte sich Tante Ann, Nathans letzte lebende Verwandte, zu uns. Es war einiges Hin und Her nötig, um Platz für ihren Rollstuhl zu schaffen.

Ich beobachtete die anderen Gäste am Tisch, die mit ihren versteinerten Mienen aussahen, als ob sie die Sache so schnell wie möglich hinter sich bringen wollten. Jilly trank demonstrativ nur Wasser. Sam hatte den Arm um seine Frau gelegt. Poppy redete ohne Punkt und Komma und gestikulierte dabei wild. Ihr thailändischer Schal blitzte golden und scharlachrot. Immer wieder berührte sie Richard an der Schulter oder am Arm, und einmal küsste sie ihn sogar auf die Wange. Mich würdigten die beiden keines Blickes. Man sprach darüber, dass ich in Wirklichkeit Susan hieß, eine Tatsache, die der Standesbeamte ans Licht gebracht hatte. Obwohl ich diesen Namen hasste und mich seit meinem fünfzehnten Lebensjahr nicht mehr so nennen ließ, schwang ich mich nun zu seiner Verteidigerin auf. »Was ist denn so komisch an Susan?«

Jilly und Poppy neigten den Kopf zur Seite. »Minty passt eben viel besser zu dir«, erklärte Jilly.

»Schade, dass du keine Verwandtschaft hier hast«, meinte Sam, während wir Schollenfilet mit Kammmuscheln aßen.

»Mein Vater ist abgehauen, als ich noch ganz klein war, meine Mutter ist tot, und ich habe weder Geschwister noch Cousins und Cousinen.«

»Das tut mir leid.«

»Was man nie hatte, vermisst man auch nicht«, erwiderte ich und fügte dann starrsinnig hinzu: »Es ist nicht so schlimm.«

An dieser Stelle hätte Sam eigentlich »Jetzt sind wir ja deine Familie« sagen können, aber er tat es nicht.

Als ich nach dem Essen zusah, wie Nathan die Rechnung mit seiner Platin-Kreditkarte beglich, dachte ich erleichtert, dass ich mir wenigstens nie mehr Geldsorgen zu machen brauchte. Dann verabschiedete ich mich von Tante Ann. Während ich mich über den Rollstuhl beugte, stieg mir der Geruch von Puder und Staub aus ihrem schwarzen Federhut in die Nase. »Auf Wiedersehen. Vielen Dank, dass du gekommen bist.«

Sie hob eine ausgesprochen magere, mit Altersflecken bedeckte Hand, an denen ein Ehering aus Platin und ein Brillantring klapperten, und tätschelte meine Wange. »So reizend«, murmelte sie. Ich spürte, wie mir Tränen in die Augen stiegen. Es heißt ja, dass Zyniker die wahren Romantiker sind. Ich hatte Nathan geheiratet, ohne dass eines der in solch einem Fall angebrachten Gefühle im Spiel gewesen wäre, und dennoch bedeutete mir Tante Anns Berührung mehr, als ich in Worte fassen konnte.

Poppy wartete ungeduldig. »Tante Ann, wir bringen dich jetzt nach Hause. Ich habe versprochen, dafür zu sorgen, dass du dich nicht überanstrengst.«

Offensichtlich erschöpft und verwirrt, rang Tante Ann nach den richtigen Worten. »Auf Wiedersehen, Rose«, sagte sie.

Kapitel 1

Ich bin zu dem Ergebnis gekommen, dass es klug ist, sich einige feste Regeln zurechtzulegen. Die wichtigsten lauten folgendermaßen:

Regel Nummer eins: Es gibt keine Gerechtigkeit.
Regel Nummer zwei: Ganz egal, was der Mann hofft – auch die zweite Ehefrau hat nicht das *Kamasutra* unter dem Kopfkissen liegen, vermutlich eher Aspirin.
Regel Nummer drei: Beklage dich nie. Das gilt insbesondere dann, wenn du – wie ich – an Regel Nummer eins mitschuldig bist.
Regel Nummer vier: Bei wichtigen Anlässen niemals Leber oder Tofu servieren.

Nathan und ich stritten uns wegen der Gästeliste für unsere Dinnerparty.
»Wozu müssen wir überhaupt eine veranstalten?«, fragte er vom Sofa aus. Es war ein Sonntagnachmittag Anfang November. Nathan fühlte sich nach dem Brathähnchen mit Estragon schläfrig. Auf dem Fußboden waren flächendeckend Zeitungen ausgebreitet, und im Zimmer herrschte eine stickige winterliche Zentralheizungsluft. Die Zwillinge spielten in ihrem Zimmer direkt über uns Flughafen, wobei die Starts und Landungen mit ohrenbetäubendem Gepolter verbunden waren.
Ich erklärte Nathan, dass er sich auf seiner Position bei Vistemax nicht ausruhen könne, ich deshalb bereits eine Liste von einflussreichen Vistemax-Ehepaaren zusammengestellt hätte und es sinnvoll fände, ein paar Freunde dazuzuladen.
Nathan stützte den Kopf auf die Sofalehne und schloss die Augen. Offenbar dachte er über die Kunstgriffe nach, die nötig

sind, um eine Karriere in Gang zu halten. »Das habe ich doch alles schon hinter mir, Minty.«

Er meinte, mit Rose.

Da hatte ich es wieder. Obwohl Nathan Rose, seine erste Frau, meinetwegen verlassen hatte, war seine Ehe mit ihr noch immer die Messlatte. Ferien, Inneneinrichtung, ja, selbst die Auswahl eines neuen Pullovers fanden im düsteren Schatten der Vergangenheit statt. Und noch schlimmer war, dass er sich für die Sünde, die wir in seinen Augen gemeinschaftlich begangen hatten, selbst bestrafte. Es war eine schlechte Angewohnheit, und ich hatte versäumt, sie im Keim zu ersticken. Vergebung war in unserer Ehe Mangelware. Wir hatten sie in den sieben Jahren unserer Beziehung derart oft gebraucht, dass sie inzwischen dünn und brüchig wie der Firnis eines alten Gemäldes war.

Mein Blick ging an der Gestalt auf dem Sofa vorbei, hinaus zu der völlig alltäglichen Szenerie vor dem Haus Lakey Street Nummer sieben. Ruß und Dreck schienen schwer auf den Bäumen zu lasten, und der Gerümpelhaufen vor Mrs. Austens Haus gegenüber wirkte noch deprimierender als sonst. Gespräche wie dieses waren zwischen Nathan und mir mittlerweile alltäglich. Was mich jedoch immer wieder verwunderte, war die Frage, wie ich mich in eine derart fatale Lage hatte hineinmanövrieren können.

Beklag dich nicht. »Was ist mit den Frosts?«

Sue und Jack waren Nathans engste Freunde. Sie waren auch Roses engste Freunde. Allerdings nicht meine, ganz im Gegenteil, denn ich war – wie Sue angeblich mal gesagt hatte – eine Frau, die anderen den Mann ausspannte und Familien zerstörte.

Das konnte ich leider beides nicht abstreiten.

Und deshalb war Nathan häufig bei den nur ein paar Straßen entfernt wohnenden Frosts zum geselligen Beisammensein eingeladen, während ich noch nie einen Fuß über ihre Schwelle gesetzt hatte. Worüber sie sich unterhielten, wusste ich nicht, und ich fragte auch nicht nach. (Manchmal malte ich mir nur so zum Spaß das riesige Fettnäpfchen aus, um das diese engen Freunde bei ihren Plaudereien schleichen mussten.) Stand Nathan nicht zu mir? Doch, natürlich. Und natürlich hatte er auch das Recht, seine alten Freunde zu besuchen. Allerdings war es bis jetzt offenbar niemandem, wirklich *niemandem*, aufgefallen, dass beide Frosts bereits zum zweiten Mal verheiratet waren.

»Glaubst du, sie würden kommen?«

Nathan gab ein Brummen von sich, das wohl »höchst unwahrscheinlich« heißen sollte. Sein Blick wanderte zu dem Bild über dem Kaminsims. Es stellte die Priac Bay in Cornwall dar, stammte von einem örtlichen Künstler und war ziemlich nichtssagend. Aber Nathan gefiel es, und immer wieder ertappte ich ihn dabei, wie er in die türkisfarbenen Meerestiefen am Fuße der Klippen starrte.

»Nein«, sagte er.

Die Aussichten an der Freundefront waren ziemlich düster. »Was ist mit den Lockharts?« Das waren auch Freunde von Nathan und Rose.

Nathan sprang auf und entfernte irgendeinen Fussel von der unteren rechten Ecke des Bildes. »Minty, lass es einfach. Die Lockharts finden nämlich …« Er brauchte den Satz nicht zu beenden.

Ich betrachtete die Gästeliste, die bis jetzt nur Arbeitskollegen umfasste. »Habe ich erwähnt, dass ich Sue Frost letztens beim Einkaufen getroffen und versucht habe, mich mit ihr auszusprechen?«

»Ja, das hat sie mir erzählt«, gestand Nathan. »Allerdings ist sie nicht ins Detail gegangen.«

Ich stellte fest, dass ich zwei dicke Striche quer über meine Liste malte. »Gut, dann werde ich es tun. Ich habe sie gefragt, warum ich bei ihnen nicht willkommen bin, obwohl sie und Jack auch zum zweiten Mal verheiratet sind. Dann wollte ich wissen, wodurch ich mich von ihnen unterscheide.«

Sue Frost war in ihren rosafarbenen Wildledermokassins nervös hin und her getänzelt und hatte mich über einen mit

Gemüse und Putzmitteln beladenen Einkaufswagen hinweg argwöhnisch beäugt. Die Wangen in ihrem hübschen, aber verbiesterten Gesicht hochrot, hatte sie schließlich erwidert: »Ich dachte eigentlich, das läge auf der Hand. Schließlich bin ich nicht diejenige, die meinen ersten Mann verlassen hat. Die Initiative, die Ehe zu beenden, ging nicht von mir aus.«

»Also ...« Nathan steckte die Hände in die Hosentaschen und setzte die undurchdringliche Miene auf, die eigentlich für schwierige Geschäftsbesprechungen reserviert war. »Was hast du geantwortet?«

»Ich habe gesagt, es würde mich interessieren, ihre Sicht der Situation nachzuvollziehen. Sie, Sue, sei also ohne Fehl und Tadel, da ihr erster Mann die Midlife-Crisis bekommen und sich verdrückt habe, während ich als zweite Frau und Begünstigte einer männlichen Midlife-Crisis zu verurteilen sei. Dann habe ich sie gefragt, wie sie die Lage denn beurteilen würde, wenn sie ihren ersten Mann aus dem Haus getrieben hätte.«

Das amüsierte ihn. Sein besorgter Gesichtsausdruck hellte sich auf, und er wirkte wieder wie der gütige und kluge Mann, der er eigentlich war – der Mann, der sich auf die Brust schlug und Gorillageräusche machte, um die Zwillinge zum Lachen zu bringen. Der Mann, dem es vor kurzem gelungen war, den Vorstand von Vistemax dazu zu bewegen, seine Haltung zur Zukunft des Zeitungsgeschäfts zu überdenken. Der Mann, der in beide Rollen schlüpfen konnte.

»Und?«

»Sie ist in die Tiefkühlabteilung geflüchtet.«

Nathan lachte kurz. »Diese Runde geht an dich, Minty.«

»Aber eigentlich hätte mich mehr interessiert, warum *ich* die Familie zerstört habe und nicht du.«

Nathan sah mich unverwandt an. In seinen Augen spiegelte sich die schmerzliche Vergangenheit. »Ich muss mir auch Vorwürfe gefallen lassen, Minty.«

»Nein, musst du nicht. Und genau das ist der springende Punkt.«

Sein Blick wanderte zu dem Gemälde hinüber, als könne er

im Schimmern von Wasser, Fels und Klippen Bestätigung finden.

»Für Sue bist du noch immer mit Rose verheiratet, und daran kann ich nichts ändern. In der komplizierten Hierarchie der Ehemoral bekommt Sue ein ›Weiter so‹, Rose wird heiliggesprochen, und mich nagelt man ans Kreuz.«

Auf einmal wirkte Nathan ganz und gar nicht mehr amüsiert. »Wäre es dir lieber, wenn ich mich nicht mehr mit den Frosts treffen würde?«

In *Die erfolgreiche Beziehung*, einem Ratgeber, den ich aufmerksam studiert habe, heißt es, man müsse seinem Partner Freiraum geben, wenn man ihn an sich binden wolle. Ich halte große Stücke auf Ratgeber, obwohl ich mich in letzter Zeit häufiger frage, ob sie nicht doch eher zur Verwirrung beitragen, indem sie den Leser auf Probleme hinweisen, von denen er bis jetzt nichts geahnt hat. Dennoch hielt ich mich an den Rat von *Die erfolgreiche Beziehung* und erwiderte: »Nathan, ich bestehe darauf, dass du Sue und Jack Frost weiterhin triffst.«

Dann zeigte ich ihm die unfertige Gästeliste: Nathans Chef und seine Frau – Roger und Gisela Gard – und mein Chef und seine Frau – Barry und Lucy Helm. »Wir sind noch nicht weit gekommen.«

Vor meiner Hochzeit mit Nathan hatte ich mir mein Leben ganz anders vorgestellt. Wer träumt denn nicht von einem gemütlichen und harmonischen Heim, in dem sich Freunde und Familie versammeln? »Poppy und Richard einzuladen ist vermutlich vergebliche Liebesmüh. Und Sam und Jilly wohnen zu weit weg.«

Wie immer, wenn Nathan die Namen seiner älteren Kinder hörte, hellte sich seine Stimmung auf. »Poppy ist sehr beschäftigt«, sagte er zögernd, »und ich glaube nicht, dass Sam in der nächsten Zeit nach London kommen wird. Wenn ja, wird er wahrscheinlich ... seine Mutter besuchen wollen.«

Wenn ich meinem wichtigsten Projekt in dieser Ehe einen Namen geben müsste, würde dieser »Die Beseitigung von Rose« lauten. Ich wollte all die täglich sichtbaren Zeichen ihrer Existenz nicht mehr sehen müssen und anschließend so tief graben wie sie damals im Garten, um diese Rose mit Strunk und Stumpf auszumerzen, ihr wucherndes Wurzelwerk zerschlagen, das Nathan und mich zu strangulieren drohte. Sie war überall, daran bestand für mich kein Zweifel. Mein Sieg und ihr Leid gaben ihr Macht.

»Minty …« Nathan konnte es nicht leiden, wenn ich ihn nicht beachtete – was ich oft ausnutzte. »Ich bin auch noch da.«

Ich wandte mich um. »Dann sprich nicht über Rose. Lass es einfach.«

Er kam zu mir herüber und zog mich hoch. »Ich hab nicht dran gedacht.« Er legte mir die Hände auf die Schultern und sah mir in die Augen.

»Wir müssen uns mehr Mühe geben«, murmelte ich. Ein Reflex.

»Natürlich müssen wir das.«

Er roch nach Vetivergras und – ganz leicht – nach Estragon und Knoblauch. Ganz gleich, was sich auch in Nathans Kopf abspielen mochte, es ging mich nur zur Hälfte etwas an. Allerdings geschah es manchmal, dass ich nicht einmal einen winzigen Prozentsatz dieses Gemischs aus Enttäuschung und Erschöpfung ertragen konnte, das vermutlich in ihm brodelte. Ich legte den Kopf in den Nacken und musterte ihn eingehend. Mir fiel auf, dass er sehr blass war. Also griff ich zu einer meiner anderen Waffen und legte ihm die Arme um den Hals. »Komm her.«

Nach einer Weile verstand Nathan, was ich wollte – genau so, wie ich es geplant hatte. »Manchmal, Minty«, er liebkoste meine Finger, »kannst du so süß sein und dann wieder …«

»Dann wieder?«

»Nicht.«

Eigentlich wollte er noch mehr sagen, doch er würde es im Leben nicht über die Lippen bringen, weshalb es sinnlos war, noch mehr Zeit zu vergeuden. Ich legte ihm den Finger auf den Mund. »Pssst.«

Dann wandte ich mich wieder meiner Gästeliste und meinen

eigenen zahlreichen Gedanken zu. Vor allem beschäftigte mich die Frage, warum ich in dieser doch auf den ersten Blick so gottlosen Welt, in der mehr oder weniger alles erlaubt war, derart als Sünderin gebrandmarkt wurde.

Als ich mich später zum Schlafengehen auszog, entdeckte ich auf der Rückseite meiner Haarbürste einen gelben Post-it-Zettel. »Entschuldige«, hatte Nathan darauf geschrieben.

Am Tag der Dinnerparty, morgens um Viertel nach sieben, griff ich zum Telefon, um den Five-Star-Partyservice anzurufen. »Ich wollte nur sichergehen, dass heute Abend alles klappt.«

»Zehn doppelt gebackene Käsesoufflés«, leierte eine Stimme. »Hühnchen mit Ingwer in Soja- und Sherrysauce. Cocktailkirschen in Maraschino, serviert mit einer Pâte-sablée-frangipane-Torte.«

Ich hatte mir überlegt, Speisekarten drucken zu lassen, weil mir die Namen der Gerichte so gefielen. Doch Paige war in dieser Hinsicht unerbittlich gewesen. »Nein. Das ist stillos.«

»Stillos« war zwar ein Urteil, das mich ärgerte, aber ich sagte nichts. Paige war nicht nur meine Nachbarin, sondern auch eine gute Freundin. Außerdem war sie Rose noch nie begegnet, weshalb unsere Beziehung so wunderbar unbelastet war. Paige war in der Welt herumgekommen und in ihren Jahren als Investmentbankerin zu vielen derartigen Dinnerpartys eingeladen worden. Sie nahm mich an die Hand, denn ich brauchte jemanden, der mich sicher an den überall lauernden Fettnäpfchen vorbeimanövrierte. So weit, so gut.

Auch bei meinem Vorschlag, Taftschleifen um die Stuhllehnen zu binden, hatte sich Paiges Daumen gesenkt, obwohl ich fand, dass das der letzte Schrei war. »Der einzige Schrei wird von den Gästen kommen.« Sie lachte brüllend auf. »Mein Gott, du willst doch hier kein Bordell einrichten.«

Ja. Jemand musste mir gesellschaftlichen Schliff beibringen. So viel stand fest.

Obwohl ich eigentlich recht gelehrig war, führte mir der Zwischenfall mit den Taftschleifen vor Augen, dass ich vieles nicht verinnerlicht hatte und noch immer Gefahr lief, in komplizierteren Stil- und Geschmacksfragen danebenzugreifen.

Messer, Gabeln, Weingläser ... Ich kontrollierte den Esstisch, den ich bereits um halb sieben Uhr morgens – das heißt, bevor die Zwillinge aufgestanden waren – gedeckt hatte. Nur die Blumen fehlten noch. Ich hatte die genaue Kopie eines Gestecks bestellt, das ich in der *Vogue* gesehen hatte. Auf der Schwelle stehend, ließ ich einen letzten Blick über die Szenerie schweifen und kam zu dem Ergebnis, dass ich nichts feststellen konnte, was Nathan vielleicht in eine peinliche Lage gebracht hätte. Alles war dazu angetan, seinen Ruhm zu mehren.

Ich machte einen Satz zum Tisch, um ein Messer geradezurücken.

Laut meiner Armbanduhr war es zwanzig nach sieben. Jetzt musste ich mich von den Zwillingen verabschieden, zum Friseur hetzen und anschließend zur Arbeit fahren.

Eve – zweiundzwanzig, Rumänin, keine Bedrohung – badete die Jungen, als ich um Viertel nach sechs nach Hause kam.

Beim Aufmachen ließ die Zugluft das schon lange unbenutzte Katzentürchen in der Hintertür laut vernehmlich auf- und wieder zuknallen. Zum wohl hundertsten Mal verfluchte ich das Ding.

»Mama ist da!«, rief Lucas' schrille Stimme. Ich blieb stehen und wartete.

»Mama ist da!«, wiederholte Felix prompt. Ich war erst richtig angekommen, wenn ich dieses Echo hörte, das bedeutete, dass alles in Ordnung war.

Oben griff ich zuerst nach meiner Duschhaube und setzte sie auf. Schließlich hatte ich nicht so viel Geld beim Friseur ausgegeben, damit mir das Resultat im heißen Wasserdampf wieder zusammenfiel.

Eve hob ihr feuchtes Gesicht. Sie kniete neben der Wanne. »Die zwei sind nicht zu bändigen, Minty.« Tadelnd musterte sie die Duschhaube, aber das war mir egal. Solange Eve ihre Arbeit machte, konnte sie von mir halten, was sie wollte. »Lucas ist heute Nachmittag hingefallen«, sagte sie in ihrem gebrochenen Englisch.

Wie auf ein Stichwort streckte Lucas ein schmutziges Knie aus dem Wasser, damit ich es mir ansehen konnte. Es bestand kein Grund zur Besorgnis. »Ich war tapferer als Superman, Mum.«

»Ganz bestimmt warst du das, Lucas.«

Felix, der über dem Ablauf saß, verzog missbilligend das Gesicht. »Lucas hat geheult.«

»Eve, hast du es desinfiziert?«

Eves knappes Nicken verriet mir, dass sie die Frage für überflüssig hielt. Sie kannte ihre Aufgaben. Lucas stürzte ständig, denn er warf sich ins Leben, als seien Hindernisse – Treppen, Bordsteinkanten und Wände – nur dazu da, um erobert zu werden. Felix war da anders. Er sah sich seine Umwelt gründlich an und plante seine Bewegungen im Voraus.

Die glitschigen Körper der beiden zappelten im Seifenwasser herum, während sie ununterbrochen redeten und mir von ihrem Tag berichteten.

»Du siehst so lustig aus, Mum.« Lucas stupste Felix mit dem Fuß am Bein. »Lustig, lustig.«

»Raus aus der Wanne«, befahl ich. »Eve wartet.«

Eve setzte sich auf den Hocker mit dem Korksitz, worauf Lucas auf das Handtuch kletterte, das sie auf ihrem Schoß ausgebreitet hatte. Sofort wandte sich Felix aufmerksam seinem roten Plastikboot zu und schien mich gar nicht wahrzunehmen. Zögernd nahm ich ein zweites Handtuch und breitete es über meine Hose von Nicole Farhi. »Okay, Felix.« Eine Welle schwappte, als er wie eine Kugel aus der Badewanne schoss. »Pass auf.«

Ohne auf meine Warnung zu achten, schmiegte er den Kopf an meine Schulter und wieherte wie die Ponys in den Büchern, die er so gerne las. »Ich habe Mum.«

Sofort ließ Lucas Eve stehen und versuchte, sich auch auf meinen Schoß zu zwängen. »Hau ab«, wies er seinen Bruder an.

Eve beobachtete mich. Sie hatte die Angewohnheit, mein Verhalten zu bewerten, und glaubte offenbar, dass mir das nicht auffiel. So konnte sie ihren Freundinnen wenigstens etwas erzählen. Vermutlich freute sie sich regelrecht, wenn ich ihre strengen Anforderungen an eine gute Mutter nicht erfüllte, da sie dann mehr Gesprächsstoff hatte.

Aber Eve hatte keine Ahnung.

Nathan und ich hatten die beiden zappelnden Körper geschaffen, die da um einen Platz auf meinem Schoß wetteiferten ... die mageren Arme und Beine, das schrille Gelächter, die Schmerzensschreie und das ständige Einfordern von Wärme und Nähe. Die Kinder waren die logische Folge meiner Sehnsucht nach einem gemütlichen und harmonischen Heim gewesen.

Allerdings konnte selbst Eve spüren, dass dieser Geschichte das Fleisch auf den Knochen fehlte. Sie wusste, dass ich die Bedürftigkeit der Zwillinge nicht ertragen konnte, wenn ich müde oder niedergeschlagen war. Ich konnte mich nicht damit abfinden, wie sie meine Zeit und Kraft beanspruchten und sich ständig in meine Gedanken zu drängen versuchten. Dann machte ich dicht und flüchtete mich in genau geplante Tagesabläufe, auf deren strikte Einhaltung ich pochte. Ich stellte Listen auf und strebte nach Vollkommenheit.

In meinem Schlafzimmer war Ruhe. Ich nahm die Duschhaube ab und betrachtete mein Gesicht und mein Haar im Spiegel: der tägliche Kontrollgang – um in Paiges Worten zu sprechen – entlang der Grenze zwischen einer Ehefrau und Mutter, die noch »ziemlich sexy« war, und einer Frau, die »für ihr Alter noch gut aussah«. Das war ein Unterschied.

Ich ließ mir ein Bad einlaufen. Kurz nach der Geburt der Zwillinge hatte ich ein eigenes Badezimmer für Nathan und mich durchgesetzt, obwohl Nathan dazu sein Ankleidezimmer opfern und eine Wand eingerissen werden musste.

»Aber das geht doch nicht«, hatte sich Nathan entsetzt.

»Warum? Sind Wände etwa heilig?« Es war halb sechs Uhr morgens, und die Zwillinge hatten nicht viel geschlafen. »Wir müssen doch irgendeinen Platz haben, wo wir mal gut riechen.«

Nathan hatte Felix an die Schulter gelegt und setzte sich auf. »Bis jetzt sind wir auch zurechtgekommen.«

Wir. Ich ging nicht auf dieses kleine Wort ein, das so viel Gewicht hatte. Stattdessen beugte ich mich vor, um erst Felix und dann Nathan zu küssen. Die Geste gefiel ihm. »Meinetwegen«, gab er sich geschlagen. »Also ein neues Badezimmer.«

Bald musste er einräumen, dass das Bad phantastisch war – der Marmor, die honiggelben Fliesen aus Travertin, das Funkeln von Spiegeln und Edelstahl, sein eigenes Waschbecken. »Siehst du?«, neckte ich ihn.

»Ich freue mich eben auch über die kleinen Dinge.« Er lächelte.

»In diesem Fall bekommst du von mir viele kleine Dinge, an denen du dich freuen kannst. Teppiche, Gardinen …«

Doch ich hatte es überstürzt, denn das Lächeln verflog sofort. »Wir müssen sparsam sein, Minty. Es ist finanziell ein bisschen eng.«

Ich küsste ihn zärtlich auf den Mund. Ein Judaskuss. »Ich schwöre.«

Vier Jahre hatte ich gebraucht, um durch schrittweise Unterwanderung und das heimliche Einschleppen von Gegenständen das Haus Stück für Stück umzugestalten – hier ein in einem hübschen Gelb gestrichenes Zimmer, dort ein neu bezogener Sessel –, bis aus dem Haus von Nathan und Rose das Haus von Nathan und Minty geworden war.

In den Tagen, als Rose und ich noch Freundinnen waren – sie war meine Chefin in der Literaturabteilung der Wochenendbeilage gewesen –, hatte sie mich immer mit Anekdoten aus ihrem Familienleben unterhalten. Ich sehe sie heute noch vor mir, wie sie, den Kopf über ein Buch oder einen Korrekturabzug gebeugt und eine Kaffeetasse vor die Brust gedrückt, in kleinen Dosen Details ihrer häuslichen Idylle in die von unzähligen anderen Erwägungen flirrende und knisternde Atmosphäre einfließen ließ: Parsley hat eine Maus gefangen. Nathan hat mir eine weiße Bartfadenstaude geschenkt, die ich neben den Lavendel gepflanzt habe. Die Waschmaschine ist ausgelaufen. Ich stellte mir die graue Brühe vor, wie sie über den Küchenboden lief. Das hastige Aufwischen, die Bartfäden, die im Wind schwankten. Ich bekam Kostproben familiärer Wortwechsel mit ihren verschlüsselten Anspielungen und selbstverständlichen Abkürzungen. Poppys Versuch, ihren Bruder zu provozieren: »Du bist echt voll von gestern.« Und Sams schlagfertige Antwort: »Ich bin ja auch älter als du, dumme Kuh.«

Roses in warmen und vertrauten Worten gehaltene Familienporträts erinnerten an die Abbildung auf einer Pralinenschachtel. Damals war mir dieses Idyll fremd gewesen. »Schließlich habe ich keine Familie«, hatte ich zu Rose gesagt. »Und eigentlich stört mich das nicht weiter. Ich will auch keine Kinder. Warum sich diese Last aufbürden?«

Rückblickend betrachtet, hätte ich darauf bestehen müssen, dass sie mir alles erzählt. Doch als ich Rose fragte, lachte sie nur reizend und entschuldigend auf. »Da ist nichts, was man weglassen müsste.«

Wie würde sie wohl heute antworten?

Ich werde es nicht erfahren. Nie mehr werde ich mit ihr ins nächste Café hetzen oder sie auf die Spaziergänge begleiten, die sie so sehr mochte. Nie wieder werde ich zum Telefon greifen und sie nach ihrer Meinung fragen. Nie mehr beobachten, wie sie über einem Bücherstapel sitzt und die Bände so gierig durchblättert wie ein Kind, das man in der Abteilung mit den losen Bonbons sich selbst überlässt.

Zwischen uns erstreckt sich das tiefste und dunkelste Schweigen, vergiftet durch eine Mischung aus Schmerz und Verrat. Und das mit Recht.

Kapitel 2

Die Dinnerparty war ein Erfolg. (Am Kühlschrank hing der Zeitplan: »20.15: Eintreffen der Gäste, 21.00: Essen servieren ...« Ich brauchte Zeitpläne, um meinen Seelenfrieden zu finden.)

Insgesamt waren wir zehn Personen, eine Anzahl, die Einzelgespräche möglich machte, um kein beklommenes Schweigen aufkommen zu lassen. Die letztendliche Gästeliste setzte sich hauptsächlich aus Vistemax-Mitarbeitern zusammen, doch das war angesichts meiner Karriereförderungspläne ja auch nicht unbedingt das Schlechteste.

Die Hurleys erschienen genau elf Minuten nach acht. Als ich aufmachte, schob Martin die im siebten Monat hochschwangere Paige herein. »Ich dachte, du könntest vielleicht ein bisschen moralische Unterstützung gebrauchen«, flüsterte er, während Nathan Paige aus ihrem Mantel schälte. »Außerdem wollte Paige kontrollieren, was du anhast.«

Ich errötete. »Zufrieden?«

Beifällig musterte Martin mein grünes Wickelkleid. »Klar, du siehst spitze aus.« Als er mir aufmunternd den Arm tätschelte, fühlte ich mich, als hätte ich eine Million Dollar gewonnen.

Doch ein wenig später – wir warteten noch auf die Shakers und Barry und Lucy – watschelte Paige zu mir herüber und zischte: »Das Kleid ist zu eng.«

Ich hielt ihr einen Teller mit winzigen Blinis und Kaviar vor den Bauch. »Deins auch. Außerdem, deinem Mann gefällt's.«

»Mein Mann würde Stil nicht mal erkennen, wenn er sich zu ihm auf den Schoß setzt.« Der Blick, den sie ihm zuwarf, war nicht gerade liebevoll. »Pass auf, du Dummerchen. Du denkst noch wie ein Single. Der Erfolg des heutigen Abends hängt

24

nicht von den Männern ab, sondern von den Ehefrauen. Und die haben sich dein Kleid bestimmt schon ganz genau angeschaut. Es betont deine Brustwarzen, und außerdem sieht man, dass du Strumpfhalter trägst.« Sie tippte sich mit dem Finger an die Stirn. »Diese Frau hat vor, mit meinem Mann zu schlafen, werden sie denken. Und auf dem Heimweg im Auto fängt dann die Hetzjagd an. Vergiss nicht, dass Männer auf ihre Frauen hören, auch wenn sie sie nicht ausstehen können.«

»Diese Typen würde ich nicht einmal mit der Kneifzange anfassen.«

»Versuch das mal den Frauen klarzumachen.«

Immer wieder blickte ich zu Nathan hinüber, der am anderen Ende des Tisches saß. In letzter Zeit schmeichelte ihm Kerzenlicht, denn es brachte seine Augen zum Funkeln und verbarg, dass er häufig so blass war. Mir gefiel das. Und ich selbst im Kerzenschein? Eine Frau in einem grünen (um die Brust hastig etwas gelockerten) Kleid, die ein wenig verlegen war, dies aber gekonnt tarnte. Hinter dieser Fassade waren meine Nerven bis zur Erschöpfung gespannt, und immer wieder rupfte eine unsichtbare Hand an ihnen. Ich hob mein Weinglas und wünschte mir, Nathan würde mich über all das Silber und Kristall hinweg ansehen. Ich wollte, dass er Freude an dieser Szene hatte und dass er mit meinem Werk zufrieden war.

Rechts von ihm saß Gisela Gard, Ehefrau von Roger, dem Vorstandsvorsitzenden von Vistemax, deren kleines Schwarzes von Chanel, üppig dekoriert mit dicken Brillanten, von seinem Status zeugte. Roger war fünfundsechzig, Gisela dreiundvierzig. Gerüchten zufolge hatte das Geld sie in seine Höhle gelockt. »Natürlich war es sein Geld«, soll Gisela angeblich dazu gesagt haben. »Was sonst? Aber dafür lasse ich es ihm an nichts fehlen.«

Carolyne Shaker, zu Nathans Linken, war mit Peter verheiratet, einem Kollegen von Nathan. Sie hatte sich für ein königsblaues Kleid entschieden – ein Fehler, ganz gleich, wie man die Sache auch betrachtete –, trug funkelnde goldene Ohrringe und hörte gerade Gisela und Nathan zu. Für gewöhnlich überließ

Carolyne das Reden anderen und trug ihr Schweigen mit einer Miene, die besagte, dass sie ihre Grenzen kannte. Nicht die geringste Andeutung wies darauf hin, dass es sie wurmte, nicht im Rampenlicht zu stehen. Carolyne wusste, wo ihre Stärken lagen – im Haushalt –, und ich hatte von ihr etwas Wichtiges gelernt: Selbsterkenntnis ist der erste Weg zur Besserung.

Nathan sagte etwas zu Gisela und wandte sich dann höflich an Carolyne, die ein wenig schläfrig wirkte. Als er ihr ins Ohr flüsterte, lachte sie.

Peter Shaker, der rechts von Gisela saß, plauderte mit Barrys Frau Lucy. Bei ihrer Ankunft hatte Lucy, die einen eher unkonventionell-bohemienhaften Kleidungsstil pflegte, etwas schüchtern gewirkt, weshalb ich sie gleich mit der zuverlässigen und freundlichen Carolyne bekannt gemacht hatte. Offenbar hatte das gewirkt, denn inzwischen unterhielt Lucy sich angeregt.

»Die Kirschen sind ausgezeichnet.« Roger neben mir tauchte seinen Löffel in den bittersüßen Saft. »Ich mag es, wenn sie noch knackig sind.«

Barry, der auf meiner anderen Seite saß, nickte. Wie ich erwartet hatte, freute er sich über die Gelegenheit, mit einem mächtigen Mann wie Roger zu Abend zu essen, was sich dadurch äußerte, dass er Roger nach dem Mund redete. Roger, der sehr auf seine Ernährung achtete (»Sie sollten hören, was für ein Theater er macht, wenn ich ihm keine getrockneten Hunza-Aprikosen für sein Frühstücksmüsli besorge«, vertraute Gisela mir an), hatte während der gesamten Mahlzeit nur über Essen geredet. Ob ich wisse, dass die besten Kirschen aus einem Tal in Burgund kämen? Oder dass die Japaner inzwischen immer größer würden, weil sie mehr Fleisch zu sich nähmen? So gleichmäßig war sein Redefluss, dass man hätte annehmen können, er spule das Programm automatisch ab – wenn Roger nicht so schlau gewesen wäre, genau das zu verhindern: Rogers Trick bestand darin, sein Gegenüber so mit dem Blick zu fixieren, dass man sich bald in dem Glauben wiegte, man sei der wichtigste Mensch der Welt. Diese Methode funktionierte auch bei mir wunderbar, bis er sagte: »Ich weiß noch, dass es den besten

Lachs bei Zeffano's gab. Damals war Nathan noch mit Rose verheiratet ...«

Eine winzige Pause folgte. Mein Lächeln war wie eingefroren. »Ja, Roger?«

Sofort fing Barrys Radar die verräterischen Spannungswellen auf. »Und weiter?«, meinte er auffordernd zu Roger.

»Es ist zwar schon viele Jahre her, aber ich erinnere mich noch sehr gut an den Lachs«, umschiffte Roger das Minenfeld. »Nathan war nicht so begeistert ... aber wir konnten ihn überzeugen.«

Auf diese Weise in meine Schranken gewiesen, war mir die Freude an diesem Abend gründlich vergällt. Nicht ich saß am Ende der elegant dekorierten und gut bestückten Tafel, sondern Rose. Rose hatte das Blumenarrangement aus der *Vogue* ausgewählt und diese Leute an einem Tisch versammelt. Roses Talent, erhitzte Gemüter zu beschwichtigen, ihre Zuneigung und ihre Anteilnahme waren es, woran sich die Mehrheit der Gäste an meinem Tisch erinnerte.

In so einer Situation ist es zwecklos, sich die Enttäuschung oder die Schwere der Last anmerken zu lassen, die es bedeutet, Ehefrau Nummer zwei zu sein. Ich bevorzuge es deshalb, den Stier bei den Hörnern zu packen und damit zu betonen, wie reif und vernünftig doch alle Beteiligten sind. Also lächelte ich weiter strahlend. »Ist es nicht wundervoll, wie prächtig sich Roses Karriere als Reisejournalistin entwickelt?«

»Ja«, stimmte Roger zu. »Ich habe einen ausgezeichneten Artikel von ihr über China gelesen – ich glaube, es war in der *Financial Times*.«

Barry war amüsiert. Offenbar begann er gerade, die Einzelteile zusammenzusetzen: eine erste Frau – ein junges Luder – Alter schützt vor Torheit nicht etc. Dabei ging er so gründlich vor, dass er seine Geschichte vermutlich bald für die einzig richtige halten würde. »Du bist Nathans zweite Frau?«

»Ja, und habe ich nicht großes Glück gehabt? Nicht die erste, aber eindeutig die letzte.« Die Worte plätscherten mir über die Lippen, und ich sorgte dafür, Barry in meine nächste Bemerkung zu Roger einzubeziehen. »Nathan und ich müssen unbedingt das Tal mit den Kirschen besuchen. Ich werde ihn überreden, mit mir hinzufahren.«

Roger öffnete ein Zigarettenpäckchen. »Darf ich?« Er blies eine Rauchwolke aus. »Wahrscheinlich sind Sie der einzige Mensch auf der Welt, der Nathan zu etwas überreden kann. Manchmal ist es harte Überzeugungsarbeit, bis wir sein Einverständnis haben. Das ist eine seiner Stärken.«

Plötzlich witterte ich Gefahr. »Vistemax hatte ein sehr erfolgreiches Jahr«, erklärte ich Barry. »Sie haben die gesamte Konkurrenz zur Schnecke gemacht.« Ich schob Roger einen Aschenbecher zu. »Sicher sind Sie sehr zufrieden. Also Nathan ist es zumindest.«

Bevor Roger antworten konnte, wurden wir von Geheul an der Tür unterbrochen. Es war Lucas, der in seinem Teddybärpyjama von einem Bein auf das andere sprang. »Ich kann nicht schlafen.«

Die rote Druckstelle an seiner Wange strafte diese Behauptung Lügen. Nathan drehte sich um. »Lukey!« Als er lächelte, stürmte Lucas mit ausgestreckten Armen auf ihn zu. Nathan schob seinen Stuhl zurück, hob ihn hoch und setzte ihn auf seinen Schoß. »Warum bist du nicht im Bett, du unartiger Junge?«

»Unartiger Junge«, stimmte Lucas zu und kuschelte sich an die Schulter seines Vaters. Offenbar rechnete er sich Chancen aus, und zwar nicht unberechtigt, wenn man sich ansah, wie Nathan ihn im Arm hielt.

Das Klappern von Besteck untermalte Lucas' hohe und Nathans tiefe Stimme. Der Plan an der Kühlschranktür sah so etwas nicht vor. Mein Blick wanderte zu Roger, der diese reizende Szene beobachtete, und zwar mit einer Miene, die nicht zwingend etwas Gutes für Nathan verhieß. Daher weht also der Wind, dachte ich mir. So passiert es, dass man plötzlich einem Mann kein Durchsetzungsvermögen mehr zutraut.

Gisela berührte die rote Druckstelle an Lucas' Wange. »Hellwach, was?«

Lucas grinste sie an. Ich stand auf. »Komm, Lucas.«

Aber Lucas hatte nicht vor nachzugeben. Also bückte ich mich und hob ihn hoch. »Nicht ins Bett, nicht ins Bett!«, jammerte er.

Ich flüsterte ihm etwas ins Ohr, worauf Lucas noch lauter kreischte. »Nicht hauen, Mummy!«

»Minty!« Nathan warf die Serviette hin, sprang auf und entriss mir Lucas. »Ich erledige das.«

Er und Lucas verschwanden nach oben, und wir hörten Lucas kichern. Meine Wangen waren hochrot. Roger und ich wechselten einen langen, abschätzenden Blick. »Nathan beteiligt sich ja sehr aktiv an der Kindererziehung«, stellte er fest.

»Ach, so würde ich das nicht sehen«, meinte ich. »Er kümmert sich eben ab und zu, abhängig davon, ob seine Zeit es zulässt.« Ich wechselte das Thema. »Planen Sie in diesem Jahr weitere Veränderungen? Ein neucs Projekt?«

»Leider dürfte ich es Ihnen nicht verraten, selbst wenn es so wäre, Minty.«

Roger genoss seine Geschäftsgeheimnisse. Und warum auch nicht? »Aber natürlich, Roger.« Also forderte ich Barry auf, etwas über die jüngsten Erfolgsprojekte von Paradox Productions zu erzählen. Als ein leicht zerzauster Nathan wieder erschien, stand ich auf (22.45: Kaffee) und schlug vor, ins Wohnzimmer umzuziehen.

Paige schnitt eine Grimasse. Wir hatten erörtert, ob wir den Kaffee am Esstisch oder im Wohnzimmer zu uns nehmen sollten. Ich war in dieser Frage nie ganz sicher. Laut Paige eröffnete man auf diese Weise Gästen, die sich langweilten, eine Möglichkeit, ihrem Tischnachbarn zu entfliehen. Ich hatte ein wenig verschnupft erwidert, dass ich aufkommende Langeweile gar nicht erst zuzulassen gedächte. »Ayez pitié de moi«, flehte Paige, der man die Vergangenheit auf internationalem Parkett noch manchmal anmerkte. »Ich kann mich nicht rühren. In meinem momentanen Zustand würde ich mich lieber totlangweilen als aufzustehen. Außerdem sieht niemand meine Krampfadern, solange ich die Beine unter dem Tisch habe.«

Ich opferte Paige und zeigte Gisela die Gästetoilette im oberen Stockwerk – ein Paradies aus strahlend weißen Handtüchern, Düften von Jo Malone und französischer Seife in Form einer Meerjungfrau.

»Ein sehr hübsches Haus.« Gisela beugte sich vor, um in den Spiegel zu schauen. Ihre Stimme war warm und angenehm, und ich hatte den Eindruck, dass sie mich für eine engere Bekanntschaft ausgewählt hatte.

Ich rückte ein Handtuch zurecht. »Es hat ein wenig Zeit und Überredungskunst gekostet. Nathan hält nicht unbedingt viel von Veränderung.« Mir fiel auf, dass diese Bemerkung in Gegenwart einer Frau, die mit dem Chef des Ehemannes verheiratet ist, nicht besonders schlau war. »In Farbfragen«, fügte ich deshalb hinzu.

»Männer!« Gisela strich ihr Haar glatt. Es war klar, dass sie etwas anderes meinte, denn sie war eindeutig viel zu intelligent, um in die Geschlechterfalle zu tappen. »Nathan wirkt in letzter Zeit ein wenig abgekämpft.« Die manikürten Finger fuhren mit dem Zupfen und Glattstreichen fort. »Fühlt er sich nicht wohl?«

»Er hat sich bei den Zwillingen etwas eingefangen. Sie kennen das ja: Frauen kriegen Schnupfen, Männer haben gleich die Grippe.«

Sie drehte den Kopf, um ihr Profil zu begutachten. »Er sieht wirklich ein bisschen müde aus.«

Vor langer Zeit einmal war ich neunundzwanzig, schlank und geschmeidig gewesen und hatte diesen Umstand ausgenutzt, indem ich enge Oberteile und Stilettopumps aus rosafarbenem Leder trug. Nun warf ich einen verstohlenen Blick auf meine Brust und kontrollierte den Ausschnitt meines Kleides. »Geht uns das nicht allen so?«

Gisela griff nach der Seifennixe. »Sehr hübsch.« Sie stellte sie wieder in die Seifenschale. »Carolyne sollte keine Haarreifen aus Samt tragen. Und Minty ... das Kleid ist wirklich reizend, aber ich frage mich, ob Blau Ihnen nicht vielleicht besser steht.« Giselas charmantes, lockeres Lächeln nahm der Kritik die Schärfe. Sie neigte den Kopf zur Seite und atmete nach-

30

denklich aus.»Es ist nicht leicht, die zweite Frau zu sein … oder die dritte.«

»War es sehr schlimm für Sie?«

Gisela kramte den Lippenstift aus ihrem winzigen Abendtäschchen und trug ihn auf.»Nicholas war sehr alt, und ich musste ihn pflegen. Ich fühlte mich einsam. Seine Kinder hassten mich. Richmond war nicht ganz so alt, und seine Kinder waren nicht ganz so grässlich. Eigentlich mochten wir einander … bis Richmond starb.« Sie schürzte die frisch geschminkten Lippen.»Bei der Testamentseröffnung brach die Hölle los. Damals lebten wir auf dem Anwesen der Familie in Savannah. Also kam ich her und lernte Roger kennen. Und, zack, war alles wieder im Lot.« Obwohl das bei ihr so einfach klang, hätte ich jede Wette abgeschlossen, dass sich das nicht so verhielt.»Verstehen Sie mich nicht falsch, Minty. Ich habe mich für dieses Leben entschieden.«

Ich ließ ihre Geschichte rasch auf meinem inneren Projektor ablaufen. Der Film war ganz eindeutig keine Romanze, sondern eher praktisch und berechnend angelegt. Doch so war das Leben nun mal.»Ich auch.«

Auf dem Weg nach unten überraschte Gisela mich mit einer Frage:»Finden Sie nicht auch, dass wir Realistinnen sind?«

»Meinen Sie damit, dass wir unsere Interessen im Blick behalten?«

Sie hakte mich unter.»Genau das meine ich.«

Ich brachte den Kaffee ins Wohnzimmer, und Martin half mir, alles auf dem Beistelltisch anzuordnen.»Wir brechen bald auf«, sagte er.»Paige braucht ihren Schlaf.« Er war blond mit kräftigen dunklen Augenbrauen, die ihm einen ständig fragenden Gesichtsausdruck verliehen. Bei der leisesten Verärgerung zogen sie sich zusammen und ließen den cholerischen Charakter aufblitzen, der ihm als stellvertretender Vorstandsvorsitzender der Bank, in der er Paige kennengelernt hatte, sicher sehr nützlich war.

»Du bist so lieb zu ihr. Seid ihr beide bereit für den Neuankömmling?«

»Paige schon«, erwiderte er. »Sie hat alles bis zur letzten Wehe organisiert.«

Ich reichte Roger seinen Kaffee, und er trank einen Schluck. »Ausgezeichnet«, sagte er und stellte die Tasse weg. Dann fiel sein Blick auf Barry, der sich inzwischen Gisela geschnappt hatte. »Hatte Nathan etwas dagegen, dass Sie nach der Geburt der Zwillinge wieder arbeiten gegangen sind?«

Dieses Gespräch wollte ich im Moment lieber nicht führen, denn ich dachte gerade über Veränderungen im fraglichen Bereich nach. »Die Zwillinge waren doch schon drei, und außerdem ist es nur Teilzeit ... im Augenblick. Nein, überhaupt nicht.«

»Natürlich nicht«, antwortete Roger. »Diesen Fehler hat er nämlich bei Rose gemacht.«

Ich schlief schlecht. Die Kälte war in mich hineingekrochen, und ich suchte nach wärmenden Gedanken. Ich fühlte mich leer, wie ein Raum, in dem nur der Nachhall längst vergangener Geschichten wabert. Auch wenn ich nicht viel auf das Urteil anderer Menschen gab, musste ich wissen, wo ich hingehörte.

Neben mir schlief Nathan und atmete tief, wenn auch ein wenig angestrengt, der Preis, den man für eine reichhaltige Mahlzeit und guten Wein zahlen muss. Ganz zart berührte ich seine Wange. Er bewegte sich und rückte von mir weg. Ich ließ die Hand wieder sinken.

Gegen halb fünf schlüpfte ich aus dem Bett, ging hinunter in die Küche und kochte mir einen Pfefferminztee. Als ich nach oben zurückkehrte, schaute ich ins Kinderzimmer. Felix lag auf dem Rücken und stieß kleine Japser aus wie ein Welpe. Lucas hatte sich zu einer Kugel zusammengerollt, und ich konnte sehen, wie sich seine Wirbelsäule abzeichnete. So arglos und unschuldig zu schlafen war mir nie vergönnt gewesen.

Die Teetasse in der Hand, ging ich eine Treppe höher. Die Zwillinge bewohnten das ehemalige Gästezimmer. Das neue, das neben dem Zimmer von Eve lag, war viel kleiner und hatte schräge Wände. Der Platz reichte kaum für eine Person, was mir gut gefiel, da ich nur wenig Lust auf Übernachtungsgäste hatte.

Das Bett stand unter der Dachschräge. Darüber hing ein Bild, das weiße Rosen in einer Zinnvase darstellte. Nathan mochte dieses Gemälde besonders, während ich damit ebenso wenig anfangen konnte wie mit dem von der Küste Cornwalls. Ich kam nur selten hierher. Doch seit wir das neue Bad hatten, benutzte Nathan den Schrank zum Aufbewahren seiner Kleider. Ein Stapel gebügelter Hemden lag auf dem Bett. Ich nahm sie und legte sie in den Schrank. Dabei ertasteten meine Finger einen harten Gegenstand zwischen den Hemden. Es war ein Notizbuch, schwarz mit einem Einband aus Pappe und mit einem Gummiband zusammengehalten, das inzwischen vom Gebrauch und Alter ausgeleiert war. Ich entfernte es und schlug das Buch auf. Die linierten Seiten waren mit Nathans unverkennbarer geneigter Linkshänderschrift bedeckt. Aufzeichnungen fürs Büro? Finanzpläne? Nathan ging sehr vorsichtig mit seinem Geld um. Privatangelegenheiten?

Natürlich waren sie privat. Ich legte mich ins Bett, umfasste die Tasse und spürte, wie die Wärme in meine eiskalten Gelenke drang. Nachdem ich den Tee getrunken hatte, nahm ich das Notizbuch und begann zu lesen. Es war eine Art Tagebuch, das kurz nach unserer Hochzeit anfing.

»5. Januar: Minty verärgert ...« Das Ausmaß meines Ärgers war nicht größer als bei den meisten anderen Menschen und die Anlässe dafür ebenso nichtig. Worüber hatte ich mich geärgert? Zugegeben, die Liste wurde zusehends länger. Eheprobleme eben. Nathans Angewohnheit, die Manschettenknöpfe nicht aus den schmutzigen Hemden zu nehmen. Das Kleingeld, das aus seinen Hosentaschen auf den Boden fiel und dann den Staubsauger verstopfte. Seine Unfähigkeit, mir mitzuteilen, was er sich zu Weihnachten und zum Geburtstag wünschte.

Ich blätterte zurück. »17. März: Felix und Lucas geboren. Sie sind wunderschön. Minty hat es gut überstanden ...«

Hatte ich das? Ich hatte die Schwangerschaft und die Geburt gehasst. »Schauen Sie sich Ihre Babys an«, hatte die Hebamme gelockt und mich aufgefordert, die beiden winzigen Frösche im Plastikbrutkasten zu betrachten. Ich erinnere mich, wie sehr mich meine sparsame Reaktion erstaunte. Eigentlich hatte ich mit einem Ansturm leidenschaftlicher Gefühle gerechnet, doch ich empfand nichts, *absolut nichts*, bis auf den scharfen Schmerz meiner Kaiserschnittwunde.

»20. Juli: Die Zwillinge wachsen und gedeihen. Bin erschöpft. Was kann ich tun, um Minty das Leben zu erleichtern?«

Wenn Nathan mich gefragt hätte, hätte ich es ihm gesagt. Er hätte mir bei der Suche nach zärtlichen Gefühlen und körperlicher Sehnsucht nach meinen Babys helfen können, die mir versagt blieben. Das hätte mir das Leben sicherlich leichter gemacht.

Ich blätterte weiter. »6. Juni [vor zwei Jahren]: Ich würde fast alles geben, um den Weg über der Priac Bay entlangzuschlendern, den Geruch von Salz in der Nase und den Wind im Gesicht. Heilsame Einsamkeit.«

Dann las ich: »21. Februar [dieses Jahres]: Von sich selbst enttäuscht zu sein gehört zum Leben, etwas, mit dem man sich abfinden muss.«

Ich blickte vom Notizbuch auf und aus dem Fenster, wo über den Dächern der Stadt gerade der Tag anbrach. Wie sollte ich mit dieser Entdeckung umgehen? Ich bemerkte, dass mich diese intimen Enthüllungen aus Nathans Leben verärgerten, ebenso die Tatsache, dass er uns analysierte wie ein Gerichtsmediziner seine Leichen. Doch obwohl mir klar war, dass ich die Quadratur des Kreises wenigstens versuchen und mir mehr Mühe geben musste, Nathans Gefühlswelt nachzuvollziehen, um ihn zu *verstehen*, fehlte mir die Kraft dazu.

»30. Oktober [dieses Jahres]: Irgendwo habe ich gelesen, dass die meisten Menschen insgeheim traurig sind, und das scheint zu stimmen.«

Mich störte Nathans heimliche Trauer, denn ihre bloße Existenz, belegt durch die Niederschrift, deutete auf eine Wunde und ein Scheitern. Seine Worte waren beredtes Zeugnis unseres

Versagens und der Sinnlosigkeit unseres Bemühens, glücklich zu sein.

Unsere Abmachung hatte folgendermaßen ausgesehen. Ich hatte Nathan kennengelernt und ihn mir geschnappt. Er hatte viel über einen »Neuanfang«, über »Freiheit« und darüber gesprochen, »endlich aus dem Hamsterrad raus zu sein«. Das hatte alles sehr aufregend geklungen. Rose hatte geweint, getrauert und war dann fortgegangen. Sie hatte es mir übertragen, ihr Haus zu führen und Nathan weitere Kinder zu gebären. Und ehe ich mich versah, war das zur wichtigsten Angelegenheit zwischen mir und Nathan geworden. Ich erzog die Kinder und versorgte das Haus – oder war es umgekehrt? Nathan hatte einen schweren Fehler gemacht: Sosehr er auch glaubte, dem Hamsterrad entronnen zu sein, war er doch sofort und freiwillig in das nächste gestiegen.

Ich wollte das Notizbuch zuklappen. Dabei bemerkte ich einen Zettel in der Einstecktasche im hinteren Einband und holte ihn heraus. Es war die professionelle Zeichnung eines kleinen Gartens – laut Plan zehn mal fünfzehn Meter –, und ein Kompass gab an, dass er nach Südwesten ausgerichtet war. Ein Pfeil zeigte auf eine Baumreihe, die das Grundstück teilte: »Olivenspalier«. Weitere Pfeile bezeichneten die anderen Pflanzen: Hopfen, Ficus, Eisenkraut ... Am unteren Rand des Diagramms standen die Wörter: »Höhe. Richtung. Ruhe.« Und oben hatte jemand gekritzelt: »Das ist es. Was hältst du davon? Warum sprichst du nicht mit Minty darüber?«

Es war die Handschrift von Rose.

Unten lag Nathan schlafend auf dem Rücken. Er nuschelte etwas, als ich ins Bett kletterte und ihn in die Arme nahm. »Wach auf, Nathan.«

Nach ein oder zwei Sekunden legte sich sein Protest, und ich bediente mich des Körpers meines Mannes. Ich war so wütend auf ihn wie noch nie zuvor. Meine Wut war so groß wie die Trauer, die insgeheim von ihm Besitz ergriffen hatte.

Kapitel 3

Um Punkt Viertel nach neun marschierte ich – mein nach Mandelshampoo duftendes Haar streifte locker schwingend meine Wangen – die Shepherd's Bush Road entlang. Ich kam an zwei eingerüsteten Pubs vorbei, die früher eine krawallige irische Klientel angezogen hatten, bald aber als Bistro oder Café wiedergeboren werden würden – so wie das frisch renovierte The Green ein paar Häuser weiter. »Yuppies raus aus Shepherds Bush« verkündete ein Graffito an einer Backsteinmauer.

Früher einmal war das alte United Kingdom Provincial Insurance Building genau das gewesen, was der Name versprach, nämlich der Firmensitz einer urbritischen Versicherungsgesellschaft. Inzwischen betrieb die United Kingdom Provincial Insurance ihre Geschäfte ausschließlich von Bombay aus, während das Gebäude sieben Start-up-Unternehmen beherbergte. Die Firmen teilten sich Empfang und Kaffeeküche, und die Mitarbeiter hatten ein gemeinsames Thema für den Small Talk im Treppenhaus: nämlich die zwischen lächerlich und unverschämt schwankenden Mietpreise der jeweiligen Firmen.

Manche Dinge werden sich nie ändern, meist aber, wie ich inzwischen festgestellt hatte, nicht die, von denen man es vermuten würde. Fleckige Kunstfaserteppiche und der Geruch nach Plastik und Papier in einem Büro aber gehörten dazu. Und dennoch hatte mich ein kräftiger Atemzug Büroluft noch nie so glücklich gemacht wie an dem Tag, an dem ich nach drei Jahren mit den Zwillingen zu Hause wieder zur Arbeit kam. In einem Sekundenbruchteil beschleunigte sich mein Pulsschlag von halbkomatös auf lebensfähig. Wenn ich mich recht entsinne, fiel Nathans Reaktion auf meine Begeisterung jedoch ein wenig verhalten aus. Der Arbeitsplatz – er fuchtelte mit dem Zeigefinger, um seine Worte zu untermalen – sei eine schwer überschätzte Sache. Nach seiner Aufregung zu urteilen, hätte man meinen können, dass ich und nicht er fünf Tage die Woche von acht Uhr morgens bis acht Uhr abends schuftete. Kompromisshalber hatte ich mich auf eine Dreitagewoche beschränkt.

Paradox Pictures war eine der vielen kleinen unabhängigen Fernsehproduktionsfirmen, die sich in Shepherd's Bush angesiedelt hatten. »Spottbillige Mieten und ein Katzensprung zur BBC und zu Channel 4«, vertraute Barry, Firmenchef und Geschäftsführer, mir beim mit einem Mittagessen verbundenen Vorstellungsgespräch im Balzac's an. (In meinem Bewerbungsschreiben hatte ich erwähnt, dass wir beide an der Leeds University studiert hatten, der Teil meiner Recherche, dem ich vermutlich das Vorstellungsgespräch verdankte.) Er ließ den Blick durch das vollbesetzte Restaurant schweifen. »Ich würde sagen, der Großteil der BBC ist heute hier an der Futterkrippe. Mich haben sie rausgeschmissen, weil ich ein unartiger Junge war.« Sein etwas verlebtes Gesicht verzog sich wehmütig. »Sie war wirklich sehr schön. Allerdings waren mein Chef und dann auch die damalige Mrs. Helm dagegen, und ich musste mich eine Weile in die Staaten verdrücken, wo ich *Partnerwechsel* gedreht hab. Bei meiner Rückkehr herrschte die Ära Thatcher, und man hatte verfügt, dass die BBC bevorzugt freie Mitarbeiter einsetzen müsse. Ich lernte Lucy kennen. Und da bin ich jetzt.« Er breitete die Hände aus. »Kein unartiger Junge mehr.«

Eine Pause entstand, in der wir Weißwein tranken und das Aussterben der unartigen Jungen – und damit auch der bösen Mädchen – betrauerten. Dann kam Barry auf den Punkt. »Ich brauche Ideen. Je abgefahrener, desto besser. Wir müssen ein jüngeres Publikum ansprechen und interaktiv denken. Und deshalb möchte ich jemanden einstellen, der Leute kennt und Verbindungen hat.«

Mir gefiel es, dass er meine Beziehungen offenbar für nützlich hielt. »Mein Mann«, erklärte ich, »ist Geschäftsführer bei Vistemax. Wir haben häufig Gäste.«

Auch das half mir sehr.

Und so verbrachte ich drei Tage die Woche damit, Journalisten, Autoren und Agenten Honig ums Maul zu schmieren und Jubiläen und große gesellschaftliche Ereignisse im Auge zu behalten. Ich sah fern, hörte Radio und las Bücher, Zeitschriften und Zeitungen. Rasch lernte ich, dass es an Ideen nun wahrlich nicht mangelte, sie lagen sozusagen auf der Straße, aber die Umsetzung stand auf einem ganz anderen Blatt. Ständig waberten irgendwelche Ideen durchs Büro, doch nur wenigen gelang der Weg nach draußen.

»Ich bin stellvertretende Kreativdirektorin bei Paradox Pictures«, erwiderte ich nun, wenn mich jemand nach meinem Beruf fragte. Das war zwar ein ziemlicher Zungenbrecher, aber umso besser. Außerdem klang es auf jeden Fall prestigeträchtiger als »Hausfrau und Mutter von Zwillingen«.

»Morgen«, sagte Syriol, die Empfangssekretärin, die vier Sprachen beherrschte und in ihren Jeans von Sass & Bide und den gestreiften Tennisschuhen ein Bild stromlinienförmiger Lässigkeit abgab. Mit der einen Hand löffelte sie Frühstücksflocken aus einer Schale, mit der anderen sortierte sie die Post. Auf ihrem Bildschirm flackerte der Text des Drehbuchs, an dem sie in ihrer Freizeit schrieb. Es ging – sie war ein sparsam veranlagter Mensch – um den Alltag in einer Fernsehproduktionsfirma.

»Morgen«, gab ich zurück und griff nach dem Stapel Zeitungen, die ich in meinem Büro auf den Schreibtisch fallen ließ, um sie später zu lesen.

Da am Donnerstag die wöchentliche Kreativsitzung stattfand, machte ich mich, mit einer Mappe bewaffnet, auf den Weg ins Konferenzzimmer, ein länglicher Verschlag mit Fenstern und einer Kaffeemaschine, der ein Geruch entstieg, von dem ich Halskratzen bekam. Barry saß schon bereit. Sein weißer Leinenanzug mit schwarzem Hemd zeigte an, dass er heute in Stimmung war, den Geschäftsführer zu geben. Deb, die derzeitige Kreativdirektorin, in Cargohose und Jeansjacke, verfolgte mit ihren Blicken jede seiner Bewegungen.

»Du siehst ein bisschen blass aus.« Barry hob den Kopf von

dem gewaltigen Filofax, das er einem elektronischen Organizer vorzog. Er jammerte zwar ständig, das Ding sei so schwer, dass er davon noch einen Tennisarm bekäme, doch er sei im Grunde seines Herzens nun einmal schrecklich altmodisch.

Ich setzte mich neben Deb. »Das liegt an der Aufregung.«

Barry grinste mir über Debs Kopf hinweg zu. Als Chef war er zwar anspruchsvoll, aber nett und außerdem ein Mensch, der sich nicht von alltäglichem Kleinkram verrückt machen ließ. »Sie schmeißt eine tolle Dinnerparty. Sie ist Ehefrau und Mutter. Sie sieht gut aus. Und sie kann sogar *lesen*.«

Aus diesen Worten schloss ich, dass Barry der Abend gefallen hatte. Und dennoch glaubte ich, hinter diesem Lob gefletschte Zähne aufblitzen zu sehen. Barry verlangte von seinen Mitarbeitern vollen Einsatz.

»Das ist ganz einfach, wenn man weiß, wie es geht, Barry. Frag Lucy«, erwiderte ich, ohne mit der Wimper zu zucken.

Die erste Idee stammte aus einem Buch mit dem Titel *Aussterbende volkstümliche Handwerkskunst*. »Man könnte eine Serie daraus machen.« (Pluspunkt: Für eine Serie ließ sich aus einem Sender mehr Geld herauspressen als für einen Einzelbeitrag.) »Außerdem wäre es eine kulturell wertvolle Dokumentation unter Einbeziehung von Archivbildern.« (Minuspunkt: Wenn Schwarzweißmaterial dabei war, würde der Film vermutlich erst im Spätprogramm ausgestrahlt werden.) Als Beispiel erzählte ich von einer Korbflechterei in den Somerset Levels, wo die Familie Bruton schon seit Generation ihr Wissen von Sohn zu Sohn (merke: nicht an die Töchter) weitergab. Ein Bruton-Korb hielt ein Leben lang, was natürlich nicht besonders förderlich für einen hohen Absatz war, aber schließlich wären da noch die immer beliebter werdenden Särge aus Weidengeflecht. Zu guter Letzt zitierte ich einen anrührenden Ausspruch von John Bruton: »Meine Arbeit ist mein Leben. Beide gehören untrennbar zusammen. Wie diese Landschaft und das Wasser, das die Weiden wachsen lässt.« *Von der Wiege bis zur Bahre* hatte ich mir als Arbeitstitel am Rand notiert.

Barry sprang nicht darauf an. »Klingt ein bisschen nach Drittem Programm. Dafür würden wir vielleicht regionale Fördermittel bekommen, aber keine internationalen Gelder. Gestorben. Sonst noch was?«

»*Frauen zwischen den Kriegen: Eine verlorene Generation.*« Meine Recherchen hatten folgendes ergeben: »Im Jahr 1921 lebten in England und Wales 19 803 022 Frauen, 9,5 Millionen davon im gebärfähigen Alter. Von den 18 082 220 Männern waren weniger als 8,5 Millionen heiratsfähig. Resultat war, dass viele Frauen keine Zukunftschancen hatten und sich überflüssig fühlten, was wiederum zu Depressionen, Selbstzweifeln, Armut und einer hohen Auswanderungsrate führte.« Ich sah Barry an. »Es handelte sich um eine schreckliche kollektive Verlusterfahrung – und zwar des Verlusts von Hoffnungen und Idealen, nicht zu vergessen auch der materiellen Absicherung.«

»Mag sein.« Barry zuckte die Achseln. »Und welcher Sender soll uns das abnehmen?«

»Ben Pryce von *History* plant eine zweiwöchige Sendereihe rund um den Ersten Weltkrieg. Er sagt, ihm gingen allmählich die Nazigeschichten aus und er brauche Material. Allerdings sollten wir uns hauptsächlich auf Channel 4 konzentrieren.«

Barry wies auf Deb. »Hol uns mal 'nen Kaffee.«

Obwohl ich wusste, dass die Idee gestorben war, ließ ich nicht locker. »Eine dieser Frauen, eine gewisse Maud Watson, hat aus Verzweiflung den Katzenschutzbund gegründet.« Ich las ihm ein Zitat von Maud vor: »Ich war eine alte Jungfer und überflüssig, weil es bei mir nie zur Ärztin oder zur Anwältin gereicht hätte. Ich war machtlos dagegen, dass die Männer so dumm waren, sich auf dem Schlachtfeld umbringen zu lassen, aber ich konnte wenigstens die Katzen retten …« Ein Fehler. Ich hätte besser einen bekannten Regisseur, Auslandsverkaufszahlen und Stundensätze erwähnen sollen. Und außerdem ein Mittagessen mit wichtigen Kontaktleuten.

Barry rührte in seinem pechschwarzen Kaffee herum. »Die Hälfte der heutigen Zuschauer hat wahrscheinlich noch nie vom Ersten Weltkrieg gehört.« Er wechselte mit Deb einen Blick, der mich ausschloss.

Barrys Assistentin Gabrielle erschien in der Tür. Ihr Lycraoberteil spannte über den Brüsten, und der Bund ihrer Jeans hing im gefährlichen Terrain zwischen Nabel und Schamhügel. »Barry, los jetzt, hopp hopp!«

Gabrielle biss sich auf die glänzende Lippe, sodass ihre Zähne auf einer rosigen Plattform ruhten, und machte ein wichtiges Gesicht. »Das Meeting«, erklärte sie Barry, als wäre er wieder fünf Jahre alt. »Mit Controller Zwei. Du wirst in fünf Minuten im Restaurant erwartet.«

»Das hatte ich ganz vergessen.« Barry sprang auf. »Deb, deine Vorschläge höre ich mir heute Nachmittag an.«

Die Sitzung war zu Ende.

Deb griff nach den Plastikbechern, warf sie in den Müll und wischte mit einem Papiertaschentuch über den Tisch. »Nichts, was wir umsetzen könnten. Wir müssen uns dringend mal unterhalten, Minty. Morgen.« Sie hielt inne. »Oh, aber morgen bist du ja gar nicht da, richtig? Du kommst erst nächste Woche wieder.« Ihre Miene war ziemlich gehässig, und sie hatte so heftig an dem Tisch herumgewienert, dass die Platte nun von feuchten Papierkügelchen bedeckt war.

»Also«, Gisela zog die Augenbrauen hoch, »Rose und Nathan treffen sich also.« Sie hatte mich zum Dankeschön für das Abendessen mittags ins Café Noir eingeladen. Unser langes und eindringliches Gespräch hatte dazu geführt, dass ich offener war, als ich eigentlich beabsichtigt hatte. Sie hatte mir das Du angeboten, und insgeheim freute ich mich, eine neue Vertraute gewonnen zu haben. Ich hatte Gisela sogar erzählt, wie ich dahintergekommen sei, dass Rose und Nathan sich weiter sahen. Giselas Augen funkelten. »Hast du das Tagebuch gelesen?«

Ein bisschen Loyalität war ich Nathan schuldig. »Nein.«

Gisela glaubte mir nicht. »Hast du mit ihm über Rose gesprochen?«

Es war befreiend gewesen, ihr mein Herz auszuschütten. »Nein, aber das werde ich noch.«

Ich griff nach meinem Wasserglas, in dem sich so viele Eis-

41

würfel türmten, dass ich kaum daraus trinken konnte. »Es ist kompliziert. Nathan und ich haben noch nicht das Stadium erreicht, in dem wir einander die besten Freunde sind. Vielleicht füllt Rose ja diese Lücke.«

»Vielleicht auch nicht.« Giselas Stimme klang warnend. »Vielleicht auch nicht, Minty.«

Das Eis stieß klappernd gegen meine Zähne, sodass mir ein unangenehmes Ziehen durch den Zahnschmelz drang. »Kann man, rechtlich betrachtet, eigentlich mit seiner Exfrau Ehebruch begehen?«

»Hast du denn diesen Verdacht?«

»Nein«, entgegnete ich rasch und wechselte das Thema. »Ich spiele mit dem Gedanken, wieder ganztags ins Büro zu gehen.« Debs gehässiger Blick stand mir vor Augen. »Wenn man nur Teilzeit arbeitet, kommt es leicht zu Spannungen, und außerdem habe ich immer das Gefühl, mich nicht ganz und gar in die Firma einzubringen.«

»Ich bewundere es, dass du berufstätig bist. Ich könnte das nie – und ich habe es auch nie getan.«

»Du hast ständig Gäste und führst mehrere Haushalte. Ich finde, das ist durchaus eine Menge Arbeit.«

Gisela breitete die ordentlich eingecremten Hände mit den gefeilten und lackierten Nägeln aus. »Vergiss nicht, dass ich die Zeit habe, mich ausschließlich um eine einzige Sache zu kümmern. Da ich weder Kinder noch einen Beruf habe, kann ich meinem derzeitigen Ehemann meine ganze Aufmerksamkeit widmen. Ganz einfach.« Kurz schloss sie die Augen. »Aber hin und wieder auch sehr ermüdend.«

Ihr Mobiltelefon vibrierte. Gisela machte eine entschuldigende Handbewegung. »Stört es dich? Sicher ist es Roger. Er erkundigt sich um diese Zeit meistens, ob sich etwas an unseren Plänen geändert hat.« Niemand hätte Gisela vorwerfen können, dass sie ihre Pflichten vernachlässigte, als sie Roger seine Termine herunterbetete. »Morgen um halb drei hast du eine Sitzung. Um fünfzehn Uhr fünfunddreißig ist dein Termin bei Mr. Evans in der Harley Street. Vergiss Annabels Geburtstag

nicht … Und, Roger, die Gäste kommen pünktlich um sieben.«
Und so ging es eine Weile weiter. Als sie fertig war, hatte ich
meinen Salat aus Aprikosen und Sprossen bereits aufgegessen.
»Minty, es tut mir leid. Das ist eine schreckliche Angewohnheit,
aber wenn Roger mich nicht erreichen kann, gerät er außer
sich.« Und so schaltete sie, wie ich feststellte, das Telefon auch
jetzt nicht ab.

Ich ließ mein Wasserglas kreisen. »Darf ich dich etwas fragen? Wie bist du denn mit Richmonds erster Frau zurechtgekommen?«

»Ach.« Gisela tätschelte mir die Hand. »Ich habe einfach
nicht an sie gedacht. Das war der Trick. Denken ist viel zu gefährlich. Wenn man ständig über all diese komplizierten Dinge,
deren Existenz mir durchaus bewusst ist, nachgrübelt, macht
man sich nur selbst Probleme. Ihr Name war Myra, und sie
hatte Richmond gerettet, als ihm das Wasser bis zum Hals
stand. Dann haben sie gemeinsam die Firma aufgebaut. Aber
sie hat einen Fehler gemacht. Sie hat vergessen, ihn wie einen
Ehemann zu behandeln. Und so«, Gisela machte ein nachdenk-
liches Gesicht, »hatte ich leichtes Spiel.« Nach einer Weile fügte
sie hinzu: »Richmond war scharf auf mich. Er war ja schon
etwas älter. Also …«

Wieder vibrierte das Telefon. Gisela nahm das Gespräch an.
»Roger«, sagte sie ziemlich streng. »Ich esse gerade zu Mittag.«
Zu meinem Erstaunen schoss ihr im nächsten Moment die Röte
in die Wangen. »Marcus? Wo bist du? Nein. Nein, nicht heute
Abend. Ich habe Gäste.« Sie wandte sich von mir ab. »Ich esse
gerade mit einer Freundin zu Mittag. Nein. Ja. Bald.«

Nun schaltete sie das Telefon ab. »Möchtest du einen Kaffee?« Ihre Wangen waren immer noch gerötet, und sie tupfte
sich umständlich erst den Mund und dann ein Auge mit der Serviette ab. »Wimperntusche«, erklärte sie und warf einen Blick
in ihren Taschenspiegel.

»Ist alles in Ordnung?« Ich sah zu, wie sie einen winzigen
Schmierer in ihrem Augenwinkel wegwischte. »Gehört Marcus
zur bösen Verwandtschaft?«

»Marcus …« Gisela ließ den Spiegel wieder in die Handtasche fallen. Dann musterte sie mich, offenbar in dem Versuch, zu einer Entscheidung zu gelangen. »Ich kenne Marcus schon mein ganzes Leben. Er ist für mich da … zwischen meinen Ehen. Einige Leute bleiben einem eben einfach erhalten.«

»*Zwischen* den Ehen? Heißt das …?«

Sie spielte mit dem Brillantring an ihrer linken Hand herum. »Nein. Aber man muss Arbeit und Vergnügen auseinanderhalten. Heute Abend bei der Dinnerparty, die Roger und ich geben, besteht durchaus die Möglichkeit, dass mich mein Tischnachbar ein wenig langweilen wird. Allerdings werde ich mir das auch nicht im Mindesten anmerken lassen, sondern dem Betreffenden das Gefühl vermitteln, dass er ein großartiger Unterhalter ist – was wiederum Roger nützt.« Inzwischen war der Kaffee gebracht worden, und sie blickte in ihre Tasse. »Erst die Arbeit, dann das Vergnügen.«

Gisela war ungewöhnlich offen gewesen, und ich fragte mich, wieso. Doch als ich über den Tisch schaute und sah, wie sich makellos geschminkte Lider über wissende Augen senkten, war selbst einem mathematisch minderbegabten Menschen wie mir klar, wie die Gleichung aufging: Gisela wusste genau, dass ihr Geheimnis bei mir sicher war, denn schließlich war ihr Mann der Chef von meinem.

In stillschweigender Übereinkunft wandten wir uns unverfänglicheren Themen zu – das Haus der Gards in Frankreich, Rogers zahlreiche Vorstandsposten und das Gerücht, ein deutscher Medienkonzern habe ein Auge auf Vistemax geworfen. Das Haus in Chelsea wurde gerade renoviert, und Gisela konnte sich, was die Farbgestaltung anging, einfach nicht entscheiden. »Wusstest du, dass meine Innenarchitektin Maddy Kington nach ihrem letzten Projekt mit einem der Bauarbeiter durchgebrannt ist? Jetzt wohnt sie in einem Bungalow in Reading. Angeblich soll man ja von Luft und Liebe leben können. Aber ein Abstieg ist es doch.«

Als ich ins Büro zurückkehrte, wusste ich, dass sich unter Giselas Chloé-Kostüm und dem passenden Bulgari-Schmuck eine Frau verbarg, bei der alles bis zum letzten Flattern ihrer getuschten Wimpern dazu diente, ihr das Überleben zu sichern.

Ich öffnete die Tür des Hauses Nummer sieben und machte mich auf das Schlimmste gefasst.

Und natürlich erschien im nächsten Moment Lucas oben an der Treppe. Eines seiner Beine steckte noch in der Hose. Ich stellte die Tasche ab und ging ihm entgegen, während er sich bereits auf mich warf. Dann trug ich ihn ins Kinderzimmer, wo Eve gerade einen Machtkampf mit Felix ausfocht. Lucas nuckelte mit feuchten kleinen Lippen an meinem Hals. Dann begann er zu zappeln, und ich setzte ihn wieder ab. Mit einem Satz war er bei Eve, die die Gelegenheit nutzte, um ihm die Hose vom Leib zu reißen.

Unterdessen stand Felix vollständig angezogen am Fenster und blickte hinaus auf die Straße. Er drehte sich um. »Mummy, da draußen ist eine arme Katze. Ich glaube, sie braucht ein Zuhause.«

Ich trat ans Fenster, um mir selbst ein Bild zu machen. »Das ist keine arme Katze, Felix, sondern Tigger. Er gehört den Blakes, und das weißt du ganz genau.«

»Aber er sieht aus, als hätte er sich verlaufen.« Seit einiger Zeit bettelte Felix jetzt schon, dass er ein Kätzchen haben wolle. »Wenn er sich verlaufen hätte und zu uns käme, Mum, dann könnte er auf deinem Schoß sitzen. Das würde dir bestimmt gefallen. Und er könnte durch das kleine Türchen rein und raus.«

Ich streichelte seine Schultern. »Ich mag Katzen nicht, Felix.«

Er fixierte mich mit einem Blick aus hellblauen Augen. »Daddy hat gesagt, wir können eine Katze haben.«

»Hat er das? Wann denn?«

»Gestern Abend.«

»Als Daddy gestern Abend nach Hause kam, hast du schon geschlafen.«

Offenbar kam Felix zu dem Schluss, dass es ratsamer war, sich nicht festzulegen. Er ließ die Hose herunterrutschen und stieg hinaus. »*Mir* kam es aber vor wie gestern Abend.«

Ich seufzte.

Eine halbe Stunde später lagen die beiden links und rechts von mir im Bett, während ich ihnen ihre Gutenachtgeschichte vorlas. »Vor langer, langer Zeit gab es einmal einen Dschungel, wo es sehr heiß war …« Felix' Daumen war in seinen Mund gewandert, und ich zog ihn heraus. Der Illustrator hatte ganze Arbeit geleistet. Die Seiten des Buches zeigten scharlachrote und blaue Papageien und beige Affen in den Bäumen. Auf dem Boden wimmelte es von Ameisen, zwischen ihnen ein Ameisenbär mit einem praktischen langen Rüssel. In der linken Ecke hatte sich eine bedrohliche Boa constrictor zusammengerollt.

Lucas wies auf einen Affen. »Seine Augen sind so groß wie deine, Mummy.«

»Die Ameisen waren sehr fleißig«, las ich. »Aber dann kam der Ameisenbär und fraß sie alle auf.« Der Illustrator hatte das sehr detailgetreu dargestellt, und die Jungen kreischten. »Danach wurde er ziemlich schläfrig und vergaß, sich umzuschauen.«

»Ohhh …«, sagte Felix. »Die Schlange erwürgt ihn.«

Unten war die Eingangstür zu hören. Nathans Aktenkoffer fiel mit einem dumpfen Geräusch zu Boden. Eve hastete hinauf in ihr Zimmer, und im nächsten Moment wehte Rockmusik durchs Haus.

Auf der letzten Seite waren gestreiftes Fell und funkelnde gefletschte Zähne zu sehen, als der Tiger die Schlange ansprang.

»Mummy«, fragte Felix, »werden eigentlich immer alle von anderen aufgefressen?«

»Ja.« Lucas bleckte die Zähne. »Und zwar so.« Er biss seinen Bruder in den Arm.

Als Nathan hereinkam, herrschte wildes Getümmel, worauf er lautstark Ruhe forderte. Ich flüchtete mich nach unten, nahm ein Fertiggericht – Hühnerbrust mit Pilzen – aus dem Gefrierschrank, schob es in den Ofen und stellte die Zeitschaltuhr ein. Da Eve die Wäsche schon erledigt hatte, nahm ich den Korb und trug ihn nach oben zum Treppenabsatz, wo das Bügelbrett stand.

Wenn Eve sich nicht opferte, bügelte Nathan seine Hemden selbst und war deshalb häufig auf dem Treppenabsatz zu sehen. Einmal hatte er sich verbrannt, mich dann gesucht und mir die Hand mit dem leuchtend roten Striemen entgegengestreckt. »Was soll ich tun?«

Ich hielt ihm die Hand unters kalte Wasser, kochte ihm eine Tasse Tee und erkundigte mich stündlich nach seinem Befinden. Noch tagelang ertappte ich ihn dabei, wie er die Verletzung untersuchte. Außerdem belauschte ich sein Telefonat mit Poppy: »Es hätte böse ausgehen können.« Nach einiger Zeit blätterte die verbrannte Haut ab, und eine sichelförmige Narbe blieb zurück. »Poppy hat mir erzählt«, offenbar freute sich Nathan, mir das mitteilen zu können, »dass diese Form der Verbrennung in der medizinischen Literatur als ›Hausfrauensyndrom‹ bezeichnet wird.«

Ich musterte meine narbenfreien Handgelenke. »Und was sagt das über dich aus, Nathan?«

»Dass ich ein Bügelexperte bin«, erwiderte er trocken.

Ich kehrte wieder nach unten zurück. Da Nathan nicht in seinem Arbeitszimmer war, ging ich ins Wohnzimmer. Er hatte sich einen Stuhl an die Terrassentür gerückt und starrte reglos hinaus in die Dunkelheit in Richtung Flieder.

Es stellte mir die Nackenhaare auf. In der Küche schrillte die Zeitschaltuhr. Ich ging einen Schritt auf ihn zu. »Nathan?«

Er seufzte auf, drehte sich um und sah mich an. »Ja? Was willst du?«

Nach dem Essen krempelte Nathan die Ärmel hoch und nahm die Gläser in Angriff, die zu empfindlich für die Geschirrspülmaschine waren. Da es schon spät war, lief die Heizung bereits auf Nachtabschaltung, und ich bekam Gänsehaut.

Nathan arbeitete methodisch wie immer, indem er zuerst jedes Glas mit heißem Wasser füllte und es aufs Abtropfbrett stellte. Ich kippte das heiße Wasser ins Becken, polierte die Gläser mit einem Geschirrtuch und setzte sie dann auf ein Tablett.

»Nathan, wie fändest du es, wenn ich wieder Vollzeit arbeiten ginge?«

»Schon wieder dieses Thema«, entgegnete Nathan.

»Schon wieder dieses Thema«, echote ich.

Vor vielen Jahren hatte Timon, mein damaliger Chef, mich in sein Büro bei Vistemax zitiert. »Chefredaktion Wochenendbeilage«, verkündete das Schild an seiner Tür. Ich kann mich noch an das auffällig geschwungene »W« erinnern. Timon, dessen großes Vorbild Gordon Gekko war, trug einen Nadelstreifenanzug mit Hosenträgern. »Passen Sie auf. Wir wollen, dass Sie Roses Job übernehmen.« Er hatte sich noch nie mit Vorgeplänkel aufgehalten.

Mein Rock war kurz, die Haut an meinen Beinen glänzte wie auf Hochglanz poliert, meine Absätze waren hoch, und mein Haar hatte den seidigen Schimmer der Jugend. Kajal und grauer Lidschatten gaben meinen Augen das düstere und verheißungsvolle Etwas. Und ich träumte davon zu herrschen – nicht im sexuellen Sinne, nicht als Domina, sondern über die Widrigkeiten des Lebens. »Wollen Sie Rose rausschmeißen, Timon?«

Er bedachte mich mit seinem Gekkoblick: »Behaupten Sie jetzt nicht, dass Sie nicht die ganze Zeit scharf auf ihren Posten gewesen wären.«

In der Nacht zuvor war Nathan völlig aufgewühlt in mein Bett gekrochen. Er hatte Rose verlassen. »Das ist ein neuer Anfang«, hatte er gemurmelt. Auch wenn er damals noch nicht daran dachte mich zu heiraten, sehnte er sich danach, die Affäre in etwas Dauerhaftes zu verwandeln. Er blickte mir so tief in die Augen, als wolle er meinen Schädel röntgen, bis mir ganz unbehaglich wurde. Nathan war humorvoll, zärtlich und viel besser erzogen als meine bisherigen Liebhaber. »Hast du etwas dagegen?« »Darf ich?« Während wir uns auf meinem billigen und unbequemen Doppelbett hin und her bewegten, um seine Ankunft zu feiern, sagte ich mir, Rose habe es nicht verdient, ihn behalten zu dürfen.

Timon malte einen formvollendeten Kreis auf seinen Notizblock. »Sechs Monate Probezeit. Ja oder nein?«

»Ja.«

Aufgekratzt vor Nervosität und Hochstimmung, verließ ich sein Büro. Abraham Maslow hatte Recht gehabt, als er die Bedürfnishierarchie des Menschen als Pyramide dargestellt hatte: Wenn Nahrung, Wärme, Geborgenheit und Sex abgedeckt sind, richtet sich alles Streben nach Anerkennung durch die Arbeitskollegen. Und natürlich auf die Selbstachtung.

Sechs Monate später erhielt ich einen dieser abgedroschenen Briefe: »Ihre Probezeit ist hiermit zu Ende. Obwohl wir Ihr Engagement für die Literaturseite zu schätzen wissen, haben wir entschieden, den Posten anderweitig zu besetzen. Vielleicht möchten Sie als Alternative in Erwägung ziehen ... bla, bla, bla.«

Diesmal sparte Timon sich die Mühe, mich in sein Büro zu zitieren.

Es dauerte eine Weile, bis ich wusste, wo ich diesen Beweis meines Scheiterns ablegen sollte. Schließlich ordnete ich ihn unter der Rubrik »Familiengeschichte« in Nathans makellos geführte Akten ein, und zwar – chronologisch – zwischen Poppys Überraschungshochzeit in Thailand und der Taufe von Jillys und Sams Tochter Frieda. Als Nathan mich nach dem Grund dafür fragte, erwiderte ich, es sei zwecklos, die Augen davor zu verschließen, dass ich gefeuert war. Daraufhin bekam er einen Wutanfall, schimpfte auf Vistemax und tobte im Zimmer herum. Während ich ihn beobachtete, klopfte mein Herz unter meinem Schwangerschaftsbauch. Nathans Leben verlief nicht länger brav und ordentlich, seine Familie begann sich aufzulösen. In diesem Moment wurde mir klar, dass er unter dem Verlust dieses in sich gerundeten Ganzen ebenso litt wie unter den Schuldgefühlen, weil er schuld an dieser Entwicklung war.

Nathan stellte das letzte Glas auf das Abtropfbrett. Schaum bedeckte seine Unterarme, und seine Finger waren rosig. »Kein guter Zeitpunkt, Minty. Es ist spät.« Eine Pause. »Warum?«

Wieder hielt ich mir Debs gehässige Miene vor Augen. »Ich glaube, auf Teilzeitbasis klappt das nicht.«

Als er den Stöpsel zog, gluckerte das schmutzige Wasser im

Ausguss. »Das weiß ich auch, aber die Jungs brauchen dich. Ich dachte, du hättest alles im Griff.«

»Aber ich brauche diese Arbeit, und ich denke, dass ich bei Paradox mehr Erfolg hätte, wenn ich Vollzeit arbeiten würde.« Er nickte und wischte das Abtropfbrett mit einem Lappen sauber. »Und das hat für dich Priorität?«

»Ja. Es ist kein Problem, Nathan, Ehrenwort. So schwer kann es doch nicht sein. Schließlich machen es Hunderte von anderen Frauen auch.« Ich legte ihm den Arm um die Taille und drehte ihn zu mir herum. »Bist du wirklich so überrascht, wie du tust?«

»Nein.« Er machte sich von mir los. »Ich vermute schon länger, dass du so denken könntest.«

Aber warum hatte er dann nichts gesagt? »Stell mich nicht als Rabenmutter hin, die ihre Kinder im Stich lässt. Ich möchte einfach nur keine halben Sachen mehr machen. Verstehst du das denn nicht?« Ich dachte an die Ideen, die mir dann nur so zufliegen würden. Ich würde sie nähren, wachsen lassen und sie zu guter Letzt in die Freiheit hinausschicken.

»Hängst du nicht mit ganzem Herzen und ganzer Seele an deinen Söhnen?« Nathan warf mir einen langen, abschätzenden Blick zu, in dem sich alle unsere Verschiedenheiten malten. »Ich bin müde.« Er rieb sich die Augen. »Lass uns zu Bett gehen.«

Ich versuchte, seiner undurchdringlichen Miene etwas zu entnehmen. Was sollte ich tun, um unsere Differenzen beizulegen? Irgendwo – und ich konnte den Punkt nicht genau festmachen – hatte ich die Macht über Nathans Innerstes verloren, des Menschen, der mir einst so willig in die Arme gesunken war.

Ich machte das Licht aus. Es wurde dunkel in der Küche. »Ich habe mich entschieden, Nathan.«

»Also gut«, sagte er, schon auf der Schwelle. »Dann ist das Thema ja wohl erledigt.«

»Ach verdammt!«, rief ich aus. »Tu doch nicht so, als ob ich euch umbringen will.«

Er wirbelte zu mir herum. »Und du«, zischte er, da seine Wut sich trotz seiner Erschöpfung Luft machte, »bist nie mit etwas zufrieden.« Er riss sich zusammen, und als er weitersprach, klang seine Stimme leise und einschmeichelnd. »Minty, warum genügt dir nicht, was wir zusammen erreicht haben? Es ist doch gar nicht so wenig, oder?« Er zog mich an sich und schmiegte das Gesicht in mein Haar. »Lass uns nicht deshalb streiten.«

Ein Streit hätte eine weitere schlaflose Nacht bedeutet, also das, was in Ratgebern als »Chance zur Lösung des Konflikts« bezeichnet wurde. Und das wiederum hieß, dass die Frage, ob ich Vollzeit arbeiten sollte, von einer Nebensächlichkeit zu einer atomaren Katastrophe aufgeblasen werden würde. Ich küsste Nathan auf die Wange. »Lieber nicht.«

Kapitel 4

Am vergangenen Abend war Rose im Fernsehen gewesen. Zugegeben, der Beitrag lief auf einem eher unbekannten Digitalsender, aber immerhin ...

Nathan war bei einer der vielen Vistemax-Weihnachtsfeiern, die um diese Jahreszeit stattfanden. Wenn er von solchen Veranstaltungen nach Hause kam, roch er nach Zigarren und Brandy. Oft hatte er auch ein Pfefferminztäfelchen in der Tasche – »Pfefferminz für Minty« – und drängte mich zärtlich und sehr mit sich zufrieden, diese vom Baum des Berufslebens gefallene Frucht zu vertilgen.

Die Stunden bis dahin verbrachte ich, ein Tablett auf dem Schoß, vor dem Fernseher, wobei mir der Vorspann von *Rose Lloyds Wunder der Erde* Gesellschaft leistete. Die Zwillinge schliefen, und Eve hatte Ausgang.

Ich wusste über die Sendung Bescheid, denn Poppy hatte mir brühwarm davon erzählt, als sie angerufen hatte, um uns am Sonntag zum Essen einzuladen. »Es ist ja so aufregend. Mum hatte den Einfall, ihre ganz persönlichen Sieben Weltwunder zu präsentieren, und man hat ihr mehr oder weniger freie Hand gelassen.« Da ich mich mit Fernsehproduktionsfirmen auskannte, wusste ich, dass diese Äußerung stark übertrieben war. Allerdings konnte man Poppy nicht vorwerfen, dass sie je vergaß, auf welcher Seite sie stand. »Sie war schon überall. Wirklich erstaunlich.«

»Das ist ja toll!«, erwiderte ich nach einer Pause.

Poppy überlegte, ob ich das ehrlich meinte, stufte meine Reaktion schließlich als annehmbar ein und schwatzte weiter. »Also zum Mittagessen. Da wir Hochzeitstag haben, dachten wir ... Es ist toll, verheiratet zu sein, findest du nicht?« Da sie mit dieser Äußerung in das verbale Gegenstück von Treibsand geraten war, wechselte sie rasch das Thema und erkundigte sich nach Felix' kürzlicher Magenverstimmung. Sie beendete das Gespräch mit den Worten: »Gut, dann um eins. Aber falls du, was ich glaube, lieber ein wenig Zeit für dich hättest, Minty, kannst du Dad und die Zwillinge ruhig allein zu uns schicken.«

Eigentlich hatte ich nicht vorgehabt, mir Roses Sendung anzuschauen. Nein, wirklich nicht. Aber da saß ich nun und starrte – einen Teller mit geraspelten Karotten, Tomatenscheiben und ultrafettarmem Dressing vor mir – auf den Vorspann.

Wie lange hatte ich Rose nicht gesehen? Zwei oder drei Jahre? Obwohl das eigentlich keine Rolle spielte, weil eine persönliche Begegnung in meinem Fall überflüssig war. Man braucht jemanden nicht zu *sehen*, um zu wissen, dass er da ist. Und Rose und ihr Schatten waren so untrennbar an mir festgenäht wie der von Peter Pan.

Ich konnte mich nicht entscheiden, ob ich sie mir abgemagert und verhutzelt – was mein schlechtes Gewissen noch verstärkt hätte – oder so gesund und munter wie jetzt wünschte, und musterte sie deshalb eingehend. Rose sah großartig aus und machte den Eindruck einer Frau, die ihr Leben im Griff hat und auf niemanden Rücksicht zu nehmen braucht. Und so ärgerlich das für jemanden, der wie ich mit lauter Abhängigkeiten kämpfte, auch sein mochte, bedeutete es andererseits doch, dass ich aus dem Schneider war. Wenn Rose aussah wie das blühende Leben, litt sie offensichtlich nicht, was hieß, dass die Gerechtigkeit – vielleicht – doch einen kleinen Sieg errungen hatte. Andererseits hatte ich es, wie ich mir vor Augen hielt, hier mit einer Frau zu tun, die Gartenpläne mit ihrem Exmann erörterte, der seinerseits zufällig mit mir verheiratet war.

Roses erstes Wunder verbarg sich in einem polnischen Salzbergwerk. In Cargohose und vermummt in eine dicke Jacke, führte sie die Zuschauer einen Gang hinunter. Immer wieder zeigte die Kamera Figuren und Tiere, die von den Bergleuten in den Stein gehauen worden waren. »Dieses Einhorn stammt aus dem vierzehnten Jahrhundert«, verkündete ihre Stimme. »Und hier haben wir das Relief einer Kirche. Vermutlich sollte es als

Erinnerung dienen, und zwar in einer Zeit, in der viele Kirchen zerstört wurden. Durch Steinmetzarbeiten wie diese lenkten sich die Bergarbeiter von Langeweile und Angst ab. Außerdem schufen sie so etwas Schönes, das sie sich tagtäglich ansehen konnten.« Rose erzählte, wie die Männer bei Lampenlicht und mit den allerprimitivsten Werkzeugen gearbeitet hätten. Und offenbar sei es der außerordentlichen mineralogischen Zusammensetzung des Gesteins zu verdanken, dass die eingemeißelten Kunstwerke erhalten geblieben seien. Jedes von ihnen erzählte eine Geschichte oder behandelte einen Mythos. Die Kamera richtete sich auf eine Gestalt in einem langen Kapuzenmantel. »Das ist der Metzger von Kransk, der junge Mädchen in seinen Laden lockte.« Als nächstes kam ein Mann auf einem Pferd ins Bild. »Das ist der Ritter, der angeblich noch in den hiesigen Wäldern umgeht und dessen Horn man manchmal an Sommerabenden hört.«

Rose hatte die Belletristik schon immer dem Sachbuch vorgezogen. »Romane enthalten die wirkliche Wahrheit«, hatte sie einmal in dem ruhigen Ton gesagt, der mich bis aufs Blut reizte, weil er so selbstzufrieden klang. Mir war es nie gelungen, diese Überzeugung ins Wanken zu bringen. Und nun? Nun würde ich es gar nicht mehr schaffen. Ich persönlich halte mich lieber an Selbsthilfebücher und Ratgeber. Als ich Nathan kennenlernte, meinte er, das fände er so *rührend*. Auch er konnte mit Romanen nichts anfangen. Ich glaube, er hat schon seit mindestens fünfzehn Jahren keinen mehr gelesen.

Ich schob das Tablett weg, schlüpfte aus den Schuhen und legte die Beine hoch.

Jetzt schwenkte die Kamera auf Roses Gesicht, auf dem sich ein Gewirr von Schatten malte. Aber sie war immer noch wunderschön. »Der wahre Schatz dieses Salzbergwerks, der mich eigentlich hierhergeführt hat, befindet sich ein Stück weiter diesen Gang entlang …« Ich folgte ihr durch den Tunnel in ein Gewölbe, von dessen Wänden unzählige Scheinwerfer strahlten. »Hier« – sogar ich ließ mich von ihrer Begeisterung anstecken – »haben wir die Madonna aus Salz. Die Arbeit an ihr begann im fünfzehnten Jahrhundert. Der Legende zufolge ist sie einer Nonne aus dem Katharinenkloster nachempfunden, die nach einer Marienerscheinung starb. Jedes Jahr feiern die Gläubigen diese Statue, die als Beschützerin der Mütter gilt, mit einer unterirdischen Kerzenprozession. Frauen, die normalerweise keinen Zutritt zum Bergwerk haben, kommen, um ihre Babys segnen zu lassen.« Als sie die rechte Hand ausstreckte, rutschte der große goldene Ring herunter, den sie am Finger trug. »Auch wenn die Madonna aus Salz hier unten vor Blicken verborgen ist, ist sie in der Stadt überall präsent und wird als ›verborgene Mutter‹ bezeichnet. Interessanterweise wird dieser Begriff hierzulande auch für Bräute benutzt. Aus offensichtlichen Gründen darf die Madonna nicht berührt werden. Doch während ich hier vor ihr stehe, fällt es mir schwer, nicht die Hand nach ihr auszustrecken, so lebensecht ist sie ...«

Das war genug. Mehr als genug. Ich griff nach der Fernbedienung und schaltete Rose ab.

Dass Poppy sich nie mit meiner Existenz abgefunden hatte und das wohl auch nicht mehr tun würde, ließ mich völlig kalt. Tja, zumindest fast. Doch dass sie ihre roten Lippen nur zu einem Schmollmündchen verziehen musste, damit Nathan angelaufen kam, störte mich gewaltig. »Sie ist ein liebes Mädchen«, hatte er mehr als einmal zu mir gemeint. »Sie trägt das Herz am rechten Fleck.«

Nathan duldete nicht, dass jemand seine Kinder kritisierte. Er wollte kein einziges Wort – ganz gleich, wie taktvoll – davon hören, was ich für einen schweren Fehler hielt. Schließlich ist niemand, insbesondere Kinder, über Kritik erhaben. Aber wenn es um Poppy und Sam ging, zog Nathan sich in einen abgeschlossenen und schalldichten Raum zurück und weigerte sich, aufzumachen, ganz gleich, wie heftig ich auch an die Tür trommelte.

Poppys Herz mochte vielleicht aus dem besten Toledostahl geschmiedet sein, aber häufig lag sie einfach falsch. So war es zum Beispiel kein feiner Zug von ihr gewesen, in Schwarz zu unserer Hochzeit zu kommen. Und dass sie bis heute meinte, aus ihrer Haltung mir gegenüber keinen Hehl machen zu müssen, trieb einen Keil in unsere Familie. Als Nathan Rose meinetwegen verließ, hatte Poppy ihren Vater angetrotzt: »Ich will weder dich noch diese Frau je wiedersehen. Nie mehr!« So lange hatte sie sich als die Moralkeule schwingende Rächerin gebärdet, bis er zitternd und weinend vor ihr stand. »Sie hat mich als geilen alten Bock bezeichnet«, beichtete er mir. »Als geilen alten Bock!«

Poppy und Richard hatten es unverschämt schnell von einer Mietwohnung zu einem großen Haus gebracht. Richard verdiente viel Geld mit »Strategien«, und Poppy gab es aus. Das Haus stammte aus der Belle Époque, war geräumig und frisch restauriert. Fenster und Wände waren makellos. Der Vorgarten war von einem Fachmann angelegt worden und bestand hauptsächlich aus Buchsbäumen und grauen Steinen in fein abgestuften Farbnuancen. In der Mitte prangte ein Olivenbäumchen in einem blauen Keramiktopf.

Die Tür wurde aufgerissen, und Poppy stand vor uns. »Dad!«, rief sie aus und drängte sich zwischen Nathan und mich. »Wie schön, dass du da bist.«

Vater und Tochter sahen sich sehr ähnlich, denn sie hatten den gleichen Teint und Gesichtsschnitt. Natürlich war Poppy zarter gebaut – sie hatte eine ausgesprochen schmale Taille, und ich ertappte mich dabei, dass ich meine rosafarbene, mit Borten eingefasste Strickjacke enger über den Hüften zusammenzog. Darunter trug ich einen mit Spitzen besetzten Bügel-BH, der entsetzlich einschnitt. Vor den Zwillingen hatten diese Bügel-BHs gesessen wie eine zweite Haut, doch inzwischen drückten sie sehr ungemütlich. Poppy war perfekt gepflegt, frisch blondiert und trug Kontaktlinsen. Seit sie nicht mehr die Studentin geben musste, war die Brille verschwunden. Beibehalten hatte sie allerdings die Angewohnheit, ihre Mitmenschen angestrengt anzublinzeln wie eine Kurzsichtige. Und auch ihre Neigung zu überstürzten Handlungen und Gefühlsausbrüchen hatte sich nicht geändert. Nun nahm sie die Hand ihres Vaters und führte sie an ihre Wange. »Es ist ja eine Ewigkeit her. Ich habe dich vermisst, Dad.«

Stolz legte Nathan den Arm um seine Tochter.

»Hallo, Minty«, sagte Poppy endlich. Ihr Blick wanderte über meine Schulter. Dann lächelte sie breit und streckte die Arme aus. »Die Zwillinge! Ich konnte es kaum erwarten.« Sie ging in die Hocke und zog die beiden an sich.

»Ich habe rote Socken an«, teilte Lucas seiner Halbschwester mit.

»Und ich blaue«, ergänzte Felix.

»Ich habe auch Socken an.« Poppy zog ihr Hosenbein hoch. »Mit Tupfen. Und jetzt, Jungs, muss ich euch etwas Wichtiges fragen.«

Felix wusste genau, was nun kam. »Nein«, erwiderte er. »Gar nicht.«

Poppy drückte die beiden an sich und schob den Kopf zwischen sie. »Wie ungezogen wart ihr? Raus mit der Sprache.«

Darauf folgte viel Getuschel und Geflüster. Schließlich kicherte Poppy. »Felix, du kitzelst mich am Ohr«, sagte sie. »War das alles?«, meinte sie zu guter Letzt und fügte mit ernster Stimme hinzu: »Da kann ich aber viel ungezogener sein.«

Zum Mittagessen gab es Lammkeule mit Flageolettbohnen und Knoblauch. (Übrigens: Flageolettbohnen sind ein sehr nützliches und stilvolles Gemüse.) Ich warf einen Blick auf Nathan. Er sprach über die Ölpreise, wirkte jedoch ein wenig geistesabwesend und so, als fühle er sich nicht ganz wohl, denn ihm fielen immer wieder die Augen zu.

Hatte Poppy es auch bemerkt? Beim Reden nestelte sie an ihrer teuren Kristallkette herum – die Lederbändchen mit Federn und Glasperlen, die sie so gerne trug, als ich sie kennengelernt hatte, waren längst ausgemustert worden. Die Kette war wunderschön, und sie liebkoste sie ehrfürchtig. Wenn sie sich unbeobachtet glaubte, betrachtete sie ihren Mann, und es war unverkennbar, wie sehr sie ihn vergötterte.

Richard schien seine Frau kaum wahrzunehmen. Offenbar wollte er sich amüsieren, und genau das tat er auch. Inzwischen debattierten er und Nathan angeregt über Hedgefonds. Die Zwillinge waren mit ihrer Eiscreme beschäftigt, und ich saß höflich daneben.

Poppy wirkte unruhig und verschwand immer wieder in der Küche. Nun sprang sie wieder auf, diesmal, um mein Wasserglas nachzufüllen. »Daddy und Richard sind ja so todlangweilig.« Ihr nachsichtiger Blick ruhte auf ihnen, während sie sich das Hirn nach einem Thema zermarterte, um ein Gespräch mit mir anzuknüpfen. »Wie geht es deinen Freunden, Minty?«

»Nun, Paige fühlt sich pudelwohl. Sie erwartet ihr drittes Kind.«

Poppy stellte den Wasserkrug ab und wischte ein winziges Tröpfchen vom Tisch. »Für die Kinder hat sie einen ziemlich gut bezahlten Job aufgegeben, oder?«

»Sie hat sich geopfert«, erwiderte ich leichthin.

Poppys lange Wimpern senkten sich über die kurzsichtigen Augen. »Die meisten Frauen wissen leider nicht so genau, wo sie hingehören.«

»Meinst du nicht, dass du zu stark vereinfachst? Schließlich brauchen wir uns nur zu entscheiden.«

»Aber das ist so kompliziert.«

Richtig. Allerdings zögerte ich, Poppy Recht zu geben. Außerdem schien sie darauf zu brennen, einen Streit vom Zaun zu brechen. Nathan beobachtete mich. *Bitte*, flehte er lautlos. *Keine Grundsatzdiskussionen.* Es würde mir ein ewiges Rätsel bleiben, warum Poppy sich nicht wenigstens für manche ihrer dümmlichen Bemerkungen einen Rüffel einfing. Doch ich war vernünftig und machte einen Rückzieher. »Wie läuft es bei der Arbeit?«

Poppy war früher in einem Verlag beschäftigt gewesen, hatte ihre Familie aber vor kurzem überrascht, indem sie bei einer Firma anheuerte, die exotische Kerzen aus China importierte und diese an Luxusboutiquen weiterverkaufte. »Alles bestens. Der Weihnachtswahnsinn tobt. Es geht so rund, dass ich manchmal sogar beim Verpacken helfen muss.« Mit den Händen deutete sie einen Karton an. »Aber das gefällt mir. Ich will auch mal körperlich arbeiten, und die Farben und die Düfte von einigen der Kerzen sind wirklich ein Traum.« Dann fügte sie hinzu: »In unserer Kultur arbeiten wir viel zu wenig mit den Händen, weil wir sie uns nicht schmutzig machen wollen.«

Richard hatte den Auftrag erhalten, den Zwillingen eine Geschichte zu erzählen. Lucas schnaubte vor Lachen, während Felix verständnislos dreinblickte. Wie ich wusste, bedeutete dieser Ausdruck, dass er Richard die Geschichte nicht glaubte.

»Der große braune Bär«, sagte Richard, krümmte die Hände und hielt sie sich wie Ohren an den Kopf, »verschlang den Zauberer.«

»Zauberer kann man nicht verschlingen«, stellte Felix in sachlichem Ton fest, und es gefiel mir sehr, dass er sich nicht so leicht einwickeln ließ.

Richard ließ die Hände sinken. »Ich kann euch nicht zwingen, mir zu glauben.«

»Ich glaube dir!«, rief Lucas. »Ich glaube dir, richtig, Mummy?«

Ich wollte schon »aber natürlich« antworten, als ich Felix' bangen Blick bemerkte. Offenbar hatte er riesige Angst davor, bloßgestellt zu werden. Nathan schüttelte fast unmerklich den Kopf. »Ihr beide könnt glauben, was ihr wollt«, sagte ich deshalb.

»Selbstverständlich könnt ihr das«, meinte Richard gutmütig, allerdings auch leicht verlegen wie die meisten Menschen, die Kinder nicht gewohnt sind.

Felix rutschte von seinem Stuhl und warf sich in meine Arme. Ich fuhr ihm mit den Fingern durchs Haar und genoss es, wie seidig sich seine Locken anfühlten. Sein Atem roch nach Knoblauch, sein Körper presste sich an meinen. Ganz gleich, ob es mir nun gefiel oder nicht, die Verbindung, die zwischen ihm und mir bestand, floss mir durch die Fingerspitzen.

Nach ein paar Sekunden kletterte Lucas von seinem Stuhl und lehnte sich an Nathan, wie sein Bruder es bei mir getan hatte.

»Jungs«, tadelte Poppy. »Wir sind noch nicht mit dem Essen fertig.«

»Lass sie doch«, erwiderte ihr nachsichtiger Vater.

»Aber du darfst sie nicht so verwöhnen.« Poppy legte ihrem Vater die Hand auf die Schulter. »Auch kein kleines Bisschen.« Als sie den Kopf schüttelte, funkelte die Kristallkette wirklich wunderhübsch. »Du darfst sie nicht verwöhnen, Dad.«

»Sie sind nicht verwöhnt«, entgegnete ich spitz. »Weit gefehlt.«

Kurz geriet das Gespräch ins Stocken, bis Richard anfing, Konversation zu treiben. »Fahrt ihr dieses Jahr in Urlaub?« Dabei glückte ihm ein so interessierter Tonfall, dass das Eis gebrochen war.

Dankbar trank ich einen Schluck Wein und ließ den Blick durch den Raum schweifen. Man musste Poppy zugute halten, dass sie bei der Einrichtung Geschmack bewiesen hatte. Eine altrosa und golden gestreifte Tapete, bequeme Stühle, Blumen. Die Wirkung war schlicht und dezent, und ich fragte mich, ob ich es in unserem Esszimmer zu Hause nicht vielleicht übertrieben hatte. Sah es womöglich zu vollgestellt aus? Machte es einen übertrieben bemühten Eindruck? Ich beschloss, dass die chinesischen Figürchen verschwinden mussten.

Später ging ich das frisch gestrichene und mit einem Teppich ausgestattete Treppenhaus hinauf ins Bad, vorbei an einem Regal mit Fotos, die alle in identischen Rahmen steckten. Da war – natürlich – Rose in Shorts und Riemchensandalen, wie sie, offenbar an einem Mittelmeerhafen, in einem Straßencafé saß. Die Sonne schien, und die ganze Szene schimmerte und strahlte. Sie hatte sich zurückgelehnt und hielt vertrauensvoll das Gesicht in die Kamera, während ein Lächeln um ihre Lippen spielte. In der einen Hand hatte sie eine Kaffeetasse, die andere lag auf ihrem Schoß. Die Komposition des Bildes durch den Fotografen ließ Zärtlichkeit erkennen. Ich beneidete Rose von ganzem Herzen um ihre Unbefangenheit und das Gefühl der warmen Sonne auf Armen und Beinen.

»Dieses Foto von Mum wurde letztes Jahr auf Paxos gemacht«, meinte Poppy, die hinter mich getreten war.

»Ich habe gestern ihre Sendung gesehen. Sie war sehr gut.«

»Ja, Mum ist brillant.« Poppy schwankte zwischen dem Bedürfnis, mich zu provozieren, und den guten Manieren, die sie sich selbst als Gastgeberin auferlegt hatte. Die Höflichkeit gewann die Oberhand. »Welches Bad möchtest du benutzen?«

Ich murmelte, dass das nicht wichtig sei. Als sie mich zur zweiten Gästetoilette begleitete, kamen wir an einem kleinen Zimmer vorbei, in dem ein Computer eingeschaltet war. Der Bildschirmschoner zeigte hin und her wimmelnde bunte Fische. Als ich aus der Toilette kam, waren auf dem Monitor die Worte »Online-Poker, Spiel fünf« zu lesen, jemand war im Zimmer gewesen.

Bevor wir uns verabschiedeten, ging ich zu Poppy in die Küche. Sie war gerade dabei, das Geschirr zu stapeln. »Vielen Dank für das Essen«, sagte ich und fügte dann zu meiner eigenen Überraschung hinzu: »Ist alles in Ordnung?«

Sie starrte auf das Geschirr und presste die Lippen zusammen. Obwohl kein weiteres Wort fiel, wusste sie, dass ich das Internet-Pokerspiel gesehen hatte. Dann blickte sie mich trotzig an. »Aber natürlich«, erwiderte sie. »Könnte nicht besser sein.«

Auf der Heimfahrt am späten Nachmittag berührte Nathan mich am Oberschenkel. »Ich weiß, welche Mühe du dir mit Poppy gibst.« Offenbar zuckte ich zusammen, denn er ergänzte: »Bin ich wirklich so ein Trampel? Glaubst du, ich hätte es nicht bemerkt?«

»Du bist kein Trampel.« Ich schaute aus dem Fenster und wusste nicht, was ich noch sagen sollte, so sehr hatte ich mich daran gewöhnt, den Mund zu halten. Allerdings war es ein trügerisches Schweigen, denn das Leben von Nathan und mir dröhnte von den Dingen, die nie ausgesprochen wurden. Die Straßen von London, die an uns vorbeiglitten, zeigten sich in ihrem Sonntagskleid – kilometerweit freier Asphalt und Straßenbäume, die ums Überleben kämpften.

Das Innere des Geländewagens musste dringend gereinigt werden und roch nach dem Preiselbeersaft, den einer der Jungs auf dem Rücksitz verschüttet hatte. Merke: Für Eve auf die

Liste setzen. Ich kramte in meiner Tasche nach einem Taschentuch. »Poppy und ich verstehen uns einfach nicht.«

Nathans Griff um meinen Oberschenkel wurde fester. »Ich hab dich auch nicht geheiratet, damit du dich mit Poppy verstehst.«

Obwohl es sich nur um ein kleines Zugeständnis handelte, empfand ich es als unerwartet aufmunternd und angenehm, zu wissen, wo ich in seiner Hierarchie stand. Währenddessen ertasteten meine Finger in der Handtasche ein abgelutschtes Bonbon, das Felix weggeworfen und das ich vom Autositz geborgen hatte. Das klebrige Gefühl und der Umstand, dass sich das Ding in meiner sonst eigentlich wohlgeordneten Tasche befand, ließ das Hochgefühl schlagartig verfliegen. Und so fiel meine Antwort schärfer aus als beabsichtigt. »Du hast mich geheiratet, weil du dachtest, ich würde dich glücklich machen. Aber ich glaube nicht, dass du glücklich bist. Und ich weiß nicht, was ich deswegen unternehmen soll.«

Nathan starrte geradeaus. »Du hast mein Notizbuch gelesen, richtig?«

»Ja.«

»Das hättest du nicht tun dürfen.«

»Vielleicht nicht.« Ich konnte buchstäblich hören, wie in Nathans Kopf eine Tür nach der anderen ins Schloss fiel. »Nathan, wir sollten uns Zeit nehmen und darüber sprechen.« Ich kann nicht behaupten, dass ich diese Worte drängend und mit dem Brustton der Überzeugung aussprach, doch wie ich fand, musste ich es wenigstens versuchen.

»Nicht hier.« Er wies mit dem Kopf nach hinten, wo die Zwillinge die Geräusche ihrer Lieblingsflugzeuge nachmachten.

»Natürlich nicht. Was denkst du denn?«

Als wir an einer Ampel stoppten, schüttelte der Fahrer eines kleinen Fiat die Faust und wies auf den Aufkleber in seiner Heckscheibe: »Geländewagen – muss das sein?« Nathan bog in die Lakey Street ein und parkte. »Minty, das Notizbuch war privat.« Er rieb sich die Stirn. Dennoch entdeckte ich einen Anflug von … Erleichterung? »Du schnüffelst mir also hinterher.«

»Was, Mummy?«, unterbrach Lucas. »*Was*, Mummy?«

»Mag sein.« Ich ließ es dabei bewenden, stieg aus, befreite die Zwillinge aus den Kindersitzen und raffte die Ersatzkleidung, Spielsachen und Felix' Bücher zusammen, ohne die er nirgendwo hinfuhr. So bepackt, ging ich hinter meinem Mann und meinen Söhnen den Gartenweg hinauf.

»Ich brauche Bewegung«, sagte Nathan ein wenig später. Er hatte eine abgetragene Kordhose und ein kariertes Hemd mit fadenscheinigen Manschetten angezogen.

Ich war gerade damit beschäftigt, die Spielsachen der Kinder auszupacken und mir zu überlegen, was ich ihnen zum Abendessen machen sollte. »Ein Spaziergang? Nimm die Jungs mit, bist du so gut?«

»Ich glaube, ich fange an, den Garten umzugraben.«

»Den Garten umgraben?« Eine Holzlokomotive in der Hand, wirbelte ich herum. »Das hast du schon seit Jahren nicht mehr gemacht.«

»Na und?« Nathan steckte die Hände in die Taschen. »Aber jetzt tue ich es.«

Das Fußballtraining der Zwillinge hatte den Rasen in einen deprimierenden Sumpf verwandelt. Ich sah zu, wie Nathan hindurchwatete und sich eine Gartenforke aus dem Schuppen holte. Nach seiner Schulterhaltung zu urteilen, war er glücklich und zufrieden, und ich wäre jede Wette eingegangen, dass er vor sich hin pfiff. Er fing an, unter dem Fliederbusch zu graben. Nach einer Weile türmte sich neben ihm ein Haufen Erde.

Eine halbe Stunde später brachte ich ihm eine Tasse Tee. Die Dunkelheit brach rasch herein, es war kühl, und Nathans Hemd war unter den Achseln durchgeschwitzt. Er wischte sich die Hände an der Hose ab. »Gutes Mädchen.«

»Warum interessierst du dich so plötzlich für den Garten?« Eigentlich erübrigte sich diese Frage, da ich die Antwort kannte.

Er trank einen Schluck Tee. »Früher war er so wunderschön.«

»Du hast an Rose gedacht«, erwiderte ich anklagend. »Stimmt's? Du hast mit ihr gesprochen. Die Zeichnung, die ich in deinem Tagebuch gefunden habe. War sie für unseren Garten gedacht?« Ich wies auf den kaputten Zaun, das verfilzte Gras und den kahlen Flieder. ›Höhe. Richtung. Ruhe.‹ War das hier gemeint?«

»*Nicht*, Minty«, fiel Nathan mir mit Nachdruck ins Wort. »Wir sprechen nicht über Rose. Schon vergessen?«

»Was das Tagebuch angeht …«

»Vergiss es. Es ist meins. Nur für mich.« Seine Augenbrauen zogen sich zusammen.

»Fehlt dir etwas?«

»Alles bestens.« Sein Finger trommelte einen Wirbel auf seine Brust. »Es zwickt ein bisschen. Zu viel gegessen.«

Im dritten Kapitel von *Lebensstrategien – und wie man sie entwickelt* (meine derzeitige Bettlektüre) empfiehlt die Autorin kognitive Verhaltenstherapie beim Umgang mit heiklen Problemen. Wenn ein negativer Gedanke so oft wiederkehrt, dass er das eigene Wohlbefinden beeinträchtigt, ist es das Beste, ihn zu vermeiden, indem man auf andere Gedanken ausweicht. Und so bückte ich mich, aufgerieben von der Ehe, pflückte eine heraushängende weiße Wurzel aus dem Erdhaufen und ließ sie zwischen den Fingern baumeln.

Dabei dachte ich ganz fest an das, was am Montag bei Paradox zu tun sein würde. Ich beschwor den Gedanken an die chinesischen Figürchen herauf, deren Tage im Esszimmer gezählt waren. Ich stellte mir die Fischpastete vor, die ich für die Zwillinge zum Abendessen aus der Gefriertruhe genommen hatte.

Vergeblich.

Also drehte ich mich wieder zu Nathan um. »Warum, um Himmels willen, habe ich dir geglaubt, als du gesagt hast, du hättest die Vergangenheit endgültig hinter dir gelassen?«

Ich hätte ihn küssen und ihn so an einer Antwort hindern müssen. Reue sei Energieverschwendung, hätte ich ihm sagen sollen, um ihm dann mit eben erwähntem Kuss den Mund zu verschließen. Ich hätte über alles Mögliche reden können, nur nicht darüber.

Nathan wischte sich mit der Hand über die Oberlippe, sodass

ein Schnurrbart aus Erde zurückblieb. »Es ist zwecklos, sich wegen etwas zu streiten, das sich nicht ändern lässt, Minty.«

Ich gab es auf. Erinnerungen halten sich nicht an Befehle. Man kann nicht beschließen, die Vergangenheit zu vergessen. Sie begleitet einen, unauslöschlich eingeprägt, bis in die Gegenwart hinein.

Also ließ ich ihn weitergraben.

Ich ging hinein, machte Abendessen für die Kinder und steckte sie anschließend ins Bett. Dann sammelte ich meine Unterlagen zusammen und zog mich ebenfalls nach oben zurück. Auf dem Küchentisch deponierte ich einen Post-it-Zettel: »Mach dir selbst was zu essen.«

Kapitel 5

»Hallo, Minty«, zitierte Barry mich per Haustelefon zu sich.
»Wir brauchen dich hier.«

Den Telefonhörer zwischen Schulter und Kinn geklemmt,
blätterte ich gerade die Tageszeitungen durch, eine Körperhaltung, die, wie ich hoffte, eindrucksvoll demonstrierte, dass ich
gerade schwer beschäftigt war. In letzter Zeit war mir aufgefallen, dass meine Schulter und mein Oberarm steif wurden und
schmerzten. Als ich Nathan den Grund erklärte, lachte er und
meinte, das sei ein Trick, den er noch nicht kenne.

»Könnt ihr kurz warten, während ich noch einen Anruf erledige, Barry?«

»Nein«, erwiderte er. »Okay.«

Als ich in sein Büro kam, hatten sich Gabrielle und Deb auf
das gewaltige Sofa geflüchtet. Barry, der hinter seinem Schreib-
tisch saß, überragte die beiden um mindestens zwei Köpfe. Er
trug einen Lederblouson und eine Baumwollhose. Ein weißer
Abendschal aus Seide war um seinen Hals drapiert, und als er
den Arm hob, wurde ein rotes Kabbalaarmband sichtbar. Sein
Blick war durchdringend und forschend. Er hielt eine grüne
Plastikhülle hoch und begann: »Hier drin befindet sich eine
Menge Material über das reifere oder, sagen wir, das mittlere
Lebensalter. Was versteht man darunter? Wer ist betroffen? Die
Mädels« – er betonte unüberhörbar »Mädels« – »sind sich
einig, dass man sich damit beschäftigen sollte. Aber lässt sich
auch etwas daraus machen?« Ohne auch nur den Hauch von
Ironie reichte er mir die Hülle. »Wir meinen, dass das dein
nächstes Projekt ist, Minty.«

Gabrielle und Deb wechselten einen Blick. »Gabrielle und ich
glauben, dass wir uns nicht gut genug damit auskennen«, ergänzte Deb.

Ein leises, aber nicht zu überhörendes Alarmsignal schrillte in meinem Kopf. »Und ihr meint, bei mir wäre das anders?«

Ich könnte zu einer ganzen Reihe von Metaphern greifen, um zu beschreiben, wie man sich fühlt, wenn man eben noch dachte, zu den »Mädels« zu gehören, und plötzlich weiß, dass man sich getäuscht hat. Abhängig von meiner jeweiligen Stimmung, würde mich das zum Lachen oder zum Weinen bringen. Es war eigentlich nur die Frage, womit ich anfangen sollte.

Deb warf ihr gewelltes langes Haar – präraffaelitisch angehaucht, typisch Nordlondon – zurück, eine Geste, die (mit voller Absicht) einen unverstellten Blick, jugendliche Kühnheit und klare Zielvorstellungen suggerieren sollte. Gabrielle starrte Barry an, der wie immer so tat, als bemerke er es nicht.

»Ich habe das Gefühl, dass die Sache Potenzial hat«, gab Barry den Stab an mich weiter. »Sicher fällt dir was Interessantes dazu ein, Minty.«

Ich überflog den ersten Absatz eines Artikels aus dem *New Statesman*. »Dass unsere Gesellschaft und Kultur hauptsächlich die Jugend im Blick haben, hat zu einer Vernachlässigung der reiferen Jahrgänge geführt. Unzählige Untersuchungen beschäftigen sich mit den kulturellen und wirtschaftlichen Lebensumständen der Twenty- oder Thirtysomethings, und das gilt bis zu einem gewissen Grad auch für die Generation der Alten. Doch was wissen wir über die wichtige Zeit zwischen diesen beiden Phasen?«

Ein wichtiges Telefonat rief Gabrielle aus dem Zimmer, sodass Barry sich nun auf vernünftige Gedanken und das »kreative« Gespräch konzentrieren konnte. Definierten sich die »besten Jahre« durch besondere Verhaltensweisen? (Angst vor dem Risiko? Schlafstörungen? Koffeinunverträglichkeit? Regelmäßige Kontrolle des Kontostandes?)

Deb klopfte mit dem Kugelschreiber auf ihr Klemmbrett. »Ich hab echt keine Ahnung.«

»Oder heißt es, dass man seine Religiosität wiederentdeckt?«, ließ Barry eine kleine Bombe platzen.

»Mein Gott!«, entsetzte sich Deb. »Nicht wirklich, oder?«

»Vielleicht auch nicht«, ruderte Barry zurück. Möglicherweise definiert sich das reife, mittlere Lebensalter ja auch finanziell. Zum Beispiel dadurch, dass das Haus abbezahlt ist.«

Deb strich sich das Haar zurück und hielt es mit einer Hand zurück, sodass eine faltenlos glatte Stirn zum Vorschein kam. »Ist diese reife Generation um die vierzig?«

»Fünfzig.« Darin blieb Barry hart.

»Oh? Also gut.« Sie klang, als hätte sie schon mal davon gehört, dass man auch fünfzig werden kann. »Meinst du wirklich?«

Während des ganzen Gesprächs sahen mich Barry und Deb kein einziges Mal an.

»Minty, red doch mal mit deinen Freunden«, beendete Barry die Sitzung. »Menschen, die Bescheid wissen. Wie denken die über das mittlere Lebensalter?«

»Ich habe ein paar Statistiken ausgegraben, die vielleicht hilfreich sein können«, meinte Deb freundlich. Als sie mir die Papiere reichte, vollzog ihr Haar die geschmeidigen und fließenden Bewegungen ihres Körpers nach. »Vielleicht kannst du sie ja an einem der Tage durchschauen, an denen du zu Hause bist.«

Am folgenden Morgen kam ich früh ins Büro, weil ich wusste, dass Barry dann schon da sein würde. Ich legte ihm eine detaillierte Aufstellung vor, wie Paradox Productions davon profitieren könne, mich auf Vollzeitbasis einzustellen. Zu diesem Anlass hatte ich bewusst eine Leinenhose, ein Mieder, das ein kleines bisschen Dekolleté zeigte, und eine enge Jeansjacke ausgewählt.

Zu Hause hing die Dankeskarte seiner Frau – eine Silhouette von Matisse in einem strahlenden Blau – noch immer an der Pinnwand in der Küche: »Barry und ich fanden den Abend wunderschön … PS: Könnte ich vielleicht das Rezept für das Hühnchen haben?«

Barry hörte mir zu. Dann klopfte er mit dem Finger auf sein Filofax und erwiderte ruhig und freundlich: »Ich bin mir da nicht so sicher, Minty.«

In wenigen Minuten würden die Telefone wieder verrückt spielen und Barry von meinem Anliegen ablenken. Außerdem war ich schon immer dafür, den Stier bei den Hörnern zu packen. »Ich bin die Beste für diesen Job.«

»Jaa…« Barry war immer noch nett. »Versteh mich nicht falsch, Darling, natürlich würde ich dir gern helfen.« Um seine Bereitschaft zu zeigen, überflog er die wichtigsten Punkte meiner Aufstellung. »Du hast wirklich eine Menge zu bieten.«

»Ich weiß.«

»Aber es gibt viele kluge Frauen wie dich … ohne Anhang, wenn du verstehst, was ich meine.« Da er sich auf dünnes Eis gewagt hatte, machte er sofort einen Rückzieher. »Außerdem muss ich das Betriebsklima im Auge behalten. Deb würde aus allen Wolken fallen.« Dann fügte er mit ironischem Unterton hinzu: »Die Finanzen, du weißt schon.«

Der Bügel-BH unter dem Mieder juckte. »Lass es dir wenigstens durch den Kopf gehen.«

Barrys Lächeln erinnerte an eine Katze. Wie gerne hätte er sich nicht weiter mit meiner Bitte beschäftigt. »Das mache ich. Wir reden nach Weihnachten noch mal darüber, okay?«

Mein Dekolleté hatte er keines Blickes gewürdigt.

Da ich Barrys Warnung noch im Ohr hatte, machte ich mich am späten Nachmittag auf die Suche nach Deb. »Hast du einen Moment Zeit?«

Sie verstaute gerade ihre Sachen in einer Tasche mit Leopardenmuster. Ihre Bewegungen waren sparsam, und sie behandelte die Papiere fast ein wenig ehrfürchtig. Wortlos lauschte sie, als ich ihr meine Absichten erläuterte, wobei ich mir Mühe gab zu betonen, dass ich keine Bedrohung für sie darstellte. Schließlich trug sie Lipgloss auf, ohne einen Spiegel zur Hilfe zu nehmen. »Eigentlich würde es ja keinen großen Unterschied bedeuten, Minty. Warten wir einfach ab.« Das Mobiltelefon in der Hand, blieb sie auf der Schwelle stehen. »Morgen bist du nicht da, richtig? Dann sehen wir uns übermorgen.«

»Also?« Paige manövrierte sich in den Autositz, was aussah, als würde ein Schiffscontainer auf seinen Abstellplatz gewuchtet. Das Baby wurde zwar erst Ende Januar erwartet, aber da ihr jetzt im letzten Vierteljahr der Schwangerschaft das Gehen schwerfiel, hatte ich mich erboten, sie zu den Läden zu kutschieren, damit sie ihre Weihnachtseinkäufe erledigen konnte.

»Wozu brauchen wir diesen ganzen Generationenkram?«

»Wir nicht. Wenn man ein bisschen Gespür für seine Mitmenschen hat, braucht man das nicht. Aber die Wirtschaft ist aus Vermarktungsgründen darauf angewiesen.«

Paige überlegte. »Diese Deborah musst du im Auge behalten. Denk an meine Worte.« Dieser Ratschlag war nicht nur so dahingesagt, denn Paige wusste, wovon sie sprach. Schließlich hatte sie so manchen firmeninternen Machtkampf überlebt. »Als sie gestern nach eurem Gespräch nach Hause gekommen ist, hat sie sich unterwegs sicher schon einige Gründe überlegt, warum bei Paradox niemand außer ihr Vollzeit arbeitet, und das bedeutet nichts Gutes für deine Pläne. Insbesondere dann nicht, wenn Barry sie nach ihrer Meinung fragt, was er sicher tun wird.«

Ich ließ das auf mich wirken. »Nachdem Nathan Rose verlassen hatte und sie gefeuert wurde, schrieb ich ihr, jetzt sei ich endlich an der Reihe.«

»Das hast du getan?«

»Ja, und inzwischen tut es mir leid. Aber damals hatte ich das Bedürfnis, ihr deutlich zu machen, warum sich die Dinge so und nicht anders entwickelt hatten.«

»Ganz schön heftig«, meinte Paige nach einer Weile.

Ich beäugte ihren Bauch. »Und wie macht es sich so?«

»Es macht sich prima.«

Das war nicht mehr die tüchtige, elegante und durchgestylte Paige, die einem im Hause Hurley von zahlreichen Fotos entgegenlächelte. Diese Paige war eine erfolgreiche Bankerin gewesen. Aber Paige hatte das alles aufgegeben, als nach Jackson, inzwischen acht, noch Lara, fünf, zur Welt gekommen war. Ihr sei nichts anderes übrig geblieben, hatte ich sie zu Nathan sagen hören, der ihre Worte begierig in sich aufsog. Kinder könnten nicht gedeihen, wenn die Mutter nicht zu Hause bliebe. Und damit *basta*.

Die neue Paige war total erschöpft und zum dritten Mal schwanger. Den Lippenstift hatte sie achtlos aufgetragen, sodass innen an ihrer trotzig vorgeschobenen Unterlippe ein Rand zurückgeblieben war. Die trockene Haut unter ihrem linken Auge wurde von einem Wimperntuscheschmierer geziert.

»Du siehst müde aus.«

»Na und?« Sie zuckte die Achseln. Dennoch wirkte sie ... begeistert und voller Elan. »Weißt du, obwohl ich mich wie der größte Kartoffelsack der Welt fühle, wünsche ich, ich hätte schon früher damit angefangen.«

»Dein Tatendrang ist grenzenlos. Du solltest in einer Bank arbeiten.«

»Ha!«

Wir fuhren am Park vorbei. Paige machte es sich auf dem Sitz bequem und blickte begierig aus dem Fenster. »Sehe ich aus wie eine Gefangene beim einstündigen Hofgang?«

»Das Sackkleid verrät dich.«

Draußen waren Armeen von professionellen Hundeausführern unterwegs, einige mit bis zu sechs oder acht Schützlingen an der Leine. »Schau sie dir an.« Paige seufzte. »So habe ich mich auch gefühlt.«

Der Winter zeigte inzwischen sein grimmiges Gesicht. Die Bäume waren kahl, und der verregnete Herbst hatte dem Gras seine natürliche Farbe zurückgegeben. In den Schaufenstern der Läden funkelte Weihnachtsbeleuchtung. »Was ist, wenn ich diesmal sterbe?«, fragte Paige plötzlich. »Manchmal passiert das.«

Ich erschrak. »Du stirbst nicht.«

»Wenn doch, sorgst du dann dafür, dass irgendwo auf meinem Grabstein ›Mutter‹ steht?« Paige lachte beim Sprechen zwar auf, aber es klang nicht sehr vergnügt.

»Meinst du nicht eher ›Ehefrau und Mutter‹?«

Als sie den Kopf schüttelte, bemerkte ich den Ansatz eines Doppelkinns. »Das wäre zu viel des Guten, findest du nicht?«

»Paige, was ist los?« In meinen Augen waren Paige und Martin ein glückliches Paar und verkörperten die Beständigkeit, die zur Verteidigung familiärer Werte unabdingbar ist. Wie aus heiterem Himmel überkam mich die bestürzende Erkenntnis, dass ich das Bild vielleicht ganz falsch gedeutet hatte.

»Nichts, Darling. Überhaupt nichts. Männer können nur ziemlich anstrengend sein.« Eine Pause entstand. »Hey, habe ich dir schon erzählt, dass ich Lara in Partingtons Ballettschule untergebracht habe? Sie wollte unbedingt hin, und die Warteliste war ellenlang«, Paige vollführte eine Geste, mit der Angler die Größe eines besonderen Prachtexemplars andeuten. »Jedenfalls habe ich mir Mary Streatham aus meiner Lesegruppe geschnappt. Sie ist im Vorstand, und wir verstehen uns recht gut. Sie meinte, sie werde sehen, was sich machen ließe. Natürlich keine Extrawürste. Aber selbstverständlich wäre eine Spende für die Renovierung des Ballettsaals nicht unwillkommen – aber natürlich keine Extrawürste. Martin findet das peinlich.«

Ich schnaubte höhnisch. »Das riecht mir nach den Papierfabrikanten, die Nathan regelmäßig zu verlängerten Wochenenden in Paris einladen wollen.«

»Wenn du meinst.« Paiges blasierte Selbstgefälligkeit war nicht zu erschüttern.

In Paiges Küche – komplett mit einem rosafarbenen Aga-Herd und einem Sortiment von Kupfertöpfen – verstaute ich die Familienpackungen diverser Produkte, während Paige mir von dem Stuhl, auf den sie sich stöhnend hatte sinken lassen, Anweisungen gab. Linda, das Au-pair-Mädchen, hatte bereits den Tisch mit Porzellangeschirr, Gläsern und Servietten gedeckt. Einer von Paiges Grundsätzen – den ich ebenfalls übernommen habe – lautete nämlich, dass Kinder lernen sollten, mit Erwachsenen ordentlich an einem Tisch zu essen.

»Kommt Martin pünktlich nach Hause?«, fragte ich.

Paige seufzte auf. »Was glaubst du?«

Jackson, ein kräftig gebauter blonder Junge, stürmte in die Küche. »Mum, wo bist du gewesen?«

Paige riss sich aus ihrer Erschöpfung, als hätte jemand einen

Schalter umgelegt. »Schatz, wie war dein Tag? Sag hallo zu Minty.«

Jackson sprudelte über vor Neuigkeiten. »Dreimal darfst du raten, Mummy!« Allerdings schaffte er es nicht abzuwarten, bis Paige die verschiedenen Möglichkeiten durchgegangen war. »Ich bin zweiter im Rechtschreibtest geworden.«

Selbst ich kannte meine Pflichten. »Das ist ja toll, Jackson.«

Paige umfasste das Kinn ihres Sohnes mit der Hand. »Nur zweiter, Schatz?« Ihre Stimme war zwar sanft, aber unnachgiebig. »Was ist schiefgegangen?«

Ich verabschiedete mich von Paige, fuhr nach Hause, parkte und ging hinein. Überall im Land hasteten Eltern heimwärts, um ihren Nachwuchs zu versorgen. Eltern, die – beladen mit Aktenkoffern und in letzter Minute gekauften Lebensmitteln – die Tür mit dem Fuß aufstießen und »Ich bin da!« riefen. Diese Art Eltern ließen sich dankbar in das warme Kinderchaos sinken und vergaßen über den Umarmungen ihren Ehrgeiz.

Laut Liste in der Küche waren die Zwillinge bei Millie Rowe zum Tee. Ich sah die Post durch, bei der sich auch ein Gedichtband der feministischen Dichterin Ellen Black befand, die ich auf einer Party kennengelernt hatte. Das Buch trug den Titel *Die Entstehung einer neuen Art.*

Eine rote Socke von Lucas lag auf der Treppe. Geistesabwesend hob ich sie auf und strich sie glatt. Sie war sehr klein, und an der Zehe zeichnete sich der Anfang eines Lochs ab. Bald würde ich mich ums Abendessen und unzählige weitere Mahlzeiten kümmern müssen. Dann war da noch die Weihnachtsfeier der Zwillinge zu organisieren. Ich hatte eine Liste gemacht: Würstchen, Pizza, Chips, Götterspeise in Katzenform und Piratenhüte. Sicher würde ich danach noch tagelang eingetretene Wurst- und Chipskrümel von Dielen und Teppichen kratzen.

Die Eingangstür flog auf, und die Jungs spielten wieder einmal Windmühle, indem sie mit rudernden Armen auf mich zustürzten. »Da ist Mummy!«, jubelte Lucas überglücklich. Das Hemd hing ihm aus der Hose und war mit Vanilleplätzchen verkrustet. Felix hatte einen grünen Farbschmierer auf der Wange. Eve bildete, beladen mit den Habseligkeiten der beiden, die Nachhut.

Felix zerrte an meiner Hand. »Du bist doch meine richtige Mummy, oder?«

»Aber natürlich.«

Er machte ein wichtiges Gesicht. »Lucas sagt, Eve ist unsere richtige Mummy.«

»Lucas!« Ich warf Eve einen Blick zu. Sie schüttelte den Kopf. Lucas scharrte mit den Füßen. »Millie behauptet, ihr Kindermädchen wäre ihre richtige Mummy ...«

Millie war ihre neue Freundin, das einzige Kind geschiedener Eltern, die kein Wort mehr miteinander wechselten. Sie pendelte ständig zwischen beiden Elternteilen hin und her und war so durcheinander – und so verschlagen –, wie es ein Kind aus solch zerrütteten Verhältnissen nur sein kann. Die Jungs waren verunsichert, und ich zermarterte mir das Hirn nach einer zündenden Idee. »Warum laden wir Millie nicht zum Tee ein, damit sie sieht, wer die richtige Mummy ist?«

Nathan kam bleich und zitternd nach Hause, sodass ich ihn gleich ins Bett steckte. Später brachte ich ihm ein Tablett mit Rührei, Räucherlachs und Preiselbeersaft. »Du hast es mit dem Feiern übertrieben.« Ich klopfte seine Kissen zurecht, strich das Federbett glatt und vergewisserte mich, dass das Schlafzimmer picobello in Ordnung war.

»Zurzeit geht eine schwere Grippe um.« Er fühlte sich den Puls und sah mich grinsend an. »Er rast.«

Ich grinste zurück. »Sicher tödlich.«

Ich setzte mich ans Fußende des Bettes und betrachtete ihn. Zugegeben, Nathan war nicht ganz auf dem Damm, aber er hatte dichtes, glänzendes Haar mit attraktiven grauen Strähnen. Zum Glück war er weder grobschlächtig noch plump oder behaart. Er hatte auch nicht zugenommen, und die Venen an seinen Händen waren noch tief unter der Haut verborgen. Außerdem gehörte er glücklicherweise nicht zu den Männern, die unangenehm rochen oder mit lautstarkem und raumgreifendem Machogehabe jede Situation dominierten. Stattdessen sah ich nur Eleganz und eine wohlproportionierte Erscheinung.

»Solltest du dich nicht mal untersuchen lassen?«

Er aß ein wenig von dem Ei. »Vielleicht.«

»Ganz sicher.«

»Feldwebel«, sagte er, allerdings im Scherz. »Mir wäre ein Urlaub in Cornwall lieber. Was hältst du davon, Minty?« Wieder leuchtete ein Funken in seinen Augen auf. »Das wäre sicher schön. Die Jungs fänden es prima, und es würde uns allen guttun. Es wäre wieder wie früher.«

Draußen knallte eine Autotür, und Regen prasselte an die Fensterscheiben. Aber im Schlafzimmer war es warm und friedlich.

Ich wich dem Thema Cornwall aus. »Apropos, die Jungs … Das Krippenspiel.«

»Was ist damit?«

»Mrs. Jenkins hat Lucas versprochen, er könnte einen der Heiligen Drei Könige spielen.« Nathan zog fragend die Augenbrauen hoch. »Aber ich fürchte, sie hat Felix als Schaf eingeteilt.«

»Was?« Nathan fuhr hoch. »Und du hast nichts dagegen unternommen?«

»Was hätte ich denn unternehmen sollen?« Ich brachte das Tablett in Sicherheit und stellte es auf die Kommode. »Du brauchst nicht gleich so ein Drama daraus zu machen. Felix kann auch im nächsten Jahr einen König spielen.« Ich zermarterte mir das Hirn. »Oder sogar den Joseph.«

»Minty, komm her.« Als ich gehorchte, griff er nach meiner Hand, und zwar so fest, dass ich aufschrie. »Verstehst du unsere Söhne denn so wenig? Erinnerst du dich nicht, wie es war, ein Kind zu sein? Begreifst du nicht, dass Felix darunter leiden wird? Dass sein ohnehin schon wackeliges Selbstbewusstsein dadurch den Todesstoß erhält? Der Himmel weiß, dass wir alle lernen müssen, mit Leid, Zurückweisungen und Fehlern umzugehen, aber für unsere beiden ist es dafür noch zu früh. Noch nicht – solange ich etwas mitzureden habe.«

Ich starrte den Menschen im Bett an. Die warme, friedliche Stimmung war verflogen. »Du tust mir weh, Nathan.« Er ließ meine Hand los. »Findest du nicht, Felix sollte langsam lernen, dass die Welt ungerecht ist?«

»Mit fünf, Minty? Bist du denn so herzlos?«

»Fast sechs«, hörte ich mich sagen.

Felix war zehn Minuten jünger. Eigentlich eine Kleinigkeit, allerdings mit weitreichenden Folgen. Zehn Minuten hatten Lucas mehr Selbstbewusstsein und Aufmerksamkeit eingebracht.

»Und was sollen wir tun, Nathan? Lucas verbieten, den Weisen zu spielen?«

»Wenn ich dieser Frau begegne, drehe ich ihr den Hals um.«

»Warum? Sie macht nur ihre Arbeit.«

Eine lange Pause entstand. Dann stieß Nathan einen leisen Pfiff aus. »Tja, auf ihre Mutter können sich die Jungs wenigstens verlassen.«

Das hatte gesessen. »Ich sehe die Sache anders, Nathan.« Ich griff nach dem Tablett und wollte hinausgehen. »Und wenn wir schon beim Thema Zusammenhalt und Unterstützung sind: Kommst du zur Vorstellung?«

Nathan rieb sich das Ohrläppchen, und ich nahm eine abgrundtiefe Erschöpfung an ihm wahr, die mich ein wenig ängstigte. Schließlich war er erst fünfundfünfzig. »Zufällig ist der Fünfzehnte ein ungünstiger Tag, da findet eine wichtige Sitzung statt. Aber ich rede mit Roger.«

Meine Meinung änderte sich schlagartig. »Offen gestanden, Nathan, halte ich das nicht für eine gute Idee. Sag Roger lieber nichts. Vertrau mir. Lass es einfach.«

»Weißt du etwas?«, erkundigte er sich argwöhnisch.

»Nein, es ist nur so ein Gefühl.«

»Hmm«, brummte er. »Und mit deinen Gefühlen liegst du normalerweise richtig.« Als er unruhig hin und her rutschte, wurde das ordentliche Bett zerwühlt. »Glaubst du, ich bin den Anforderungen nicht mehr gewachsen?«

»Das habe ich nicht gesagt.«

»Aber du denkst es.«

Eine Frage schoss mir durch den Kopf: Wie wäre Rose mit dem Problem umgegangen? Nathans Anflug von Hilflosigkeit löste in mir nur Kälte und Abwehr aus – und ich wusste, dass ich von den Ungewissheiten und den Ängsten, die sein Leben bestimmten, überfordert war. »Nathan, möchtest du Kaffee oder Tee?«, erkundigte ich mich deshalb nur.

»Abends kann ich keinen Kaffee mehr trinken.« Er schob das Tablett weg. »Komm wieder her, Minty.«

Da war er wieder, der durchsetzungsfähige alte Nathan. Die Kälte fiel von mir ab, und ich kniete mich neben das Bett, um den Kopf auf seine Brust zu legen. Er streichelte mir das Haar. In unserer Beziehung hatte es weder Zeit noch Raum dafür gegeben, umeinander zu werben. Keine gemütlichen Kneipenbesuche und Abendessen. Keine Ausflüge in den Zoo oder Spaziergänge im Park. Ich hatte die Nachricht »Du gefällst mir« ausgesandt. Nathan hatte sie erhalten und war bei mir zu Hause erschienen und sofort auf den Punkt gekommen: »Ich will mit dir schlafen.« Er zitterte, und ich war verwundert über den Unterschied zwischen dem Mann, den ich im Büro erlebte, und der Art, wie er sein Anliegen vorbrachte. Es rührte mich an und löste in mir ein Hochgefühl aus.

Mit Nathan zu schlafen war kein Problem gewesen – ganz im Gegensatz zum Rest.

»Wie schaffen wir es nur immer wieder, einander misszuverstehen?«, fragte er.

Seine Finger glitten über mein Gesicht und liebkosten meinen Hals und meine Wangen. Dunkelheit und Feindseligkeit verschwanden und machten Wärme, Zusammengehörigkeitsgefühl und Frieden Platz.

Ich wünschte, diese kostbaren Momente würden ewig anhalten, uns umfangen und uns durch die Stunden, Tage und Jahre tragen, die noch vor uns lagen.

Das Krippenspiel kam und ging, und als Weihnachten vor der Tür stand, litt ich allmählich an einer Listenüberdosis. Es gab eine Liste für die Geschenke, eine für Lebensmitteleinkäufe und Menüplanung und noch eine für Unternehmungen.

Ursprünglich hatte auf der Unternehmungsliste »Sam und Jilly bei uns?« gestanden. Doch das war durchgestrichen und mit »Sonntag vor Weihnachten bei Sam und Jilly« ersetzt worden. Als ich Jilly anrief, um sie für den ersten Weihnachtstag zu uns einzuladen, hatte sie erwidert, es täte ihr sehr leid, aber sie würden diesen Tag daheim in Bath verbringen. Auf meinen Vorschlag, wir könnten ja zu ihnen kommen, war Jilly ins Stottern geraten: »Es liegt nicht daran, dass wir etwas gegen dich hätten, Minty – natürlich nicht –, aber wir sind schon ziemlich viele. Poppy und Richard sind da, meine Eltern und … selbstverständlich Rose.«

Also verabredeten wir, dass Nathan, die Jungs und ich am Sonntag vor Weihnachten nach Bath fahren und uns an einem anderen Tag mit Poppy und Richard treffen würden. Doch kaum stand dieser Plan fest, als Poppy schon wieder Sand ins Getriebe streute: »Könntet ihr am Sonntag vor Weihnachten nicht zu uns kommen? Sonst werden wir Dad und die Jungs nicht sehen, denn am zweiten Weihnachtstag verdrücken Richard und ich uns nach Verbier.« Ich erklärte, dass wir bereits in Bath eingeladen seien. »Nun, ja«, meinte Poppy mit wenig Bedauern. »Dann schauen wir am Heiligabend auf dem Weg zu Sam kurz bei euch vorbei.«

Durch sintflutartigen Regen fuhren wir zu Sam und Jilly und trafen um Punkt ein Uhr dort ein. Jilly begrüßte uns an der Tür. Sie trug alte Jeans und einen ausgebeulten Pullover, was uns alle ein wenig konsternierte, denn Nathan hatte einen Anzug an und ich mein bestes grünes Kleid und hochhackige Stiefel. Außerdem hatte ich darauf bestanden, dass Nathan vor der letzten Abfahrt an einer Raststätte anhielt, und so sahen auch die Jungs mit gewaschenen Gesichtern und gekämmten Haaren wie aus dem Ei gepellt aus.

»Ach, du meine Güte!«, rief Jilly aus. »Seid ihr aber schick!« Sie führte uns in die Küche, wo Sam in schmutzigen Gartenklamotten saß und die Füße auf den Tisch gelegt hatte. »Hier sind sie«, verkündete sie im Singsangton, und Mann und Frau wechselten einen vielsagenden Blick. »Wir sind erwischt worden«, sollten die leicht geweiteten Augen wohl ausdrücken.

Wir aßen in der Küche. Das Essen bestand aus Hamburgern für die Kinder und Eintopf für die Erwachsenen. »Eigentlich«, meinte Jilly, während sie die Suppenkelle tief in den Topf tauchte und Sam wieder einen wortlosen Blick zuwarf, »wollte ich ja etwas Besonderes kochen. Aber die Weihnachtsvorbereitungen haben so viel Zeit in Anspruch genommen. Du weißt ja, wie es ist.«

Nein, weiß ich nicht, hätte ich am liebsten geantwortet. Ich war empört, wie wenig Mühe sie sich gemacht hatte, und dachte an die mit Rosinen gefüllte Gans, die es bei mir gegeben hätte, an die Knallbonbons in ihren Schachteln und an den mit silbernen Kerzen und Gazeschleifen geschmückten Tisch.

Nathan bückte sich nach dem Löffel, den Frieda auf den Boden hatte fallen lassen. »Es ist sehr nett so«, sagte er leise. »Wozu auch das Theater?«

Jilly setzte sich und blickte in ihren Teller. »Das Wichtigste ist, dass wir uns sehen.«

»Find ich auch«, fügte Sam hinzu.

»Sehr viel Mühe haben sie sich ja nicht gemacht«, meinte ich auf dem Heimweg im Auto zu Nathan.

Nathan war ganz aufs Fahren konzentriert. »Kein gemästetes Kalb, so viel steht fest«, erwiderte er leichthin, doch er presste die Lippen zusammen.

Als Poppy und Richard am Heiligabend eintrafen, waren sie in Eile. In ihrem Auto stapelten sich Gepäck und Geschenke. Draußen regnete es heftig. Poppy stand im Flur und schüttelte ihr nasses Haar. »Wo ist der Weihnachtsbaum?«, wollte sie wissen. »Er steht doch sonst immer im Flur.« Ich erklärte ihr, ich hätte ihn in diesem Jahr zur Abwechslung im Wohnzimmer aufgebaut. »Ach, wie schade.« Sie warf ihren Mantel auf einen Stuhl und rauschte an mir vorbei. »Dad? Wo bist du?« Sie umarmte Nathan. »Wir haben uns ja eine Ewigkeit nicht gesehen. Wie geht es dir?« Dann stürzte sie sich auf Felix und küsste ihn.

»Warst du auch brav? Nein? Das habe ich mir gleich gedacht. Also gibt es kein Geschenk.« Als Felix sie traurig ansah, ging sie neben ihm in die Knie. »Felix, mein Schatz, schau nicht so, natürlich kriegst du ein Geschenk. Sogar ein großes.«

»Wie groß?«, fragte Felix mit – berechtigtem – Argwohn.

Poppy malte ein Quadrat in die Luft. »So groß.« Halbwegs beruhigt machte sich Felix auf den Weg, um seinem Bruder Bericht zu erstatten. Währenddessen richtete Poppy sich anmutig auf. »Niedlich.« Sie wandte sich an Nathan. »Wir können nur eine halbe Stunde bleiben. Sonst kommen wir zu spät zum Abendessen bei Sam.«

»Ach, nein«, sagte Nathan. »Ich dachte, ihr hättet ein bisschen mehr Zeit.«

»Dann sollten wir jetzt besser essen«, sagte ich.

Ich hatte den Tisch im Esszimmer mit einem strahlend weißen Tuch gedeckt und eine Platte mit Gurkensandwiches angerichtet. (Tipp: Man koche einen Achtelliter Wasser mit braunem Zucker auf, füge Apfelessig hinzu und lasse die Gurkenscheiben einige Stunden lang darin ziehen.) Außerdem gab es in Honig und Senf gebratene winzige Würstchen, Pizza für die Jungs und einen Weihnachtskuchen (Selfridges sei Dank), der mit einer winzigen Skiszene, einschließlich eines funkelnden Lifts, verziert war.

Als ich die Kerzen anzünden wollte, rief Poppy aus: »Nicht unsretwegen. Wir müssen gleich wieder los.« Sie ließ den Blick über den sich unter den Speisen biegenden Tisch schweifen. »Ach, herrje, ihr habt euch aber Mühe gemacht.« Nathan bot ihr ein Sandwich an. »Ich habe keinen richtigen Hunger, Daddy, und möchte mir den Appetit aufs Abendessen nicht verderben.«

Richard hatte Mitleid mit mir und verspeiste zwei Sandwiches. Lucas kletterte auf einen Stuhl und streckte die Hand nach dem nächstgelegenen Knallbonbon aus, worauf Nathan ihn schnappte und ihn auf den Schoß hob. »Nur Geduld, junger Mann. Wir öffnen sie in ein paar Minuten.«

Währenddessen wandte sich Poppy mit leiser Stimme an mich. »Jilly hat mir erzählt, wie schick ihr euch für den Besuch bei ihnen gemacht habt. Jetzt ist sie ein bisschen in Sorge, du könntest beleidigt sein, weil sie nicht rechtzeitig fertig gewesen ist. Ich habe ihr erklärt, dass du es ihr selbstverständlich nicht übel nimmst. Schließlich hättest du ja gewusst, wie sehr sie mit den Vorbereitungen für den ersten Feiertag beschäftigt gewesen sei.« Sie hielt inne, richtete den Blick auf ihren leeren Teller und fügte, offenbar um mir ein Zugeständnis zu machen, hinzu: »Vielleicht nehme ich ja doch ein Sandwich. Eigentlich hätte Jill sich gar keine Gedanken zu machen brauchen. Mum wird das Mittagessen kochen. Sie hat ein Händchen dafür.«

Ich warf einen Blick auf Nathan. Obwohl er noch immer Lucas an sich drückte und sich dabei mit Richard unterhielt, stellte ich fest, dass er aussah wie ein geprügelter Hund. Obwohl es nicht oft geschah, dass ich Beschützerinstinkte entwickelte, lösten Poppys Worte eine ungeahnte Wut in mir aus. Nathan war gekränkt, und diese beiden Frauen – seine Tochter und seine Schwiegertochter – würden niemals Ruhe geben.

Auf meiner korrigierten Unternehmungsliste stand: »Weihnachten bei uns. Truthahn, Bratkartoffeln und Weihnachtspudding für vier.«

Kapitel 6

Auf dem Weg zur Arbeit traf ich Martin Hurley. Es war ein Montag im Januar und bitterkalt, und ich hatte mich noch immer nicht von Weihnachten erholt. Martin war mit seinem schweren Aktenkoffer zu Fuß unterwegs, was sonst eigentlich nie vorkam. Wir blieben vor Mrs. Austens Vorgarten stehen, um zu plaudern. Der Haufen von Blumentöpfen und Joghurtbechern, der sich wie immer bedrohlich auf dem Fensterbrett türmte, war von Reif überzogen. Mrs. Austen war eine fanatische Gärtnerin, doch da sie im ersten Stock eines Mehrfamilienhauses lebte, fehlte ihr der Platz, um ihrer Leidenschaft zu frönen. Es war eine dieser Ungerechtigkeiten im Leben, die einen Menschen scharfzüngig, klatschsüchtig und bösartig machen – wie Mrs. Austen. Natürlich erschien sie wie auf ein Stichwort am Fenster.

»Eigentlich nicht dein Stil«, meinte ich, denn normalerweise sah ich Martin allmorgendlich in einen von einem Chauffeur gesteuerten Wagen steigen.

»Der Wagen ist kaputt.« Er verzog spitzbübisch das Gesicht. »Offen gestanden fühle ich mich, als würde ich die Schule schwänzen. Heute haben wir eine wichtige Sitzung, vor der ich mich nur zu gerne drücken würde. Vielleicht könnte ich ja während der Fahrt mit der District Line auf Nimmerwiedersehen verschwinden.«

Ich schmunzelte, denn wir beide wussten, dass Martin diese Sitzung um nichts auf der Welt verpassen würde. Wie bei so vielen Menschen im Arbeitsleben rechtfertigten die ständigen Besprechungen seine berufliche Existenz. »Ich glaube nicht, dass sich Ealing oder Hainault als Zufluchtsstätte eignet. Außerdem wirst du nach zwei Sekunden in der U-Bahn auf Knien um eine ganze Dienstwagenflotte betteln. Glaub mir.«

»Ich glaube dir«, erwiderte er, was sehr nett und außerdem unerwartet war. Es wäre ein Fehler gewesen, Martin als eindimensionalen Charakter abzutun, dessen Horizont nicht über seine Meetings hinausreichte. Er hatte Geschmack und war in vielen Dingen sehr großzügig. Sogar, was Geld anging. Außerdem war er nett zu seiner Frau, was man nicht von allen Männern behaupten konnte. Wenn Nathan und ich bei den Hurleys waren, beobachtete ich ab und zu, wie Martin Paige aufmerksam musterte. Vermutlich war es diese Liebe zum Detail, die ihn beruflich so erfolgreich machte.

Da das Spionieren am Fenster offenbar nur wenig befriedigend war, erschien Mrs. Austen schließlich auf der Vortreppe und schob sich immer näher an dieses interessante Straßentheater heran. Ich winkte ihr zu. »Mit Paige ist alles in Ordnung?«, fragte ich Martin.

»Geht so. Eine Schwangerschaft ist eben eine Ein-Personen-Veranstaltung. Ganz im Gegensatz zur Empfängnis.«

»Und freust du dich auf Nummer drei?«

Martin antwortete nicht sofort, und als er es tat, klang er ein wenig besorgt. »Es geht alles ein bisschen drunter und drüber – das Leben, meine ich.«

Die Antwort beunruhigte mich ein wenig. »Das ist mir um diese Uhrzeit zu kryptisch, Martin.«

»Ich fühle mich auch kryptisch, Minty. Schon gut. Und jetzt auf zu meiner Sitzung.« Er hauchte mir einen Kuss auf die Wange. »Bis bald.« Er hob grüßend den Aktenkoffer in Richtung der neugierig hinstarrenden Mrs. Austen, und dann gingen wir beide unserer Wege.

In der vollbesetzten U-Bahn, eingezwängt zwischen anderen Fahrgästen, begann ich, mir ernsthaft Gedanken um Paige und Martin zu machen. »Ich bin praktisch die einzige Mutter auf der Welt, die bereit ist, den Interessen ihrer Kinder Priorität einzuräumen«, hatte Paige einmal verkündet, und das war kein Scherz gewesen. »Es ist ein einsames Dasein. Wenn wir so weitermachen, wird der Westen bald entvölkert sein. Schau dir nur Italien an. Oder Deutschland. Kinderfreie Länder.« Paiges Eifer war gleichzeitig herzzerreißend und provozierend – eine Missionarin unter Heiden. Und dennoch hatte ihre gradlinige Betrachtungsweise etwas Beruhigendes, denn sie war frei von dem Wenn und Aber, das alles zur Beliebigkeit werden ließ.

Barry kam in mein Büro geschlendert. Doch seine Begrüßung fiel unfreundlich aus. »Wo warst du so lange?«

Ich hätte mich ohrfeigen können und errötete: Ich war zwanzig Minuten zu spät dran. »Tut mir leid, Barry, die U-Bahn.«

Er warf einen Blick auf seine Rolex. »Du kannst es ja nacharbeiten.«

Dann ließ er sich auf einen Stuhl fallen. »Ich habe heute einen schwierigen Tag. Wir brauchen grünes Licht für den AIDS-Film, also sprich ein Gebet.« Er trug einen dunklen Armani-Anzug und eine rote Krawatte, was »wichtige Sitzung« bedeutete, vermutlich die Erklärung für seine schlechte Laune. Außerdem roch er nach Rasierwasser und einem Hauch Wein vom Vorabend.

Wieder sah er auf die Uhr. »In fünf Minuten geht es los, und die werde ich mit dir verschwenden.«

»Was ist mit Gabrielle?«, lag mir schon auf der Zunge, doch ich verkniff es mir. Bei näherer Betrachtung saßen Barrys Kragenspitzen schief. Und im nächsten Moment wurde mir klar, dass Barry jetzt keine Ablenkung durch einen wohlgeformten Körper und ein erotisches Kichern gebrauchen konnte, sondern ein ruhiges und vernünftiges Gespräch mit einem Erwachsenen, bevor er sich auf den Weg zu seiner wichtigen Sitzung machte. Allerdings wusste ich beim Reden nicht, ob ich weinen sollte, weil ich nun nicht mehr in die Kategorie »hübsche Ablenkung« gehörte. Oder sollte ich lieber lachen – schließlich war ich ins ernste Rollenfach befördert worden.

Nachdem Barry gegangen war, widmete ich mich der Aufgabe, meinen Arbeitstag zu strukturieren. Zuerst wandte ich mich der eingegangenen Post zu und sortierte sie in »dringend« und »kann warten«. Rose hatte mir die Tricks und Kniffe der Büroorganisation beigebracht, und ich hatte die Lektionen nicht vergessen. So seltsam es klang, aber sie hatte mir ihr Fachwissen und ihren Ehemann auf einem Silbertablett serviert. Ich schrieb einen Bericht, erledigte Telefonate und las Manuskripte, bis mir die Buchstaben vor den Augen verschwammen.

Schließlich griff ich nach der Akte mit der Aufschrift »Mittleres Lebensalter«, um die ich bis jetzt – zugegebenermaßen – einen Bogen gemacht hatte. Dann schlug ich mein Notizbuch auf und schrieb: (1) *Wie* lautet die Geschichte? (2) *Warum* schlagen wir sie vor? (3) *Wer* wird sie umsetzen? (4) *Was* wird das kosten?

Was gab es zu diesem Thema eigentlich zu sagen? War das nicht eine Lebensphase, die man lieber verschwieg? Als ich meinen ersten BH kaufte, posaunte ich diese Nachricht in die ganze Welt hinaus. Fragen Sie den Geist meiner verstorbenen Mutter, die das gar nicht nachvollziehen konnte. Aber nur über meine Leiche würde ich die Existenz einer Krampfader am Bein zugeben (danke, Zwillinge). Ich hatte nicht das geringste Bedürfnis, den Verfall meines Körpers öffentlich zu erörtern. Die ersten Streiche des Alters. Das war doch, als ließe man Touristen in einer Ruine herumtrampeln. Und wer würde sich freiwillig mit den Fehlern, den Schuldgefühlen, der Reue und dem alltäglichen Kleinkram befassen, die Beruf, Kindererziehung und Sorgen nach sich ziehen? Wer stellte sich schon ohne Not der Tatsache, dass man im Alter einsam wird?

»Wenn sich ›die besten Jahre‹ an eine Frau heranpirschen, stellt sie fest, dass ihre jüngeren Geschlechtsgenossinnen ebenso wölfisch sind wie Männer«, verkündete ein Schreiberling in einem der Artikel, die Deb für mich ausgeschnitten hatte. In diesem Punkt war ich tatsächlich Expertin.

Ich wusste noch sehr gut, wie ich die Wölfin gespielt hatte ...

Nathan hatte mich im Bonne Tartine aufgespürt. Vermutlich war er mir von Vistemax aus gefolgt. Er setzte sich mir gegenüber und wies dann mit dem Kopf auf meinen Kaffee und den Teller, auf dem ein winziges unberührtes Croissant lag. Offenbar war er ausgesprochen zufrieden mit sich. Sein Gesicht wirkte unglaublich jung, und sein Haar war zerzaust. »Ist das nur da, um dich in Versuchung zu führen?«

»Woher wusstest du, dass ich hier bin?«

»Ich hab die Augen offengehalten und gewartet.«

Ich schluckte den sperrigen Kloß aus Aufregung und banger Vorahnung herunter. Da ich nun einmal so weit gekommen war, mussten einige Fragen geklärt werden. »Was ist mit Rose?«

Vorsichtig zerteilte Nathan das Croissant. »Rose ist mit ihrem eigenen Leben beschäftigt.« Er hielt inne. »Alles in allem glaube ich nicht, dass es sie stören würde. Ich kam bei ihr noch nie an erster Stelle...« Er beugte sich vor und fing an, mich mit dem Croissant zu füttern. Während mir die süßen, blättrigen Stücke im Mund zergingen, dachte ich, Rose müsse verrückt oder dumm sein, wenn ihr das alles nichts wert war.

»Warum hast du es getan?«, fragte mich die zweiundvierzigjährige Rose, nachdem ich ihr Nathan ausgespannt hatte. »Wir waren Freundinnen...«

Ja, wir waren Freundinnen gewesen. Enge, gute Freundinnen sogar.

»Du siehst so versunken aus.« Deb kam in mein Büro gerauscht. »Gibt es da etwas, das ich wissen sollte?« Ohne meine Aufforderung abzuwarten, ließ sie sich auf der Kante meines Schreibtischs nieder. Ich musste mich beherrschen, sie nicht runterzuschubsen.

»Okay.« Ich lehnte mich zurück. »Spürt die reife Frau den Verlust der Jugend stärker als ein Mann im gleichen Alter?«

»Mein Gott, keine Ahnung.« Deb erschauderte übertrieben. »Ist für Leute in diesem Alter der Zug nicht sowieso schon abgefahren, und zwar unabhängig vom Geschlecht?« Ihr Blick schweifte an mir vorbei zum Empfang, nur für den Fall, dass dort vielleicht jemand Interessanteres wartete.

»Ich glaube, mein Mann spürt es.«

Deb wandte ihre Aufmerksamkeit wieder mir zu. »Barry hat mir erzählt, dass du seine zweite Frau bist. Ist er viel älter? Ist er nett?«

»Er ist sehr nett«, erwiderte ich knapp. »Deshalb habe ich ihn ja auch geheiratet.«

»Wie viel älter?«

»Zwanzig Jahre.«

Debs Mundwinkel zogen sich angewidert nach unten. »Wie …
mutig«, meinte sie nach einigen verlegenen Sekunden. Dann
sagte sie: »Ich wünschte …«

»Du wünschtest?« Vielleicht wünschte sie sich ja einen neuen
Körper oder ein neues Leben. Oder sie wünschte sich, sie könne
sich endlich verlieben, etwas, vor dem ich sie gewarnt hätte.
Abgesehen von allem anderen bedeutete Liebe auch Altern.
Man fing sich dabei Zwillinge, Krampfadern und eine hass-
erfüllte Sippe ein.

»Habe ich dir schon erzählt, dass ich in meiner Wohnung
noch verrückt werde? Sie liegt über einem indischen Restaurant, und sie stinkt – *ich* stinke – nach Curry. Der Vermieter weigert sich, etwas wegen der Belüftung zu unternehmen, und will
mir stattdessen die Miete erhöhen.« Sie breitete die Hände aus.
»Manchmal sehne ich mich nach einem sauberen weißen Palast
hoch über den Bäumen. Ich würde so gern anders leben. Allerdings sieht die Zukunft im Moment nicht eben rosig aus.« Sie
hielt inne. »Wusstest du, dass Barry einen neuen Produzenten
einstellen will? … Du wusstest es nicht? Soll angeblich der
totale Überflieger sein.«

Ich ärgerte mich über Barry. Zweifellos hatte er seine Gründe
gehabt, das bei unserem Gespräch vorhin nicht zu erwähnen. Das war wieder einmal ein Beweis dafür, dass Chefs vor
allem und zuerst mal ihre eigenen Interessen im Blick haben. Ich
klappte mein Notizbuch mit lautem Knall zu. Vielleicht waren
meine Tage bei Paradox ja gezählt. Ich gestattete mir einen Anflug von Bedauern. Aber schließlich gab es ja auch noch andere
Produktionsfirmen. Sollte Nathan seinen Auftritt zum Thema
»Ich habe es dir ja gleich gesagt« doch haben.

Deb stand auf und streckte sich. Die Lücke zwischen Cargohose und T-Shirt war mit Gänsehaut bedeckt. Beinahe, aber nur
beinahe, hätte ich sie gewarnt: »Wenn du nicht aufpasst, wirst
du dich noch erkälten.«

Ich kam rechtzeitig nach Hause, um Eve abzulösen, die ausgehen wollte. »Danke, Minty.« Ein seltenes Lächeln verzog ihre bleichen Lippen. »Heute ist ein wichtiger Abend.«

Es war besser, nicht weiter nachzufragen. Ich blickte ihr aus dem Kinderzimmerfenster nach, wie sie in ihren billigen Pumps die Straße hinunterstöckelte. Mit ihrem offenen Haar, das endlich einmal nicht streng mit einer Spange zusammengefasst war, sah sie frei und glücklich aus, und ich nahm mir fest vor, niemals zu vergessen, dass auch Eve das Anrecht auf einen freien Tag hat.

»Du bist eine fleißige Mummy.« Lucas' blondes Haar, das allmählich dunkler wurde, war zerzaust und verfilzt. Er war das Ebenbild seines Vaters.

Auf der Kommode tickte eine »Thomas-die-kleine-Lokomotive«-Uhr. Zwei Paar Socken, zwei T-Shirts und zwei Unterhosen hingen von einem Stuhl mit aufgeklebten Drachenbildchen. Ich stellte fest, dass die Jungs unter ihren Daunendecken noch lange wachsen mussten, bis sie das Fußende des Bettes berühren würden. Es würde noch viele Jahre dauern.

»Nie zu beschäftigt für euch beide.« Ich versuchte mich zu erinnern, auf welchem Bett ich am Vorabend gesessen hatte, und nahm das andere. Felix lächelte schüchtern. Sein Blick wanderte zu der Stelle über dem Bett, wo er eine Zeichnung an der Wand befestigt hatte. »Felix, die Tapete!«, wollte ich schon schimpfen, doch da bemerkte ich, dass die Zeichnung eine große schwarzweiß gestreifte Katze darstellte. »Meine verlorene Katze«, hatte er mit blauem Wachsmalstift darunter geschrieben.

Als die beiden schliefen – Felix zusammengerollt und auf die rechte Seite gedreht, Lucas ausgebreitet mitten auf dem Bett –, machte ich das Licht aus und überließ sie ihren Träumen.

Dann pirschte ich mich nach oben ins Gästezimmer, wo die weißen Rosen auf dem Gemälde aus dem dunklen Hintergrund hervorstachen, und suchte zwischen Nathans Hemden nach dem Notizbuch.

Am 21. Januar, also vor drei Tagen, hatte er geschrieben: »Wäre es besser, wenn einem alles egal ist?« Und gestern: »Ich habe das Gefühl, nicht wirklich zu existieren. Wenn ich in den Spiegel schaue, bin ich nicht sicher, wen ich da eigentlich sehe.«

Erst als ich das Notizbuch zuklappte, bemerkte ich den gelben Post-it-Zettel darauf. »Privat«, stand da in Nathans Handschrift.

Ich musste schmunzeln. Wenn das Notizbuch so privat war, warum versteckte er es dann nicht besser? Antwort: Er wollte, dass ich es las. Ich nahm die Herausforderung an, ging nach unten, holte einen Stift und schrieb darunter: »Sprich mit mir, Nathan.«

Die Kerzen, die ich auf den Tisch gestellt hatte, tropften. Nathan aß gemächlich das Biofiletsteak. »Nicht schlecht.«

Nicht schlecht? Jeder Bissen hatte ein Vermögen gekostet. Ich schluckte das letzte Stück, als wäre es Goldstaub, und meinte: »Irgendwann lerne ich schon noch kochen.«

Nathan stieß ein Geräusch hervor, das wie eine Mischung aus Auflachen und Schnauben klang. »An dir liegt es nicht, Minty.«

Von oben war lautes Gepolter zu hören. Obwohl ich es ihnen verboten hatte, tauschten die Zwillinge wie an den meisten Abenden ihre Betten. Nathan lauschte. »Alles in Ordnung«, versicherte ich ihm. »Erzähl mir, was bei Vistemax los ist. Als ich gestern Gisela getroffen hab, meinte sie, Roger sei ziemlich besorgt. Dabei dachte ich, ihr hättet ein gutes Jahr gehabt.«

Nathan schob den Teller weg. »Eine fette Schadensersatzklage wegen übler Nachrede«, gestand er. »In einem Artikel in der Wochenendbeilage ging es um Vorteilsnahme von Fußballmanagern. Es wird Vistemax eine Stange Geld kosten. Und es fällt unter meine Zuständigkeit.«

»Dich trifft doch keine Schuld.«

»Nicht direkt, aber ich trage trotzdem die Verantwortung.«

»Warum hast du nichts gesagt?«. Es war still in der Küche. »Journalisten«, murmelte ich. Seit ich nicht mehr bei Vistemax arbeitete, war ich über die Vorgänge im Unternehmen nicht mehr auf dem Laufenden, während Nathan sich elegant durch Zahlen und Strategien bewegte wie ein Fisch im Wasser.

»Du hättest wirklich mit mir darüber reden sollen«, wiederholte ich.

Nathan zuckte die Achseln.

Mittlerweile herrschte zwischen uns ein Schweigen wie bei zwei Menschen, die einfach nicht auf derselben Wellenlänge lagen. Der Ratgeber *Die erfolgreiche Beziehung* kannte in Situationen wie dieser keine Gnade: Das Problem musste angegangen werden.

»Ich habe dir das hier besorgt«, hörte ich mich sagen und reichte Nathan das Döschen mit Multivitamintabletten, das ich während meiner Mittagspause gekauft hatte.

Er warf es zwischen den Händen hin und her. »Danke, Minty.«

Nathan trug ein altes, ausgewaschenes blaues Hemd, das er schon seit grauer Vorzeit besaß und das er sich standhaft wegzuwerfen weigerte. Im Kerzenlicht wirkte die Farbe kräftiger. Mein eigentlich tiefschwarzer Rock schimmerte bläulich. Eine der Kerzen flackerte auf und verlosch. Nathan beugte sich vor, drückte den Docht zwischen den Fingern aus und meinte bedauernd: »Minty, du darfst dein Leben nicht damit verbringen, mich zu beobachten.«

»Offenbar wirklich ein scheußlicher Tag.«

Er pustete auf seine rußigen Finger. »Ja, stimmt.«

»Nathan …« Die Worte lagen mir auf der Zunge. Worum trauerst du insgeheim? Allerdings kannte ich die Antwort bereits. Nathan trauerte um Rose und um die Vergangenheit … und ich auch.

»Nimm eine dieser Vitamintabletten.« Ich griff nach der Dose und öffnete sie. »Ich nehme auch eine.« Ich hielt eine Tablette zwischen Daumen und Zeigefinger. »Sei ein braver Junge.«

Nathan betrachtete die Tablette eine Weile. »Später«, erwiderte er.

Ich hätte hartnäckiger sein müssen: Lass uns über dein Tagebuch reden. Lass uns gemeinsam herausfinden, was dich unglücklich macht. Doch sein Gesichtsausdruck bedeutete, dass all meine Worte vergeblich sein würden. Es zeichneten sich weniger Ungeduld und Abwehr darin ab – obwohl ich auch diese Gefühle zu erkennen glaubte, ohne zu wissen, ob sie sich gegen ihn selbst oder gegen mich richteten –, sondern eher eine offensichtliche und erschreckende Geistesabwesenheit. Nathan hatte sich aus der Küche verabschiedet, und ich hatte keine Ahnung, wo er jetzt war.

Ich unternahm einen erneuten Anlauf: »Nathan, ich weiß, ich hätte nicht lesen sollen, was du geschrieben hast, aber wir müssen darüber reden.«

»Was?« Mühsam wandte Nathan mir wieder seine Aufmerksamkeit zu. »Genau genommen …« Er hielt inne.

»Nathan, ich möchte mit dir über … das Tagebuch reden. Über das, was du geschrieben hast.«

»Nein«, fiel Nathan mir ins Wort. »Ich will das nicht erörtern. Es ist albern und sehr privat.«

»Aber …« Die Frage, warum er es dann beinahe offen hatte herumliegen lassen, lag auf der Hand. Allerdings hatte ich inzwischen gelernt, dass es in unserer Beziehung zumeist keinen direkten Weg gab, weswegen ich mich durch ein Labyrinth tasten musste.

»Ich sagte, ich will nicht darüber sprechen.«

»Wenn du meinst.« Mein Interesse, das Seelenleben meines Mannes zu erkunden, erlosch schlagartig. Ich schob den Stuhl zurück und stand auf. Wenn ich bei einer Fee drei Wünsche frei gehabt hätte, hätte ich mir den alten Nathan zurückgewünscht. Auch wenn es mir versagt geblieben war, ihn in jungen Jahren zu kennen, hätte ich gerne wieder den Nathan gehabt, der einfach in mein Leben gestürmt war und mich aufgefordert hatte, mit ihm zu fliehen.

»Nathan, kannst du mir mal die Pfanne rübergeben?« Ich beschäftigte mich, indem ich heißes Wasser einlaufen ließ und Spülmittel dazu goss.

»Klar.« Falls ihn mein Stimmungswechsel überhaupt wunderte, hatte er offenbar nicht vor, darauf einzugehen. »Da wäre noch etwas …«

Das Läuten der Türglocke hallte durchs Haus. Nathan zuckte zusammen. »Das ist es, was ich hätte erwähnen sollen.«

Ich erstarrte. »Am besten machst du auf«, erwiderte ich dennoch, ohne mir meine Überraschung anmerken zu lassen. »Hoffentlich sind die Jungs davon nicht wach geworden.«

»Aber ...« Nathan verbreitete eine Aufregung, die ich nicht einordnen konnte. Dann zuckte er die Achseln. »Okay.«

Er lief los. Kurz darauf hörte ich Stimmen und das Zufallen der Tür.

Während Nathan den Besuch ins Wohnzimmer führte, trocknete ich mir die Hände ab, schob mir die Haare hinter die Ohren und ging, um zu sehen, wer gekommen war. Als ich eintrat, fuhr Nathan herum. Ein eigenartiges Lächeln spielte um seine Mundwinkel. »Schau, wer hier ist.«

Allerdings hatte ein sechster Sinn mich bereits vorgewarnt. Rose.

Der Gedanke an diese Begegnung hatte mir Stoff für unzählige spätnächtliche Angstphantasien, ruhelose Träume und gnadenlose frühmorgendliche Selbstbezichtigungen geliefert, in deren Verlauf ich mich fragte, warum ich mich bloß auf Nathan eingelassen hatte. Im ersten Moment hätte ich am liebsten losgelacht: Es war einfach unfassbar, dass Rose jetzt hier vor mir stand. Dann wurden mir die Knie weich.

»Rose.« Ich musste mich an einer Sessellehne festhalten.

»Hallo, Minty.« Sie hielt mir die Hand hin. »Du siehst gut aus.«

Sie war schlicht, aber teuer, in Jeans und eine taillierte Tweedjacke gekleidet und wirkte schlanker als im Fernsehen. Außerdem war sie sonnengebräunt, und ihr Haar – schimmernd und mit blonden Strähnchen – war einfach ein Traum. Ich erkannte sie kaum als die Frau wieder, mit der ich in einem Büro gesessen und die tagaus, tagein einen grauen Rock und einen an den falschen Stellen ausgebeulten schwarzen Pulli getragen hatte. »Die Literatur, Minty«, hatte sie immer gesagt, »strotzt von Geschichten über das Spannungsfeld zwischen dem Diener und seinem Herrn.« Ihr Haar trug sie damals hochgesteckt, ohne

Rücksicht auf den Eindruck, den das hinterließ. Ihr Lippenstift war immer einen Stich zu rosa. »Es gibt da eine Kurzgeschichte über zwei Schwestern, die solche Angst vor ihrer Köchin haben, dass sie sich nie in ihre eigene Küche wagen. Den Großteil ihres Lebens verbrachten sie eingeschüchtert und durstig.«

Damals hatte Rose stets zwischen einem spöttischen Grinsen und lautem Gelächter geschwankt, und daran hatte sich offenbar nichts geändert. Sie strahlte keine Spur von Verbitterung, sondern nur höfliches Interesse aus, als sie die Veränderungen im Wohnzimmer begutachtete.

Super, dachte ich mir. Jetzt hat sich der Kreis geschlossen. Damals hatte ich diesen Raum – die taubengrau gestrichenen Wände, die Sitzgruppe am Fenster – mit Roses Augen betrachtet, während Rose ihn nun mit meinen sah: cremefarbene Wände und die Sitzgruppe näher am Kamin. Vermutlich dachte sie das Gleiche wie ich damals: Diese Frau hat *kein Gefühl* für dieses Zimmer.

»Was führt dich zu uns, Rose?«

Sie blickte zwischen Nathan und mir hin und her. »Hat Nathan es dir nicht erzählt?« Ihre Augen funkelten. »Hast du es Minty etwa verschwiegen, Nathan? Das war aber nicht nett von dir. Ich wollte mit Nathan reden, und er schlug vor, ich solle doch vorbeikommen, da ich ohnehin in der Gegend sei. Früher oder später wären wir uns ohnehin über den Weg gelaufen, oder, Minty? Ist es in Ordnung für dich?«

»Ich wusste nichts davon«, erwiderte ich. »Ich bin gar nicht vorbereitet.«

Nichts hat mich darauf vorbereitet, dass du mir Nathan weggenommen hast, hätte Rose jetzt eigentlich entgegnen können. Doch sie schien zu überlegen, bevor sie antwortete: »Ich glaube, wir haben beide keinen Grund zur Angst. Nicht mehr.«

Ich vermisste sie. Das hieß, ich vermisste die nette, gütige Rose, Nathans Frau, die vor Hilfsbereitschaft übergesprudelt war und Sachen wie »Verrat mir, was los ist, Minty« oder »Mach dir keine Sorgen« gesagt hatte. Doch diese Rose war – eigentlich kein Wunder – aus meinem Leben verschwunden.

Sie hängte ihre mit modischen Schnallen und Riemen verzierte Tasche über die andere Schulter. Ihr Faible für Handtaschen hatte sie offenbar beibehalten. Als sie Nathan ein freundliches und offenes Lächeln schenkte, hätte ich schwören können, dass er zusammenzuckte. »Nathan, wegen Sam ...«

Ich sah Nathan an, der einen ziemlich hilflosen Eindruck machte, und zog die Augenbrauen hoch. Er fuhr sich mit der Hand durchs Haar: »Sam hat ein Problem, und Rose möchte gern darüber reden.«

»Aha«, erwiderte ich, allerdings ohne hinzuzufügen: *Warum hast du es mir nicht erzählt?*

»Dad!«, war oben vom Treppenabsatz ein Schrei zu hören.

Nathan ging hinaus. »Marsch ins Bett, Lukey, aber ein bisschen plötzlich«, fauchte er.

»Es tut mir wirklich leid, Minty«, sagte Rose. »Wenn ich gewusst hätte, dass Nathan nichts gesagt hat, wäre ich nicht hergekommen. Ich hätte mir gleich denken können, dass er sich davor drückt.« Als ich leise auflachte, fuhr sie fort: »Ich erinnere mich noch gut an dein Lachen. Es ist so unverwechselbar. Ich wusste deshalb immer, wo du gerade bist.«

Aus irgendeinem Grund machte mich das gleichzeitig zornig und traurig. »Triffst du dich noch mit Hal?«, fragte ich. »Wie geht es ihm?«

Ihr Blick wurde argwöhnisch, aber ihre Antwort fiel höflich aus. »Natürlich sehen wir uns noch, sogar recht häufig, er ist ... Es ist eine wunderschöne Freundschaft. Da habe ich großes Glück gehabt.«

»Ich habe mich immer gefragt, was zwischen euch läuft.«

Nathan kehrte zurück und wollte Rose einen Drink, Kaffee, was immer sie wolle, aufnötigen. »Ein Gläschen Wein«, erwiderte sie nach einigem Zögern.

»Ich schaue nach den Zwillingen«, sagte ich. »Besprecht eure Sachen, und kümmert euch nicht um mich.«

Nathan warf mir einen Blick zu, der *Bitte sei nicht so*, besagen sollte. *Nenne mir einen guten Grund, wieso nicht*, entgegnete meiner.

»Wie geht es denn den Zwillingen?«, bekundete Rose höflich Interesse an zwei Kindern, die sie noch nie gesehen hatte. »Wie ich gehört habe, versteht Frieda – Sams Frieda – sich gut mit ihnen.«

»Ich weiß, wer Frieda ist, Rose.«

»Minty …«, mischte sich Nathan in scharfem Ton ein.

Doch Rose meinte nur: »Tut mir leid. Natürlich weißt du das.« Sie wandte sich wieder an Nathan. »Was unseren Sohn betrifft …«

Das Wort »unseren« sprach Rose mit berechtigter Selbstverständlichkeit aus.

Ich floh aus dem Zimmer und lief nach oben. Lucas hatte sich wieder hingelegt, und die beiden schliefen friedlich, wenn auch in den falschen Betten. Felix hatte sich unter der Decke zusammengerollt, Lucas seine auf den Boden geworfen. Ich deckte ihn wieder zu, kontrollierte das Nachtlicht und fand mich dann am Bügelbrett auf dem Treppenabsatz wieder.

Von unten hörte ich Gemurmel. Nathan lachte auf und sagte »Nein, oder?«, wie er es immer tat, wenn ihn etwas besonders amüsierte. Der Klang und die Melodie dieser zwei Wörter schien mir eindeutig zu sagen, dass ich nicht erwünscht war.

Ich griff nach einem seiner gebügelten Hemden und fing an, es hin und her zu falten. Bei einem perfekten Syllogismus folgt der logische Schluss direkt und zwangsläufig aus den beiden Vorannahmen. Ein Beispiel: A) Mann verlässt erste Frau, weil er unglücklich ist. B) Er heiratet zweite Frau, denn er »weiß«, dass sie ihn glücklich machen wird, und sie glaubt ihm. Ergebnis: Sie sind glücklich.

Syllogismen sind perfekt – die Welt ist es nicht.

Ich umklammerte Nathans Hemd so fest, dass mir die Hände wehtaten. Also ließ ich es fallen, stieg darüber hinweg und schlich mich hinunter in die Vorhalle.

Licht fiel aus dem Wohnzimmer auf den Flur. Die Tür war halb geschlossen, aber was ich durch den Spalt erkennen konnte, genügte mir.

Kapitel 7

Nathan und Rose saßen gemütlich auf dem Sofa. Rose spielte mit ihrem Glas herum. Ihre Finger schlossen und öffneten sich um den Stiel, wobei sich das Licht so grell in dem großen goldenen Ring an ihrer Hand fing, dass es mir schmerzhaft in die Augen stach. Nathan hatte sich lässig in die Sofakissen gelehnt, eine Hand ruhte auf der Rückenlehne. Seine Körperhaltung vermittelte Ruhe und Entspannung. Immer wieder fiel sein Blick auf seine erste Frau wie der eines verhungernden Hundes auf einen Knochen.

»Das dauert sicher auch diesmal nicht lang«, meinte Rose so nachsichtig und liebevoll, dass sie nur ihre Tochter meinen konnte. »Wie oft haben wir das schon erlebt, Nathan?« Nathan hing an ihren Lippen. »Aber ich mache mir trotzdem ein wenig Sorgen um Poppy. Sie hat so etwas … Ruheloses an sich. Als ich sie fragte, ob Richard und sie sich auch verstehen, meinte sie, sie sei noch nie glücklicher gewesen. Aber du kennst es ja, Nathan. Man merkt, dass etwas nicht in Ordnung ist.«

Zustimmend hob Nathan die Hand von der Sofalehne. »Am Geld kann es ja kaum liegen.«

»Nein, Nathan. Es ist nicht das Geld«, erwiderte Rose liebevoll. »Zumindest glaube ich das nicht. Es kann eigentlich nicht sein. Schließlich verdient Richard sehr gut.«

»Einer muss ja auch ans Geld denken.« Er lächelte ihr so verschwörerisch und sanft zu, wie er es bei mir nie tat.

Ich hätte sie über das aufklären können, was Poppy ihrer Mutter verschwiegen hatte. Ganz sicher hatte ihr Problem etwas mit dem Internet-Poker zu tun. »Wusstet ihr, dass Poppy vermutlich um Geld spielt und vermutlich auch verliert?«, hätte ich ihnen sagen können. »Und je mehr sie verliert, desto mehr wird sie spielen. So ist der Mensch nun einmal.« Dann hätten sie die Chance gehabt, gemeinsam etwas zu unternehmen. *Wie hoch sind deine Schulden? Wie tief steckst du schon drin?*, hätten sie fragen können. Sie hätten die Möglichkeit gehabt, sich miteinander zu verbünden und Poppy zur Rede zu stellen. *Uns kannst du es doch erzählen. Wir sind deine Eltern. Wir lieben dich.* Aber ich schwieg. Ich hatte zwar nicht viel für Poppy übrig, doch was sie tat, war ihre Privatangelegenheit.

Nathan stützte die Ellenbogen auf die Knie und beugte sich vor. Diese dem Denker von Rodin nachempfundene Pose war typisch für ihn. »Freut sich Jilly eigentlich, dass Sam die Stelle angenommen hat?«

Rose schlug ein Bein unter. »Darüber wollte ich mit dir reden. Jilly ist fast ausgerastet, als sie gehört hat, dass sie aus Winchcombe wegziehen müssten. Sie hat offenbar gedroht, einfach hierzubleiben. Sie sagt, sie *hasst* Amerika, insbesondere Texas.«

»Sie war doch noch nie in Texas, und sie wird auch nicht hierbleiben. So eine Frau ist sie nicht. Schließlich weiß sie, was für ein großer und wichtiger Karriereschritt es für Sam wäre.«

Rose schnalzte mit der Zunge, allerdings nicht ungeduldig oder ärgerlich, sondern es war eher ein Zeichen, das Teil ihrer Rede war: Es bedeutete, dass sie sich ihre nächsten Worte zurechtlegte. Und mein Mann, mein leichtgläubiger Mann, saß abwartend und mit einem beinahe schon schwachsinnigen Lächeln auf den Lippen da und lauschte. »Das ist schwierig, Nathan. Jilly hat im Dorf ihr soziales Umfeld gefunden: Pfarrgemeinderat, Lesegruppe, eine ausgezeichnete Schule.« Als Rose sich zu Nathan umdrehte, fiel ihr das Haar über die Schultern. Und Nathan ... Nathan beugte sich vor und schob ihr eine Strähne hinter das Ohr.

»Es ist fast unheimlich«, sagte er leise. »Frieda sieht dir von Tag zu Tag ähnlicher.«

Obwohl Rose nicht auf die Geste einging, schien sie erfreut. »Findest du? Sie ist wirklich etwas Besonderes. Hat sie dir von dem rosafarbenen Fahrrad erzählt? Bei meinem letzten Besuch haben wir beide Ballettstunde gespielt. Wir sind von den Sesseln gesprungen und haben auf Zehenspitzen getanzt.« Sie trank einen Schluck Wein.

»Merlot muss man zu würdigen wissen«, sagte Nathan mit russischem Akzent, worauf Rose lachen musste.

»Erinnere mich nicht an den Kerl«, meinte sie. Ich hatte keine Ahnung, von wem sie redete. Dann klopfte sie an ihr Glas. »Schmeckt wirklich gut. Kaufst du ihn noch immer im selben Laden?«

Ich fühlte mich wie in einem Spiegelkabinett auf dem Jahrmarkt, wo sich in manchen Spiegeln das Spiegelbild verkehrt. Eigentlich hätte *ich* gemütlich und vertraut, Nathans Hand hinter mir, auf dem Sofa sitzen sollen, während Rose wie ein Auftragsschnüffler durch den Türspalt späht.

Offenbar hatte ich mich bewegt, denn die beiden wirbelten ruckartig herum. Nathan fuhr erschrocken in Richtung Sofalehne zurück, während Rose in ihrer Sitzposition verharrte. Ich trat ins Zimmer. »Falls es dich interessiert, Schatz, den Zwillingen geht es gut.« Ich ließ mich ihnen gegenüber in einem Sessel nieder. »Habt ihr euer Problem geklärt?«

Rose stand auf und strich ihre Jacke glatt. »Ja und nein. Ich bin nicht sicher. Nathan wird dir alles erzählen.«

Dieses »Nathan wird dir alles erzählen« ärgerte mich zwar, aber unter den gegebenen Umständen musste ich es dabei bewenden lassen. »Deine Sendung hat mir gut gefallen, Rose. Sie war wirklich toll.«

»Ja«, erwiderte sie nur. »Das war sie wirklich. Die Dreharbeiten haben viel Spaß gemacht. Eigentlich war es nur ein glücklicher Zufall. Während ich noch über der Idee grübelte, hat Hal mich einem Produzenten vorgestellt. Es war eine ganz schöne Schacherei und auch nicht ganz einfach, diese Leute davon zu überzeugen, dass ich die Richtige bin, um durch die Sendung zu führen. Aber wir haben es geschafft.« In einer um Solidarität heischenden Geste schürzte sie die Lippen. »Vor der Kamera sieht man allerdings fünf Kilo dicker aus. Nicht, dass einen das stören sollte.«

Ich versuchte, sie nicht zu offensichtlich anzustarren. Doch ich konnte mich der Erkenntnis nicht verschließen, dass diese Frau das Vorbild war, das ich mich nach Kräften nachzuahmen bemüht hatte. Rose hatte die Klippen in ihrem Leben umschifft und verstrahlte nun eine Tatkraft und Energie, wie sie eigentlich mir gebührt hätte. Aber ich wurde von den Kleinigkeiten des Alltags fast erdrückt – meinen Listen, meinen Kindern ... und von meinem Ehemann. Im nächsten Moment kam mir der Gedanke, dass sich bestimmt Hunderttausende zweiter Frauen dieser Begegnung hatten aussetzen müssen, nur um festzustellen, dass sich ihr Verdacht bestätigte: Sie hatten sich freiwillig für die Rolle der jüngeren Schwester gemeldet und hatten keine Chance, die erfolgsverwöhnte Erstgeborene jemals einzuholen.

»Vielleicht machen wir ja weitere Folgen«, sagte Rose gerade. »Ich hatte ja keine Ahnung, bis ...« – ein erstarrtes kurzes Schweigen – »bis ich ... ich meine, ich habe erst vor kurzem entdeckt, wie groß, abwechslungsreich und wunderschön die Welt ist.«

Nathan stemmte sich aus dem Sofa und trat ein wenig näher an Rose heran. »Du musst jetzt nicht gehen.«

Rose kannte Nathan, und ich kannte ihn auch. Wir beide wussten, dass er ziemlich täppisch zu tarnen versuchte, wie unangenehm ihm das alles war. Wenn ich Nathan wirklich geliebt hätte ... wenn es denn so gewesen wäre ... dann hätte mir dieses unwürdige und erniedrigende Schauspiel das Herz gebrochen.

»Sag uns Bescheid«, meinte ich. »Dann sehen wir sie uns ganz sicher an.«

Rose griff nach ihrer modischen Handtasche und kramte darin. »Habe ich die Schlüssel etwa schon wieder im Mantel gelassen? Das sollte ich mir dringend abgewöhnen, weil sie immer herausfallen. Nein, da sind sie ja.« Sie vermittelte ein sympathisches Durcheinander, das niemals andere Menschen in Mitleidenschaft ziehen würde.

Nathan war hingerissen und verschlang sie förmlich mit Blicken. »Ich rufe Sam morgen an«, er berührte sie am Arm, »und erkundige mich, ob das mit Texas wirklich ernst ist.«

»Ich fahre morgen nach Italien. Last Minute, für ein verlängertes Wochenende. Ein ziemlich spontaner Entschluss. Dann muss ich noch ein paar Artikel schreiben, die eine Menge Recherche erfordern. Aber das macht sicher Spaß.«

Rose hätte uns viel mehr über sich erzählen können. Sie war mit einer neuen Vita in unser Haus spaziert, von der Nathan und ich keine Ahnung hatten. Sie hätte die Möglichkeit gehabt, uns ihr spannendes neues Leben zu schildern: Ich wohne hier und da, ich arbeite dort, ich war mit soundso beim Essen. Mit ein wenig Vorbereitung wäre ich damit zurechtgekommen. Ich hätte es sogar hören wollen, weil ich auf diese Weise wenigstens die Chance gehabt hätte, realistische Vergleiche anzustellen.

Sie legte Nathan die Hände auf die Schultern und hauchte ihm einen Kuss auf die Wange. »Ich rufe dich nächste Woche an. Und wegen dieser anderen Sache, Nathan«, das Licht fing sich in ihrem schimmernden Haar und dem üppigen Stoff ihrer Jacke, »darüber müssen wir auch noch reden.«

Nathan ballte die Fäuste. »Ja.« Er steckte die Hände in die Hosentaschen und fing an, auf den Fersen zu wippen. Plötzlich sah ich Nathan in jungen Jahren vor mir – den Mann, der Rose nach der Katastrophe mit Hal Thorne erobert, sie geheiratet und ihr Kinder und ein eigenes Reich geschenkt hatte. Sie hatte all das verteidigt, bis ich auf der Bildfläche erschienen war.

Die Beleuchtung im Wohnzimmer war schmeichelhaft – und zwar aus gutem Grund, denn schließlich hatte ich genug Mühe darauf verwendet, diesen Effekt zu erzielen. Rose wirkte so frisch und strotzend von unbekannten Absichten und Vorhaben. Doch woher kam dieses Geheimnisvolle? Angestrengt versuchte ich das Ausmaß der Bedrohung zu erfassen.

Die Antwort lautete offenbar, dass Rose so mächtig geworden war, weil sie sich nicht mehr festnageln ließ.

Nathan begleitete Rose in den Flur, wo die beiden sich noch etwa fünf Minuten unterhielten. »Richte Frieda aus, ich schaue mir ihren Spitzentanz an, wenn ich sie das nächste Mal besuche«, hörte ich ihn sagen.

Die Eingangstür fiel zu, und er kehrte in die Küche zurück, um sich der unvermeidlichen Szene zu stellen.

Ich hatte mich in die Vorbereitung von Eves wöchentlichem Großeinkauf geflüchtet und sah den Vorratsschrank durch. Zum Glück, denn er war praktisch leer.

Auf einen ordentlichen Streit gefasst, klopfte Nathan mit geballten Fäusten auf die Tischplatte. Ich kehrte ihm absichtlich den Rücken zu. »Ich bin sicher, dass du mich weder demütigen noch in eine peinliche Lage bringen wolltest, Nathan.« Beherrscht drehte ich mich um. »Denn dazu hast du doch eigentlich keinen Grund.«

Erschrocken machte er einen Schritt auf mich zu. »Natürlich wollte ich dich nicht demütigen. Auf gar keinen Fall. Rose war gerade in der Gegend und wollte einfach nur mit mir reden.«

»Rose mag es vielleicht gepasst haben, Nathan, aber war es auch für uns beide das Beste?« Ich bemühte mich, ruhig zu bleiben.

»Ach, komm«, erwiderte er, doch es klang stark nach Rechtfertigung.

»Schau, wie wir uns jetzt fühlen«, fuhr ich fort. »Gereizt und aufgewühlt.«

Nathan holte die Whiskeyflasche aus dem Schrank und schenkte sich einen Schluck ein. »Kannst du die Sache nicht ein bisschen lockerer sehen? Ruhig und vernünftig? Oder ist das zu viel verlangt?«

Jetzt brach es aus mir heraus: »Warst du etwa vernünftig, als du Rose verlassen hast? Ich glaube nicht. Außerdem halte ich nicht viel von dem Grundsatz, um jeden Preis nett zu seinen Mitmenschen zu sein, Nathan. Selbst wenn Rose es sich nicht anmerken lässt, hasst sie mich, und zwar mit gutem Grund. Und umgekehrt ist es genauso.«

»Warum? Sie hat dir doch nichts getan.«

Wir sahen uns zornig an. Wut pulste durch meine Adern und verflog wieder, sodass nur noch Erschöpfung zurückblieb. Meine Hände kramten im Vorratsschrank herum, ohne dass ich ihnen den Befehl dazu gegeben hätte. »Wenn du das nicht verstehst, kann ich es dir auch nicht besser erklären.« Meine Finger stießen auf eine lose herumliegende Nudel, und ich wusste – war mir vollkommen bewusst –, dass ich im Begriff war, in finstere Abgründe hinabzusteigen und Dinge zu sagen, die ich später bereuen würde. »Meine Gefühle für Rose sind ganz sicher nicht locker oder vernünftig. Ich hasse sie, weil ... ich ihr etwas weggenommen habe. Kapierst du das nicht, du Blödmann? Es hat etwas mit dem Kampf um Besitz zu tun, aber das weigerst du dich ja zur Kenntnis zu nehmen. Am liebsten hättest du uns beide gleichzeitig.« Ich kippte den Rest eines Päckchens mit Reis (naturbelassen und ungeschält) in ein Vorratsglas. »Du willst mich haben und dich trotzdem weiter mit Rose treffen. Du wünschst dir, dass wir alle Freunde sind.«

Nathan setzte sich an den Küchentisch und schlug die Hände vors Gesicht. »Willst du denn nicht mehr mit ihr befreundet sein? Du warst es doch früher auch.«

Ich beschäftigte mich weiter mit dem Reis, weil ich den Anblick seines Unglücks nicht ertragen konnte. »Du musst dich entscheiden, denn du kannst nicht zwei Frauen haben. Wenigstens nicht in diesem Land.«

Ich hörte, wie er einen Schluck Whiskey trank. »Ich kann mit dir nicht darüber reden, Minty. Es ist, als wolle man sich mit einem Wildfremden in einer Sprache unterhalten, die man nicht beherrscht.«

Es reichte. Jetzt hatte ich endgültig genug. »Gut, Nathan, dann also klipp und klar und auf Englisch. Ich denke, du versteckst dich hinter dem Thema Freundschaft, weil du dich eigentlich nur mit Rose treffen willst, ohne ein schlechtes Gewissen haben zu müssen.«

Er vollführte eine unbestimmte Handbewegung, die Beweis genug gewesen wäre, wenn ich noch einen gebraucht hätte. »Es hat dir alles nichts bedeutet?«, schleuderte ich ihm entgegen. »Und dabei habe ich mir solche Mühe mit dir und mit deiner Familie gegeben, die mich verabscheut. Falls du dich noch erinnern solltest, warst du derjenige, der sich in der Ehe mit Rose eingesperrt gefühlt hat. Du – nicht ich – hast gesagt, die Beziehung sei langweilig und eintönig geworden. Deshalb hast du sie verlassen. So hast du es mir erzählt, und ich habe dir geglaubt.«

Nathan erbleichte, vermutlich vor Wut, denn ich hatte einen wunden Punkt getroffen. Er konnte es nämlich nicht leiden, wenn man ihn kritisierte. »Darf ich dich darauf hinweisen, dass du diejenige warst, die nicht genug von Roses Fehlern hören konnte?«

»Aber offenbar ändern sich die Zeiten, richtig? Du würdest doch sofort zu ihr zurückkehren, wenn das ginge. Ohne die Kinder ...«

»Jemand muss sich schließlich um sie kümmern!«, rief er aus.

Ein langes, bedrohliches Schweigen folgte. »Ich werde vergessen, dass du das gesagt hast, Nathan.«

Wieder ein Schluck Whiskey.

»Lass das«, rief ich aus, erschrocken über seine bleiche Gesichtsfarbe. »Es bekommt dir nicht.«

»Halt den Mund.«

»Schau mich an, Nathan.« Er gehorchte widerstrebend. »Sag mir die Wahrheit. Du möchtest dich mit Rose treffen. Du vermisst sie. Du empfindest diese Ehe nicht mehr als befriedigend, sondern als Enttäuschung. Habe ich mich verständlich genug ausgedrückt?«

»Hör auf.«

»Rose steht dir altersmäßig näher, Nathan.«

»Hör auf.«

»Feigling.«

Nathan griff nach seinem Glas und marschierte hinaus. Die Tür zum Arbeitszimmer wurde zugeknallt.

»Reis«, schrieb ich auf Eves Liste. »Buchstabennudeln.«

Ich ging langsam nach oben, schlich mich zum Kinderzimmer und spähte hinein. Ein Kopfkissen lag auf dem Boden. Außerdem hatte Lucas seinen Teddybären quer durchs Zimmer geworfen. Der Schirm der Nachtleuchte war dabei verrutscht. Es juckte mir in den Fingern, Ordnung zu schaffen.

Ich lehnte mich an den Türrahmen, schloss die Augen und malte mir die Zukunft aus, in der Hunderte von Gegenständen vom Boden aufgehoben werden wollten. Dazu Hunderte von Großeinkäufen: Dosensuppen, Orangensafttüten.

Jedes Jahr würde ich für die Zwillinge größere Kleider beschaffen müssen. Sie würden Kricket und Fußball spielen wollen. *Fußball!* Vielleicht hatte Felix ja Lust, Geige oder Klavier zu lernen. Das würde Geld kosten. Woher sollte ich es nehmen? Kaum eine Woche verging, in der Nathan nicht sagte: »Wir müssen sparsam sein. Unsere Finanzen sind nicht unbegrenzt.« Das bedeutete im Klartext, dass er Rose immer noch die Raten für ihren Anteil am Haus zahlen musste. Was war, wenn Nathan krank wurde? Immerhin war er jetzt in einem Alter, in dem der Körper manchmal streikt. Er würde mehr Ruhe und Erholung brauchen. Woher sollten wir die nehmen?

In jener Nacht schlief ich im Gästezimmer. Ich war todtraurig, ich war aufgewühlt, und deshalb schlug ich den Gedichtband *Die Entstehung einer neuen Art* auf, den Ellen mir geschickt hatte. Der Verlag war so großzügig – oder leichtsinnig – gewesen, das Buch als Hardcover herauszubringen und die Innenseite des Einbands mit Faksimiles ihrer Handschrift zu bedrucken. Die Gedichte reichten von einer epischen »Männerklage« und dem häusliche Probleme behandelnden »Der Gegenstand im Kühlschrank« bis zu »Die Entstehung einer neuen Art«, dem das Buch seinen Namen verdankte.

Mit siebenundvierzig bin ich ins Zeitalter der Vernunft eingetreten.
Nicht mehr Frau, aber auch nicht Mann.
Ein Triumph?

Zwei Dinge erfuhr ich aus diesen Zeilen. Erstens: Die Dichterin hatte mir zehn Jahre voraus. Zweitens: Meine Zukunftsaussichten standen gar nicht so schlecht. Allerdings strotzten ihre Texte von Vokabeln wie »scheppern«, »krachen«, »poltern« und »das Brausen dunkler Fluten« – genug Geräusch, um ein kleines Orchester auf Trab zu halten –, und der Lärm verfolgte mich bis in meine Träume.

Irgendwann in der Nacht stieß einer der Jungs einen Schrei aus, und ich hörte Nathan im Kinderzimmer herumgehen und leise und beruhigend auf ihn einreden.

Am frühen Morgen schlüpfte Nathan zu mir ins Bett und riss mich aus einem tiefen Schlaf. Er war durchgefroren und anlehnungsbedürftig, kuschelte sich an mich und presste die Lippen auf meine nackte Schulter. »Warum bist du nicht zurückgekommen? Du hättest zurückkommen sollen, Minty. Es war nicht gut, so wütend zu Bett zu gehen.«

»Weil«, murmelte ich, »ich offiziell sauer auf dich bin.«

»Es war falsch von mir, nichts zu sagen, Minty. In Ordnung?«

Ich empfand die bittere Enttäuschung, fast nichts erreicht zu haben, und die Trauer, die sich nach einem heftigen Streit in einem breitmacht.

»In Ordnung.«

Er roch nach Schlaf und nach Whiskey. »Was ist heute angesagt?«

Ellens Gedichte gingen mir noch im Kopf herum. »Keine Ahnung.« Dann fiel es mir wieder ein. »In der Schule ist Elternabend. Kommst du?«

»Ja.« Seine Antwort war kaum zu hören. »Aber wahrscheinlich erst später.«

Plötzlich war ich hellwach. »Du darfst Roger nichts davon erzählen.«

Er kicherte mir ins Ohr. »Roger ist nicht mein Wärter. Wenn er mich fragt, schütze ich einen Anwaltstermin vor.« Nathans Finger wanderten über meine Schulter. »Ich lüge nicht gern. Wirklich nicht. Aber ich habe so ein Gefühl, dass du recht haben könntest.«

Es waren nicht unsere besten Bettlaken, weil der Baumwollstoff einen zu hohen Synthetikanteil hatte. Aber aus diesem Grund waren sie ideal für Gäste. »Wir beide haben an den meisten Abenden ›länger gearbeitet‹. Erinnerst du dich?«

Nathan drückte auf die empfindliche Stelle zwischen meinen Schulterblättern und der Wirbelsäule. »Damals hatte ich nicht das Gefühl zu lügen. Ist das nicht seltsam?«

Diese Tage waren wie … ja, wie eigentlich gewesen? Wie Tagträume mit den sprichwörtlichen Schmetterlingen im Bauch, weichen Knien und Herzklopfen? Ja und nein. Natürlich war ich hingerissen und von meiner eigenen Macht berauscht gewesen. »Du wirst es schon verkraften, Nathan. Die meisten berufstätigen Mütter lügen jeden Tag«, sagte ich und fügte hinzu: »Außerdem wäre ein Besuch beim Arzt eine gute Idee.« Sein Körper wurde allmählich wärmer. »Fühlst du dich wirklich wohl?«

»Prima. Mach dir keine Sorgen.«

Wenn ich in besserer Verfassung gewesen wäre, hätte ich ihn vielleicht darauf hingewiesen, dass ich mir nur deshalb Sorgen machte, weil er sich seit einiger Zeit wie ein Hundertzehnjähriger benahm. Außerdem fand ich, dass wir unsere Freizeitgestaltung ein wenig ändern, öfter etwas unternehmen und uns mehr bewegen sollten. Die Zwillinge hätten so gerne mit ihm Bowling gespielt. Oder Fußball im Park.

»Hast du dir eigentlich je überlegt, dass Roger bald in Rente gehen wird? Tja, wenn nicht, was ich allerdings nicht glaube, solltest du dir Gedanken über seine Nachfolge machen. Es wird sicher nicht mehr lange dauern, bis sie ihn aufs Altenteil schicken.«

Nathan gab mir einen Klaps auf die Hüfte. »Ist das nicht ein bisschen geschmacklos?«

»Ja … und?«

Er wechselte das Thema. »Hat Barry noch was dazu gesagt, dass du Vollzeit arbeiten willst?«

»Er brütet noch drüber.«

Eine kurze Pause entstand.

»Wegen Rose, Minty.«

Aus einem düsteren Winkel der Verbitterung stieg ein Seufzer auf. Ich hatte die Nase gestrichen voll von Rose. »Was ist mit ihr?«

»Warum erinnerst du dich nicht manchmal daran, dass ihr einmal befreundet wart? Und zwar sehr gut.«

Vormittage im Büro von Vistemax, wo es nach schlechtem Kaffee und Fotokopierer roch, während Rose »Hier, schau mal« sagte und mir einen Stapel Broschüren zum Thema fettarme, fettlose oder ostmongolische Küche oder einen Band mit dem Titel *Fünfhundert Wege zu schlankeren Oberschenkeln* hinlegte. »Also los.« Als ich einmal hereinkam, traf ich sie weinend an. Ihr viel zu rosafarbener Lippenstift war verschmiert, und ihre Haarspitzen waren feucht vom Regen. »Sam hat Probleme«, beichtete sie mir. »Er hat sich mit seiner Freundin zerstritten und nimmt es sich sehr zu Herzen.« Ich legte den Arm um sie und küsste sie auf die Wange.

»Nathan, bitte hör auf damit.«

Ihre gemeinsame Vergangenheit, ihre gemeinsamen Kinder, ihr gemeinsames Leben, alles mischte sich ineinander. »Nathan, Rose sagte, ihr hättet noch etwas anderes zu besprechen …«

»Nichts«, erwiderte er. »Es ist nichts.«

»Worum geht es?«

Wieder eine Pause. »Nichts, worüber man sich Gedanken machen müsste.«

Kennen Sie den alten Spruch? Wenn eine Frau ihren Geliebten heiratet, wird eine Stelle frei.

Er rutschte noch näher heran, und seine Hand glitt zwischen meine Oberschenkel. Seine Bartstoppeln kratzten mich an der Haut. »Minty, wegen unseres Gesprächs gestern …«

Nathan wurde beharrlicher, und ich biss mir auf die Lippe. Inzwischen glühte er am ganzen Körper und drängte mich. Unten in unserem Schlafzimmer warteten mein Kostüm und meine Bluse auf mich. In meiner Handtasche befand sich genügend Kleingeld für die U-Bahn-Fahrkarte und einen Cappuccino. Die Tasche mit meinen Unterlagen war gepackt, und es hätte losgehen können. Meinen Berechnungen nach blieben mir exakt zwei Stunden, um zu frühstücken und die Zwillinge und mich selbst abmarschbereit zu machen.

Im Leben hängt so vieles von der richtigen Zeiteinteilung ab. Daran lässt sich nun mal nicht rütteln.

Seine Stimme hallte in meinem Ohr wider. »Wegen gestern Abend …« Und da wurde mir klar, was Nathan da tat.

»Oh, mein Gott, Nathan …«

Seine Finger gruben sich in meinen Oberarm. »Minty … es tut mir leid, dass ich dich nicht gewarnt habe. Sie sah gut aus, fandest du nicht? Rose scheint ihr Leben im Griff zu haben und glücklich zu sein. Das ist schön, oder? Noch nie hatte sie so lange Haare …«

Als er mich anblickte, loderte in seinen Augen ein Feuer, das nichts mit mir zu tun hatte.

Unter Aufbietung all meiner Kräfte stieß ich ihn weg. »Ich bin nicht … Rose. Kapierst du das? Ich bin nicht Rose.«

Kapitel 8

In der folgenden Woche zitierte Barry mich zu sich ins Büro. »Hallo«, meinte er. »Tut mir leid, dass ich so lange gebraucht habe, um über die Stelle nachzudenken.«

Ein Glück, dass ich mir an diesem Vormittag die Mühe gemacht hatte, mich in Schale zu werfen – ein fließender Blumenrock und eine schwarze Jacke mit Gürtel.

Als Barry mich abschätzend musterte, wurde ich von einer bangen Vorahnung ergriffen. Vielleicht würde es ja doch nicht nach Plan laufen. »Wusstest du, dass wir grünes Licht für die AIDS-Serie haben?«

»Ja. Herzlichen Glückwunsch.«

»Charles von Channel 4 ist ganz begeistert.« Barry zählte die einzelnen Punkte auf. »Viel Geld. Gute Chancen für einen Verkauf ins Ausland. Und Kevin Stone als Regisseur. Ein super Paket.« Wieder der forschende Blick. »Weißt du was, Minty? Ich hab nachgedacht.«

Wenn Chefs zu denken anfingen, kam häufig nichts Gutes dabei heraus.

»Ich sehe die Sache für Paradox folgendermaßen. Da ich unseren Ausstoß erhöhen möchte, brauche ich jede Menge neuer Ideen. Also kannst du zur Probe ganztags anfangen. Sechs Monate. Dann schaue ich mir an, wie es so läuft. Über das Geld und die anderen Einzelheiten sprechen wir später.«

Mir fiel auf, dass Barry keine große Lust hatte, die »anderen Einzelheiten« zu erörtern. »Ich freue mich. Vielen Dank.«

Er beugte sich vor. »Keine Probleme mit der Kinderbetreuung?« Als ich die Augenbrauen hochzog, fügte er hastig hinzu: »Das frage ich nur als Freund.«

»Alles unter Kontrolle.«

»Also sechs Monate.«

Der Witz, der sich bei meinem Abschied von Vistemax wie ein Lauffeuer in den Büros verbreitet hatte, war eigentlich recht lustig gewesen. Unter anderen Umständen hätte ich sicher darüber gelacht und mir die Schadenfreude auf der Zunge zergehen lassen: Welches Vorstandsmitglied hat es als einziger geschafft, dass zwei seiner Frauen von derselben Stelle gefeuert wurden? Antwort: Nathan Lloyd. »Ich komme als der totale Waschlappen rüber«, hatte Nathan zu mir gemeint. Machte er mich etwa für mein Scheitern verantwortlich? »Und ich als Idiotin«, hatte ich zornig zurückgegeben.

»Gut.«

Barry kippte seinen Stuhl zurück. »Also«, er zog das Wort in die Länge, »Chris Sharp wird als Produzent bei Paradox anfangen. Früher war er bei der BBC. Kluger Typ. Ihr werdet zusammenarbeiten. Wenn er etwas nicht ausstehen kann, dann sind das Trantüten.«

Offenbar sollten wir wie Gladiatoren in den Ring geschickt werden. Doch ich schnippte auftrumpfend mit den Fingern. »Dann wird er sich hier ja sicher wohlfühlen.«

Bei der Donnerstagssitzung wurden wir mit Chris Sharp bekannt gemacht. Er entpuppte sich als zierlich und brünett, hatte haselnussbraune Augen und trug von Kopf bis Fuß Armani – alles in Schwarz. Allerdings machte er keinen sonderlich bemerkenswerten Eindruck. Barry schob ihn ins Büro. »Sagt hallo, Mädels.« Deb und ich lächelten gehorsam.

Chris hob zum Gruß einen Finger und setzte sich. Dann legte Deb ein Konzept für eine sechsteilige Gartenserie mit dem Titel *Graben für den Sieg* vor. »Durch jede Sendung führt ein anderer bekannter Gartenbauspezialist, der sich mit einem bestimmten Thema befasst. Das Format der einzelnen Folgen setzt sich aus einem allgemeinen Überblick und zwei zusammenhängenden Filmbeiträgen zusammen. In der Städteausgabe behandeln wir zwei Stadtgärten, der eine ist schon fertig, der andere wird gerade umgestaltet. Dazu kommt noch eine Folge über Blumenkästen, der typische Rentnerblumenkasten, Blumenkästen für Kinder ...«

»Sollten nicht auch Blumenkästen für Junggesellen dabei sein?«, wandte Chris ein. »Ansonsten wäre es doch ein wenig... unausgewogen.« Sein Blick schweifte selbstbewusst über den Tisch, machte sich ein Bild und speicherte es. Er hatte etwas Katzenhaftes an sich – verstohlen, aber entschlossen – mit dem richtigen Riecher für Gelegenheiten und den richtigen Zeitpunkt. »Und sollte man sich auf britische Gärten beschränken, oder wollen wir die Serie in ganz Europa verkaufen?«

In ihrer Gewissheit erschüttert, schob Deb ihr Nordlondoner Haar zurück. »Klar«, sagte sie und riss das Gespräch wieder an sich. »Dazu wäre ich gleich gekommen.«

Als Barry wegen der Kosten grummelte, stellte Chris rasch eine Zahlenkolonne zusammen. »Anfangs sind die Kosten pro Folge vielleicht höher, aber bei einem breiter gestreuten Verkauf der Nebenrechte erzielen wir eine bessere Rendite.«

Barry wirkte erfreut. »Schön.«

Als nächstes stand *Das mittlere Lebensalter: Anfang vom Ende?* auf der Tagesordnung. Merke: Ich hatte mir die Unterlagen selbst noch einmal laut vorgelesen, um sie fließender und selbstbewusster vortragen zu können. »Ich kann mir die Sache als Zweiteiler vorstellen. Im ersten wird der Begriff definiert, im zweiten anhand einer ausgewählten Personengruppe gezeigt, was er im Einzelnen bedeutet. Die Schlussfolgerung sollte lauten, dass es sich um eine angenehme Phase des Lebens handelt.« Im Folgenden führte ich aus, wie die Sendung die Themen Wohlstand, Ernährung, Sport, Schönheitschirurgie und spirituelle Erneuerung behandeln würde. Mein Redefluss plätscherte über die Felsen und Klippen von Statistik, persönlicher Einstellung, Konsumgewohnheiten und Lebensgeschichte. Barry ließ den Kugelschreiber zwischen den Fingern schnippen. Chris beobachtete mich aufmerksam, stützte das Kinn auf die Hand und machte sich Notizen.

Deb stand auf und schenkte Kaffee ein. Während sie mir eine Tasse zuschob, schwebte Barrys Hand über dem Keksteller. »Ich sollte lieber nicht. Ich sollte wirklich nicht.« Die Hand schoss auf ein Marmeladenplätzchen hinunter. »Bei dir klingt dieses mittlere Lebensalter wie ein Urlaubsparadies«, stellte er ohne Ironie fest. Da dieser Kommentar von einem Regen aus Kekskrümeln begleitet wurde, holte Deb ein Papiertaschentuch heraus und wischte verstohlen über den Tisch.

»Wir sollten gegenüber den Controllern besonders die Finanzkraft dieser Zielgruppe betonen«, fuhr ich fort, »denn die wird nach Meinung einiger Experten unterschätzt. Menschen in diesem Alter haben viel Geld zum Ausgeben und werden diese Sendung sehen wollen, insbesondere dann, wenn wir ihnen auch das Positive zeigen.«

Chris schrieb wie ein Besessener.

Barry verspeiste einen zweiten Keks und dachte nach.

Chris blickte von seinen Notizen auf. »Ein interessantes Thema. Allerdings fehlt ihm«, kurz schlossen sich die Katzenaugen, »ein wenig der Fokus, oder? Sollten wir nicht besser folgende Frage stellen: ›Sind Sie als Thirty- oder Fourtysomething bedeutungslos, nur weil Sie sich jetzt im mittleren Lebensabschnitt befinden?‹«

Paige zog die Augenbrauen in luftige Höhen, und das gleich zweimal. Ich genoss die dramatische Wirkung.

»Rose ist einfach bei euch hereingeschneit? Nicht zu fassen!« Das Strickzeug in der Hand, lehnte sie sich in einige unbequem aussehende Kissen und wollte alle Einzelheiten hören. Eigentlich war die Geschichte nicht weiter kompliziert – Rose war erschienen. Sie und Nathan hatten miteinander geredet. Ich hatte gelauscht. Rose war gegangen. Aber das traf es nicht ganz.

Nachdem es einige Male falschen Alarm gegeben hatte, war Paige ins People's Hospital eingeliefert worden, wo ich sie nun auf dem Heimweg von Paradox besuchte. Das People's Hospital war so groß wie ein Flughafen und galt als das modernste und beste Krankenhaus im Land. Aber Hightech hin oder her, bereits die Temperaturregelung stellte offenbar eine zu große Herausforderung dar, weshalb das Gebäude völlig überhitzt war. Außerdem hatte mir die Suche nach der Nelson-Mandela-

Entbindungsstation die Grenzen meiner Geduld vor Augen geführt.

Paige hörte zu, während die Stricknadeln klapperten. Als ich fertig war, meinte sie: »Du darfst nicht zu viel hineindeuten.« Dann lachte sie auf. »Du hast gerade die klassische Dreiecksbeziehung beschrieben.« Mit einer eleganten Handbewegung beendete sie die Reihe. »Und Rose sitzt oben.«

»Mir ist jetzt erst klar geworden, dass Nathan Rose nicht verlassen hat, weil er *sie* satt hatte, sondern eher sich selbst.«

»Mag sein.« Sie fing eine neue Reihe an.

Paiges Ein-Frau-Kunstgewerbeunternehmen kannte ich noch nicht. »Ich wusste gar nicht, dass du stricken kannst.«

Unser Gespräch wurde vom Geschrei Neugeborener untermalt, heisere kleine Geräusche aus Lungen, die erst noch lernen mussten, richtig zu atmen.

»Es gibt nichts, was ich nicht für meine Babys täte.« Paige zählte Maschen. »Und ich stelle mir gern vor, dass sie fest und warm in etwas eingewickelt sind, das ich selbst gemacht habe.«

»Du könntest auch ein Umschlagtuch kaufen.«

»Darum geht es nicht. Mich für sie einzusetzen ist ... zehn ... zwölf ... vierzehn.«

Eine Frau mit langem blondem Haar schlurfte am Bett vorbei. Mit einer Hand zog sie einen Infusionsständer hinter sich her, mit der anderen hielt sie sich den Bauch. Zwischen ihren Fingern quoll Haut hervor.

Da ich nun einmal beim Thema war, gab es für mich kein Halten mehr. »Vielleicht hat sie an Nathan und die alten Zeiten gedacht. Vielleicht vermisst sie ihn. Ich weiß nicht. Jedenfalls wirkten sie so vertraut zusammen, Paige. Es war, als wäre die Verbindung zwischen ihnen in all den Jahren nie abgerissen.«

Da Paige keine sehr begabte Strickerin war, hatte sie Schwierigkeiten, die Maschen wieder auf die Nadel zu fädeln. »Du kannst dich glücklich schätzen, dass es sich nur um ein gelegentliches Treffen handelt. In alten Geschichten wäre Rose entweder an Gram gestorben oder hätte sich umgebracht und wäre dir als Geist erschienen.«

»Offenbar kann sie sich die Mühe sparen, zuerst zu sterben.«

»Schade, dass du nicht schreibst oder malst. Es ist ein interessantes Thema, und du besitzt Erfahrungen aus erster Hand.« Paige legte die Nadeln zusammen, wickelte das unvollendete Werk darum und verstaute alles in einer Tasche.

»Aha!«, rief ich aus. »Da liegt also das Problem.« Das mir nur zu gut vertraute Greinen der Babys in ihren Plastikbettchen untermalte mein Geschrei. »Genau darum geht es. Alles, was ich tue, geschieht zum zweiten Mal – aus zweiter Hand sozusagen. Nathan hatte bereits ein Zuhause. Er hatte Kinder. Er hatte Freunde …« Die frostigen Frosts und die mürrischen Lockharts. »Und zwar eine ganze Menge, sie standen förmlich Schlange. Außerdem hat Nathan Familie – Junge, Junge, und was für eine –, die bereits vor meiner Ankunft in Stein gemeißelt war und nicht beabsichtigt, sich auch nur ein Stückchen zu bewegen.« Ich hielt inne. »Und dann ist da auch noch Rose.«

Das brachte das Fass mit Maden und Gewürm in meinem Kopf zum Überlaufen, und das sich windende Ungeziefer begann in alle Richtungen meines Gehirns davonzukriechen. Ich musste es dringend einfangen. Also betrachtete ich meine Hände. »Ich beklage mich ja nicht«, meinte ich. »Sondern erzähle es dir nur.«

»Tja, du beklagst dich doch«, widersprach Paige. »Aber das ist schon in Ordnung. Bei mir kannst du dich beschweren, so viel du willst. Und ich sage dir trotzdem, dass Rose ein Nichts ist. Du hast sie nur grundlos zu einer Bedrohung aufgebaut.«

»Tut mir leid«, erwiderte ich. »Ich wollte dir nicht die Ohren volljammern. Reden wir lieber über deinen Bauch.«

»Hast du nicht etwas vergessen?« Paige legte eine Hand auf ihren Unterleib. »Du bist die Einzige, die Zwillinge hatte, richtig? Das ist nicht aus zweiter Hand. Oder habe ich da etwas verpasst? Und übrigens: Du wirst die Patentante unseres neuen Sprösslings.«

»Oh.« Patentante zu sein bedeutet, akzeptiert zu werden und eine feste Rolle, einen Platz in der Hierarchie zu bekommen. »Danke, Paige.«

Als Frieda, die Tochter von Sam und Jilly, zur Welt kam, war Nathan vor großväterlichem Stolz fast geplatzt. Er wollte wissen, wie viel sie wog, ob sie genug aß, ob sie durchschlief und ob sie auch den Strampler trug, den er ausgesucht hatte.

Da ich selbst schwanger war, hatte ich nur mit halbem Ohr zugehört. Nie hätte ich damit gerechnet, dass Nathan ein solches Theater veranstalten würde, aber er tat es nun einmal. Allerdings machte er um die Sitzordnung bei Friedas Taufe nicht so viel Aufhebens, und auch daran war nicht zu rütteln.

»Es tut mir wirklich leid, Liebling«, entschuldigte sich Nathan. Er war verlegen und offensichtlich ratlos. »Sam und Jilly hielten es für das Beste, wenn du nicht bei der Familie sitzt.«

Man musste kein Genie sein, um sich das Gespräch auszumalen, das hinter meinem Rücken stattgefunden hatte.

Ich packte ihn an den Handgelenken. »Bist du für mich eingetreten, Nathan? Hast du für mich gekämpft?«

Er kauerte sich neben meinen Sessel. »Selbstverständlich, Minty. Ich habe für dich gekämpft wie ein Löwe. Aber es ist eben eine heikle Situation.«

So heikel nun auch wieder nicht. Schließlich war es nichts Neues, dass Menschen sich scheiden ließen und sich wieder verheirateten. »Schämst du dich meinetwegen?«, stieß ich mit zusammengebissenen Zähnen hervor.

»Nein. *Nein.*«

Allerdings wusste ich, dass meine Frage einen wunden Punkt getroffen hatte, und Nathan schämte sich dafür.

»Wo wirst du sitzen?«

»Am Kopf der Tafel.«

»Das heißt neben Rose.«

»Immerhin ist sie die Großmutter«, entgegnete er steif.

Über eine Schwangerschaft lässt sich nur wenig Gutes sagen. Offen gestanden bietet sie wirklich nicht den geringsten Vorteil – bis auf einen: Wenn man nah am Wasser gebaut hat, so wie ich, kann man das hemmungslos ausnutzen. Also drehte ich mich mit tränenüberströmten Wangen zu Nathan um und flüsterte: »Ich weiß, dass deine Familie mich *hasst.*«

115

Nathan setzte mich in eine der letzten Bankreihen in der Dorf-kirche von Winchcombe, unweit von Bath, wo ich, auf einige Kissen gestützt, thronte. Ich wusste, dass viele Blicke auf mir ruhten, und wahrscheinlich wünschten sich einige der Besitzer dieser mich fixierenden Augenpaare, dass ich auf die Knie fiel (unmöglich in der dreißigsten Woche), um meine Sünden öffent-lich zu bereuen. Dann hätten sich alle, einschließlich etwaig an-wesender Sünder, gewiss viel besser gefühlt.

Ich hingegen war versucht, mich zu erheben und mit lauter Stimme zu rufen: »Nathan war nicht glücklich mit Rose. Das hat er mir selbst immer wieder gesagt. Hört mich an! Ich habe ihn gerettet.«

Doch dann wurde ich aus meinen Grübeleien gerissen. »Minty.« Poppys Richard schob sich an mir vorbei und ließ sich auf dem freien Platz links neben mir nieder. »Nathan dachte, du brauchst vielleicht Gesellschaft. Also, hier bin ich.«

Seine fröhliche Art munterte mich ein wenig auf, und ich lächelte ihm zu. »Das ist aber nett von dir.«

Sein Lächeln war mitfühlend und nicht unfreundlich. »Zeit zur Beichte: Die Ehe mit einem Lloyd kann ziemlich anstren-gend sein, findest du nicht?«

Nachdem der wichtigste Teil der Zeremonie vorbei war und Frieda das erwartete Geschrei ausgestoßen hatte, kam auch Nathan zu mir nach hinten. Ich wagte nicht, mir auszumalen, welchen Preis er dafür würde bezahlen müssen. Doch so lautete die Abmachung, die ich mit meinen Tränen erzwungen hatte. Er setzte sich rechts neben mich und nahm meine Hand. »Hallo«, sagte er.

Während man etwas tut – wie zum Beispiel sich einen Mann zu angeln, der eigentlich einer Frau gehört, die man recht gern hat (aber nicht genug) –, spielt nur das Hochgefühl eine Rolle, das diese Aktivität in einem auslöst. Erst später, in den kalten grüblerischen Nächten, wird man sich der vollen Tragweite des eigenen Verhaltens bewusst.

Nathan klebte die Fotos von Friedas Taufe in ein in rotes Leder gebundenes Album, das er eigens zu diesem Zweck gekauft hatte. Foto Nummer eins zeigte Jilly, Sam und natürlich Frieda, die in einem Spitzenkleidchen steckte, das schon einige Generationen von Lloyds getragen hatten. Friedas Mund stand offen, und sie hatte eine Milchblase auf der Oberlippe. Foto Nummer zwei stellte Nathan und Rose dar. Rose trug ihr olivgrünes Lieblingskleid und hielt Frieda so geschickt, dass ein leiser Ärger in mir aufstieg. Friedas Händchen umklammerten einen ihrer Finger. Allerdings gab es auch einen Hinweis darauf, wie Rose sich dabei gefühlt hatte: Ihr Kopf war nach links geneigt. »Links ist meine Schokoladenseite«, hatte sie mir einmal anvertraut. Nathan ließ die Arme hängen, jedoch auf eine Weise, die andeutete, dass er einen davon gern um Rose gelegt hätte. Foto Nummer drei war ein formelles Gruppenbild. Jilly, einen altmodischen Hut auf dem Kopf, stand mit dem Baby in der Mitte. Sam hatte sich in Beschützerpose neben ihr aufgebaut. Nathan, Rose und Jillys Eltern sowie die Pateneltern, Geschwister und Cousins hatten sich um dieses Zentrum angeordnet.

Ich war auf keinem dieser Fotos zu sehen. Außerdem wechselte ich während der gesamten Feier kein Wort mit Rose. Aber ich ertappte sie dabei, wie sie mich ansah. Das wusste ich, weil ich das Gleiche tat …

Ich griff nach Paiges schweißnasser Hand. »Wie kann ich Rose beseitigen? Aus meinen Gedanken, meine ich. Wie kann ich verhindern, dass sie weiter meine Ehe bedroht?«

Sie schenkte mir einen mitleidigen Blick. »Du erstaunst mich. Es ist doch ganz einfach. Denk nur an deine Kinder.«

Ich kramte die mitgebrachten Zeitschriften aus meiner Tasche. »Kann ich sonst noch etwas für dich tun?«

»Linda hat alles im Griff, und am Abend übernimmt Martin.« Paige runzelte die Stirn. »Ich habe so ein komisches Gefühl, dass Linda mit dem Gedanken spielt zu kündigen, was absolut nicht in die Tüte kommt.« Sie fletschte die Zähne. »Wenn sie es tut, werde ich ihr die himmlischen Heerscharen an den Hals wünschen. Es ist wirklich nervig, hier herumzuliegen. Ich wollte so gerne zu Jacksons Schulaufführung gehen. Anschließend hatte ich eine große Teeparty mit allen Schikanen geplant und auch die Lehrerinnen eingeladen. Das Baby sollte doch eigentlich erst in zwei Wochen kommen. Das habe ich ihm auch eindringlich klargemacht, aber es will einfach nicht hören.« Wollflusen hingen an ihrem Nachthemd. Ich zupfte sie ab und warf sie weg. »Danke.« Vorsichtig richtete sie sich auf und ließ sich mit einem leisen Aufschrei wieder fallen. »Autsch! Das war der Ischias. Martin hat immer noch schlechte Laune. Eigentlich will er nicht noch ein Kind. Er meint, er käme dann nicht mehr zum Luftholen.« Sie sah mich an. »Habe ich schon erwähnt, dass ich ihn reingelegt habe? Das war zwar nicht sehr nett von mir, aber meine einzige Chance …« Mitten im Satz hielt sie inne. »Es strampelt wieder.« Sie klopfte sich auf den Bauch. »Aufhören!«

»Paige, ich schaue bei dir zu Hause vorbei und sehe nach dem Rechten. Hättest du sonst gern noch etwas?«

»Offen gestanden ja. Ein riesiges Steak, englisch, mit einem Teller Pommes.«

Vor dem Schwesternzimmer standen einige Pfleger und Schwestern zusammen und unterhielten sich. Einer der Pfleger, der eine hübsche blaue Uniform trug, ging zu Paiges Bett hinüber. »Hallo, ich bin Mike. Ich wollte mich nur vergewissern, dass bei Ihnen alles in Ordnung ist, Mrs. Hurley.«

»Mir geht es prima, bis auf das kleine Problem, dass ich ein Riesenbaby zur Welt bringen soll.«

Er tätschelte die Bettdecke. »Sie haben das ja schon öfter hingekriegt.«

»Genau, Mike«, erwiderte Paige.

Er warf einen Blick auf sein Klemmbrett. »Ich dachte, wir gehen noch ein paar Dinge durch, damit Sie wissen, wie die Sache abläuft. Heute um Mitternacht geben wir Ihnen …«

Da ich diese intimen Details nicht hören wollte, trat ich ein Stück beiseite – nur um noch privateren Szenen ausgesetzt zu werden: Mütter stillten oder wickelten ihre Babys oder drehten sich stöhnend in ihren Betten um. Einige wirkten benommen, ein Gefühl, an das ich mich nur zu gut erinnerte. Andere strahlten eine fast umheimlich anmutende Zuversicht aus, während die Besucher sich um das Kinderbettchen drängten. Bei jedem Baby, das man in ein solches Bettchen legte, wurde wie selbstverständlich vorausgesetzt, dass ihm ein schönes und erfolgreiches Leben bevorstand.

Ich warf einen Blick auf Paige. Mike machte sich Notizen auf seinem Klemmbrett, während Paige auf ihn einredete und sehr entschieden ihre Meinung vertrat. Ich musste schmunzeln. Typisch Paige, selbst etwas so Unberechenbares wie eine Geburt – oder den Tod – wollte sie planen.

Nachdem Mike davongehastet war, winkte Paige mich zu sich. »Ich habe es gern, wenn nette Männer sich nach meinem Befinden erkundigen.«

Als ich mich über sie beugte, um sie zum Abschied zu küssen, wurde gerade der Medikamentenwagen durch die Station geschoben. »Ich muss los – wahrscheinlich werde ich Stunden brauchen, um hier wieder rauszufinden.« Von Paige ging der unverkennbare milchige Geburtsgeruch aus. »Warum hast du dich entschieden, wegen der Kinder deine Karriere aufzugeben?«

Auch nicht der Anflug eines Zweifels verdüsterte Paiges gelassene Miene. »Es war ganz einfach. Als Lara ein Baby war, schrie sie jede Nacht, und ich war die Einzige, die sie beruhigen konnte. Sie brauchte mich und nur mich allein.«

Als ich nach Hause kam, war Nathan schon da. Die Zwillinge hatten sich an ihn gekuschelt, und er las ihnen vor. Im Haus Nummer sieben war es warm und still. Eve hatte einen Auflauf ins Backrohr geschoben. Nathan, Felix und Lucas saßen ineinander verschlungen da und gaben ein Bild vollkommener Harmonie ab. Ich blieb in der Tür stehen, um den Anblick zu genießen.

Dann unterzog ich die Jungen einer Musterung. Feucht, nach Seife riechend und zerzaust. »Lucas, hast du dich eingecremt?«

Er litt an einem Ausschlag, lehnte aber sämtliche Behandlungsversuche ab. Nun lugte er unter dem Arm seines Vaters hervor und schüttelte den Kopf. Ich holte die Tube. »Komm.«

Widerstrebend beugte er den Kopf vor, damit ich Creme auf die roten Flecken neben seinen Ohren tupfen konnte. Seine Haut fühlte sich unter meinen Fingern gleichzeitig trocken und so weich an wie nichts, was ich je gespürt hatte.

Nathan rieb sich das Knie. »Es tut weh«, meinte er beiläufig. »Ich werde alt.«

»Du Armer.« Ich setzte mich aufs Bett, knöpfte Felix das Schlafanzugoberteil zu und strich ihm die Haare glatt. »Vielleicht brauchst du mehr Bewegung.«

»Zu müde.«

Als ich aufblickte, huschte kurz ein düsterer Ausdruck über Nathans Gesicht. Ich wusste, was mein Mann jetzt dachte: Wenn ich Rose gewesen wäre, wäre ich sofort nach oben gelaufen, hätte eine Salbe gesucht und darauf bestanden, ihm die verspannten Muskeln einzureiben.

Insgeheim traurig.

Ich konnte mir ihr gemeinsames Einverständnis, dieses Ziehen an einem Strang, bis ins Kleinste vorstellen. Nein, ich konnte es regelrecht spüren: eine Wärme und Geborgenheit, auf die kein kalter Schatten der Vergangenheit fiel. Nathan und Rose hatten zusammengearbeitet. *Welche Schule für die Kinder? Musste der Flur gestrichen werden?* Ja, sie hatten beim Frühstück miteinander gesprochen, mit brennenden Augen und wunden Körpern nach einer Liebesnacht. *Wir schaffen das.*

Ahnte Rose überhaupt, welches Glück sie gehabt hatte? Sie hatte sich den jungen, starken Nathan geangelt, der ein beladenes Frühstückstablett an ihr Bett geschleppt hatte, als wäre es federleicht. Der so mühelos mit den Anforderungen von Beruf, Ehe und Kindern jonglieren konnte. *Schau, ich bin nicht müde. Sieh, ich kann nicht scheitern.*

Ich machte das Licht aus. Während die Zwillinge sich unter ihre Decken kuschelten, standen wir draußen auf dem Flur.

»Was denkst du gerade?«, fragte ich.

Nathan legte mir den Arm um die Schultern und küsste mich auf den Scheitel. »Eigentlich an gar nichts«, sagte er.

Kapitel 9

Früh am nächsten Morgen – Protestgeschrei von den Zwillingen, stehen gelassene Cornflakes-Schälchen, eine wilde Suchaktion nach Schulbüchern, eine aufgelöste Eve, ein geistesabwesender Nathan – läutete das Telefon. Es war Martin.

»Minty! Wir haben einen Sohn. Er ist gestern spät in der Nacht zur Welt gekommen. Ist das nicht toll? Er ist riesengroß und wunderschön – und vollkommen perfekt! Sogar das Gewicht – wie aus dem Lehrbuch.«

»Oh, das freut mich aber. Herzlichen Glückwunsch.« Ich zwinkerte Nathan zu, der gerade zur Tür ging. »Wir gratulieren.« Nathan reckte den Daumen in die Luft und verschwand.

Ein winziges Baby in einer Wiege. Alle Gliedmaßen dran. Sauber und niedlich nach der traumatischen Geburt.

Ein schönes und erfolgreiches Leben.

Am Telefon hörte ich Verkehrslärm. Offenbar befand sich Martin auf dem Weg zur Arbeit. »Hast du überhaupt geschlafen? Solltest du dir heute Vormittag nicht freinehmen?«

»Ich habe mehr Schlaf abgekriegt, als ich dachte.«

»Oh, ging es denn so schnell?«

»Frag die Mutter. Paige hat mich in der letzten Phase rausgeschmissen. Sie meinte, es sei ihre Sache und ginge mich nichts an.« Martins Tonfall veränderte sich, und plötzlich schwangen Zorn und Enttäuschung darin mit. »Aber es geht beiden prima. So hat man mir wenigstens gesagt«, fügte er nach einer Pause hinzu.

Ich zermarterte mir das Hirn nach einer unverfänglichen Antwort. »Hat Paige ihr Umschlagtuch vorher noch fertigbekommen?«

»Ja, das hat sie«, erwiderte Martin trocken. »Während der Wehen hat sie letzte Hand angelegt.«

»Mein Gott. Diese Frau ist hart wie Stahl.«

»Eine passende Beschreibung«, entgegnete er, wieder leicht verärgert.

»Ich besuche sie am Wochenende. Ab nächster Woche arbeite ich nämlich Vollzeit.«

»Ich weiß«, antwortete er. »Sie ist dagegen, weil sie es frivol findet, ganztags berufstätig zu sein, wenn man nicht muss.«

Paiges Missbilligung belastete mich, aber ich veranlasste, dass biodynamischer Joghurt und Obst an ihr Krankenbett geliefert wurden. Dann wandte ich mich den letzten Vorbereitungen zu: Eine Ganztagsstelle anzutreten brachte nämlich jede Menge Arbeit mit sich. Nathan hatte einen Riesenspaß gehabt, mich deswegen aufzuziehen. »Du musst nicht in den Krieg.« Oder: »Wie geht es dem Versorgungszug?« Oder: »Vergisst du auch nicht, dass auch der General ab und zu noch was zu essen braucht?« Offenbar fand er diese ständigen Frotzeleien witzig.

Ich heftete den überarbeiteten Zeitplan für Eve an die Küchenpinnwand und ging die Planungen für Lebensmittelnachschub, Schultransporte, Flötenstunden und Schwimmunterricht nochmals durch. Dabei ertappte ich mich zu meiner Schande dabei, dass ich Mussolini insgeheim beneidete: Er hatte es wenigstens geschafft, die Pünktlichkeit bei der italienischen Bahn einzuführen.

Mit dem Finger fuhr ich über die Kästchen, die für Tage und Stunden standen. Es gab kein Zurück mehr. Einer Theorie zufolge war der Erste Weltkrieg nicht etwa wegen der Schüsse in Sarajewo ausgebrochen – ein Erzherzog mehr oder weniger spielte nun wirklich keine Rolle –, sondern weil die Russen ihre Züge bereits in Bewegung gesetzt hatten und man diese nicht mehr hatte aufhalten können.

Eve hatte die Zwillinge zu Fuß zur Schule gebracht und sich zu meinem Erstaunen freiwillig bereit erklärt, mit ihnen anschließend zum Spielen in den Park zu gehen. Ich spürte die Veränderung bereits. Als ich mich von ihnen verabschiedet hatte, hatte ich nur zufrieden gedacht, dass jetzt für alle Beteiligten in diesem Haushalt eine neue Zeit angebrochen wäre. Noch einmal überprüfte ich den beeindruckend straffen und bis ins Kleinste abgestimmten Zeitplan, der keine Zeit zum Trödeln ließ.

Dann machte ich mich an die nächste Aufgabe: Schrankkontrolle: Nathan brauchte neue Socken, die Zwillinge waren aus ihren Latzhosen herausgewachsen. Haushaltsutensilien: »Bratpfanne«, schrieb ich auf die Einkaufsliste. »Essen: Fertigmenüs für die nächste Woche.«

Das Telefon läutete. »Minty.« Poppy sparte sich die Höflichkeitsfloskeln. »Darf ich dich etwas fragen? Glaubst du, du könntest mal mit Jilly reden?«

Diese Bitte kam völlig unerwartet. »Warum um alles in der Welt?«

Poppy platzte fast vor Wichtigkeit. »Ich weiß nicht, ob Dad es erwähnt hat, aber sie weigert sich, Sam in die Staaten zu begleiten. Man hat ihm einen tollen Job dort angeboten. Tja, du weißt ja, was das heißt. Sam wird das Zielobjekt für alle Männerfängerinnen von Texas sein. Außerdem ist er letztens zufällig Alice über den Weg gelaufen, seiner Freundin, bevor er Jilly geheiratet hat. Sie war sehr aufgebracht, als er sich damals mit Jilly aus dem Staub gemacht hat. Ich persönlich glaube ja, dass Alice das alles arrangiert hat. Sie hat es nie verkraftet, ihn zu verlieren. Jedenfalls hat er bei unserem letzten Treffen über sie gesprochen, und da haben bei mir gleich die Alarmglocken geschrillt.« Ich kannte Poppy gut genug, um zu wissen, dass ich eine Weile würde warten müssen, bis sie auf den Punkt kam. »Minty, es tut mir leid, aber ich weiß nicht, wie ich es höflicher ausdrücken soll. Könntest du mal mit Jilly reden und ihr klarmachen, wozu eine Nebenbuhlerin so alles fähig ist? Das hätte ich nicht so sagen sollen, aber wenn Sam allein wegzieht … wer weiß, welchen Schaden Alice dann anrichtet? Oder eine andere Frau, die dasselbe vorhat. Sie wird auf dich hören, wenn *du* mit ihr sprichst …«

Als ich nach Luft schnappte, riss Poppys Redefluss endlich ab. Ich verschwendete meine Zeit nicht mit Einwänden wie: »So etwas würde Sam niemals tun.« Außerdem verkniff ich mir die Bemerkung, dass Jilly wahrscheinlich gut auf meine Einmischung verzichten konnte und aller Wahrscheinlichkeit nach sehr verärgert reagieren würde. Darüber hinaus ginge mich die ganze Sache doch gar nichts an, und womöglich würde es ja Jilly sein, die in dieser Zeit jemand anderen kennenlernte. Stattdessen stand ich zu meiner Rolle als Ehezerstörerin und antwortete nur: »Ich werde sehen, was ich tun kann.«

»Wirklich? Machst du das *wirklich*?« Poppy konnte ihren Erfolg kaum fassen. »Hast du nichts dagegen?« Ihre Worte überschlugen sich: »Ich weiß, dass es an den Haaren herbeigezogen ist, aber mir fiel sonst niemand ein. Du warst für mich einfach die Person, die sich am besten eignet ... ach, zurzeit ist alles so durcheinander.«

Poppy klang derart verstört, dass ich beschloss, das Risiko einzugehen. Ich holte tief Luft. »Und wie läuft es beim Poker?«, fragte ich. »Gewinnst du?«

»Wovon redest du?« Sie hielt inne. »Weiß Dad davon?«, erkundigte sie sich dann stockend.

»Nein«, erwiderte ich. »Ich habe nichts gesagt. Es geht mich nichts an. Aber er und deine Mutter machen sich Sorgen um dich.«

Poppy fing an zu weinen, sodass ich sie nicht mehr verstehen konnte. »Ich muss Dad um Geld bitten«, hörte ich schließlich. »Ich hatte eine Pechsträhne ...«

»Nein, das wirst du bleiben lassen«, gab ich zurück. »Er hat schon jetzt genug Geldsorgen, und das weißt du ganz genau. Kannst du nicht mit Richard darüber sprechen?«

»Nein.« Poppy klang entsetzt. »Das ist unmöglich.«

»Ich dulde es nicht, dass du deinen Vater damit belästigst.«

Poppy hörte auf zu weinen, und ihre Stimme war auf einmal eiskalt, als sie entgegnete: »Wie du gerade schon gesagt hast, geht es dich nichts an.«

»Mag sein.« Ich ließ Poppys Abneigung auf mich wirken. »Aber das ändert nichts an der Situation.«

Wir verabschiedeten uns mehr oder weniger höflich voneinander. Keine Sekunde später hatte ich Deb an der Strippe. »Deb, du klingst ja so vergnügt. Hast du den Oscar gewonnen?«

Deb brachte kaum einen Ton heraus, so sehr brannte sie darauf, mir alles zu berichten. »Ich habe den ganzen Abend mit Chris Sharp verbracht. Rein zufällig. Er ist ein faszinierender Typ und hat schon viele interessante Sachen gemacht.«

Wie ich – zu Recht – annahm, handelte es sich bei dieser Information um den eigentlichen Grund von Debs Anruf. »Chris ist also dein neuer bester Freund.« Ich versuchte, es wie eine Frage, nicht wie eine Aussage, klingen zu lassen.

»Mein neuer bester ... ja, Freund. Eigentlich rufe ich ja wegen des *Mittleren Lebensalters* an.« Debs ungläubiger Unterton wies darauf hin, wie unvorstellbar diese Daseinsform für sie war. »Es sind eine Menge neuer Statistiken reingekommen, denen zufolge eine schockierende Anzahl von Witwen unterhalb der Armutsgrenze lebt. Vielleicht solltest du das einbauen.«

»Klar. Danke.«

»Übrigens«, fügte Deb hinzu. »Sagt dir der Name Rose Lloyd etwas?«

»Nein«, erwiderte ich. *Nein, nein, nein.* »Ich meinte natürlich ja. Sie ist die erste Frau meines Mannes.«

Kurz entstand Schweigen. Als klar wurde, dass ich das nicht weiter ausführen würde, meinte Deb: »Jemand hat sie als Moderatorin für meine Stadtgartenserie ins Gespräch gebracht. Ich habe Schwierigkeiten, jemand Geeigneten zu finden, und ich dachte, ich könnte der Sache mal nachgehen.«

»Ich hatte den Eindruck, dass Barry der Vorschlag nicht gefiel.«

»Aber ich verfolge ihn trotzdem weiter«, beharrte Deb.

Als das Telefon gegen eins wieder läutete, schob ich schicksalsergeben meine Aufzeichnungen beiseite.

»Ich bin es, Sam.«

»Und was kann ich für dich tun, Sam?« Wenn mein Tonfall ein wenig hysterisch klang, war das nicht weiter verwunderlich.

Er wirkte verdattert. »Fehlt dir etwas? Du hörst dich so seltsam an. Ist Dad zu Hause? Ich habe versucht, ihn im Büro zu erreichen, aber es hieß, er sei bei einem privaten Mittagessen, und sein Mobiltelefon ist abgeschaltet.«

»Er ist nicht da«, antwortete ich freundlich. Doch Unbehagen und Argwohn krochen mir mit Spinnenfingern den Rücken hinunter.

»Ach, mach dir keine Sorgen. Irgendwo wird er schon sein«, verkündete Sam voll Zuversicht. »Hat er dir schon von meinem neuen Job erzählt? Ein großer Sprung, aber ich denke, es wird klappen. Jilly ist nicht so begeistert, aber wenn ich sie erst einmal überredet habe mitzukommen, gewöhnt sie sich sicher bald ein. Anderenfalls müssen wir eben improvisieren … oder Jilly besucht mich alle sechs Monate. Natürlich werden wir einander vermissen.«

»Sam … hältst du das für eine gute Idee?«

Sein Tonfall kühlte merklich ab. »Wir schaffen das bestimmt, aber vielen Dank für dein Interesse. Bist du sicher, dass du nicht weißt, wo Dad steckt?«

Doch ich hörte bereits nicht mehr zu und beendete das Telefonat so schnell wie möglich. Natürlich war mir bewusst, dass sich alte Gewohnheiten nur schwer ablegen lassen, ein Grund, warum Suchtkliniken so brummen. An jenem warmen Sommerabend, an dem Rose mich in das Haus Nummer sieben eingeladen und ich Nathan zum ersten Mal gesehen hatte, waren wir drei auf das Thema Treue zu sprechen gekommen. »Man ist einfach deshalb treu, weil man jemanden schon lange kennt«, hatte Nathan gesagt.

Rose und Nathan kannten einander eine Ewigkeit, und es gab nichts, was ich dagegen tun konnte.

Ich hatte allen Ernstes gedacht, das Zukunftproblem lösen zu können, indem ich Nathan einen makellosen Körper, Leidenschaft, Erregung und – um Rose zu zitieren – einen »einfühlsamen Blick« als Alternative zum Alltagsallerlei böte. Unser gemeinsames Leben hatte ich mir wie eine Postkartenszene vorgestellt: winterliche Kaminfeuer, während draußen tiefer Schnee lag, und sonnige Felder mit ordentlich aufgereihten Heuballen. Außerdem hatte ich geglaubt, dass Zärtlichkeit und Lachen etwas sind, das Bestand hat.

Ich griff nach meiner Tasche und den Schlüsseln. Noch als ich im Auto saß und die Straße hinunterfuhr, machte ich mir vor, ich wüsste nicht, wohin ich wollte.

Das war gelogen.

Als ich den Fluss erreichte, kurbelte ich das Fenster herunter, sodass mir der muffige Geruch des Niedrigwassers in die Nase stieg. Vor mir erstreckte sich – schmutzig, selbstbewusst und geschäftig – die Stadt, wo aus jeder Brachfläche neue Gebäude emporwuchsen wie Drachenzähne. Das war die Stadt, die ich bewunderte und mit der ich verschmolzen war. Hier war immer etwas los, und das Leben musste weitergehen: unsentimental, gleichgültig und immun gegen Tiefschläge. Diese Stadt sehnte sich nicht nach Liebe.

Vor dem Haus, in dem Rose wohnte, war eine Parklücke frei, und ich manövrierte den Wagen hinein. Nachdem ich den Motor abgeschaltet hatte, schlug ich die Hände vors Gesicht und fragte mich, was ich hier eigentlich tat. Ich überlegte, ob ich das Auto wieder starten und wegfahren sollte. Und ich dachte daran, wie weit unten Spitzel in der Nahrungskette stehen.

Nach einer Weile hob ich den Kopf. Das Haus, dem meine Aufmerksamkeit galt, war ein kleines, hübsches georgianisches Gebäude mit schmuckloser Fassade und sauberen großen Fenstern.

Und da war Rose. Sie saß in einem Raum im Erdgeschoss, offenbar das Schlafzimmer, und sprach mit jemandem, den ich nicht sehen konnte. Vermutlich war sie zu einem eleganten Anlass eingeladen, denn sie trug einen schwarzen Leinenrock und ein Bolerojäckchen mit einem Anstecksträußchen aus künstlichen Kamelien.

Als sie sich mit einer Bürste durchs Haar fuhr, fing sich das Sonnenlicht in ihren funkelnden Diamantohrringen. Dann schüttelte sie ungeduldig den Kopf und zupfte ihr Haar mit den Fingern zurecht. Sie wirkte ernst. Anscheinend ging es bei ihrem Gespräch mit der unsichtbaren Person um etwas Wichtiges.

In einer Fensterecke konnte ich einen Blick auf das Bett mit seiner blauweißen Nostalgieüberdecke erhaschen. Sehr hübsch, typisch Rose. Sie ließ sich auf dem Bett nieder.

Hatte Nathan in diesem Bett gelegen? Hatte er sich, bewaffnet mit einer Champagnerflasche, heimlich aus dem Büro geschlichen? Hatte er seine erste Frau hinunter auf die blauweiße Fläche gezogen und ihr, so wie mir, die Lippen auf die Schulter gepresst? Hatte er sich auf den Ellenbogen gestützt und gefragt: »Kannst du mir verzeihen, was ich dir angetan habe, Rose?« Oder hatte er gemurmelt: »Ich kann ohne dich nicht leben«?

War er die für mich unsichtbare Person im Zimmer?

Ich wandte mich so ruckartig ab, dass meine Nackenwirbel protestierten. So übel die Umstände Rose auch mitgespielt haben mochten, sie hatte sich offenbar nicht davon unterkriegen lassen. Ich weiß nicht, was genau ich mir vorgestellt hatte: Dass sie den Rest ihres Lebens bei Zwangsarbeit auf einer Galeere fristete? Auch die Frage, weshalb ich jemandem, dem ich so wehgetan hatte, noch mehr Leid an den Hals wünschte, hätte ich nicht beantworten können. Doch genau das tat ich.

Der Geschmack von Hass und Verzweiflung lag mir auf der Zunge, und ich roch, dass mir im überheizten Wageninneren muffiger Schweiß unter den Achseln ausbrach. Als ich mich umdrehte, um durch Roses blitzblanke Fenster zu spähen, schaute ich in den geheimen Spiegel meiner Seele, in dem ich nur Dunkelheit und Chaos sah.

Ein Mann mit einem Strauß Frühlingsblumen in der Hand – wunderschöne pastellige Weiß-, Gelb- und Hellgrüntöne – betrat Roses Vorgarten. Er war hochgewachsen, hatte sonnengebleichtes Haar und trug eine abgewetzte alte Hose und eine braune Jacke mit Lederflicken an den Ärmeln. Ich kannte ihn von Fotos.

Er läutete. Es dauerte eine Weile, bis Rose die Tür öffnete. Was mochte sie in dieser Minute zu dem unsichtbaren Nathan gesagt haben: »Welche Ausrede hast du?« Worauf Nathan erwiderte: »Es hat keinen Zweck, dass wir es länger geheim halten.«

Rose erschien auf der Schwelle. »Hal«, hörte ich sie sagen. »Oh, gut, *sehr* gut.« Sie streckte sich, um ihn zu küssen, und er legte den Arm um sie. Ich holte tief Luft, als sie sich umdrehte und ins Haus hineinrief: »Mazarine, er ist hier.« Eine elegante Frau erschien.

Die drei unterhielten sich eine Weile. Mazarine war zierlich, hatte nach allen Regeln der Kunst koloriertes Haar und gestikulierte viel. Hal redete wenig, wirkte jedoch amüsiert. Sein Arm ruhte weiter um Roses Schultern. Wenn er lächelte, entstanden tiefe Falten auf seinem Gesicht. Und Rose? Sie strahlte derart, dass man ihr Glück fast mit Händen greifen konnte. Offenbar wachte sie jeden Morgen mit diesem Gefühl auf, und es bestimmte jeden Augenblick ihres Tages.

Man merkte den dreien das über viele Jahre gewachsene Vertrauen an, das zwischen ihnen herrschte. Obwohl ich die beiden anderen nicht persönlich kannte, war klar, dass sie alte Freunde sein mussten, über die ich allerdings kaum etwas wusste. Vor vielen Jahren einmal waren Rose und ich mittags oft einen Salat essen gegangen und hatten dabei über fast alles, auch über diese Freundschaft, gesprochen.

Die Nase in dem Blumenstrauß vergraben, verschwand Rose im Haus, erschien kurz darauf wieder, trat nach draußen und schloss die Tür hinter sich ab. Hal hakte die Frauen unter, und dann gingen sie die Straße hinunter. Sie waren so in ihre Unterhaltung vertieft, dass sie mich gar nicht wahrnahmen. Als sie an mir vorbeikamen, hörte ich Roses Freundin sagen: »C'est la bêtise, Rose. Tu sais. Hal ist unmöglich ...« Rose drehte den Kopf und sah ihn an.

Gemeinsam überquerten sie die Straße, wandten sich dann in die entgegengesetzte Richtung und verschwanden.

Zu Hause angekommen, ging ich ins Gästezimmer, um Nathans Notizbuch zu suchen. Es lag nicht mehr an seinem Platz. Das Bild mit den weißen Rosen an der Wand wirkte auf mich wie eine Herausforderung. Die zerdrückten, welken Blütenblätter neben der Vase schienen mir eine höhnische Botschaft zuzurufen: *Alles ist so schnell vorbei.*

Unten in Nathans Arbeitszimmer setzte ich meine schändliche Suche fort. Ich sah das Bücherregal durch, zog Schubladen auf und durchwühlte Aktenschalen.

Nichts.

Verlor ich vor lauter Argwohn und Unterstellungen langsam den Verstand? Offenbar. Als ich aufblickte, bemerkte ich mein verschwommenes Spiegelbild in der Fensterscheibe und sah eine Frau, die in Gefahr schwebte, an ihrem Hass und ihren Schuldgefühlen zu ersticken.

Nach einer Weile gab ich mich geschlagen. Nathan hatte sich aus dem Dialog zurückgezogen, den ich mit ihm führen wollte. Er verwischte seine Spuren und verweigerte mir die winzigen Einblicke in seine Seele, die er mir bislang gewährt hatte.

Wenn ich typisch englisch meine Gefühle hinuntergeschluckt und geschwiegen hätte, wäre alles vielleicht ganz anders gekommen. Wenn *er* gemerkt hätte, dass *ich* etwas bemerkt und es wohlbedacht nicht in Worte gefasst hätte, wäre er dann vielleicht zufrieden gewesen? Übrigens: In diesem Punkt ein »ungenügend« für *Die erfolgreiche Beziehung*.

Eine Ehebrecherin erfüllt zumindest eine nützliche Funktion. Schließlich brauchen wir Sünder, um uns unserer Überlegenheit zu versichern. Die Geliebte zu sein besaß, wie Poppy angedeutet hatte, auch seine Vorteile. Die Rolle der zweiten Ehefrau hingegen konnte in Sachen Spannung und Aufregung da einfach nicht mithalten. Aber da war ich nun mal. Zweifellos würden die Moralisten jetzt Luftsprünge machen, und ich würde sie gewähren lassen – allerdings erst, nachdem ich auch meinen Senf dazugegeben hatte: *Nathan war mit Rose unglücklich gewesen.*

Unten in Nathans Arbeitszimmer griff ich nach dem Post-it-Block und kritzelte auf den obersten Zettel: »Geh nicht.«

Dann klebte ich den Zettel an die Tür des Aktenschranks.

Kapitel 10

Nathan erwähnte mit keinem Wort, ob er die Nachricht gefunden hatte.

Ich selbst sprach ihn nicht darauf an. »Du lässt die Dinge bei Vistemax doch nicht etwa schleifen?«, merkte ich nur im Vorbeigehen an.

Nathan war nicht auf den Kopf gefallen. »Weißt du irgendwas?«

Ein Nerv zuckte an meiner Wange. »*Wissen* tue ich nichts. Aber die Welt da draußen ist ein Dschungel, und man sollte die Augen offen halten.«

»Hat Gisela dir etwas erzählt?«

»Nein, aber ich traue Roger nicht.«

»Soll ich dir was verraten? Ich auch nicht.« Er legte mir einen Finger auf die Schulter und drückte. »Hoffen wir, dass nichts passiert. Ansonsten … Tja, alles ist möglich. Jedenfalls würde es dann finanziell eng werden.«

Er tat mir mit seinem Finger weh. Ich stellte mir vor, wie Nathan sich einen Weg durch den unwirtlichen Urwald bahnt. Dabei würde er jede erdenkliche Hilfe brauchen, und so verriet ich ihm, was ich wusste. »Gisela hat einen Liebhaber, Nathan.«

Nathan erstarrte. »Warum sagst du mir das?«

»Ich habe Stillschweigen gelobt. Aber ich finde, dass du es wissen solltest. Es könnte sich als nützlich erweisen. Du bist mein Mann, und wir teilen alles miteinander. Ich weiß, auf wessen Seite ich stehe. Dieser Liebhaber verlangt von Gisela, dass sie ihren Mann verlässt. Aber ich denke, das wird sie nicht tun.«

Nathan nahm seinen Finger weg. »Man kann nur schwer vorhersagen, wozu Menschen so alles fähig sind.«

Ja, da hatte er recht. »Wirklich?«, erwiderte ich, obwohl ich tatsächlich meinte: »Wirst du dich wieder mit Rose treffen?«

Gisela rief mich im Büro an. »Wie läuft es mit den neuen Arbeitszeiten?«

Ich erklärte ihr, dass ich nach zwei Wochen gut damit zurechtkäme, worauf sie mich fragte, ob ich Zeit hätte, mit ihr zu Mittag zu essen. »Ich weiß, es ist ziemlich kurzfristig«, sagte sie, »aber ich muss etwas mit dir besprechen.«

Ich kritzelte »Tanz? Serie?« auf den Artikel über Ballerinas, den ich gerade im *Harper's Magazine* las, und wir verabredeten, dass sie mich um Viertel vor eins abholen würde.

Gisela fuhr in Rogers Vistemax-Firmenwagen vor. Das Wageninnere war mit einem künstlichen Blumenduft eingenebelt, der in mir die Sehnsucht nach Teergeruch weckte – oder sogar nach Dung, nach etwas Natürlichem eben. In den bequemen Lederpolstern fühlte man sich abgeschieden vom Rest der Welt, vermutlich der Grund, warum Topmanager derartige Fahrzeuge bevorzugen.

Mir gingen unzählige Ideen im Kopf herum, denen ich unbedingt Luft machen musste. »Was hältst du von einer Fernsehserie über Modetänze? Salsa, Tango ...« Ich redete und redete, bis mir klar wurde, dass Gisela mir gar nicht zuhörte. »Worüber wolltest du denn mit mir sprechen?«

»Über Verschiedenes«, antwortete sie geheimnisvoll. »Vistemax zum Beispiel. Aber machen wir uns zuerst einen schönen Mittag.«

»Wie geht es Roger?«

»Er ist ein bisschen niedergeschlagen. Im Vorstand tut sich eine ganze Menge ... Gerüchten zufolge soll die Wochenendbeilage verkauft werden. Außerdem wollen sie eine Gratiszeitung auf den Markt bringen. Offenbar liest die junge Generation keine Zeitungen mehr, was inzwischen auch den Werbekunden aufgefallen ist. Aber Roger wird es schon schaffen ...« Gisela hielt inne und blickte aus dem Wagenfenster. »Hast du die Schuhe da gesehen?«

Ich stellte mir Nathan und Roger vor, wie sie in Hemdsärmeln an einem auf Hochglanz polierten Konferenztisch saßen, vor sich Mineralwasserflaschen, Kristallgläser, Kekse oder einen

Obstkorb mit exotischen Früchten wie Papayas oder Sternfrüchten, Phantasien eines Küchenchefs, die ein richtiger Macho nicht mal im Traum anrühren würde.

»Wie du weißt, ermöglicht Roger mir ein angenehmes Leben«, meinte Gisela nachdenklich. »Und er hat mir eine Zukunft als lustige Witwe versprochen. Guck nicht so entsetzt, Minty. Roger und ich haben oft darüber geredet.«

Der Wagen glitt Piccadilly entlang und bog dann nach links in eine der kleinen Straßen ein, die von der Bond Street abgehen. Schließlich blieb er vor einer Galerie mit einem Bogenfenster stehen, auf dem in diskreten Goldbuchstaben die Inschrift »Kunsthandlung Shipley« angebracht war.

Anmutig stieg Gisela aus dem Wagen, bedankte sich beim Fahrer und wies ihn an, in zwei Stunden wiederzukommen. Sie trug eine Lederjacke, so weich, dass sie wie Seide fiel, und so gut geschnitten, dass keine einzige Falte die Linie zwischen den Schultern störte.

Die Galerie war ein rechteckiger, cremefarben gestrichener Raum. Der Fußboden bestand aus geölten antiken Dielenbrettern. An einem Ende befanden sich ein Schreibtisch, geziert von einem rosafarbenen und weißen Blumenarrangement, und zwei schwächliche Stühle. Nichts wies darauf hin, dass hier je Geld den Besitzer wechselte, denn bis auf einen Stapel von Katalogen waren keine Papiere zu sehen.

Vor einem großen Gemälde am anderen Ende des Raums standen zwei Männer. Das Bild stellte drei unterschiedlich große Kisten dar, die in einem von Sternen und Planeten strotzenden Nachthimmel schwebten. Die Kisten sahen aus, als würden sie ineinander passen, waren jedoch jeweils mit einem Anhängsel versehen, das dies unmöglich machte. Die erste, sie war rot, schien mit einer Kette umwickelt zu sein, an deren Ende eine Kugel befestigt war, auf der »Armut« stand. An die Wand der zweiten klammerten sich Dutzende nackter Babys. Es waren so viele, dass einige erschreckenderweise hatten loslassen müssen und ins Leere stürzten. Aus der dritten Kiste wuchs ein Baum mit hübsch geschwungenen Ästen, allerdings mit welkem Laub. Das Bild trug den Titel *Weltuntergang auf Raten.*

»Ausgezeichnet«, hauchte Gisela mir ins Ohr.

»Findest du?«

Sie lächelte. »Wir müssen unbedingt deinen Blick schulen.«

Zweifellos handelte es sich um eine verdeckte – und wenig schmeichelhafte – Anspielung auf Nathans Vorliebe für Cornwall-Landschaften. Giselas Augen weiteten sich ein wenig, doch selbst wenn ich ihre Meinung geteilt hätte, hätte ich Nathan niemals dem Vorwurf der Stillosigkeit ausgeliefert.

Als sie den Ärmel ihrer Jacke glattstrich, fiel meinem ungeschulten Blick sofort auf, dass ihre Hände zitterten. »Das ist Marcus.« Sie wies auf den größeren der beiden Männer.

Nun ging mir endlich ein Licht auf. Meine erste Reaktion war Erstaunen: Das war also der Mann, mit dem Gisela eine ganz besondere Freundschaft verband und den sie offenbar liebte. Allerdings wirkte er nicht weiter außergewöhnlich. Marcus trug einen ziemlich zerknitterten Leinenanzug und eine goldene Uhrkette. Er hatte dichtes, zerzaustes Haar, ziemlich kleine, aber freundlich dreinblickende Augen und einen sympathischen Gesichtsausdruck. Außerdem gestikulierte er viel und war offenbar ziemlich wortgewandt. »Einfach zu transportieren ... nur ein paar Wochen ... Versicherung ...« Uns begrüßte er mit einer Handbewegung.

»Okay.« Der Kunde war ein teuer gekleideter Amerikaner. »Ich rufe Sie wegen der Einzelheiten an.«

Höflich begleitete Marcus ihn hinaus und wirbelte dann herum. »Hallo.« Er berührte Gisela an der Schulter. »Das muss Minty sein.« Wir schüttelten einander die Hand. »Verzeiht mir, aber ich musste noch schnell ein Geschäft abschließen, das sich schon ewig hinzieht.« Seine Augen funkelten vor Freude über den Verkauf. Er hatte eine erstaunlich tiefe Stimme. »Gut, nicht? Ich habe erst vor kurzem eröffnet, und schließlich muss ja jemand die Miete bezahlen.« Er zog die Schultern hoch, eine Geste, die dazu einlud, sich mit ihm gegen die Habgier der Vermieter zu verbrüdern. »Shiftaka ist ein außergewöhnlicher

Maler. Möchten Sie sich nicht auch den Rest der Ausstellung ansehen?«

Ich verstand den Wink mit dem Zaunpfahl und entfernte mich ein paar Schritte. Allerdings bemerkte ich noch, dass Marcus Gisela an sich zog.

Für ein paar Sekunden ließ Gisela sich gegen ihn sinken. »Wie geht es dir, Marcus?«

»Du weißt genau, wie es mir geht.«

»Wenn ich geahnt hätte, dass du schwierig sein willst, wäre ich nicht gekommen.«

»Lass die Spielchen, Gisela.«

Und Gisela – die kühle, überlegene Gisela – zitterte am ganzen Leibe. »Tut mir leid.«

Im Hinterzimmer musterte ich ein längliches Bild mit dem Titel *Unterwerfung*. Es bestand aus einer Reihe breiter Querstreifen, die durch eine Palette von Rottönen – von Ziegelrot bis zu einem zarten Pastellrosa – verliefen. Das Auge sehnte sich danach, auf dem Rot am oberen Rand der Leinwand zu verharren, sodass man sich regelrecht zwingen musste, den Blick über den Rest des Spektrums gleiten zu lassen. Offenbar war dieser Effekt beabsichtigt. Erst als ich am unteren Bildrand angelangt war, bemerkte ich, dass sich im blassrosa Streifen verschwommen die Umrisse des afrikanischen Kontinents abzeichneten. Die Verbindung zwischen dem hübschen Rosa und der Andeutung, Afrika sei ausgeblutet worden, sollte den Betrachter anscheinend schockieren – was sie auch tat.

Im vorderen Raum durchbrach Marcus mit lauter Stimme das Gemurmel: »Haben wir jetzt nicht schon lange genug herumgedruckst?«

Gisela erwiderte etwas Unverständliches, worauf Marcus hinzufügte: »Ende der Fahnenstange, Gisela.«

Zögernd kehrte ich in den Hauptraum zurück. Marcus lehnte am Schreibtisch und betrachtete seine Schuhe. Giselas Gesicht war gerötet. Sie wirkte aufgebracht und befingerte ihre Halskette.

»Ich glaube, ich gehe jetzt besser«, meinte ich zu den beiden.

»Ich komme mit.« Gisela griff nach ihrer Tasche.

Marcus verdrehte die Augen und richtete sich auf. »Okay.«

Gisela ließ die Tasche aufklappen, holte einen Spiegel heraus und betupfte mit einer inzwischen vertrauten Geste die Stelle unter ihren Augen. »Einen Moment noch.«

Ich wandte mich an Marcus. »Können Sie mir etwas über den Künstler erzählen?«

Ohne mit der Wimper zu zucken, schaltete Marcus in einen anderen Gang. »Er wurde von seinen Eltern auf den Straßen Kiotos ausgesetzt und von einer ehemaligen Geisha großgezogen. Als politischer Maler ...«

Sein Blick glitt über meine Schulter hinweg und blieb ärgerlich an Gisela hängen.

Bevor wir gingen, schob Marcus die Hand unter Giselas Kinn und zwang sie, ihn anzusehen. »Abendessen. Morgen. Das bist du mir schuldig.«

Sehnsucht malte sich in ihrem perfekten Puppengesicht, und sie wirkte gehorsam, ja, sogar unterwürfig. »Also gut, dann bis morgen.«

Doch kaum draußen auf der Straße, war ihr nichts mehr anzumerken. »Findest du ihn sympathisch?«

»Sehr sogar. Aber er macht nicht den Eindruck, als wäre er dein Typ, wenn du mir die Bemerkung verzeihst.«

Sie hakte mich unter. »Das ist er tatsächlich nicht. Genau darum geht es ja. Schlägt das Leben nicht eigenartige Kapriolen?«

Wir umrundeten einen Abfallhaufen, der aus einem schwarzen Müllsack quoll, und überquerten die Straße. »Roger muss doch etwas merken«, sagte ich. »Wie schaffst du es, dich mit Marcus zu treffen?«

»Ach, Kinkerlitzchen«, erwiderte Gisela ungeduldig. »Da lässt sich immer etwas deichseln. Wie hast du dich denn mit Nathan verabredet? Roger weiß nichts, und er wird es auch nie erfahren, einverstanden?« Sie drückte meinen Ellenbogen. »Einverstanden?«

Ich legte die Hand aufs Herz. »Versprochen.«

»Ich habe Marcus kennengelernt, als ich achtzehn und schon mit Nicholas verheiratet war«, sprach Gisela weiter, als wir die andere Straßenseite erreicht hatten. »Nicholas war mein Patenonkel gewesen, fünfzig Jahre alt, wohlhabend, um mich besorgt und großzügig. Marcus kam zu uns, um seine Bilder zu katalogisieren, und seitdem kreuzen sich unsere Wege immer wieder.«

»Warum hast du nach Nicholas' Tod dann nicht ihn geheiratet?«

Ruckartig blieb Gisela stehen und wies mit dem Finger auf das Schaufenster von Hermès an der Straßenecke, wo, ehrfürchtig gebettet auf fließende Seide, eine beigefarbene Birkin-Tasche prangte. »Man gewöhnt sich an gewisse Dinge, und Marcus war damals bettelarm. Er sagt, ich sei geldgierig, und er hat recht, das bin ich.«

Wir setzten unseren Weg zu dem Restaurant fort, wo Gisela mich zum Essen einladen wollte. Der Verkehrslärm toste, und in den Schaufenstern türmten sich begehrenswerte Objekte. »Marcus und ich hätten uns nur aufgerieben«, meinte sie schließlich. »Und das wollte ich nicht, Minty.« Sie schob mich zu einer Tür, die teuer aussah. »Und jetzt möchte ich dich zum Essen einladen.«

Im Restaurant herrschte eine gedämpfte Atmosphäre. Während mir ein Kellner aus dem Mantel half, läutete mein Mobiltelefon. »Ja?«, meldete ich mich.

»Minty.« Ich spürte, wie sich die Härchen an meinen Armen aufstellen. »Ich bin es, Rose.«

Vielleicht hatte Rose mich doch vor ihrem Haus beobachtet und rief mich nun an, um mich aufzufordern, so etwas in Zukunft zu unterlassen. Möglicherweise wollte sie mir deshalb auch Vorwürfe machen.

Ich erstarrte verärgert. »Rose, es passt mir gerade gar nicht. Kann ich dich zurückrufen?«

Roses Stimme klang so ganz anders als sonst, und das Luftholen kostete sie offenbar Mühe. »Minty, ist jemand bei dir? ... Ich fürchte ... du musst jetzt ganz stark sein, Minty ... Minty ... Nathan.« Sie riss sich zusammen. »Minty, ich glaube, du kommst besser sofort hierher. Nathan geht es gar nicht gut, und deshalb solltest du gleich ...«

»Wohin?«, fiel ich ihr ins Wort. Erschrocken über meinen Tonfall, legte Gisela mir die Hand auf den Arm. »Wohin soll ich denn kommen?«

»Zu mir. So schnell du kannst.«

»Was ist passiert?«, wollte Gisela mit fast schriller Stimme wissen.

»Irgendetwas stimmt mit Nathan nicht. Das war Rose. Er ist in ihrer Wohnung.«

»Ach, du meine Güte. Ich hätte nie gedacht ...« Sie hielt inne. »Gut. Ich bestelle den Chauffeur ab. Mit einem Taxi geht es schneller. Ich begleite dich.«

»Was mag er bloß bei ihr wollen, Gisela? Was ist passiert?«

»Zuerst das Taxi.« Sie zückte ihr Mobiltelefon, rief den Fahrer von Vistemax an, sprach kurz mit ihm und unterbrach die Verbindung.

An die nächsten Minuten kann ich mich kaum noch erinnern, und ich weiß nur noch, dass ich angestrengt auf die Ampeln starrte und dass ein Motorradfahrer ganz nah am Taxi vorbeischrammte, worauf der Fahrer ihn anbrüllte.

»Du hättest nicht mitzukommen brauchen«, sagte ich zu Gisela. »Das war nicht nötig.«

Gisela war ganz sachlich. »Es klang zwar recht dringend, aber vermutlich steckt weiter nichts dahinter. Außerdem würde ich nur zu gern die berühmte Rose kennenlernen.«

»Gisela«, wiederholte ich. »Was hat Nathan bei Rose zu suchen?«

Sie wich meinem Blick aus. »Sicher gibt es dafür eine einfache Erklärung.«

Ich starrte aus dem Fenster. *Nathan und Rose. Alte Zeiten.*

Eine Hand unterstützend auf mein Knie gelegt, beugte Gisela sich vor, um dem Fahrer Anweisungen zu geben. Als sie mich um genauere Angaben bat, hörte ich mich antworten: »Am Ende der Straße links, dann rechts ...«

War Nathan wirklich krank? Er hatte mich heute Morgen auf dem Weg zur Arbeit angerufen. Das Gespräch war entspannt und locker, ja, fast vertraut gewesen.

»Meine Brille ist weg.«

»Ich habe gesehen, wie du sie in deinen Aktenkoffer gelegt hast.«

»Ach.«

»Was steht heute bei dir auf dem Programm?«

»Roger will mit mir reden. Vermutlich geht es um die Sonderausgabe über Afrika, die wir für den Herbst geplant haben. Wie können wir diesen Ländern helfen, ohne ihnen westliche Werte aufzuzwingen, die dann die der Einheimischen verdrängen? Und so weiter und so fort. Das Ergebnis wird ein politisch korrekter Müll sein, der niemanden auch nur einen Schritt weiterbringt.«

Ich hatte gelacht. Und als ich nun in dem dahinrasenden Taxi saß, während die Angst mir immer lauter in den Ohren dröhnte, fragte ich mich, ob er dieses Lachen gehört hatte.

Was sollte Nathan denn schon zustoßen? Aber vielleicht … Möglicherweise hatte Nathan die freundlichen und liebevollen Worte, die glückliche Paare miteinander wechseln, so vermisst, dass er schnurstracks zu Rose gelaufen war. »Lass uns noch mal von vorne anfangen«, hatte er zu ihr gesagt. Und diese Anstrengung war zu viel für ihn gewesen.

In letzter Zeit hatte er häufig so blass ausgesehen.

Als wir Roses Haus mit den blitzblanken Fenstern erreichten, griff Gisela nach ihrer Handtasche. Währenddessen suchte ich in meiner nach Geld für den Taxifahrer. »Ich denke, es ist besser, wenn ich mit reinkomme, Minty. Es könnte ja sein, dass Nathan unter Schock steht.«

Mein Blick wurde argwöhnisch. »Gisela, was willst du damit sagen?«

Sie schob meine Hand mit den Geldscheinen beiseite. »Ich zahle.«

Die Tür öffnete sich wie durch Zauberhand, und Rose erschien auf der Schwelle. Sie war käseweiß, weißer als ein Clown.

Noch nie hatte ich ein so farbloses Gesicht gesehen. Außerdem hatte sie schwarze Schmierer auf den Wangen. Sie blickte zwischen Gisela und mir hin und her. »Am besten bringen Sie Minty ins Haus.«

Ich trat in einen kleinen Flur mit beige und weiß gestrichenen Wänden und einem Fußboden aus abgeschliffenen Dielenbrettern. Hier würde ich auch gerne wohnen, schoss es mir durch den Kopf.

»Ich muss dir etwas sagen«, begann Rose mit einem warnenden Blick auf Gisela. Als sie meine beiden Hände ergriff, schien ihre Haut zu glühen. »Minty, kommst du mit in die Küche und setzt dich? Bitte?«

Ich antwortete nicht. »Wo ist Nathan?« Als Rose meine Hände fester umfasste, verwandelte sich meine bange Vorahnung in Angst. »Was macht er hier?«

»Bitte, Minty«, erwiderte Rose. »K-komm und setz dich.« Sie war verlegen, stotterte und wirkte völlig ratlos. Dann jedoch nahm sie sich zusammen. »Komm in die Küche.« Wieder sah sie Gisela an. »Könnten Sie mir bitte helfen?«

»Hat Nathan mich verlassen?«, schrie ich auf. »Ist es das? Jetzt mach schon den Mund auf!«

Rose erschauderte. »Ich versuche ja gerade, es dir zu erklären, Minty. Ich weiß nur noch nicht genau, wie.«

»Also ist ihm doch etwas zugestoßen.«

»Ja«, entgegnete sie und nahm wieder meine Hand. Sie drückte mir die Finger zusammen. »Ja, das ist richtig.«

»Aber *was*?«

»Hatte Nathan in letzter Zeit gesundheitliche Probleme?«

»Nein … Ja. Ich war ein bisschen besorgt.«

Rose zog mich in Richtung Küche. »Ich muss mit dir reden, bevor … irgendetwas …« Hilfesuchend sah sie Gisela an. »Verzeihung, ich kenne Ihren Namen nicht. Aber könnten Sie Minty dazu überreden, sich zu setzen?«

Doch ich sträubte mich. »Jetzt rück endlich raus damit, Rose! Hast du mir etwas zu beichten?« Ich hielt inne und sagte dann das erstbeste, was mir in den Sinn kam, wohl wissend, dass ich das Ereignis, durch das sie so bleich und zittrig geworden war, so nicht würde abwenden können. »Was führt ihr beide im Schilde?« Ich drehte mich zur nächstbesten Tür um, die vom Flur abging. »Ist er da drin? Nathan!«, rief ich. »Nathan, bist du da?«

»Geh ... geh nicht rein. Noch nicht.« Rose legte mir die Hände auf die Schultern. »Minty, du musst dich innerlich darauf vorbereiten.«

Verschiedene Erklärungen schossen mir durch den Kopf: *Nathan hat mich verlassen. Bei ihm wurde eine schwere Krankheit diagnostiziert. Nathan ist zu Rose zurückgekehrt.* »Du und Nathan, ihr habt doch etwas vor.« Ich hatte Angst und war wütend, weil mein Mann Rose offenbar etwas anvertraut hatte. Als ich versuchte, sie wegzuschieben, packte sie mich am Arm – und zwar so fest, dass ich zusammenzuckte.

»Minty, jetzt hör mir doch endlich mal zu. Es tut mir leid, aber Nathan ist tot.«

Gisela schnappte nach Luft. Verdattert und ungläubig schüttelte ich den Kopf, ohne etwas darauf zu erwidern. »Mach dich nicht lächerlich«, erwiderte ich im Plauderton, nachdem ich wieder klar denken konnte, eine Antwort, die mir erstaunlicherweise ohne zu stocken über die Lippen kam. »Ich habe noch vor ein paar Stunden mit ihm telefoniert. Er hat mich gefragt, wo seine Brille ist, weil er sie nicht finden konnte ...« Giselas Hände stützten meinen Rücken. Meine Stimme erstarb. *Die Jungs*, dachte ich.

Es traf mich völlig unvorbereitet. Schließlich hatten Nathan und ich keine Zeit gehabt, Vorkehrungen für so eine Situation zu treffen. Ich hatte auch keine Liste aufgestellt. *Gewöhne dich an den Gedanken. Besorg dir einen Ratgeber zum Thema Trauerarbeit ...* Kein Arzt hatte zu uns gesagt: »Ich bedaure sehr, aber ...« Kein Nathan hatte mir erklärt: »Minty, wir müssen uns der Tatsache stellen, dass ...«

Die Malerei und die Literatur strotzten nur so von Abschiedsszenen. Ehefrauen knieten – nicht immer weinend – neben Totenbetten. Die Kinder scharten sich normalerweise am

Fußende und vergossen so viele Tränen, dass es auch noch für die Frauen reichte. Schwarzverhüllte Angehörige warteten vor Sterbezimmern. In Ritualen wie diesen waren die Saiten so straff gespannt, dass schon die zarteste Berührung einen Ton von atemberaubender Schönheit und Melancholie erzeugte. Und dank generationenalter Übung kannte jeder seine Rolle.

Ein Arm legte sich um meine Schulter, und ich wurde in Jasminduft gehüllt. Den von Rose. Doch der Arm fühlte sich steif an. »Das ist kein Scherz, oder, Rose?«, murmelte ich.

»Ein *Scherz*?«

Ich machte mich so abrupt los, dass Gisela mich vor einem Sturz bewahren musste. »Wann?«

»Vor einer Stunde. Ich weiß nicht. Es ging ... schnell. Sehr schnell. Nathan war hier, und im nächsten Moment lebte er nicht mehr. Er hat nur ganz leise aufgeseufzt. Dann war es aus.«

Ich musterte eingehend meine Hände. Eingerissene Nagelhaut am Ringfinger links. Ein Daumennagel, der gefeilt werden musste.

»Was kann ich für dich tun, Minty?«, fragte Gisela erschrocken und offensichtlich nervös. »Du brauchst es nur zu sagen.«

»Geh lieber«, erwiderte ich. »Das ist das Beste.«

Gisela zog die Lederjacke enger um sich. »Natürlich.« Die Eingangstür fiel ins Schloss.

Ich hielt in der Inspektion meiner Hände inne. »Ich muss mich hinsetzen.«

Ich ließ mich in die Küche führen und auf einen Stuhl drücken. »Lass dir Zeit.« Rose war so unbeschreiblich einfühlsam. Sie stellte ein Glas Wasser vor mich hin. Ich starrte es an. *Nathan ist tot.*

»Darf ich ihn sehen?«, fragte ich nach einer Weile.

»Selbstverständlich. Sie haben ihn nicht bewegt. Als der Krankenwagen kam, war es schon zu spät. Also haben sie nichts an seiner Haltung verändert. Es gibt keinen Grund, sich zu fürchten, Minty. Das verspreche ich dir.« Roses Stimme malträtierte meine Trommelfelle. »Gleich kommt der Arzt wegen des Totenscheins. Ich fürchte, das lässt sich nicht umgehen.«

»Ja.« Ich zwang einen Schluck Wasser hinunter und spürte einen neutralen Geschmack auf der Zunge, der meine Verwandlung von der Ehefrau zur Witwe begleitete. Dann schlug ich die Hände vors Gesicht. Wie sollte ich das den Jungs erklären? Lucas hatte sich heute Morgen nicht wohl gefühlt. War er krank gewesen? »Rose, ich muss zu Hause anrufen.«

»Ich erledige das«, antwortete Rose, »und erkläre, dass du später kommst. Aber ich erwähne keine Einzelheiten.« Sie beugte sich über mich. »So ist es das Beste, findest du nicht?«

Nachdem ich ein Glas Wasser getrunken hatte, half Rose mir auf und begleitete mich zur Wohnzimmertür. Dann trat sie zurück. »Er ist da drin.«

Kapitel 11

Der Raum hatte magnolienfarbene Wände. Der Sessel am offenen Fenster war mit einem ausgeblichenen porzellanblauen Stoff bezogen. An den Wänden hingen einige Bilder, und auf dem kleinen Tisch neben dem Sofa stand ein Foto.

Durch das Fenster wehte feuchtkalte Luft herein – von der Art, die einem die Haare kraus werden lässt. Sie verhieß den Frühling, denn sie trug einen Hauch von Blütenduft von dem gleich am Fenster blühenden Busch ins Zimmer.

Und wer saß in dem blauen Sessel? Ich warf einen blitzartigen Blick darauf – und konzentrierte mich auf ein Kissen. Es bestand aus beiger Batikseide und wirkte antik. Überhaupt herrschte in diesem Raum eine erstaunliche Vielfalt von Oberflächenstrukturen und Farben.

Meine Füße schienen den Boden nicht zu berühren, und mein Pulsschlag dröhnte mir in den Ohren. Die einzelnen Eindrücke von diesem Raum fügten sich zu einem Dossier zusammen. Bei einem Kreuzverhör vor Gericht hätte ich ihn in allen Einzelheiten schildern können. Wie aufmerksam sie ist, hätte der Richter dann vermutlich gedacht. Was für eine unverzichtbare Zeugin.

Ich wandte mich wieder dem blauen Sessel zu.

»Wir planen im Herbst eine Sonderausgabe zum Thema Afrika«, hörte ich Nathan sagen. »Hättest du Lucas nicht erlauben sollen, zu Hause zu bleiben?«

Er saß zurückgelehnt und in einer völlig natürlich wirkenden Körperhaltung da und hatte das Gesicht wie lauschend der Tür zugewandt. Eine grau melierte Haarlocke war ihm in die Stirn gefallen. Sein Mund stand leicht offen. Hatte er gerade mit Rose gesprochen, als sein Herz erschaudert war, einen Satz gemacht und verkündet hatte: »Es reicht!«? Den linken Arm hielt

144

er seitlich angewinkelt, die Handfläche zeigte nach oben, die Finger waren leicht gekrümmt.

Er war noch immer Nathan – das war am Gesichtsschnitt, der Form des Kinns und der breiten Stirn klar zu erkennen. Und dennoch hatte er sich entfernt. Zwischen dem einen Herzschlag und dem Ausbleiben des nächsten hatte er den Anker gelichtet und war ganz weit weg gerudert. Er war, vorbei an seinen Kindern und seinem gemeinsamen Leben mit mir, auf einen Horizont zugeglitten, von dem ich nichts ahnte.

»Nathan …« Ich streckte die Hand aus, strich die Haarlocke zurück, richtete ihn ordentlich her, wie er es so gern hatte. Seine Haut war noch ziemlich warm, und Hoffnung glomm in mir auf, ich könnte gleich die Chance erhalten, aus dem Zimmer zu stürzen und zu rufen: »Er ist nicht tot, er schläft nur.«

Ich berührte einen seiner Finger und wünschte mir ganz fest, dieser möge sich um meinen schließen. Was war seinem Gesicht mit den blinden, geschlossenen Augen noch zu entnehmen? Soweit ich feststellen konnte, malte sich kein Leid darin, nur Erstaunen und ein Hauch von … Erleichterung?

Aus dem Nebenzimmer hörte ich leise Roses Stimme.

Hatte sie die Linie zwischen Nase und Kinn nachgefahren, wie ich es nun ganz sanft tat? Hatte sie sich über ihn gebeugt, um wirklich sicherzugehen, dass kein vereinzelter Atemzug zwischen seinen Lippen ging, so wie ich in diesem Augenblick? War sie auf die Knie gesunken und hatte geflüstert: »Ich glaube nicht, dass du tot bist, Nathan.« So wie ich?

Ich vergoss keine Träne. Diese spontane Erleichterung blieb mir versagt. Wieder suchte ich in Nathans Gesicht nach Antworten. »Warum hast du mich nicht angerufen, Nathan?«, flehte ich seine reglose Gestalt an, während ich wie eine reuige Sünderin vor ihm kniete. Ich wusste – und befürchtete –, dass Nathan sich krank und einsam gefühlt und dagegen angekämpft hatte. »Du hättest mich anrufen sollen. Dann wäre ich zu dir gekommen. Natürlich wäre ich das.«

Wie um alles in der Welt sollte ich das seinen … unseren … Kindern begreiflich machen?

Mit welchen Worten ließ es sich am besten ausdrücken? Ich bekam einen Krampf in den Zehen, unangenehm, aber jetzt genau richtig.

Nach einer Weile jedoch gewannen die Schmerzen die Oberhand. Also stand ich auf und machte mich auf die Suche nach Rose. Sie saß, die Hände vors Gesicht geschlagen, am Küchentisch. Als ich eintrat, blickte sie auf. »Wie geht es dir?«

»Was glaubst du denn?«

»Im Moment glaube ich gar nichts, Minty.«

Ich ließ mich auf einen Stuhl fallen. »Ich finde es so schrecklich ungerecht. Nathan hat das nicht verdient.«

Rose stand auf, holte eine Flasche aus dem Schrank und stellte mir ein volles Glas hin. »Brandy. Wir sollten einen Schluck trinken.«

Das Glas war schwer, hatte ein eingeätztes Muster und fühlte sich gewichtig und teuer an. Ich kannte es. In der Lakey Street hatten wir die gleichen. »Wir haben den Hausrat aufgeteilt«, meldete Nathan, als er und Rose sich scheiden ließen. »Einfach in der Mitte. Ich schulde ihr die Hälfte von allem.« Er war sehr zufrieden mit seiner Fairness und Großzügigkeit gewesen, und so hatte ich den Mund gehalten und mir den Einwand verkniffen, dass zwei von vier zusammenpassenden Gläsern nicht sonderlich nützlich seien und dass ein unvollständiges versilbertes Besteckset nur eingeschränkte Verwendungsmöglichkeiten böte.

Gehorsam trank ich. »Gab es Hinweise darauf, dass Nathan Herzbeschwerden hatte?«, erkundigte sich Rose.

»Nein. Aber ich habe auch nicht wirklich darauf geachtet.«

Sie beließ es dabei. »Ich habe mir Sorgen um ihn gemacht. Frag mich nicht, warum, denn schließlich habe ich ihn nicht oft gesehen. Aber trotzdem ...« In ihrer Trauer schlug sie die Diplomatie in den Wind: »Zwischen uns bestand immer eine Verbindung, und ich hatte das Gefühl ... Tja, ich wusste, dass da etwas nicht stimmt. Ich habe versucht, mit Nathan über seine Gesundheit zu reden, aber du kennst ihn ja.« Sie umfasste das Glas mit beiden Händen und hob es an die Lippen. »Typisch. Einfach typisch für Nathan, überhaupt kein Wort darüber zu verlieren.«

Ich konnte es nicht ertragen, über seinen Tod zu sprechen, denn dieses Thema sowie die ganze Situation waren zu groß, zu unbekannt, zu beängstigend und zu hoffnungslos für mich. »Hast du Eve erreicht?«

»Ja. Sie kümmert sich um alles, also mach dir keine Sorgen. Ich habe es ihr ausführlich erklärt.«

Ich konnte nicht mehr an mich halten. »Hast du auch Nathan alles ausführlich erklärt?«, schleuderte ich ihr entgegen.

»Hör auf, Minty.« Rose hob ihr bleiches Gesicht. »Lass das.«

Ich gehorchte und zermarterte mir stattdessen das Hirn nach einer Lösung des Rätsels. »Ich glaube, er war vor ein paar Monaten beim Arzt. Hin und wieder gab es Phasen, in denen er sich schrecklich müde fühlte. Das war alles.«

Abermals entstand eine jener Pausen, die man nicht beschreiben, sondern nur ertragen kann. Ich schüttete den Brandy in mich hinein wie Orangensaft. Angeblich fühlt man während der Schlacht nichts von seiner Verwundung. Der Schmerz setzt erst später ein. Der Brandy war eine Vorsichtsmaßnahme.

Nathan hatte fast nie über den Tod gesprochen. Zumindest nicht mit mir. Wir waren viel zu sehr damit beschäftigt gewesen, unser Leben zu meistern. Wenn er das Thema anschnitt, dann nur, um mit dem sprichwörtlichen Zeigefinger zu drohen: »Solange er nicht zu früh kommt.«

Was hatte Nathan in Roses Wohnung zu suchen gehabt?

Ich fröstelte und fühlte mich schwach, und es kostete mich Mühe, nicht nur an mein eigenes Befinden, sondern an Felix und Lucas zu denken. Sie würden es nicht verstehen, vermutlich sehr lange nicht. Außerdem durfte ich Sam und Poppy nicht vergessen. Und Rose.

Und dennoch bahnte sich inmitten all der Mutmaßungen und Hiobsbotschaften eine einzige Frage den Weg über meine Lippen: »Rose, was wollte Nathan hier?« Ich starrte auf den Brandy in meinem Glas und wartete auf eine Antwort. »Ich muss es wissen.«

Rose stellte das Glas auf den Tisch und erhob sich. Dann kam sie langsam und bedächtig auf mich zu und nahm mich in die Arme, eine steife Geste, die uns beiden nicht leicht fiel. Rose konnte nicht anders, weil es nun einmal ihre Art war. Ich musste es über mich ergehen lassen, denn ich brauchte dringend Trost und Körperkontakt, und sei es von ihr. Sie seufzte zittrig auf. »Arme Minty, was musst du dir jetzt bloß denken!«

»Ja«, wiederholte ich bitter. »Was muss ich mir jetzt bloß denken.«

Ihre weiche Wange ruhte an meiner. »Nathan war aus einem ganz bestimmten Grund hier. Hat er dir erzählt, was passiert ist?«

Es war erbärmlich zu lügen, während Nathan tot im Nebenzimmer lag – insbesondere wenn man eigentlich zu den Menschen gehört, die Ross und Reiter gern beim Namen nennen. Und dennoch schlüpfte mir ein »Ja« über die Lippen. Obwohl ich keine Ahnung hatte, wovon sie redete, wollte ich es einfach nicht zugeben.

»Dann weißt du sicher, dass Vistemax ...« Roses Gesicht befand sich nah an meinem, und ihre Arme bildeten einen Kreis, in dem ich gefangen war.

»Ja ...«

So falsch und blechern diese Lüge auch klingen mochte, ich klammerte mich dennoch daran. Ein Wasserhahn tropfte, und der Kühlschrank gab ein dumpfes elektrisches Brummen von sich. Wir beide wussten, dass ich log. Anscheinend fragte sich Rose, wie sie mit meiner offensichtlichen Ahnungslosigkeit in einer so wichtigen Sache umgehen sollte.

Sie ließ mich los. »Das war der Grund.«

Besaß der Tod nicht angeblich eine reinigende Kraft, indem er einem einen so heftigen Schlag versetzt, dass alle kleinlichen Gefühle, Ausreden und Geheimnisse hinweggefegt werden? Jedenfalls zog er eine eindeutige Grenze.

»Mein Gott, Rose«, nahm ich meinen Mut zusammen. »Ich weiß es *nicht*. Sag es mir.«

Doch in diesem Moment läutete das Telefon, und Rose ging

an den Apparat. »Ja, seine Frau ist hier«, erwiderte sie. »Ja, wir warten.« Sie wirkte kühl und beherrscht, wie ein Mensch, der Erfahrung mit Behörden und Vorschriften hat. »Das war der Arzt.« Ihre Hand umfasste weiter den Hörer. »Er ist jeden Moment da.«

Ungeduldig presste ich die Handflächen auf die Tischplatte. »Was ist los? Und warum ist Nathan zu ... dir gekommen?« Der Druck verfärbte meine Fingerknöchel weiß. »Warum war er hier?«

Immer noch den Hörer in der Hand, eröffnete Rose mir die Wahrheit: »Roger hat ihn heute Morgen gefeuert.«

»Gefeuert!« Die Schreckensnachricht trieb mir das Blut ins Gesicht, und ich hielt mir die Hände an die Wangen. »Der arme Nathan.« Rose legte den Hörer auf. »Also haben sie ihn schließlich doch erwischt«, meinte ich. »Die gewinnen immer.«

»Vistemax ist ja keine Strafkolonie.« Rose lehnte an der Spüle. »Nathan hat es dort weit gebracht.«

»Du siehst in allem und jedem immer nur das Beste.« Ich klammerte mich weiter an Nebensächlichkeiten, so zum Beispiel an die Frage, wie Rose es schaffte, sich sogar in einer Situation wie dieser ihre nachsichtige Haltung zu bewahren. »Ich habe mich immer gefragt, ob das eine Stärke oder eine Schwäche ist.«

»Diese Entscheidung überlasse ich dir. Ich glaube nicht, dass Nathan damit gerechnet hat. Du etwa?«

Nathan hat mit mir nicht über solche Dinge gesprochen, hätte die wahrheitsgemäße Antwort gelautet. »Er war schon lange dabei und wusste, wie der Hase läuft.« Aber offenbar hatte er nicht geahnt, wie weit Roger in seinem zynischen, profitorientierten Denken gehen würde. »Er war über fünfzig ... und wir alle haben ein Verfallsdatum. Vermutlich stand schon ein Nachfolger in den Startlöchern. Du hast ja selbst deine Erfahrungen mit Vistemax gemacht.«

»Ja«, entgegnete Rose tonlos. »Interessanterweise ja.«

»Wahrscheinlich hat Roger versucht, es Nathan auf die charmante Art beizubringen. ›Die Welt verändert sich immer schneller, und wir müssen uns auf unsere Stärken konzentrieren, um Schritt halten zu können‹, hat er sicher zu ihm gesagt. Mit so einer Floskel kann man den meisten Menschen sogar ihre eigene Kündigung schmackhaft machen.«

»Am Ende des Gesprächs war Nathan bestimmt davon überzeugt, dass er als heldenhafter Märtyrer in die Geschichte eingehen würde«, beendete Rose den Gedanken.

Rose sprach über ihre eigene Kündigung so wie ich über meine. »Nein!« Ich musste für Nathan in die Bresche springen, denn ich wollte nicht, dass da ein Irrtum aufkam. »So sentimental war er nicht. Er kannte seinen Wert. Er hätte sich gewehrt. Er wäre wütend geworden … sehr wütend, so wütend, dass sein Herz nicht mehr mitgemacht hat.«

Rose wandte sich ab.

Mein Blick schweifte über die Gegenstände in der Küche. Ein weißer Krug. Ein Einkaufskorb, vollgestopft mit Plastiktüten, neben der Tür.

»Auch Nathan hatte seine schwachen Seiten«, erklärte Rose. »So wie jeder Mensch. Sicher wusste Roger genau, wo er ihn treffen konnte.«

Vor mir entstand ein Bild, wie Nathan den taktvoll formulierten Demütigungen lauscht, die zu jeder Kündigung gehören. Ich wusste genau, dass Rogers gut überlegte Grausamkeiten ihn in seinem Stolz verletzt hatten. Sicher hatte Nathan in diesem Moment zum ersten Mal gespürt, dass sein Herz zu streiken begann. Hatte er bemerkt, wie ihm das Blut stockte, einen Schmerz in dem geschwächten Muskel wahrgenommen und die Symptome dennoch tapfer verschwiegen? Gott steh uns bei, aber Nathan wäre (und war) vermutlich lieber gestorben, als den Mann, der ihn gerade vor die Tür gesetzt hatte, um Hilfe zu bitten. »Peter Shaker übernimmt den Posten«, fügte Rose hinzu.

»Tja, das hat Nathan sicher den Rest gegeben.«

Roses Lippen verzogen sich zu einem wehmütigen Lächeln. »Ja, wahrscheinlich hat es das.«

Später, so sagte ich mir, würde ich mich zwingen zu glauben, dass Roger einen guten Grund gehabt hatte, Nathans Posten an Peter zu geben. Nach all den Jahren bei Vistemax hat Nathan wenigstens das verdient. Der langweilige Peter und die gutmütige Carolyne in ihrem marineblauen Kostüm mit den Goldknöpfen – erst vor kurzem hatten die beiden an unserem Tisch doppelt gebackenes Käsesoufflé, Hühnchen mit Ingwer und Cocktailkirschen in Maraschino verspeist. Jetzt spürte ich, wie mich eine schwarze, mörderische Wut und der Drang ergriffen, Nathan zu rächen.

Rose schnappte nach Luft und gab dann ein Geräusch von sich, das an ein kleines Tier in Not erinnerte. Dann drehte sie sich mühsam um, stützte beide Hände an den Spülbeckenrand und beugte sich würgend darüber. Ich stand auf, goss Wasser in ein Glas und reichte es ihr.

Sie wischte sich mit dem Handrücken über den Mund. »Man sollte Brandy nie zu schnell trinken.«

Nun war es an mir, ihr die Hand auf die Schulter zu legen und sie auf einen Stuhl zu verfrachten. »Rose, bist du betrunken?«

Sie errötete leicht. »Nathan war erst etwa eine Viertelstunde hier gewesen. Er wolle über das, was geschehen sei, reden und überlegen, wie er mit der veränderten Lage umgehen solle. Er hatte gehofft, ich könnte ihm helfen.« Offenbar bemerkte sie, dass ich automatisch zusammenzuckte, denn sie fügte hinzu: »Er hätte noch mit dir gesprochen, Minty.«

Das würde ich nun nie mehr erfahren, und außerdem ging es Rose nichts an. »So etwas zu sagen steht dir nicht zu.«

Erschrocken rang sie nach einer Antwort. »Wenn der Arzt und der Bestattungsunternehmer da waren, solltest du besser gehen, Minty.«

»Bestattungsunternehmer?«

»Ja, ich musste jemanden verständigen. Nathan kann doch nicht hierbleiben.«

Ich ließ Rose in der Küche sitzen und flüchtete mich zurück ins kalte Wohnzimmer, zum Geruch nach Frühling und zu Nathan. »Warum hast du nicht angerufen?«, wollte ich von der reglosen Gestalt wissen.

151

»Du hast mich geheiratet, weil …«, ging das dumme und gefährliche Spiel, das wir manchmal zu Beginn unserer Ehe spielten und in dem nur eine Regel galt: Alle Antworten mussten scherzhaft gemeint sein. »Ich habe dich geheiratet, Nathan, weil du einen Lexus fährst.«

»War das etwa alles, Minty? Was ist mit meinem Aussehen und meiner Schlagfertigkeit?«

»Selbstverständlich wäre da auch noch dein gewichtiges Bankkonto zu erwähnen. Und, Nathan, warum hast *du* mich geheiratet?«

»Oh, ich habe dich geheiratet, weil du schwanger warst, Minty.«

In seiner Not war Nathan nicht etwa zu Rose übergelaufen, weil er seine Möglichkeiten erörtern oder neue Zukunftspläne schmieden wollte. Das hätte er schließlich auch mit mir tun können, und ich hätte ihm viel bessere Ratschläge gegeben. Nein, nein. Nathan hatte sich an Rose gewandt, da er sich danach sehnte, von ihr getröstet zu werden, Sehnsucht hatte nach ihrer gemeinsamen Vergangenheit, ihrer Zuneigung in dieser Stunde der Prüfung und nach ihrer Aufmunterung.

Rose trat hinter mir ins Zimmer und schloss das Fenster. Inzwischen hatte sie sich wieder gefasst, und ihre Stimme klang ruhig. »Ich habe es aufgemacht, damit seine Seele frei ist. Ich glaube … Ich glaube, das macht man so.« Sie ließ den Riegel einrasten, während ich Mühe hatte, bei dieser Vorstellung ein Lachen zu unterdrücken. Rose spielte an den Vorhängen herum – Kattun, dick gefüttert und offenbar teuer –, und ich malte mir aus, wie Nathans Seele sich daran vorbeigezwängt hatte und in eine unbekannte Dunkelheit emporgestiegen war.

»Wenn das Bestattungsunternehmen kommt, müssen wir einige Entscheidungen treffen.« Es kostete Rose sichtlich Mühe, ruhig zu bleiben. Sobald diese kurze Verschnaufpause vorbei war, würde das Übliche seinen Lauf nehmen. »Nachdem ich mit Sam und Poppy gesprochen habe.« Sie sah mich an, als bäte sie mich um Hilfe bei dieser unangenehmen Aufgabe, und auch ich wurde von Furcht vor dem ergriffen, was mir bevorstand. »Mir graut es schon. Sie werden außer sich sein.«

»Entscheidungen?«

»Wir müssen gemeinsam beschließen, was wir wollen, und versuchen, seine Vorstellungen zu berücksichtigen. Poppy und Sam haben sicher auch Vorschläge zu machen.«

»Rose, ich glaube, die Entscheidung liegt ganz allein bei mir.«

Als sie den Kopf schüttelte, verrutschte eine Haarsträhne. »Das geht nicht, Minty. Wir gehören alle zu ihm. Wir sind seine Familie.«

»Und ich bin seine Witwe.«

»Wie willst du es Felix und Lucas erklären? Brauchst du Hilfe?« Rose schlug den Tonfall an, den ich hin und wieder im Büro bei ihr gehört hatte, wenn Sam oder Poppy anriefen: so unbeschreiblich beruhigend. Damals war mir diese Sprechweise albern und gekünstelt erschienen, bis ich selbst Kinder hatte und feststellte, dass es sich um eine Methode handelte, die eigene Panik in den Griff zu bekommen.

»Nein.« Dass ich dieses Angebot ablehnte, kam ganz spontan. Ich wollte nicht, dass sie mir mit ihrer Wärme und ihrem Trost die Kinder wegnahm.

Ich warf einen Blick auf die Uhr. Kaum zu glauben, aber ich war erst etwa eine Dreiviertelstunde hier. Ich fragte mich, wer dank Gisela wohl schon Bescheid wusste, in diesem Moment die Information telefonisch weitergab oder beim Floristen Blumen bestellte. *Mit tief empfundenem Beileid.* Ob die Uhren wohl stehen bleiben würden? Wer würde echte, wer Krokodilstränen vergießen? Ob Nathan vielleicht ein kleines bisschen damit gerechnet oder zumindest über den Tod nachgedacht hatte? Oder kreiste er jetzt fluchend über uns?

»Warum setzen wir uns nicht zu ihm?«, schlug Rose vor. »Wir werden ihn nicht mehr lange um uns haben.«

Ich entschied mich für einen Sessel dicht neben der Leiche. Nathan entfernte sich bereits von uns, und vermutlich hatte inzwischen die Leichenstarre eingesetzt. »Deine Kinder konnten ihre Kindheit mit ihm erleben.« Dass meinen Söhnen so viel

Ungerechtigkeit angetan wurde, machte mich wütend. »Meine werden darauf verzichten müssen.«

Rose saß auf dem Sofa. Unsere Blicke trafen sich. »Ja, Minty, so ist das.«

Nach einer Weile fing Rose an, von früher und ihrer Ehe mit Nathan zu erzählen. Jedes Jahr hätten sie den Urlaub an der Priac Bay in Cornwall verbracht, und zwar stets in derselben Hütte. Sie schilderte das Klatschen des Wassers am Rumpf des klinkerbeplankten alten Fischerboots, das Brausen und Aufbäumen des Meeres, den tranigen Geruch und das silbrige Glitzern der Makrelen.

»Der Regen ist mir am besten in Erinnerung geblieben. Manchmal kam er von Westen und prasselte nur so herunter. Dann wieder war er so sanft, als wollte er uns streicheln, und sickerte langsam durch die Kleidung. Ganz gleich, wie ordentlich wir zu Hause die Angelschnüre für die Makrelen auch verstauten, wenn wir sie im nächsten Jahr aus dem Schrank holten, waren sie wieder verknotet. Nathan war ungeduldig und wollte neue kaufen, aber ich habe nein gesagt und mir Mühe gegeben, ihn zum Lachen zu bringen. Das konnte anstrengend sein, doch mit der Zeit eignete ich mir eine Methode an. Für den ersten Abend plante ich eine ausgiebige Mahlzeit ein, und ich kaufte einen Heizstrahler, damit wir nicht froren. Am zweiten Tag schien er leichter zu atmen, und auch sein Schlaf hatte sich verändert und war ruhiger geworden. Wenn er dann endlich nach dem Buch griff, das ich für ihn ausgesucht hatte, wusste ich, dass nun der schönste Teil des Urlaubs beginnen konnte. Nach einem Jahr Plackerei brauchten wir beide dringend Erholung. Ich glaube, ohne Cornwall hätten wir nicht so lange durchgehalten.«

»Ich habe ihn nie nach Cornwall fahren lassen«, erwiderte ich. »Wozu auch? Das war dein Revier. Meiner Ansicht nach wäre es besser für ihn gewesen, mal etwas Neues zu sehen. Ich dachte, ein bisschen garantierter Sonnenschein in Italien oder in Griechenland würde Wunder wirken. Doch er fand die Hitze immer unangenehm. Das weißt du ja. Außerdem waren die Jungs noch zu klein und wurden bei den hohen Temperaturen quengelig.«

»Aber ich war auch müde, immer so müde«, sagte Rose, »bis die Kinder älter waren. Mir war das gar nicht klar, die Frage, ob ich mich damit abfinden wollte, stellte sich mir gar nicht, ich hielt diese Müdigkeit für normal, bis ich mich wieder besser zu fühlen begann. Viel besser. Aber da war es schon zu spät. Nathan hatte sich anderweitig orientiert.«

Als der Arzt kam, untersuchte er Nathan. »Sieht ganz nach einem Herzinfarkt aus«, teilte er uns mit, während er sich Notizen machte und Formulare ausfüllte. »Die Leichenschau wird das klären.« Er war ein abgehetzter und viel beschäftigter Mann und blieb nur kurz.

Das Bestattungsunternehmen erschien, vertreten durch drei hünenhafte Männer, sodass die Wohnung plötzlich viel kleiner wirkte.

Rose nahm Nathans Hand, küsste ihn auf die Wange und machte Platz.

»Darf ich mich bitte allein von ihm verabschieden?«, fragte ich. Rose und die Männer trollten sich und ließen mich mit meinem Mann zurück. »Es tut mir leid«, flüsterte ich, beugte mich vor, rückte seine Krawatte zurecht und strich sein Sakko glatt. So wie er es mochte. »Es tut mir so leid.«

Ich hatte das Gefühl, dass die Haut unter meinen Lippen nachgab, als ich ihn auf die Wange küsste.

Ich ging in die Küche, wo Rose und ich noch einen Schluck Brandy tranken.

Schließlich klopfte es an der Tür. Einer der Bestatter, ein älterer Mann, der sich als Keith vorstellte, richtete einige Fragen an Rose. Offenbar hielt er sie für die Witwe.

»Verzeihung«, mischte ich mich ein. »Ich bin die aktuelle Mrs. Lloyd.«

Keith blickte zwischen uns beiden hin und her. Er wirkte zwar ein wenig betreten, allerdings kaum überrascht. »Ich warte auf Ihre Anweisungen, Mrs. Lloyd. Die Leiche Ihres Mannes muss zur Untersuchung in die Pathologie. Die Einzelheiten besprechen wir, wenn sie zur Bestattung freigegeben ist.«

Ich überlegte fieberhaft. »Bei uns in der Nähe gibt es, glaube ich, eine Kirche. Ich werde den Namen des Vikars herausfinden ...«

»Oh, nein«, protestierte Rose. »Nathan hätte in Altringham beerdigt werden wollen, Minty. Dort, wo seine Eltern liegen.«

»Altringham? Aber das ist ja viel zu weit weg!«, schluchzte ich.

»Vielleicht steht im Testament ja etwas Genaueres«, wich Keith dem Konflikt taktvoll aus. »Entscheidungen wie diese erfordern meist ein wenig Zeit. Aber wir haben ja Telefon.«

Rose beschäftigte sich damit, ein Geschirrtuch erst in die eine und dann in die andere Richtung zu falten. Schließlich legte sie es auf den Tisch. »Selbstverständlich.«

Sie gingen und nahmen Nathan mit. Als die Wohnungstür ins Schloss fiel, herrschte eisiges Schweigen in der Küche.

Ich brach es: »Ich bin seine Frau, Rose.«

Rose seufzte auf. »Ich auch, in gewisser Weise.« Sie zuckte die Achseln. »Also hilf mir aus dieser seltsamen Situation.«

»Himmelherrgott ...«

»Ach, egal. Hör zu, Minty ... bitte hör mir zu. Wir dürfen ihn nicht an einem Ort begraben, wo niemand ihn kennt, und ihn zurücklassen, wo er ganz allein sein wird.«

Sosehr ich mich auch über mich selbst ärgerte, musste ich zugeben, dass Rose – wie beinahe immer – recht hatte. »*Ich* entscheide, wo Nathan beigesetzt wird, Rose.«

Sie wirbelte herum. »Geh jetzt, Minty.« Sie schob mich aus der Küche in den Flur. »Ich begleite dich im Taxi nach Hause. Dann muss ich ... will ich zu meinen Kindern.« Als sie mich ansah, blickte ich in ein vom Schmerz verzerrtes Gesicht. »Ich *muss* zu ihnen.«

Im Gehen schnappte Rose sich den Aktenkoffer, der im Flur stand, und drückte ihn mir in die Hand. »Das ist seiner. Nimm ihn mit.«

Kapitel 12

Eigentlich habe ich nie Angst vor der Dunkelheit gehabt, denn sie war die Zeit, in der leidenschaftliche und angenehme Dinge geschahen, ein Moment, um zu träumen, zu planen und zu dösen, den warmen schlafenden Körper neben sich zu berühren, seine Schönheit oder seine Kraft zu bewundern oder zu erkennen, dass man ihn hasste.

Aber als ich in jener Nacht zu Bett ging, fürchtete ich mich.

Es sprach einiges dafür, dass ich nach Hause gekommen war und die üblichen Handgriffe ausgeführt hatte, aber ich konnte mich an kaum etwas erinnern. Ein Schwall von Socken, Unterwäsche und Hosen hatte sich aus dem Wäschekorb der Jungs ergossen. Mein Waschlappen im Bad war feucht. Meine Schuhe standen im Schlafzimmerschrank. In der Küche war die Spülmaschine eingeschaltet worden und nun zum Ausräumen bereit. Im Kühlschrank klemmte zwischen Käse und Speck eine halb volle Thunfischdose, die vom Abendessen der Jungs übrig geblieben war.

Eve und ich hatten uns im Flüsterton unterhalten, während die Jungs oben herumtobten. »Wie schrecklich, Minty.« Vor Aufregung war sie bleich und hatte hektische Flecken, das Haar war streng aus der Stirn gekämmt. »Der arme, arme Nathan.« Sie bekreuzigte sich nicht nur einmal, sondern gleich zweimal. »Das nützt ihm jetzt auch nichts mehr«, hätte ich ihr am liebsten zugezischt.

»Eve, wir sagen es den Jungs erst morgen … nach der Schule.« Als sie mich zweifelnd ansah, nahm ich all meine Kraft zusammen, um es ihr zu erklären. »So ist es leichter für mich, denn dann habe ich Zeit, noch einige Dinge zu erledigen, bevor ich mich um sie kümmere. Es gibt so vieles, das man beachten muss …«

»Einverstanden.«

Ich wusste, dass es viel zu tun gab – aber was? Ich musste mich an Vorschriften halten – doch an welche? Und dann wollten noch jede Menge Fragen beantwortet werden.

Ich rief Theo, Nathans Anwalt, an und sah mich gezwungen, den Satz »Nathan ist tot« zu wiederholen, da selbst der hyperprofessionelle Theo seinen Ohren nicht traute. »Hilfst du mir?«, flehte ich ihn an, denn ich befürchtete, Vistemax könnte nun Nathans Abfindung nicht herausrücken.

»Keine Sorge«, versicherte Theo mir rasch und schnalzte mit der Zunge. »Hast du das gehört? Das ist das Geräusch des Zaumzeugs zwischen meinen Zähnen. Die werden *blechen*!«

Dann wählte ich Barrys Nummer, um ihm Bescheid zu geben. »Das ist ja entsetzlich!« Sein Tonfall triefte von aufrichtiger Anteilnahme. »Eine Tragödie. Du brauchst dir in nächster Zeit keine Gedanken über die Arbeit zu machen. Ich werde Chris alles erklären.«

Und Chris würde meine Ideen klauen.

Na und?

Als ich Paige anrief, hatte ich Chris Sharp schon vergessen. Eine Aneinanderreihung ähnlicher Vokabeln hallte durch die Telefonleitung. Alle stammten aus dem Wörterbuch, das wir bei Not- und Trauerfällen ganz automatisch zu Rate ziehen. »Schrecklich, Minty. Kommst du klar? Es tut mir ja so leid, dass ich dir momentan nicht helfen kann. Wenn du möchtest, übernimmt Linda die Jungs.«

»Ich habe es ihnen noch nicht gesagt und warte auf den richtigen Zeitpunkt.«

Paige konnte und wollte der Versuchung nicht widerstehen. »Spüren sie denn nicht, dass etwas nicht stimmt?«

»Ich bin eine gute Schauspielerin.«

Eine kurze Pause entstand. »Ja, das bist du vermutlich.«

Zwischen diesen Telefonaten tat ich mein Bestes, um eine Liste aufzustellen, doch dieses Vorhaben erwies sich als zu ehrgeizig. Ich quälte mich mit Wortungetümen wie »Testamentseröffnung«, »Totenschein« und »Todesanzeige in der Zeitung«

herum, die sich einfach nicht nach Wichtigkeit ordnen lassen wollten.

»Mum.« Lucas kam hereingestürmt und sprang mich an. »Mum, lies mir eine Geschichte vor.« Seine Wangen waren vom Toben gerötet, und er sah so reizend und wohlgeraten aus, dass jeder zufällig vorbeikommende Filmregisseur ihn sicher sofort unter Vertrag genommen hätte.

Eine Hand schob sich in meine. »Hallo, Mummy.« Das war Felix. »Du siehst traurig aus. Bist du traurig, Mummy?«

Ich beugte mich vor und zog die beiden an mich, sodass ihre Köpfchen an meiner Brust ruhten. Nun war ich ganz allein für sie verantwortlich.

In jener angsterfüllten Nacht war Nathan bei mir. Wir saßen im Wohnzimmer. Auf dem halbrunden Tisch am Fenster tickte die Uhr, und wir stritten, weil Nathan fand, dass sie auf dem Kaminsims besser aufgehoben sei. »Bitte tu, was ich dir sage, Minty.« Ich blickte von einer Farbkarte auf und hörte mich erwidern: »Meinst du, Orientbeige würde in diesen Raum passen?«

»Orientbeige?«, gab er zurück. »Die Farbe sieht eher nach Kompost aus.«

Nathan stand in der braunen Kordhose, seinem blauen Lieblingshemd und Gummistiefeln im Garten und grub unter dem Fliederbaum ein Loch. Ich stand auf dem Treppenabsatz und mühte mich damit ab, ein Hemd zu bügeln, das einfach nicht glatt werden wollte, ganz gleich, wie sehr ich auch daran zupfte und zerrte.

Nathan stieß die Gartenforke in den Boden, griff mit beiden Händen in die Erde und förderte ein in einen weißen Wollschal gewickeltes Bündel zutage. »Das ist meine insgeheime Trauer, Minty«, hörte ich ihn in meinem unruhigen Halbdämmer sagen.

Im Schlafzimmer war es stickig, und ich schwitzte und fror abwechselnd, was, wie ich vermutete, am Schock lag. *Hätte ich mehr tun können? Ja, hätte ich. War Nathan wirklich so unglücklich? Ja, war er ...* Ich flüchtete mich nach oben ins Gästezimmer. Das Bett war zwar nicht bezogen, aber ich legte mich auf die nackte Matratze, breitete die zusammengefaltete Daunendecke über mich und starrte in die Dunkelheit.

Das Bild an der Wand über mir konnte ich in der Finsternis nicht sehen, doch in meiner Vorstellung fuhr ich die Rosen nach. Ich berechnete ihren Umfang und die Anordnung der Formen auf der Leinwand und machte mich eingehend mit jeder Schattierung und jedem Farbton vertraut, indem ich sie an den Fingern aufzählte: kalkweiß, buttrig geschlagener Rahm, schwacher Tee und das an getrocknetes Blut erinnernde Braun der welken Blütenblätter rings um die Vase.

Als ich es nicht länger ertragen konnte, stand ich auf und drehte das Bild mit der Vorderseite zur Wand.

So. Jetzt waren sie weg.

Ein wenig später – wie viel Zeit mochte vergangen sein? – fand ich mich in Nathans Arbeitszimmer wieder. Ich öffnete den Aktenschrank, in dem die einzelnen Fächer ordentlich mit schwarzer Tinte beschriftet waren. »Versicherung« stand auf einem orangefarbenen Ordner. »Haus« auf einem blauen. »Anwalt« auf dem roten. »Gesundheit« auf dem gelben.

Warum hatte er für die Gesundheit einen gelben Ordner genommen? Keine sehr passende Farbe, denn Gelb wirkte entmutigend und wies auf Krankheit hin. Gelbfieber. Denguefieber. Malaria. Gelbsucht. Ich schlug den Ordner auf und blätterte ihn von hinten nach vorne durch.

Ich entdeckte verschiedene Briefe von Ärzten mit Adressen in der Harley Street. Einer enthielt die Ergebnisse einer Augenuntersuchung. In einem anderen ging es um eine Blutprobe. Kein Befund, alles bestens, negativ, kein Grund zur Sorge. Nur der Brief ganz oben auf dem Stapel unterschied sich von den anderen. Er lautete: »Sehr geehrter Mr. Lloyd, wie bei unserem letzten Gespräch abgemacht, habe ich für Sie einen Termin bei meinem Kollegen Mr. Oxford in der Londoner Herzklinik vereinbart. Ich habe ihm meine Befunde – Bluthochdruck und Herzklappengeräusche – mitgeteilt, worauf er nun weitere Untersuchungen vornehmen möchte. Deshalb bitte ich Sie höflich, sich umgehend mit ihm in Verbindung ...«

Der Brief war sechs Monate alt.

Ich las das taktvolle Schreiben noch einmal. Hinter dem neutralen Wort »Befund« verbargen sich die Befürchtungen und verschlüsselten Andeutungen eines Fachmannes. Nathan, so meinte der Arzt, wiese eine Reihe von Symptomen auf, gegen die er dringend etwas unternehmen müsse.

Doch Nathan hatte das nicht getan.

Wütend hielt ich den Brief in der Hand. Warum? Und weshalb hatte er es mir verschwiegen?

Das hätten wir doch hinbekommen. Wir wären gemeinsam zu dem Termin gefahren. Dann hätte ich mucksmäuschenstill im Wartezimmer gesessen und in *Country Life* oder eselsohrigen Ausgaben von *Hello!* geblättert, während die Haupt- und Nebenstraßen seiner Arterien und seine Herzkammern über irgendeinen Monitor geflackert wären. Und bei der Verkündung des Urteils hätte ich seine Hand gehalten.

»Ich habe Herzbeschwerden«, hätte er nur zu sagen brauchen. Dann hätte ich sofort etwas unternommen und Listen aufgestellt, dass es nur so eine Freude gewesen wäre. *Cholesterinarmer Brotaufstrich, grünes Gemüse, Vitamine, ein Trimmrad.* Hinzu wären Zeitpläne gekommen, für die ich ebenfalls ein Händchen hatte: *Sport: 7–7.30, Frühstück 7.45 …*

Nathans so folgenschweres Schweigen erinnerte mich quälend daran, wie wenig wir zu seinen Lebzeiten miteinander gesprochen hatten. Ich hatte es nicht geschafft, ihn zu trösten und seine Wange zu streicheln. Wir hatten nicht gemeinsam im Wartezimmer eines Facharztes gesessen.

Außerdem hatte mein Telefon heute Morgen nicht geläutet. Ich war nicht rangegangen, um seine Stimme zu hören: »Minty, ich muss dir etwas sagen … bitte erschrick nicht.«

Und so hatte er auch auf meine Antwort verzichten müssen: »Vistemax ist ein Drecksladen. Hast du schon deinen Anwalt angerufen? Nathan, hier geht es nicht um deine Person, das weißt du doch …« Ich hatte nicht die Gelegenheit gehabt, hinzuzufügen: »Ganz ruhig, Nathan. Ich hole dich ab, und dann reden wir über alles.«

Stattdessen hatte Nathan beschlossen, sich hinter Schweigen zu verschanzen. Und dann war er zu Rose gefahren.

Aber Nathan war tot.

Ich fiel vor dem Aktenschrank auf die Knie und legte die Hände auf die offene Schublade, denn sie enthielt die Fakten – die harten Fakten, die mir so viel bedeuteten – von Nathans Leben.

Dann senkte ich den Kopf und konnte endlich weinen.

Es war halb vier Uhr am Morgen meines ersten Tages als Witwe.

Um neun Uhr saß ich an Nathans Schreibtisch im Arbeitszimmer. Die Jungs waren in der Schule, Eve staubsaugte das Zimmer nebenan.

Das Telefon läutete. »Ich weiß nicht, was ich sagen soll.«

»Sie brauchen gar nichts zu sagen, Roger.«

»War es sein Herz?«

Ich legte auf. Doch schon im nächsten Moment läutete es abermals. »Wir werden für Sie tun, was wir können«, meinte Roger. »Geben Sie uns bitte Bescheid, wann die Beerdigung ist ... Minty, mir ist klar, wie tragisch und unerträglich diese Situation sein muss ...«

War das der richtige Moment, um Roger darauf hinzuweisen, was für einen Fehler er gemacht hatte, Nathans jahrzehntelange Berufserfahrung auf dem Altar des Wandels zu opfern? Hätte ich hinzufügen sollen, er habe Nathan aller Wahrscheinlichkeit nach in den Tod getrieben?

»Ich weiß, dass Sie mit gemischten Gefühlen ...«

»Nein, Roger, keine *gemischten* Gefühle. Sie sind ziemlich eindeutig.«

»Wir haben getan, was für Vistemax das Beste ist.«

»Peter Shaker? Meinen Sie das ernst?«

Mehr gab es dazu nicht zu sagen. Roger war Geschäftsmann, und ich war Witwe. Ganz gleich, wie viel es mir auch bedeutet hätte, ihm das Problem begreiflich zu machen, es war vergebliche Liebesmüh. Wieder hängte ich ein und legte den Hörer neben den Apparat. Und zwar keinen Augenblick zu früh, denn die Trauer drohte mich zu überwältigen. Ich konnte noch nicht loslassen. Vielleicht würde ich es nie schaffen.

Das Dröhnen des Staubsaugers fraß sich in meinen Schädel. »Kannst du bitte damit aufhören?«, rief ich Eve zu.

Sie kam aus dem Wohnzimmer. »Das Haus muss sauber sein, Minty. Es werden Leute kommen.«

Würden sie wirklich?

»Du siehst nicht gut aus. Ich hole dir eine Tasse Tee.«

Die Tasse in der Hand, saß ich an Nathans Schreibtisch und überlegte, wie lange meine Finger den Schmerz wohl aushalten würden. Lächerlich im Vergleich zu dem Leid, das ich Lucas und Felix würde zufügen müssen. Vielleicht hätte mir ein Fachmann einen Rat geben können. Schließlich hatten die Experten immer jede Menge guter Vorschläge auf Lager. »Daddy hat eine lange Reise unternommen und kommt nicht mehr zurück.« So vielleicht? Oder: »Daddy passt auf dich auf, aber er kann nicht mehr hier sein.«

Es läutete an der Tür. Eve rannte in den Flur hinaus.

Es war Mrs. Austen, die brummige Mrs. Austen. »Eve, wir haben es gerade erfahren. Hier ist Suppe. Und selbst gezüchtete Tomaten. Gib es ihnen bitte, damit sie etwas zu essen haben.«

Zehn Minuten später klingelte es erneut. Diesmal war es Kate Winsom von gegenüber. »Das ist ja entsetzlich«, hörte ich sie sagen, während ich mich weiter im Arbeitszimmer versteckt hielt. »Ich wollte gerade einkaufen gehen. Richten Sie Minty aus, ich melde mich zu einem … günstigeren Zeitpunkt bei ihr. Leider muss ich jetzt los. Die Kinder …«

Zum zehnten Mal versuchte ich, eine Liste aufzustellen. Aber wozu?

Die Türklingel – diese verdammte Türklingel – schellte abermals, und ich schlug die Hände fest vors Gesicht. Im nächsten Moment spürte ich, dass jemand sanft mein Haar berührte. »Ich bin gekommen, so schnell ich konnte«, meinte Gisela.

Ich hob den Kopf. »Du hast gewusst, was Roger vorhatte, und hast es mir verschwiegen.«

»Hast du etwas anderes erwartet? Wie hättest du dich denn im umgekehrten Fall verhalten? Außerdem hätte ich beim Mittagessen eine Andeutung fallen lassen.« Sie fühlte meinen Puls. »Hast du geschlafen? Und wann hast du zuletzt etwas gegessen?«

Mein Haar fühlte sich warm und schwer an, und ich schob es mir aus dem Gesicht. »Eine Tasse Tee. Ich weiß nicht, Gisela.«

Sie beugte sich über mich, und als sie weitersprach, war ihr Tonfall so eindringlich, wie ich es noch nie zuvor bei ihr gehört hatte. »Du brauchst jetzt Kraft, Minty. Schließlich musst du an die Zwillinge denken. Ich besorge dir noch eine Tasse Tee und etwas Toast.«

Sie führte mich ins Wohnzimmer und bugsierte mich aufs Sofa. »Hier bleibst du sitzen, bis ich wieder da bin.«

Die Morgensonne schien so grell ins Zimmer, dass ich geblendet war. Ich blickte zur Terrassentür hinaus. Am Fliederbaum platzten die ersten Knospen, und die Magnolie im Nachbargarten hatte Kaskaden porzellanfarbener Blüten hervorgebracht.

»Der Frühling ist grausam«, sagte ich.

»Ja.« Gisela kehrte mit einem Tablett zurück. Nachdem sie es auf dem Couchtisch abgestellt hatte, griff sie in ihre Tasche und schaltete ihr Mobiltelefon ab.

»Mein Gott«, meinte ich. »Offenbar ist es wirklich ernst.«

Die Stelle des Teppichs, die schon seit Jahren von der Sonne beschienen wurde, hatte inzwischen einen helleren Grauton angenommen, und ich hörte laut und deutlich Nathans Stimme: »Nein, einen neuen Teppich können wir uns nicht leisten.«

»Minty…« Gisela hielt mir einen mit Butter und Hefepaste bestrichenen Toaststreifen hin. »Iss.«

»Ich rühre Butter grundsätzlich nicht an, Gisela. Die Figur.«

»Heute machst du eine Ausnahme.«

Ich nahm das Toaststück und kaute. Der Geschmack der Hefepaste war gar nicht so schlecht, der Tee war heiß und stark. Gisela trank einen Schluck aus ihrer Tasse. »Ein scheußlicher Tee. Was ist denn das für einer?«

»Ganz normaler. Keine Ahnung.«

»Lapsang ist besser.«

Also »normalen Tee« von der wöchentlichen Einkaufsliste streichen, stattdessen: »Lapsang«.

Wie Gisela so dasaß, wirkte sie weise wie ein Buddha. Sie strotzte von Tatendrang und Zielstrebigkeit, während ich mich über Nacht in ein auf dem Sofa zusammengekauertes Häufchen Elend verwandelt hatte. »Minty. Was Rose betrifft.«

Dieses Detail war eine wahre Goldgrube für die Klatschweiber. *Haben Sie schon gehört, wo er gestorben ist? Bei seiner Exfrau!* Dass das lange geheim bleiben würde, war höchst unwahrscheinlich.

»Roger hat mit Rose gesprochen. Er hat sie nach dem Telefonat mit dir angerufen und wird sich heute Nachmittag mit ihr treffen.«

»Aber hierher kommt er nicht?«

»Ich bin ja da.« Sie stellte ihre Tasse auf das Tablett. »Roger die kalte Schulter zu zeigen macht Nathan auch nicht wieder lebendig.«

»Nein.« Dieses Gespräch war überflüssig, weil ich gar nicht das Gefühl hatte, dass Nathan tot war. Er war hier, bei uns im Wohnzimmer, weil ich seine Gegenwart ganz deutlich spürte.

Währenddessen sprach Gisela weiter. »Darf ich dir einen Rat geben? Du solltest Rogers Hilfsangebot nicht zurückweisen. Du wirst es brauchen.«

Da der übrig gebliebene Toaststreifen mit Hefepaste schief auf dem Teller lag, rückte ich ihn zurecht. »Auf Nathan konnte man sich verlassen, er war ein Mann, der sich Mühe gab, andere nicht im Regen stehen zu lassen. Aber es war einfach zu viel für ihn. Die Trennung von Rose, die Hochzeit mit mir, Vistemax. Er konnte das alles nicht mehr bewältigen. Sein Körper hat sich gewehrt.« Hinter meinen Augen machte sich ein merkwürdiges Gefühl breit. »Klingt das logisch?«

Gisela trug eine ihrer strahlend weißen Blusen mit Dreiviertelärmeln und einer Rüsche über der Brust. Sie stammte aus Frankreich und war ausgezeichnet geschnitten. Eine dicke Perlenkette lag um ihren Hals. Ihre Ohren zierten die passenden

Ohrstecker. Wie sie so vornübergebeugt dasaß, verkündete ihre ganze Körpersprache *Mitleid, Mitleid.*

»Ich verlange gar nicht, dass du logisch klingst.« Sie nahm ein Notizbuch aus der Tasche, schrieb etwas hinein und riss die Seite heraus. »Ich kann nichts weiter für dich tun, Minty, als dir ein paar Kleinigkeiten abzunehmen. Das ist der Name eines guten Blumengeschäfts. Du brauchst nur zu sagen, was du für Nathans Beerdigung brauchst, und es wird erledigt.«

Blumengeschäft? »Danke.« Meine Lippen zitterten. »Hat Roger dir erzählt, wie es Nathan gestern ging?« Gisela verstaute das Notizbuch umständlich in ihrer Tasche. »Mich würde interessieren, was er gesagt hat und wie er aussah.«

»Gut.« Fast schien sie mit meiner Frage gerechnet zu haben. »Roger hatte Angst vor der Kündigung. Schließlich war Nathan ein Freund. Nein, schau mich nicht so an, Minty. Das weißt du so gut wie ich. Roger hat ihm reinen Wein eingeschenkt. Zunächst hat Nathan geschwiegen.« Gisela hielt inne. »Roger meinte, Nathan habe sich ans Fenster gestellt und habe ihm den Rücken zugekehrt. Es sei ein Schock, habe er erwidert, und er brauche ein paar Minuten, um ihn zu verdauen. Dann sei er zum Angriff übergegangen. Er habe Roger vorgeworfen, die Entscheidung sei falsch, der reine Wahnsinn. Außerdem könne Vistemax im Moment keine Umwälzungen verkraften.«

»Nathan hat sich gewehrt.« Für Menschen, die ihn besser kannten, wären die Anzeichen unverkennbar gewesen. Wenn er die Lippen zusammenpresste, mussten sich seine Gegner warm anziehen. Und wenn er die Hand fest in die Hosentasche steckte, hatte er eine Strategie parat.

»Noch nie habe ich Roger so traurig und verstört erlebt. Der Gedanke ... so etwas tun zu müssen«, fuhr Gisela fort. »Und Nathan hat ihm ordentlich die Hölle heißgemacht.«

»Gisela, Nathan war im Begriff, alles zu verlieren.«

»Nicht alles. Er hat dich und die Jungs. Roger dachte, es käme ihm vielleicht sogar gelegen, eine Weile zu Hause zu verbringen und mehr Zeit für die Kinder zu haben.«

Verdattert starrte ich sie an. »Nathan ist gefeuert worden,

weil Roger dachte, dass er sich gut zum Kindermädchen eignet?«

Giselas Lippen bewegten sich kaum. »Nathan hatte einiges erreicht.«

»Hoffentlich nimmt Roger es auch so gelassen, wenn es Zeit für ihn wird, sich aufs Altenteil zurückzuziehen.«

»Das war jetzt wirklich nicht nötig, Minty«, wandte Gisela leicht erschrocken ein.

»Fand Roger wirklich, dass Peter Shaker der bessere Mann für den Job ist?«

Gisela zupfte die Manschette ihrer blendend weißen Bluse zurecht. »Hältst du das jetzt für einen guten Zeitpunkt, um solche Themen zu besprechen? In solchen Situationen ist es schwierig, die Dinge sachlich zu betrachten.«

»Ach, die Sachlichkeit«, erwiderte ich. »Sachlichkeit wird überschätzt.«

Ich stand auf, ging zu dem halbrunden Tisch hinüber, nahm die Uhr und stellte sie auf den Kaminsims, wo Nathan sie immer hatte haben wollen.

Gisela griff nach ihrer Tasche. »Ich muss los. Aber vergiss nicht, dass Roger dir helfen wird, so gut er kann. Ich unterstütze dich bei den Vorbereitungen, wenn du möchtest.«

»Warum hat Roger das getan?«, hörte ich mich selbst ausrufen.

Gisela setzte die Tasche wieder ab und sah mir tief in die Augen. »So ist es nun mal im Leben. Schließlich ist Nathan mit anderen genauso umgesprungen. Das darf man auch nicht vergessen.«

»Aber es hat ihn umgebracht.«

»Nein, hat es nicht. Nathan war dem Whiskey nicht abgeneigt, und er hatte einen anstrengenden Beruf. Außerdem ging es in seinem Privatleben ... ziemlich drunter und drüber. Er hatte eine große Familie. All diese Faktoren haben dazu beigetragen. Er ist nicht an der Kündigung gestorben, Minty, sondern an seinen Herzbeschwerden.«

Die Türklingel läutete pausenlos, doch ich überließ es Eve, die Besucher abzufertigen. Jedes Mal kam sie mit einem Geschenk zurück: einer Flasche Wein mit der Aufschrift »Herzliches Beileid« und einem Buch, das den Titel *Letzter Wille und Testament* trug. Der Einband wies Kaffeeflecken auf, und viele der Seiten waren eingeknickt. Im Abschnitt »14.4.3, Gerechte Aufteilung zwischen den Erben« hatte jemand in kräftigen Buchstaben »So viel Glück möchte ich mal haben« an den Rand gekritzelt. Als ich Eve fragte, von wem das Buch sei, antwortete sie, sie kenne die Frau nicht.

Nun lag *Letzter Wille und Testament* vor mir auf dem Tisch. Vermutlich kam der Rest der Welt auch ohne Nathan wunderbar zurecht. Chris Sharp hatte wahrscheinlich einen netten Tag gehabt, und auch der von Peter Shaker war wahrscheinlich – abgesehen von ein paar Gewissensbissen – recht erfreulich verlaufen. Mir tat nur Carolyne leid, denn sie schwankte wahrscheinlich zwischen ihrer Loyalität zu Peter und ihrem ausgeprägten Gerechtigkeitssinn. Und dass man Nathan fertiggemacht hatte, damit Peter die Stelle bekam, war kaum als gerecht zu bezeichnen.

Jemand kam in die Küche. »Martin«, sagte ich.

Er stellte eine in Frischhaltefolie gewickelte Gratinform auf den Tisch und beugte sich hinunter, um mich auf die Wange zu küssen. »Ich bin gekommen, so schnell ich konnte. Und ich habe dir Makkaroni mit Käsesauce mitgebracht.«

Ich zermarterte mir das Hirn nach einer höflichen Antwort – irgendeiner Antwort. »Lucas liebt Makkaroni mit Käsesauce.«

Er setzte sich neben mich und griff nach meinen Händen. »Paige hat Linda gebeten, das Essen zu kochen.« Eine Pause entstand. »Es ist jetzt vielleicht gar nicht vorstellbar, Minty, aber du wirst es schaffen. Das wollte ich dir sagen. Auch wenn du jetzt glaubst, dass du es nicht packst, hast du es irgendwann überstanden.«

Sein Griff war kühl und fest, und ich war dankbar dafür. »Das musst du mir, glaube ich, noch öfter sagen, Martin.«

»Genau das habe ich auch vor.«

Die Makkaroni hatten eine knusprige Käsekruste und waren ausgezeichnet. »Ich weiß nicht, wo ich anfangen soll.«

Martin ließ meine Hand los und nahm ein Blatt Papier aus der Brusttasche. »Ich habe eine Liste aufgestellt«, verkündete er, »und zwar zusammengeschustert aus dem, woran ich mich noch von der Beerdigung meiner Eltern erinnere. Die Bestattung ...«

»Eine Liste!«, rief ich aus. »Du hast eine Liste gemacht, obwohl du doch so beschäftigt bist.«

»Dafür sind Freunde da.« Martin reichte mir die Seite. »Es hilft, sich um etwas Konkretes kümmern zu müssen.«

»Wie geht es Paige und dem Baby?«

Seine Miene verfinsterte sich ein wenig. »Großartig. Allerdings weiß ich nicht, ob Paige genug Schlaf bekommt.«

»Sind die Nächte sehr unruhig?«

»Momentan schlafe ich im Gästezimmer.«

Es wurde dunkel, sodass ich eigentlich Licht hätte machen müssen. Aber ich rührte mich nicht. Martin und ich saßen in der Küche, während es immer mehr dämmerte, und ich war ihm so schrecklich dankbar dafür, dass er gekommen war.

»Heute gibt es keine Gutenachtgeschichte«, teilte ich den Jungs mit. »Ich muss nämlich mit euch reden.« Sie waren frisch gebadet und strahlten mich erwartungsvoll an. »Es geht um Daddy.«

Zwei Augenpaare fixierten mich. Ich klopfte auf Felix' Bett. »Kommt und setzt euch neben mich.«

Felix ließ sich rechts, Lucas links von mir nieder. Ich legte ganz fest die Arme um sie. Doch dann riss Felix sich los und rutschte vom Bett, um *Die kleine Raupe Nimmersatt* zu holen. Er streckte mir das Buch mit beiden Händen hin. Aber ich schüttelte den Kopf. »Keine Gutenachtgeschichte heute, Felix ... Daddy ...« Mir versagte die Stimme, sodass ich innehalten musste. »Er ...« Ich rang nach Worten, den richtigen Worten. Ich musste die Situation im Griff behalten. Ich musste stark sein und ihnen helfen, in einer von Trauer geprägten Zukunft zu bestehen.

»Daddy.« Lucas war in ausgelassener Stimmung und kicherte. »Unser Daddy?«

»Ja, euer Daddy.«

Felix griff nach seiner Schmusedecke, zog sie aufs Bett und kletterte dann wieder hinauf, um sich an mich zu schmiegen. Er fühlte sich warm und für seine Größe erstaunlich schwer und kräftig an.

»Daddy hat euch sehr lieb gehabt«, begann ich und zog die beiden enger an mich, »und er wird immer bei uns sein. Aber … ihm ist etwas zugestoßen …« Meine Stimme kippte um, und ich hatte Mühe weiterzusprechen. »Er ist sehr krank geworden, sein Herz konnte nicht mehr schlagen, und da ist er gestorben. Er ist fort und kommt nicht mehr zurück.«

Lucas brach in Tränen aus. »Er hat doch versprochen, mit uns zum Fußball zu gehen.«

Ich wurde von einem niederdrückenden Gefühl der Hoffnungslosigkeit überwältigt. »Lucas, Daddy kann nicht mit zum Fußball kommen.« Ich nahm seine kleine Hand und streichelte sie. »Wenn er gekonnt hätte, hätte er es sicher getan.«

»Wo ist er denn?« Inzwischen klangen Lucas' Schluchzer panisch.

»Oben im Himmel. Bestimmt kann er uns sehen, und er denkt immer an euch beide. Ich kümmere mich um euch. Wir bleiben zusammen. Und wir werden uns oft an Daddy erinnern, okay, Jungs?«

Felix machte sich aus meiner Umarmung los und ging zum Fenster. »Böser Daddy«, verkündete er zornig.

»Daddy ist nicht böse, Felix«, erwiderte ich. »Es war nicht seine Schuld.«

»Böse, böse«, wiederholte Felix. »Da unten auf der Straße ist Tigger«, fügte er dann hinzu.

»Komm her, Felix.«

Doch er schüttelte den Kopf und blieb starrsinnig am Fenster stehen. Schließlich sah Lucas mich mit einem Seufzer an. »Heißt das, wir kriegen einen neuen Daddy, der das Auto fährt?«

Kapitel 13

Felix kletterte in mein Bett und weckte mich. »Mummy, wo ist Daddy?«

Es war sechs Uhr, und ich war gerade erst in einen traumlosen Schlaf gefallen. Nun ließ mich diese Frage jäh hochschrecken. »Hast du unser Gespräch von gestern Abend vergessen, Felix?«, fragte ich mit zusammengepressten Lippen. »Daddy ist jetzt an einem ruhigen, friedlichen Ort.«

»Gehst du auch bald weg?«, hakte eine ängstliche Stimme in meinem Ohr nach.

Ich nahm ihn in die Arme, und wir schlangen unter der Decke die Gliedmaßen ineinander. »Nein, natürlich nicht.«

»Versprochen?« Felix wickelte das Bein um meinen Oberkörper und presste den Kopf an meine Brust. Wie wir so, verknotet in dieser unschuldigen und traurigen Umarmung, dalagen, stellte ich mir den DNA-Strang vor, der uns verband. Ich war er. Er war Nathan. Er war ich. Noch nie zuvor hatte ich mir meine Worte so sorgfältig zurechtgelegt. »Ich will euch nicht alleinlassen, Felix. Schließlich muss ich für euch beide sorgen.«

Felix rutschte ein Stück von mir weg. »Es ist böse von Daddy, einfach wegzugehen.«

Nathan hatte keine Wahl. Er hatte nicht weggewollt. Beide Aussagen hätten der Wahrheit entsprochen. Aber selbst ein Kind hätte bemerkt, wie hoffnungslos und gefährlich sie die Welt aussehen ließen. Und schließlich war es die Pflicht von Eltern, ihren Kindern ein Gefühl der Geborgenheit zu vermitteln.

Nach einer Weile entspannte sich Felix. Sein Körper wurde schwer, sein Atem regelmäßig. Die Arme noch immer um ihn geschlungen, lag ich da und lauschte, wie die Geräusche des Alltags immer lauter wurden. Und ich wusste, dass ich aufstehen musste, um mich ihm zu stellen.

Die Jungs und ich kleideten uns gemeinsam an. »Ich wette, dass ich schneller die Hose anziehen kann als ihr eure Socken.« Ich hielt ein rotes und ein blaues Paar hoch.

»Schnell«, wiederholte Lucas und zerrte sich den Schlafanzug vom Leib. Auf die Hose hatte jemand mit Kugelschreiber eine Katze gezeichnet.

»Was habt ihr denn da schon wieder gemacht?«

Am Frühstückstisch meinte ich: »Wenn ihr eure Frühstücksflocken aufesst, gibt es zum Abendessen Eis und außerdem eine extralange Gutenachtgeschichte.«

Und so brachten wir mit immer neuen Anläufen, Spielchen und kleinen Bestechungsversuchen den frühen Morgen und das Frühstück hinter uns. So würde es vermutlich noch einige Zeit weitergehen: Spiele, Ausflüchte und Tricks, damit der Tag schneller vorbeiging.

Nachdem Eve mit den Jungen zur Schule aufgebrochen war, räumte ich den Tisch ab und machte die Küche sauber. Ich bin Witwe, dachte ich, während ich mit den Händen im Spülwasser herumplätscherte.

Als ich nach oben gehen wollte, um die Betten zu machen, schepperte der Briefschlitz an der Tür. Dann wurde die Klappe gehoben, und ein Auge spähte herein. Da ich es erkannte, machte ich auf. »Die Klingel funktioniert ausgezeichnet«, meinte ich zu Poppy, die gebückt vor mir stand.

»Minty.« Anmutig richtete Poppy sich auf. »Ich war nicht sicher, ob es richtig ist herzukommen, aber Mum schickt mich. Wir müssen einige Dinge besprechen.«

Von Kopf bis Fuß in Schwarz gekleidet und mit roten, verschwollenen Augen sah sie hilflos und elend aus. Mitleid mit ihr und Sam, mit den Jungs und mit mir selbst überflutete meinen erschöpften Verstand. »Ich weiß nicht, was ich sagen soll, Poppy, nur dass es mir schrecklich leid tut.«

»Leid tun.« Sie schien über die beiden Worte zu sinnieren. »Ich habe mich letzte Woche ausnahmsweise nicht mit ihm getroffen. Ich habe abgesagt, weil ... tja, weil ... etwas dazwischengekommen ist.« Sie verzog das Gesicht. »Ist das nicht typisch

Schicksal, oder wer sonst immer dahintersteckt? Es kann so grausam sein.«

»Ja, stimmt.«

Richard hatte den Wagen geparkt und gesellte sich nun zu uns. Er war fürs Büro gekleidet. Rasch umarmte er mich. »Wie geht es dir, Minty?«

»Am besten kommt ihr erst mal rein.« Ich machte Platz. Richard legte Poppy den Arm um die Taille und führte sie ins Haus. Als Poppys Blick auf Nathans Mantel fiel, der noch an seinem Haken hing, blieb sie wie angewurzelt stehen. »Das ist seiner. Oh, Dad.«

Richard schob Poppy am Mantel vorbei und in die Küche. »Poppy geht es nicht so gut, seit sie es erfahren hat.« Er bugsierte sie auf einen Stuhl und strich ihr das Haar aus der Stirn. »Ist ja auch kein Wunder.« Er drehte sich zu mir um. »Hoffentlich hast du jemanden, der sich um dich kümmert, Minty.«

Eine Hand drückte mir gnadenlos die Kehle zu. Der einzige Mensch, der bereit gewesen war, sich um mich zu kümmern, war nun tot. »Eve und die Nachbarn haben mir sehr geholfen.«

Poppys leiderfüllter Blick glitt ruhelos über die Gegenstände in der Küche. »Jetzt wird sich alles ändern, richtig?« Sie sah Richard an. »Als ich heute Morgen aufwachte, dachte ich, es wäre wieder gut, aber das stimmt nicht. Kannst du dir eigentlich leisten, hier wohnen zu bleiben? Oder musst du das Haus etwa verkaufen?«

»Keine Ahnung. Das muss ich noch herausfinden. Ich bin noch nicht so ganz über die Sache hinweg.«

»Entschuldige«, sagte Poppy. »Das war dumm von mir. Gefühllos.« Das magere Handgelenk, das sie an die Stirn hob, betonte ihre Zartheit noch. »Sicher hat Dad dafür gesorgt«, eine kurze Pause entstand, »für uns alle gesorgt.«

Ganz selten während der letzten Jahre hatte ich mich gefragt, ob Poppy und ich Rose übergehen und Freundinnen werden könnten. Schließlich hätten alle von einem Bündnis innerhalb der Familie profitiert, auf das im Notfall Verlass gewesen wäre. Poppy und ich hätten es vielleicht geschafft, ein Wunder zu bewirken, einen Stimmungswandel, mit dem eigentlich niemand gerechnet hätte.

Doch es war uns nicht gelungen.

»Wo sind die Jungs? Wie geht es ihnen? Aber wenigstens … sind sie noch so klein. Möglicherweise ist es in diesem Alter leichter … weil man noch nicht … so fühlt.«

»Eine nette Theorie«, entgegnete ich.

Richard stellte sich hinter seine Frau und legte ihr die Hand auf die Schulter. »Es wird eine Weile dauern«, meinte er, pragmatisch wie immer. »Jetzt brauchen die zwei vor allem Normalität und nicht deine Mitleidstränen.«

»Das war gemein.« Poppy riss sich von ihm los.

Ich griff das Stichwort auf. »Die Jungs sind in der Schule. Am Freitag fangen die Ferien an. Wir versuchen, den Alltag so gut wie möglich aufrechtzuerhalten. Sie sind zwar ein bisschen durcheinander, aber bis jetzt scheint noch alles in Ordnung zu sein. Ich habe versucht, es ihnen zu erklären, aber sie verstehen es noch nicht richtig. Wie sollten sie auch? Sie sind noch so klein.«

Poppy stieß ein ersticktes Geräusch aus und schlug beide Hände vor die Augen. Richard räusperte sich. »Sollen wir sie für einen oder zwei Tage betreuen?«, schlug er freundlich vor. »Poppy und ich könnten sie am Wochenende übernehmen. Rose hat auch angeboten zu helfen.«

Plötzlich stand mir das schreckliche Bild vor Augen, wie mein Leben ohne die Kinder aussehen würde. »Nein, bitte nicht!« Eigentlich hatte ich nicht so aufgebracht klingen wollen, aber die Vorstellung war mir unerträglich. »Sie bleiben hier. Ihr dürft sie mir nicht wegnehmen.«

»Minty.« Poppy richtete sich auf. »Wir wollen dir doch nicht die Kinder wegnehmen, sondern dich nur unterstützen. Wir dachten, es wäre vielleicht besser für sie, während du alles Nötige erledigst.«

Richard war entsetzt. »So war unser Vorschlag wirklich nicht gemeint, Minty, das musst du mir glauben.«

Ich tastete mich zu einem Stuhl vor. »Tut mir leid. Natürlich nicht. Im Moment geht alles ein bisschen drunter und drüber, und ich weiß nicht mehr, was ich sage.« Richard machte ein verständnisvolles Gesicht. »Es ist sehr nett von euch, aber ich glaube nicht, dass sie im Moment von zu Hause weg und bei Fremden wohnen wollen.«

»Wir sind keine Fremden«, protestierte Poppy. »Immerhin bin ich ihre Halbschwester.«

Ich fuhr mir mit der Zunge über die Lippen. »Rose ist eine Fremde.«

»Schon gut. Wir nehmen dir die Zwillinge nicht weg. Allerdings steht das Angebot weiter, wenn du davon Gebrauch machen möchtest.« Mühsam stand Poppy auf. Sie zögerte. »War es ... war es Herzversagen?«

»Vermutlich. Genaueres wissen wir erst nach der Leichenschau.«

»Wie typisch!«, schrie Poppy leidenschaftlich auf. »Dad hat sich krummgeschuftet, um seine Familie zu ernähren. Sicher hat er sich große Sorgen gemacht und hatte niemanden, dem er sich anvertrauen konnte.«

»Poppy!«, rief Richard warnend. »Wir wissen es noch nicht.«

Sie machte eine Falte ihres schwarzen Rocks los, die sich im Stuhl verfangen hatte, und fügte ein wenig ruhiger hinzu: »Wir sagen jetzt alle Dinge, die wir nicht wirklich so meinen. Tut mir leid. Wir sind nicht ganz klar im Kopf.« Sie ging zu der Holzanrichte hinüber, die an der Wand stand, und fuhr mit dem Finger ein Regalbrett entlang. »Die hat ihm besonders gut gefallen, richtig? Und er hatte diesen blauweißen Teller mit den Provenceröschen geliebt. Ich war dabei, als er ihn gekauft hat.«

»Ja, das hat er.«

Geschickt schob Richard sich zwischen mich und seine Frau. »Ich möchte noch einmal wiederholen, dass du nur fragen musst, falls du Hilfe brauchst, Minty.« Er strahlte Jugend und Wohlstand aus, und seiner Haut waren die Auswirkungen von biodynamischer Ernährung und Geld deutlich anzusehen. Sein Uhrarmband bestand aus Krokoleder, seine Schuhe waren blitzblank poliert. Wahrscheinlich hatte Nathan früher auch so gesund und voller Tatendrang gewirkt.

Poppy blickte in den Garten hinaus. »Die arme Mum«, murmelte sie. »Sie leidet entsetzlich.«

»Minty auch«, wandte Richard ein. Falls jemals eine Auszeichnung für diplomatisch begabte Ehemänner ausgelobt werden sollte, hätte Richard verdient, zu den ersten Preisträgern zu gehören.

»Im Garten muss dringend etwas getan werden.« Poppy schützte ihre Augen vor der Morgensonne, die in Richtung Fliederbaum wanderte. »Wenn Dad wirklich Herzbeschwerden hatte, war ihm die Gartenarbeit vermutlich zu viel. Und natürlich hatte er keine Hilfe.«

An der Tür war Gepolter zu hören. Darauf folgte die gezischte Ermahnung: »So benimmt sich kein gut erzogener Mensch.« Im nächsten Moment kam eine voll bepackte Paige in die Küche gewatschelt. Sie hielt Lara an der Hand und hatte sich das Baby in einem Tragetuch umgebunden. »Minty, ich bin gekommen, so schnell ich konnte.« Sie ließ Lara los. Das Baby wurde zwischen uns fast erdrückt, als Paige ihre Wange an meine presste. »Was soll ich bloß sagen?« Ihre kühle Haut brachte mich wieder zur Vernunft. Noch nie im Leben hatte ich mich so gefreut, jemanden zu sehen. »Ich habe mit meinem Schlüssel aufgemacht.« Sie hielt ihn hoch. »Aber du hast ja Besuch. Ich kann auch später wiederkommen.«

Die liebe Paige. Bestimmt war es ziemlich mühsam für sie gewesen, sich hierher zu schleppen. »Sicher erinnert ihr euch an Paige.« Ich stellte sie Richard und Poppy vor. »Sie hat gerade ein Kind gekriegt. Und das ist Lara.«

Lara trug ein kittelartiges blaues Kleid und eine Strickjacke und machte einen mürrischen und verstockten Eindruck. Das Baby schniefte. Paige legte ihm die Hand aufs Köpfchen. »Psst, Charlie«, murmelte sie. »Es tut mir so leid um Ihren Vater«, meinte sie dann zu Poppy. »Er war ein sehr sympathischer Mensch. Wir werden ihn vermissen.«

»Er war wundervoll, oder?«, rief Poppy aus.

Dieser leiderfüllte Gefühlsausbruch ließ uns alle zusammenzucken. Richard legte den Arm um sie. »Vielleicht sollten wir besser gehen«, sagte er.

Doch Poppy beachtete ihn gar nicht. »Minty, wir müssen dich etwas fragen.« Sie warf einen Blick auf Paige. »Aber es ist privat. Eine Familienangelegenheit. Es gibt einige Entscheidungen zu fällen.«

Paige verstand den Wink. »Lara, mein Schatz, wir wollen ein paar Spielsachen von Lucas und Felix für dich holen.« Sie sah mich an und zog die Augenbraue hoch – »Ruf mich, wenn du Verstärkung brauchst«, sollte das heißen – und verschwand. »Komm, Lara«, hörten wir sie noch sagen.

Poppy holte tief Luft. »Es geht darum, wo Dad bestattet werden soll. Ich … wir sind der festen Überzeugung, dass er gerne in Altringham begraben wäre, wo er aufgewachsen ist. Das hat er Mum anvertraut. Wirklich. Frag sie selbst.«

Mir war das neu, und außerdem verschlug mir Poppys Gewissheit den Atem. »Er hat den Großteil seines Lebens in London verbracht, Poppy. Und was ist mit den Jungs? Sicher möchten sie sein Grab besuchen. Das muss man ihnen doch nicht so schwer machen.«

»Du kannst doch nicht wollen, dass er auf irgendeinem heruntergekommenen städtischen Friedhof liegt. Der verseuchte Boden und der Verkehr. Ich weiß, dass er hier gewohnt hat, aber er gehört in seine Heimatstadt. So wie jeder Mensch. Der Friedhof dort ist idyllisch, ruhig und still.«

»Nein«, erwiderte ich. »Nein. Er muss in der Nähe der Jungs bleiben.«

Poppy baute sich vor mir auf. »Bitte, Minty. Ich flehe dich an. Ich weiß, dass wir uns häufig nicht verstehen, aber in dieser Sache sollten wir uns einig sein.« Sie krampfte die Hände ineinander und fügte, offenbar als letzten Trumpf, hinzu: »Es würde Mum sehr helfen.« Ihre Brust hob und senkte sich, und eine schreckliche kalte Trauer breitete sich in der Küche aus.

Hinter mir bewegte sich etwas. Paige war zurück. Sie hatte das Tragetuch abgelegt und sich ein Stück Musselin über die

Schulter gebreitet, auf dem nun das Baby ruhte. »Ist es in Ordnung, wenn Lara mit ...?« Sie gab das Theaterspiel auf. »Euer Gespräch war nicht zu überhören, und ich weiß, dass es mich eigentlich nichts angeht«, meinte sie. »Aber finden Sie nicht, dass Minty recht hat? Es ist wichtig für Felix und Lucas.«

»Bitte.« Poppy schien einem Weinkrampf nah. »Ich möchte ja nicht unhöflich sein. Aber bitte mischen Sie sich nicht ein.«

»Die Jungen würden wollen, dass er hier beerdigt wird«, beharrte ich. »*Ich* möchte, dass er in London liegt.«

Poppys Pupillen erweiterten sich derart, dass ich schon befürchtete, sie könnte in Ohnmacht fallen. »Du denkst immer nur an dich!«

Das Baby fing an zu schreien. Doch Paige achtete nicht darauf, sondern sprang für mich in die Bresche. »Als Nathans Ehefrau hat Minty das Recht zu entscheiden, wo er bestattet wird. Wenn Sie erst einmal in aller Ruhe darüber nachgedacht haben, werden Sie mir sicher zustimmen.« Es war der gefasste, vernünftige Tonfall, der ihr als Managerin bei Verhandlungen stets nützlich gewesen war.

Ich wusste nur, dass ich jetzt auf keinen Fall zu weinen anfangen durfte. Nur über meine Leiche hätte ich mir meine Schuldgefühle und, ja, meine Scham anmerken lassen. Und meine Schwäche. Poppys schwarzer Rock bauschte sich um ihre Beine, als sie zu Richard herumwirbelte. »Es ist zwecklos.«

Richard warf mir über Poppys Kopf hinweg einen Blick zu, der besagte, dass er noch einmal unter vier Augen mit seiner Frau sprechen würde.

»Richard«, meinte ich. »Ich bin nicht aus Sturheit dagegen.«

»Kein Wunder«, verkündete Poppy da langsam und leise, »dass Dads Herz versagt hat. *Du* hast ihn ins Grab getrieben.«

»Eine *Unverschämtheit*!«, empörte sich Paige.

»Das habe ich nicht gehört, Poppy«, erwiderte ich und fügte, an Richard gewandt, hinzu: »Ich denke, es ist besser, wenn ihr jetzt geht.«

Was in den letzten Minuten gesagt und gedacht worden war, ließ einen bitteren Nachgeschmack zurück. Paige drückte mir

das Baby in den Arm und schleppte sich unter offensichtlichen Schmerzen durch die Küche – »der Dammschnittwalzer,
Minty« –, um neuen Tee zu kochen. Nachdem sie meine Finger
um die Tasse gelegt hatte, küsste sie mich.

Ich hielt das Baby fest, dessen winziges Gesicht von der Anstrengung, die es bedeutete, am Leben zu sein, Falten schlug.
»Weißt du noch, was ich dir letztens über Erfahrungen aus
zweiter Hand erzählt habe? Das hier ist was anderes.«

»Ja«, erwiderte Paige, »das ist was anderes.« Mit einem
Stöhnen nahm sie Platz und streckte die Arme nach dem Baby
aus. »Entschuldige, dass ich euch gestört habe. Ich habe immer wieder angerufen, Minty, aber du bist einfach nicht rangegangen.«

Ich fuhr mir mit der Hand übers Gesicht. »Ständig hat das
Telefon geläutet. Es wurde mir einfach zu viel.«

»Deshalb bin ich ja hier, um dir zu helfen.«

»Das ist lieb von dir, Paige.«

»Wie geht es dir?«

»Mein Mann ist tot.«

»Also nicht ganz so schlecht«, entfuhr es ihr. »Sorry, so was
sagt man nicht. Böse Paige«, fügte sie hinzu.

Und da saß ich am Küchentisch und krümmte mich wegen
Paiges geschmacklosen Scherzes unter hysterischem Gelächter.
Charlie machte ein Bäuerchen und stieß einen Schwall Milch
aus, worauf sie ihm den Mund abtupfte.

»Mein Mann ist zu verkaufen«, ergänzte sie. »Irgendwelche
Gebote?«

Als der Briefträger eine Kopie des Leichenschauberichts brachte,
setzte ich mich an den Küchentisch, entzifferte das Dokument
Wort für Wort und entschlüsselte die medizinischen Fachaus-
drücke, um Nathans Herz, Lunge und Gehirn besser zu verstehen.

Mit dem Gehirn stand alles bestens. Das hätte ich den Ärzten
auch sagen können. Nicht einmal der größte Idiot (einschließlich Roger) hätte das abzustreiten vermocht. *Zack, zack, zack.*

In diesem Gehirn flitzten die Botschaften fehlerlos von Synapse zu Synapse. Und eine dieser Botschaften war ganz einfach gewesen: *Ich muss meine Familie ernähren. Lasst mich einfach in Ruhe meine Arbeit machen*, hatte eine andere gelautet.

Nathans Lunge? Für einen Mann seines Alters in ausgezeichnetem Zustand.

Die Arterien? Die waren Nathans Achillesferse gewesen, wenn man das so ausdrücken kann.

Wie oft hatte ich seine äußere Hülle betrachtet? Hunderte von Malen. Er war ein Mann, der für sein Alter gut aussah. (Übrigens: eine Aussage, die in Bezug auf einen Mann etwas völlig anderes bedeutet als bei einer Frau.) Zu Hause oder am Strand wirkte er in seinem alten blauen Hemd attraktiv, lässig und zerzaust. In seinem grauen Lieblingsanzug machte er den Eindruck eines tatkräftigen, zupackenden Menschen. Und dennoch verbargen sich hinter dieser ansprechenden Fassade verzweigte Blutbahnen, die ihrerseits gefährliche Blockaden aufwiesen.

Und während ich so über dem Text brütete, ging mir plötzlich ein Licht auf. Wir alle sind die Architekten unseres eigenen Todes. Nathans Gehirn und seine Lunge hatten zu einem erfolgreichen und aufrechten Mann gehört. Doch in seinen Arterien hatten sich Schichten seiner geheimen Trauer abgelagert und ihn zu guter Letzt umgebracht.

Ich ließ den Leichenschaubericht auf dem Küchentisch liegen, öffnete die Tür und trat in den hellen Sonnenschein hinaus.

Es war Frühling.

Ganz zu Anfang unserer Beziehung, während einer unserer mittäglichen Stelldicheins in meiner Wohnung, hatte Nathan mir eine Karte zum Valentinstag geschenkt. Sie war riesengroß und geschmacklos und wurde in der Mitte von einem gepolsterten Satinherzen geziert. Offenbar hielt er das für witzig. Auf die Innenseite hatte er geschrieben: »Im Frühling verwandeln sich Gedanken in Liebe.« »Liebe«, hatte er träumerisch gesagt und sich auf einen Ellenbogen gestützt. »Ich wünschte, ich könnte beschreiben, wie es sich anfühlt …« Die Finger der anderen Hand ließ er über meine nackte Schulter gleiten wie eine geflüsterte Liebkosung. »Ich hatte ganz vergessen, wie wundervoll das ist.«

Im Büro von Vistemax braute sich unterdessen eine kleine Produktionskrise zusammen. Während ich im Geheimen ihren Ehemann küsste, verschlang Rose am Schreibtisch ein Sandwich und betrieb Schadensbegrenzung.

»Hoffentlich verzeihst du mir« – Nathans Finger ruhten auf meiner Brust –, »wenn ich in dieser Hinsicht ein bisschen eingerostet bin.«

»Natürlich«, antwortete ich. Der Sex war vorbei, und ich brannte ungeduldig darauf, wieder ins Büro zu kommen und nach dem Rechten zu sehen.

Er lehnte sich in die Kissen zurück. »Ich habe das Gefühl, dass du mich gerettet hast, Minty. Du hast meinem Leben wieder einen Sinn gegeben.«

»Sprichst du mit Rose nie über solche Dinge?«

Er verzog das Gesicht. »Man merkt sofort, dass du noch nie verheiratet warst.«

»Aber das hast du früher doch bestimmt auch gemacht.«

»Irgendwann geht alles im Alltag unter, Minty.« Er hielt eine Hand hoch und zählte die einzelnen Punkte an den Fingern ab. »Die Rechnungen. Die Fahrten zur Arbeit und zurück. Die endlosen Debatten über Kindererziehung. Der Haushalt.«

Ich weiß noch, dass ich für Rose Partei ergriff – zumindest das konnte man mir zugute halten. »Sie hat ja nur deine Kinder zur Welt gebracht, deinen Haushalt geführt, dein Bett angewärmt und sicher auch deine Socken sortiert. Alles, um dir das Leben zu erleichtern.«

»Das kann ich nicht leugnen.« Nathan drückte mich auf die Matratze und küsste mich. Seine Lippen waren heiß und schlaff von erfüllter Leidenschaft.

Hatte er während unserer Ehe vielleicht eine Flasche Champagner gekauft und heimlich die Mittagspause mit Rose verbracht? Hatte er sie auf die blauweiße Überdecke hinuntergezogen, sie auf die nackte Schulter geküsst und sich danach für

eine Runde gemütliches Bettgeflüster auf den Ellenbogen gestützt? Hatte er womöglich zu seiner Exfrau gesagt: »Minty
und ich sprechen nur noch über Rechnungen und über den
Haushalt. Aber bei dir, Rose, finde ich eine vollkommenere
Liebe, als ich mir je erträumt habe.«

Wie sehr wünschte ich mir, ich hätte Nathan damals gesagt,
wie sehr ich ihn liebte, als er mir das Satinherz überreichte,
denn das hätte ihn glücklich gemacht.

Der Rasen war verfilzt, und die Jungen hatten die von den
Regenwürmern aufgeworfenen Erdhäufchen ins Gras eingetreten. Bald würde ich ans Rasenmähen denken müssen, etwas,
das ich noch nie zuvor getan hatte. Das war immer Nathans
Aufgabe gewesen. Felix' Fußball lag einsam neben der Tür. Als
ich ihn aufhob, blieben trockene Erdbröckchen an meinen Fingern kleben.

Obwohl ich rasenden Hunger hatte, wurde mir beim Gedanken an Essen übel. Wenn ich in eine Scheibe Brot biss oder versuchte, einen Löffel voll Suppe zu schlucken, schnürte es mir die
Kehle zu. Dennoch fühlte ich mich vor lauter Hunger schon
schwach und zittrig. Ich hielt die Hände hoch und betrachtete
sie. Meine Finger zitterten. Einer meiner Daumennägel war
unten eingerissen, und ein kleiner Blutstropfen trocknete an
der Nagelhaut. Ich lutschte daran. Der metallische Geschmack
drehte mir fast den Magen um.

Am Fliederbaum blieb ich stehen – eine Stelle, die sich großartig eignete, um auf dem Weg durch den Garten Rast zu
machen. (Rose hatte das gewusst.) Ich blickte in die Krone
hinauf. Einige grellgrüne Blätter hatten sich schon aus den
Knospen befreit. Die Farbe schmerzte mir in den Augen, und
ich konnte die Geräusche und Gerüche des neu erwachenden
Lebens nicht ertragen.

»Die Jungen und Hübschen«, hatte eine von Roses Freundinnen sie getröstet (und Poppy hatte es mir brühwarm erzählt),
als Nathan sie verlassen hatte, »können ziemlich grausam sein.
Doch irgendwann bekommen auch sie die Quittung.«

»Nathan«, murmelte ich in den strahlenden Morgen hinein.

»Was wäre dir lieber? Möchtest du auf einem idyllischen Friedhof unter Eiben liegen? Oder in der Stadt, in der du gelebt, gekämpft, dich abgemüht und deine Kinder gezeugt hast?«

Tränen traten mir in die Augen. Ums Rasenmähen würde ich wohl nicht herumkommen, auch wenn ich keine Ahnung hatte, wie man das macht. Aber es konnte ja nicht so schwer sein.

Kapitel 14

Als ich gerade die Abfolge des Gottesdienstes plante, rief Rose an. Nachdem sie mich gefragt hatte, wie es mir ginge und wie ich geschlafen hätte, kam sie sofort auf den Punkt. »Minty, ich würde gerne bei der Trauerfeier eine Rede halten.«

»Halten Ehefrauen zu diesem Anlass Reden?«

»Vergiss nicht, dass ich nicht mehr seine Frau bin, sondern eher eine ... nun, Freundin.«

»Bis jetzt dachte ich, dass nur Leute, denen es nicht so nah geht, bei einer Beerdigung sprechen. Die Gefahr ist sonst zu groß, dass man in Tränen ausbricht.«

»Es ist mein letztes Geschenk an ihn. Die Kinder würden sich freuen.«

»Deine Kinder.«

»Nathans Kinder.« Die Verbindung war schlecht, sie klang sehr weit weg.

»Wo bist du?«

»In Rumänien. Die Reise war schon seit Monaten geplant, und ich konnte sie nicht mehr absagen. Aber ich werde versuchen, sie abzukürzen. Also abgemacht? Nur fünf Minuten, denn ich traue ...«

»Traue«, wiederholte ich mit zitternder Stimme.

»... sonst niemandem zu, ein Bild von Nathan zu vermitteln, wie er wirklich war.«

War der wirkliche Nathan der Mann, der seine Akten in verschiedenfarbigen Ordnern ablegte? Der sagte: »Wir müssen sparsam mit unserem Geld umgehen.«? Der Mann, der sich danach gesehnt hatte, in abgewetzten Jeans und zerschrammten Stiefeln die Klippen über Priac Bay entlangzuwandern? Oder war er der Mann, der vergeblich nach den Worten gesucht hatte, die erklären sollten, wie glücklich er war?

»Rose, ich habe mich entschieden. Nathan soll in Altringham beigesetzt werden. Ich hielt es für besser, dass er an einem Ort begraben ist, wo man ihn kennt und wo er nicht allein ist.«

»Oh, Minty.« Roses Stimme war kaum zu hören. »Vielen Dank.«

Eine knappe halbe Stunde später hatte ich Poppy am Telefon. Sie war kühl und feindselig, und ich zahlte es ihr in barer Münze zurück. »Die Lieder, Minty. Dads Lieblingslied war ›Immortal Invisible‹. Damit sollten wir anfangen. Was Kirchenlieder anging, war er nämlich sehr eigen.«

»War er das?«

»Das kannst du vielleicht nicht wissen, denn bei eurer Hochzeit wurde ja nicht gesungen. Und zum Abschluss ›Love, Divine, All Loves Excelling‹.«

Ich versuchte die verschiedenen Hochzeiten Revue passieren zu lassen, bei denen ich mit Nathan gewesen war und wo diese Lieder gesungen worden waren. »Ich glaube, er mochte keins von beiden, weil er sie langweilig fand.«

Doch Poppy hatte sich zur Walterin des Andenkens ihres Vaters aufgeschwungen und war fest entschlossen, ihren Willen durchzusetzen. »Ich denke, wir wissen wohl am besten, was Dad mochte und was nicht.«

Bei der ersten Strophe von »Immortal Invisible« senkte Sam den Kopf und brach in Tränen aus. Jilly schob unauffällig die Hand unter seinen Ellenbogen und schmiegte sich an ihn. Doch er rutschte von ihr weg und putzte sich die Nase, worauf Jilly die Hand sinken ließ und geradeaus starrte.

Felix und Lucas, die auf der anderen Seite des Mittelgangs links und rechts von mir saßen, fingen beim Anblick ihres weinenden großen Bruders unruhig zu zappeln an. Zum sicher hundertsten Mal fragte ich mich, ob es richtig gewesen war, sie zum Gottesdienst mitzunehmen. Beim Aufbruch hatten sie sich beide versteckt und waren erst nach einer immer hektischer werdenden Suche von Eve in Nathans Kleiderschrank entdeckt worden. Ich lockte sie mit einer Tüte normalerweise streng verbotener Gummibären heraus. »Wenn wir Daddy in den Boden tun, wächst er dann wieder?«, hatte Felix beim Einsteigen ins Auto gefragt.

Gisela, die – elegant in feierliches Schwarz gekleidet – eine Reihe hinter uns saß, sang in einer angenehmen Altstimme mit: »… God only wise.« Rogers Bass klang ziemlich falsch. Gisela hatte Wort gehalten und sich immer wieder bei mir gemeldet. »Du kannst mich fragen, was du willst«, sagte sie. »Ich bin als Witwe ein Profi und kenne mich in diesen Dingen aus.«

Ich hielt Felix und Lucas an den Händen und sang die Lieder, die Rose, Sam und Poppy ausgesucht hatten. Obwohl es ziemlich warm war, trug ich Handschuhe, was ich nur selten tat, aber ich fand, dass sie bei einer Beerdigung zum Ritual dazugehörten. Fast sehnte ich mich danach, den Sarg endlich in der Erde zu versenken. Die Toten sind immer bei uns, lautete eine abgedroschene Phrase. Und so wurde jeder Mensch von einer Geisterkolonne begleitet, die vor und hinter ihm hertrottete. Ich spürte, dass Nathan in diesem Moment über uns schwebte und um die Erlaubnis bat, endlich gehen zu dürfen.

Die Kirche in Altringham war so hübsch und altmodisch, wie Poppy es mir versprochen hatte. Alle Reihen waren besetzt, was, wenn man bedachte, dass die Autofahrt von London über eine Stunde dauert, wohl ein Tribut an Nathan war. Das Kirchenschiff war vom Duft der Narzissen und Lilien erfüllt, die in gewaltigen Schalen in den Fensternischen standen. Weitere Blumen häuften sich auf dem Altar und rings um den Sarg, der aus Bambus gefertigt war. Nathan sollte absolut umweltgerecht zur letzten Ruhe gebettet werden. Auf dem Sarg lagen zwei Blumenarrangements. Das erste war ein Strauß aus rosafarbenen und weißen Kamelien, auf dessen Schleife »Für Nathan und Daddy in Liebe« stand. Das zweite bestand aus weißen Rosen, Lorbeerblättern und Farnen und trug die Aufschrift: »Von Rose, Sam und Poppy, wir lieben dich.« Der Duft war so übermächtig, dass man ihn fast mit Händen greifen konnte. Ich presste die behandschuhten Finger an die Lippen. Für den Rest meines Lebens würde ich diesen leichten, süßlichen und unerträglichen Geruch mit dem Tod verbinden.

Zuvor, kurz nachdem der Sarg hereingebracht worden war, hatte ich die Jungen in Eves Obhut zurückgelassen und mich in die noch leere Kirche geschlichen. Im Vorraum lagen Broschüren, Gottesdienstordnungen und Postkarten mit sich einrollenden Ecken. Habe ich alles richtig gemacht?, wollte ich die Gestalt im Sarg fragen, die noch nicht Leiche und auch noch nicht Geist war. Gefallen dir die Blumen? Giselas Floristin war wirklich großartig gewesen. »Überlassen Sie das nur mir, Mrs. Lloyd«, hatte sie gesagt. »Ich sorge dafür, dass alles so wird, wie Sie und er es sich wünschen.«

Würden der Wein und die Häppchen, die nach der Beerdigung beim Empfang im hiesigen Hotel serviert werden würden, genießbar sein? Die Regeln, nach denen dieses Ritual ablaufen sollte, waren mir ebenso rätselhaft wie die, die meine kriselnde Ehe bestimmt hatten. Außerdem hatte ich das unangenehme Gefühl, dass eine gelungene Beerdigung den Leuten länger im Gedächtnis blieb als eine Hochzeit. Ich schuldete Nathan so viel, wie ich ihm nie würde zurückgeben können. Also musste ich wenigstens dafür sorgen, dass die Erinnerung an ihn möglichst lange anhielt.

Lieder ... Bestattungsunternehmer ... Essen für die Zwillinge. Leichte Panik ergriff mich, als ich auf dem Weg den Mittelgang entlang im Geiste meine Liste noch einmal durchging. Es hatte so viel zu erledigen gegeben, und die Ratschläge waren derart zahlreich gewesen, dass ich den Großteil davon schon wieder vergessen hatte. Nur das, was Mrs. Jenkins mir in der Schule gesagt hatte, war mir im Gedächtnis geblieben. Die Brille auf der Nasenspitze – eine Geste, die jeglicher vertraulichen Geste einen Riegel vorschob –, hatte sie gemeint, Felix und Lucas müssten bei der Beerdigung dabei sein, um einen Schlussstrich ziehen zu können.

Als ich mich dem Sarg näherte, sehnte ich mich nach einem

ruhigen Moment, um ungestört ein letztes Mal mit Nathan sprechen zu können.

Es tut mir leid, wollte ich ihm sagen.

Meine Absätze klapperten auf dem unebenen Fliesenboden, und eine Frau in der ersten Reihe drehte sich ruckartig um. »Ich habe mir gedacht, dass du es bist«, verkündete Rose. Sie hatte das Haar zu einem Dutt aufgesteckt und trug ein elegant geschnittenes Leinenkleid mit Jacke (zweifellos französisch). Auf ihrem Schoß lag ein Strauß weißer Rosen mit Lorbeerblättern und Farnen. Ihr Gesicht war bleich, und sie hielt sich mit der Würde einer Nicht-ganz-aber-beinahe-Witwe.

Ich rutschte neben sie auf die Bank und betrachtete dann das mir zugewandte Gesicht. Ich konnte Rose ebenso wenig loswerden wie meine Haut oder Knochen. Es war unmöglich, sie auszuradieren. Nathan hatte zuerst mit ihr zusammengelebt und seine ersten Kinder mit ihr großgezogen. Außerdem war er bei ihr gestorben. An seinem letzten Tag hatte er sich, niedergeschlagen und erschöpft, zu Rose geschleppt.

Sie trug die Schuld an allem und an nichts.

Die Blumenschalen in den Fensternischen schienen zu schweben und auf der Grenze zwischen dieser Welt und dem Schattenreich zu verharren. »Wie findest du die Blumen? Diese Floristin ist mir fast unheimlich. Offenbar hat sie etwas geahnt«, sagte ich.

Rose zögerte. »Hoffentlich stört es dich nicht, aber ich habe mit ihr gesprochen und ihr erklärt, was Nathan gefallen hätte.« Sie berührte eine der Rosen im Strauß auf ihrem Schoß. Sie waren cremefarben und kurz vor dem Aufblühen, so vollkommen wie jede Blume, die Rose auswählen würde. »Ich dachte, es wäre dir recht. Schließlich möchtest du ja auch, dass Nathans Geschmack getroffen wird.«

»Du hättest mich trotzdem fragen sollen.«

Bei dieser Bemerkung errötete sie. »Vielleicht. Aber du hattest so viel zu tun, und ich hab gemerkt, dass du den Kontakt zwischen uns auf ein Minimum beschränken möchtest. Ich glaubte, du bist sicher mit mir einer Meinung, dass Nathan im Mittelpunkt stehen sollte.«

Als wir einander musterten, fragte ich mich zum wohl tausendsten Mal, warum ich ausgerechnet Rose so übel mitgespielt hatte.

Sie wies auf den Strauß. »Ich werde ihn zu deinen Blumen auf den Sarg legen. Er ist von uns, der Familie.«

»Äh ...«, entfuhr es mir unwillkürlich.

»Das kannst du uns doch *unmöglich* abschlagen.«

Alles war möglich. »Bitte«, erwiderte ich und wies auf den Sarg. Allerdings konnte ich mich des eigenartigen Gefühls nicht erwehren, dass meine Jahre mit Nathan plötzlich ausgelöscht waren, zu Staub zermahlen unter dem Druck der unbeirrbaren und durch nichts zu erschütternden Entschlossenheit dieser Familie.

Als Rose aufstand, fiel ihr Leinenkleid genau so, wie es sollte. Der dicke Goldring an ihrem Finger funkelte. Sie legte ihre Blumen neben meine auf den Sarg und ließ die Hand kurz darauf ruhen. »Für dich, Nathan«, wandte sie sich an den Sarg. »Es sind die besten, die ich kriegen konnte.«

Sie drehte sich um. »Kommen die Zwillinge auch?«

»Ja. Ich war nicht sicher, ob ich sie dem aussetzen sollte, aber sie sind hier.«

»Da seid ihr ja.« Poppy kam bleich und hohlwangig auf uns zugerauscht. »Ich bin früher gekommen, um zu helfen.« Sie hakte ihre Mutter unter und musterte sie prüfend. »Ist alles in Ordnung?«, fragte sie besorgt. »Wirst du das durchstehen?« Offenbar wollte – oder brauchte – Poppy eine Rose, die sich vor Trauer kaum noch auf den Beinen halten konnte. »Du machst das prima, Mum. Ich kümmere mich anschließend um dich.«

Mutter und Tochter wechselten einen vielsagenden Blick. Rose verstand auch ohne Worte, dass Poppy ihr Leid als beängstigend, aber auch als aufregendes Drama empfand. Und Poppy wusste, dass die Courage ihrer Mutter auf tönernen Füßen stand.

»Minty, ich bin froh, dass du damit einverstanden warst, Dad hier zu beerdigen.« Poppy sah sich in der Kirche um. »Alles andere wäre falsch gewesen. Warum hast du es dir anders überlegt?«

Rose tätschelte Poppy die Hand. »Psst. Nicht jetzt.«

Auf der Orgelempore schloss der Organist sein Instrument auf und bereitete alles vor. Die Pfeifen gaben ein Gestöhne und Geseufze von sich, das zum Teil an Verdauungsgeräusche erinnerte. Meine Lippen zuckten.

Aber Poppy war noch nicht fertig mit mir. »Stell dir nur das Drama vor, wenn du vielleicht jemand anderen kennenlernst und nach, ach, ich weiß nicht, Spanien oder sonstwohin ziehst. Dann würde er ganz allein in London zurückbleiben.«

»Poppy.« Roses Stimme klang scharf. »Es reicht.«

Ich konnte nicht anders, als Poppy für ihren Trotz, ihre Unhöflichkeit und ihre geschickt verschossenen Giftpfeile zu bewundern. »Hör mir zu, ich würde niemals nach Marbella ziehen. Verstanden?«

Am Ende des Liedes gerieten Organist und Gemeinde ins Stocken. Aus dem Augenwinkel bemerkte ich, dass einige weiße Taschentücher gezückt worden waren. Roger, der einen dunklen Anzug und eine schwarze Krawatte trug, trat ans Rednerpult und räusperte sich. In diesem Moment kam die Sonne heraus und fiel durch die Bleiglasfenster in den Raum, sodass ein buntes Muster auf dem Boden des Kirchenschiffs entstand. »Ich kannte Nathan seit zwanzig Jahren, viele davon waren wir Kollegen«, begann er. »Er diente mit Leib und Seele unserem Unternehmen, und wir haben gemeinsam viele Kämpfe durchgestanden und so manchen Sieg gefeiert.«

Hatte Nathan wirklich mit Leib und Seele dem Unternehmen gedient? Vermutlich ja. Rogers Lächeln wies darauf hin, wie kameradschaftlich er und Nathan die Interessen der Firma verteidigt hatten. Falsch zu lächeln lernten wir schon als Kind. Es war der Preis, den wir für die Zivilisation zahlten – gebleckte Zähne und angespannte Lippen, die sündige Gedanken tarnen sollten. Ich wäre jede Wette eingegangen, dass Roger nichts wirklich Wichtiges über Nathan wusste.

»Nathan zeichnete sich vor allem durch seine Loyalität aus … Nie wäre er seinen Kollegen, seinem Beruf oder dem Unternehmen untreu geworden.«

Ich biss mir auf die Lippe und ließ den Rest von Rogers Ansprache an mir vorbeirauschen.

Die Trauerfeier ging weiter. Richard las eine Passage aus *Grashalme* von Walt Whitman vor. Danach trat Rose ans Rednerpult. »So seltsam es auch klingen mag«, wandte sie sich an die Trauergäste, »doch Nathan hat mehr als einmal mit mir über seine Beerdigung gesprochen.«

Sie war geschickt. Schließlich ist nichts Außergewöhnliches daran, dass Menschen, die schon seit langem zusammenleben und sich angeblich lieben, auch ihr Ende erörtern. Zu den Besonderheiten des zweiten Aufgusses gehörte es, dass man irgendwie nie die Zeit dafür findet. Um es deutlich zu sagen: Nathan und ich hatten dieses Thema niemals auch nur berührt.

Ein teils verlegenes, teils erwartungsvolles Raunen entstand. Sonnenlicht fiel auf Rose. Sie war kein hübsches junges Mädchen mehr, und sie war auch nie sexy gewesen, aber sie besaß Schönheit. Wenn das Gesicht tatsächlich der Spiegel der Seele ist, bot Rose nun ihr Innerstes kühn und ungekünstelt zur Betrachtung dar.

Poppy schlug die Hand vor den Mund, Roger starrte ins Leere, und Felix wimmerte. Ich beugte mich über ihn. »Hör zu, Felix«, flüsterte ich. »Es geht um Daddy.«

Rose fuhr fort. »Nathan liebte seine Familie. Er liebte es, an Booten herumzubasteln und Makrelen zu angeln …« Indem sie ihre Geschichte erzählte, demontierte sie das Bild des seelenlosen Managers, das Roger gezeichnet hatte. Roses Nathan war ein Mann, dem zu denken und zu fühlen das Wichtigste im Leben gewesen war.

»Der Nathan, der laut die Antworten rief, wenn eine Quizsendung im Radio lief«, hätte sie hinzufügen können. »Der Brokkoli hasste und der völlig reglos dasaß, wenn er nachdachte.« Sie hätte Nathan beschreiben können, wie er einen der Zwillinge im Arm hielt oder wie er nach Worten rang …

»Das Gedicht, das ich nun vorlesen werde, liebte er besonders. Es ist von John Donne, und Nathan fand ... Nathan wusste Humor zu schätzen. Als Mensch, der zu starken Gefühlen neigte, fiel es ihm manchmal schwer, das Leben von der komischen Seite zu sehen. Ich weiß, er hätte nichts dagegen, dass ich das sage. Und sicher wäre es ihm recht, wenn ich euch erzähle, wie sehr er Menschen bewunderte, denen auch in schwierigen Situationen das Lachen nicht vergeht.« Sie hielt inne und warf einen Blick auf das Blatt Papier, von dem sie das Gedicht ablesen wollte. »Die Schrift ist ein bisschen klein«, meinte sie, worauf die Anwesenden lachten.

Geliebter Schatz, ich geh nicht fort
Von dir aus Überdruss
Und auch nicht, weil ein andres Lieb
Ich dringend finden muss.
Doch da der Tod mir letztlich droht,
So ist es zu empfehlen,
Im Scherze sich davonzustehlen ...

Sie las mit belegter, aber fester Stimme. Das also war ihr Geschenk an Nathan, den Mann, der sie meinetwegen verlassen hatte.

Anschließend sangen wir ein Lied, das Nathan ganz sicher gehasst hätte.

Die Häppchen waren ausgezeichnet, und der Wein – ausgewählt von Sam – war ebenfalls gut, ein Lob, das die Gäste dadurch zum Ausdruck brachten, dass sie große Mengen davon tranken.

Meine ehemaligen Kollegen von Vistemax scharten sich um mich, die von Rose versammelten sich um sie. Dazwischen befand sich das Niemandsland aus Angehörigen und Freunden, die nicht sicher zu sein schienen, auf welche Seite sie sich nun schlagen sollten. Die Zwillinge liefen hin und her, und ich weiß nicht mehr, wie oft jemand die Hand ausstreckte, um ihnen geistesabwesend den Kopf zu tätscheln.

Die Mischung aus Schreck, Trauer und dem ausgezeichneten Wein lockerte die Zungen. Ich schlängelte mich, eine Platte voller Häppchen in der Hand, an Maeve Otley vorbei, die gerade zu Carolyne Shaker meinte: »Natürlich war er ein sehr sympathischer Mann, aber nicht unbedingt das, was man einen treusorgenden Familienvater nennt.«

Und Carolyne, die langweilige, nette Carolyne, die sich in ein viel zu enges marineblaues Kostüm gezwängt hatte, antwortete: »Nun ja, auf seine Weise war er sicherlich treu.«

Nathans Cousin Clive fing mich ab. »Bestimmt erinnerst du dich noch an mich. Wir haben uns bei Poppys und Richards Hochzeit kennengelernt.«

»Clive, aber natürlich!« Clive, der Fachmann für Windenergie, gewiss eines der langweiligsten Themen der Welt.

Das Weinglas in der Hand, rückte er näher an mich heran, und ich bemerkte, dass seine schwarze Krawatte voller Flecke und sein Hemd an den Manschetten abgewetzt war. »Woran ist der alte Knabe denn gestorben?« Er wirkte besorgt und beunruhigt. »Er war doch nicht etwa ... du weißt schon ...« Clive tippte sich an die Nase. »Jemand hat angedeutet, er wäre ... äh ... im Bett ...«

Ich machte auf dem Absatz kehrt, ließ Clive stehen und ging zu Sam hinüber. Auch er hatte ein Glas in der Hand und wusste offenbar nicht, was er mir sagen sollte. »Minty ... du hast das alles großartig geregelt.«

Zumindest ein Fortschritt. »Du sollst wissen, wie leid es mir tut.« Da Gefühle noch nie Sams Stärke gewesen waren, verzog er verlegen das Gesicht. Doch ich ließ nicht locker. »Er hat viel über dich gesprochen, und ich bin sicher, dass er mit dir über Amerika reden wollte.«

Sams Griff um den Stiel seines Glases wurde fester. »Ich habe die Stelle angenommen und gehe im September nach Austin.«

»Und Jilly?«

»Sie hat sich noch nicht entschieden, aber ich hoffe, dass ich sie noch überreden kann.« Sein Blick wanderte zu seiner Frau hinüber. Offenbar war Jilly empfänglich für Telepathie, denn sie wandte sich von Carolyne Shaker und Rose, mit denen sie gerade sprach, ab und ihrem Mann zu. Die Mienen der beiden waren weder liebevoll noch glücklich.

»In den ersten Monaten werde ich pendeln«, meinte er und fügte dann bedrückt hinzu: »Dad wird mir fehlen.«

Die meisten Gäste blieben nicht lange. Diejenigen, die noch mit mir sprachen, kamen verlegen auf mich zu und brachten eine angemessene Ausrede vor: eine Sitzung, einen Zug, den man auf keinen Fall verpassen durfte. »Sie kennen ja die Bahn!« Carolyne und Peter Shaker gehörten zu den ersten, die sich verabschiedeten. Peter hielt mir die Hand hin. Nach ein oder zwei Sekunden beschloss ich, sie zu schütteln.

»Ich weiß, wie schwierig es ist«, sagte Peter. »Aber trotz allem war Nathan ein Freund.«

»Aber ja, ein Freund.« Meine Betonung des Wortes »Freund« sollte ironisch wirken. »Sicher werden Sie auf einer Sitzung erwartet.«

»Offen gestanden ja.«

»Einer Sitzung, bei der Nathan auch dabei gewesen wäre, wenn man ihn nicht gefeuert hätte?«

Carolyne errötete und packte ihren Mann am Ellenbogen. Bei näherer Betrachtung konnte man ihr Peters Beförderung schon ansehen. Offenbar war sie bei einem guten Friseur gewesen und hatte die protzigen Goldohrringe mit Brillantsteckern vertauscht. »Sie brauchen nicht gleich so zu sein, Minty.«

Die Shakers verdrückten sich rasch, als Martin auf mich zukam. »Ich muss los. Der Wagen wartet. Aber wir sehen uns bald, Minty.«

»Sicher steht eine ganze Armada aus Firmenwagen draußen. Steig bloß nicht in den falschen.«

Er schmunzelte. »Es war eine schöne Trauerfeier, Minty. Gut für Nathan. Ich werde sie nie vergessen.«

»Genau das wollte ich auch«, erwiderte ich.

Allmählich leerte sich der Raum. Nur ein Hauch Tabakqualm von einem unbelehrbaren Raucher, Weinpfützen und einige Platten mit zerdrückten Häppchen – hartgekochtes Ei und Kresse – blieben zurück. Schon vor einer Weile hatte Eve die lautstark protestierenden Zwillinge nach Hause gebracht. Inzwischen waren sie sicher wieder in London, wo sie sich, wie ich ihnen versprochen hatte, bestimmt viel weniger langweilen würden als hier zwischen den vielen öden Erwachsenen. Mittlerweile waren nur noch die Familie und Theo, der Anwalt, da, der uns zu sich winkte. »Warum setzt ihr euch nicht?«, schlug er vor.

Theo selbst lehnte sich an den Tisch, auf dem sich Weinflaschen und schmutzige Gläser türmten, und erklärte uns, was in Nathans Testament stand. »Das Vermögen soll wie folgt aufgeteilt werden. Das Vermächtnis ist ziemlich kompliziert geregelt, sodass es nötig sein wird, Treuhänder zu benennen. Aber darauf komme ich später noch zu sprechen. Kurz zusammengefasst geht es erstens um das Haus in der Lakey Street mitsamt Hausrat und zweitens um Nathans angelegtes Vermögen und das Bargeld. Minty hat lebenslangen Nießbrauch an dem Haus in der Lakey Street, vorausgesetzt, dass sie es selbst bewohnt. Im Falle ihres Umzugs oder Todes soll es verkauft und der Erlös zu gleichen Teilen an die Zwillinge ausgezahlt werden. Sollte dieser Umstand vor dem einundzwanzigsten Geburtstag der Kinder eintreten, werden die Treuhänder das Geld bis dahin anlegen. Der gesamte Hausrat fällt an Minty mit Ausnahme einer Vase und zweier Gemälde, die Nathan ausdrücklich Rose, Sam und Poppy zugedacht hat, sowie des Esstischs nebst Stühlen und des halbrunden Intarsientischs, die er den Zwillingen vermacht. Bis zur Volljährigkeit der Zwillinge trägt Minty die Sorge für diese Möbelstücke. Was die Geldanlagen und das Bargeld betrifft, sind die Treuhänder angewiesen, zuerst sämtliche Beträge auszuzahlen, die Rose laut Scheidungsvereinbarung zustehen. Minty erhält eine festgelegte Summe. Der Rest wird wie folgt aufgeteilt: jeweils ein Drittel an Sam und Poppy und ein weiteres Drittel für Lucas und Felix bei ihrer Volljährigkeit. Bis dahin wird das Geld von den Treuhändern angelegt. Nathans einziger weiterer Vermögenswert besteht in seinen Rentenansprüchen, und er hat bereits veranlasst, dass Minty im Falle seines Todes eine Witwenrente erhält. Wie euch sicher klar ist, gehen diese Bestimmungen sehr ins Detail. Nathan hat seinen Steuerberater und mich als Treuhänder bestimmt, die die Ausführung seiner Anweisungen überwachen sollen.«

Meine Hände zuckten auf meinem Schoß. Wenigstens würde ich nicht im Armenhaus landen. Und indem Nathan sein Vermögen verteilte, hatte er dafür gesorgt, dass ich einem Beruf nachgehen musste. Genau, wie ich es gewollt hatte.

»Noch eine Kleinigkeit ...« Theo hob die Hand. »Es gibt da einen Nachtrag, den Nathan vor einigen Monaten hinzugefügt hat. Er betrifft das Sorgerecht für die Zwillinge. Falls ihm und Minty etwas zustoßen sollte, während die Jungen noch minderjährig sind, wird das Sorgerecht an Rose gehen. Er hat gehofft, Minty würde einverstanden sein.«

»Er hat doch sicher uns gemeint!« Poppys ungläubiger Einwand klang in dem überraschten Schweigen, das nun herrschte, besonders laut.

Jilly beugte sich vor und flüsterte Sam etwas ins Ohr. »Das kann nicht stimmen«, meinte Sam.

Aber Theo schüttelte den Kopf. »Irrtum ausgeschlossen.«

Rose war leichenblass geworden. »Wusstest du davon?«, wandte ich mich an sie.

»Nein. Ja. Er hat mich ganz allgemein gefragt, und ich habe geantwortet, es sei unmöglich. Aber er hat darauf bestanden.«

»Nur über meine Leiche.«

»Nicht, Minty.«

»Nathan würde so etwas nie tun«, sagte ich.

Doch, er würde. Er *hatte* es sogar getan.

Theo nahm die Brille ab. »Die genaueren Einzelheiten regeln wir ein andermal. Würdet ihr bitte so gut sein, euch mit mir in Verbindung zu setzen, damit wir den Ablauf des Nachlassverfahrens und alles Weitere klären können?«

»Mum ...« Poppy stürzte auf Rose zu. »Lass uns jetzt nicht über die ganze Sache reden, sondern warten, bis wir uns beruhigt haben und bis du dich besser fühlst. Geh und hol deine Tasche. Dann bringen wir dich nach Hause.« Sie schob ihre

Mutter in Richtung Garderobe und wandte sich in einigermaßen höflichem Ton an mich. »Danke für …«, sie schien kurz vor dem Zusammenbruch zu stehen, »die schöne Beerdigung.«

Sam und Jilly unterhielten sich mit Theo und glichen Termine ab. Kellner gingen durch den Raum, um Teller und Teetassen einzusammeln. Es war vorbei, und ich sah wieder Licht am Ende des Tunnels. »Mir war es wichtig, dass euer Vater nur das Beste bekommt.«

Allerdings hatte ich nicht mit der nun folgenden Reaktion gerechnet. Poppys kurzsichtige Augen verengten sich. »Ich wollte dir noch sagen, wie sehr sich mein Vater darüber geärgert hat, wie du sein Geld zum Fenster rausgeworfen hast. Vor Sorge darüber ist er krank geworden.«

Ihre Grausamkeit traf mich wie ein Peitschenhieb. »Ach ja? Und woher willst du das wissen?«

»Du dumme Gans …« Nun war es vorbei mit Poppys Selbstbeherrschung, und sie begann zu zittern. »Er hat es mir selbst erzählt.«

»Aber natürlich.« Ich stellte mir vor, wie er mit seiner Tochter sprach, die ihm, das Kinn in die Hand gestützt, lauschte. »Minty will ein neues Badezimmer … einen neuen Teppich … aber das können wir uns gar nicht leisten.«

Abgebrühte Pokerspieler gehen aggressiv vor, wenn sie glauben, ein gutes Blatt auf der Hand zu haben. Doch ich hatte nicht vor, Poppy das durchgehen zu lassen. »Offen gestanden hat er sich auch deinetwegen Sorgen gemacht.«

»Hat er das?«

»Das weißt du ganz genau. Ich habe ihm nichts verraten, aber er hat geahnt, dass du Ärger hast.« Ich legte Poppy die Hand auf den Arm. »Eine Pechsträhne. So heißt das bei euch Zockern doch, wenn das Glück euch verlassen hat?«

Rose kam aus der Garderobe. Poppy blickte mir in die Augen. »Gott sei Dank müssen wir beide uns nie mehr wiedersehen«, stieß sie hervor.

»Gott sei Dank«, lag es mir auf der Zunge. Wenn ich diese Worte aussprach, war der saubere Schnitt, der das Beste für uns beide war, endlich vollzogen. Doch noch während meine Lippen die Worte formten, fielen mir meine Jungs ein. Dass Poppy bereit war, sie so gleichgültig im Stich zu lassen, kränkte mich bis ins Mark. Sie liebten ihre große Halbschwester. Die freche, freche Poppy. Poppy war für sie Lachen, Spaß und Abwechslung.

Poppy gehörte zu ihrer Familie. Auch wenn diese Familie eine Schlangengrube sein mochte, handelte es sich immerhin um verwandte Schlangen, die sich von fremden Schlangen unterschieden.

Ich schluckte und spürte, wie sich bleischwere Erschöpfung über mich senkte. »Nathan hätte gewollt, dass wir zumindest höflich miteinander umgehen. Außerdem wäre es eine Belastung für deine Mutter.«

»Meine Mutter …« Währenddessen kam Rose auf uns zu. »Meine Mutter ist die Beste. Die Allerbeste.«

Während Theo seinen Aktenkoffer packte, wies ich auf die geplünderten Vorlegeplatten, die schmutzigen Gläser und die leeren Flaschen. »Wir sind die Letzten.«

Theo ließ den Blick durch den leeren Raum schweifen. »Wie kommst du zurück nach London?«

Das stand nicht auf meiner Liste. Ich hatte es schlichtweg vergessen. »Keine Ahnung.«

Er sah auf die Uhr. »Du kannst bei mir mitfahren.«

»Vielen Dank.«

Kapitel 15

Mein Instinkt riet mir, mich für meine Stippvisite bei Paradox etwas schick zu machen. Obwohl ich überhaupt keine Lust dazu hatte, zog ich eine schwarze Hose, einen grünen Kaschmirpullover und Stiefel von Stephanie Kelian an und band mir das Haar zu einem Pferdeschwanz.

Als ich hereinkam, sprang Syriol auf. »Wir haben noch gar nicht mit dir gerechnet. Solltest du denn schon hier sein, Minty?«

Ihre laute Stimme lockte Deb in den Empfangsbereich. »Minty? Wie ...« Deb hatte eine neue Frisur und sah toll aus. »Wie geht es dir? Wir dachten nicht ...«

Chris Sharp, ganz in Schwarz, öffnete die Tür seines Büros und streckte den Kopf heraus. »Deb, hast du einen Moment Zeit?«

Als Deb ihren Namen hörte, zuckte sie verlegen zusammen, sodass ihr das Haar verführerisch um den Kopf schwang. »Ich rede gerade mit Minty, Chris. Es dauert nicht lang.«

»Oh, Minty.« Chris kam mit ausgestreckter Hand auf mich zu. »Ich wollte dir noch sagen, wie leid es mir tut. Es tut uns allen wirklich so leid.«

Doch Deb ließ sich nicht so leicht ausstechen. »Wir sind wirklich sehr erschüttert«, meinte sie leise. »Und dann noch die armen kleinen Kinder.«

Chris zog eine Augenbraue hoch. »Ist es nicht noch ein bisschen früh, um zur Arbeit zu kommen?«

Ich erklärte, ich wolle nur mit Barry sprechen und nach meinen Projekten sehen.

»Um die brauchst du dir keine Gedanken zu machen«, erwiderte Deb rasch. »Wir haben alles im Griff.«

Barry war ernst und voller Anteilnahme. »Schön, dass du gekommen bist, Minty. Wir wissen das zu schätzen.«

Ich klappte meinen Terminkalender auf und legte ihn vor Barry hin. Die meisten Seiten waren leer und weiß. »Ich würde gerne einen kurzen Urlaub mit den Jungs machen. Anschließend muss ich mich mit dem Anwalt zusammensetzen, um Nathans Nachlass zu regeln. Ist es in Ordnung, wenn ich in drei Wochen wieder antrete?«

»Drei Wochen?« Nachdenklich drehte Barry sein Mobiltelefon zwischen den Fingern. »Bist du sicher, dass das reicht, um wieder auf die Beine zu kommen?«

»Es ist das Beste, wenn man gleich wieder in den Sattel steigt.« Wir flüchteten uns beide in Allgemeinplätze. Allerdings hatten sich diese meiner Erfahrung nach als recht nützlich entpuppt, wenn es darum ging, schlechte Nachrichten zu überbringen, zu empfangen oder wenn hinterhältige Kollegen bereits heimlich am Stuhl sägen, um meine Karriere zu ruinieren.

Barry wirkte noch nachdenklicher. »Lass uns mal Klartext reden, Minty. Ich nehme an, du möchtest auch weiterhin ganztags arbeiten. Allerdings habe ich mich angesichts deiner veränderten Lebenssituation gefragt, ob du dich nicht lieber mit einer Teilzeitstelle anfreunden solltest.«

Diesmal war meine Antwort eindeutig frei von abgedroschenen Phrasen. »Ganz gleich, wie sehr ich mich auch mit Teilzeit anzufreunden versuche, Barry, reicht mir die Stundenzahl nicht. Ich brauche eine Ganztagsstelle.«

»Wenn das so ist ...«

»Und dann wären da noch meine Projekte.«

Barry beugte sich vor und legte mir die Hand auf den Arm. »Darüber brauchst du dir keine Sorgen zu machen. Chris wird sie übernehmen. Er kennt deine Vorstellungen. Du musst dich jetzt darauf konzentrieren, wieder zu Kräften zu kommen.« Seine Stimme klang vor Anteilnahme belegt, und sein aufrichtiges Beileid hätte mich beinahe darüber hinweggetäuscht, dass es ihn eigentlich nicht interessierte, ob ich im Büro war oder nicht.

»Ich fürchte, es sind einige Gerüchte im Umlauf«, meinte Paige. »So etwas lässt sich zwar nie ganz vermeiden«, sie richtete sich vom Wäschekorb auf, »aber du musst zugeben, dass sie nicht völlig unbegründet sind. Was hatte Nathan eigentlich bei Rose zu suchen? Für die Tratschweiber ist das ein gefundenes Fressen, Minty, so als würde man den Löwen einen saftigen Christen vorwerfen.«

Um mich für einen mit Papierkrieg und Theo verbrachten Vormittag zu belohnen, hatte ich die Zwillinge mit Eve in den Park geschickt und war zum Mittagessen zu Paige gegangen. Wir saßen in ihrer ordentlichen, sauber riechenden Küche, während im Backrohr des rosafarbenen Herdes etwas Köstliches schmurgelte. Das Baby schlief oben. »Ich glaube, Nathan war aus einer Art alter Freundschaft bei Rose.«

»Wirklich?« Ungläubig riss Paige die Augen auf.

Ich presste die Finger gegen die Druckpunkte an meiner Stirn. »Mehr steckt nicht dahinter.«

Paige sah mich zweifelnd an. »Wenn du meinst.« Sie faltete die Ärmel eines Hemdes über der Brust des Kleidungsstücks zusammen, dass es aussah wie bei einer Figur auf einem Kirchenrelief. »Eigentlich wäre Linda dafür zuständig, aber ich habe ihr einen Tag freigegeben. Sie weiß es zwar noch nicht, aber es ist als Bestechung gedacht, weil ich sie am Wochenende brauche. So was funktioniert am besten, wenn man ihnen erst danach den Grund für die Bestechung sagt. Dann ist es nämlich zu spät abzulehnen.« Sie griff nach einem gelb-schwarz gestreiften Strampler und betrachtete einen winzigen Ärmel. »In dem Ding sieht Charlie aus wie eine Wespe. Wie läuft es in der Lakey Street?«

»Es ist totenstill.«

Seit Nathans Tod waren inzwischen zwei Wochen vergangen. Das ständige Läuten an der Tür hatte aufgehört, und es wurden auch keine Blumen mehr geliefert. Die Jungs, Eve und ich hatten längst die Suppen und übrigen Speisen in den fremden Gefäßen vertilgt, die unseren Kühlschrank verstopft hatten.

Die Stimmung der Jungs schwankte von Tag zu Tag. »Daddy

ist an einem schönen Ort«, meinte Lucas zu Eve. Doch immer wieder kippte die Stimmung um, und sie schienen es einfach nicht zu begreifen. Seit Nathans Tod wachte ich immer wieder davon auf, dass mich ein Augenpaar starr musterte und dass sich einer der beiden wie ein samtiger Maulwurf in mein sicheres Bett gewühlt hatte. Das ständige Hin und Her zwischen Verstehen und Ratlosigkeit machte sie gereizt und unsicher.

»Wo *ist* Daddy?«, hatte Felix heute beim Frühstück wieder gefragt.

Paige schleppte den Korb in den Wäscheraum und warf einen Blick in den Herd. »Du kannst sicher was Warmes vertragen«, sagte sie. »Was hältst du von Fischsuppe?«

Mein Teller war schon halb leer, als aus heiterem Himmel der Sturm losging. Während ich gerade einen Shrimp zerkaute, spürte ich, wie mir an den Fußsohlen der Schweiß ausbrach und wie Zorn sich in mir ausbreitete. »Wie konnte Nathan es wagen zu sterben?« Ich ließ den Löffel fallen und schob den Teller weg. »Ich bin so *wütend* auf ihn, weil er uns verlassen hat. Was hat er sich dabei gedacht, nicht zum Arzt zu gehen?«

»Schon viel besser«, meinte Paige und wischte einen Spritzer Suppe neben meinem Teller weg. »Ein ordentlicher Wutanfall tut dir gut. Ich sage den Kindern immer, dass es das Beste ist, seinen Gefühlen Luft zu machen.«

Paige war schon immer eine Anhängerin dieser Methode gewesen. Ihrer Philosophie zufolge würde »ein ordentlicher Wutanfall« den Schmerz über Nathans Verlust und die Trauer über das, was nun niemals mehr sein konnte, schon vertreiben.

»Er muss doch an Felix und Lucas gedacht haben. An das, was es für sie bedeutet, wenn er nicht mehr da ist. Wie sollen sie ohne ihn klarkommen?«

Für den Fall, dass Nathan noch einmal aus der Dunkelheit auftauchte, hatte ich mir eine kurze Ansprache zurechtgelegt: »Nathan, ich werde nie wieder ein neues Badezimmer verlangen. Ich verspreche, mir Mühe zu geben, dich mehr zu lieben.« Ich hätte ihm sogar geschworen, mich nicht mehr darüber zu ärgern, dass seine Familie und seine Freunde wie die

Frosts und die Lockharts mich bis in alle Ewigkeit verdammt hatten.

Stattdessen hätte ich ihm versprochen: Schwamm drüber, und wir fangen noch mal ganz von vorne an.

Ich zupfte eine Schuppe des Shrimppanzers von meinem Löffel. »Wie soll ich das bloß schaffen? Die Jungs – wie soll ich sie großziehen? Sie ernähren? Das Haus in Schuss halten?«

»Genauso, wie du es jetzt tust, denke ich mal. Du wirst dich daran gewöhnen.«

»Ich hatte einen Traum, Paige. Darin hatte ich mich in eine pfiffige und zupackende Mutter wie dich verwandelt. Eine Mutter, die an einem verregneten Nachmittag vorschlägt, einen Dinosaurier aus einer Pappschachtel zu basteln. Oder die sagt: ›Verdammt, warum schreiben wir kein Theaterstück über Daddy, und ich nähe die Kostüme?‹ Aber es war eben nur ein Traum.«

»Iss.« Paige schöpfte noch eine Kelle voll Suppe auf meinen Teller.

Ich starrte auf das Essen. Meine Wut war verraucht, sodass ich nur noch Trauer empfand. »Nathan wollte mich demütigen, Paige, indem er Rose zum Vormund für die Kinder bestimmt hat … falls mir etwas zustoßen sollte. Wie konnte er mir das antun? Gisela findet die Entscheidung vernünftig. Rose habe genug Zeit, sie sei schon älter, und sie habe die nötige Lebenserfahrung. Also könnte sie sich gut um die Jungs kümmern.«

Paige überlegte. »Gisela hat recht. Allerdings wird es gar nicht so weit kommen. Du bist kerngesund. Vielleicht, Minty, wollte er damit erreichen, dass ihr euren Zwist beilegt.«

»Tja, das hat aber nicht geklappt.«

Paige verzehrte den Rest auf ihrem Teller in einer Geschwindigkeit, wie sie jeder jungen Mutter bekannt vorkommt. »Charlie wacht jeden Moment auf.«

Wie auf ein Stichwort gab das Babyfon ein Geräusch von sich, das an das Anspringen eines kleinen Rasenmähers erinnerte. Paige ließ die Gabel fallen, und ihre Miene erhellte sich. »Ich hole ihn.«

Sie kehrte mit dem inzwischen lauthals brüllenden Charlie zurück und setzte sich, um ihn zu stillen, wobei sie ihn mit einer Hand stützte. Mit der anderen Hand schaufelte sie sich weiter Essen in den Mund, und zwar mit einer geschickten Bewegung, die vermied, dass die Gabel zu dicht an Charlies Kopf vorbeifuhr.

»Wie geht es Martin?«

»Ich sehe ihn kaum noch. Seit ich ihn ins Gästezimmer ausquartiert habe, habe ich Charlie ganz für mich.« Paige lächelte das Baby an. »Richtig? Und ist er nicht wunderschön, mein kleiner Tiger? Wir lassen es uns so richtig gutgehen.«

»Fehlt dir dein Job in der Bank nicht?« Ich wies auf den Sterilisator, den Zeitplan an der Pinnwand und die Batterie von Kupfertöpfen. »Früher waren Zahlen doch dein Leben.«

»Natürlich vermisse ich sie«, erwiderte sie. »Insbesondere ihre Klarheit, aber das war ja nur ein Teil von dem, was ich dort gemacht habe. Die meiste Zeit habe ich damit verbracht, Seilschaften zu pflegen, Kunden zu schmeicheln, Probleme zu lösen oder zu verhindern, dass wir eine schlechte Presse kriegen. Die Klarheit der Zahlen kam erst an zweiter Stelle.«

Immer wenn Paige die Wörter »Zahlen« oder »Statistiken« aussprach, erschien, so wie jetzt, ein sehnsuchtsvolles Strahlen auf ihrem Gesicht. Vermutlich hätte sie als Nonne dieselbe tiefe Konzentration und stählerne Entschlossenheit dem Ziel gewidmet, eine makellose Braut Christi zu sein.

Sie legte Charlie an die andere Brust und wandte sich wieder unserem ursprünglichen Thema zu. »Du musst deine Haltung zu Rose überdenken und darfst nicht zulassen, dass sie zu einer fixen Idee wird.« Sie tätschelte Charlies Köpfchen, beugte sich über ihn und säuselte: »Wo ist denn mein hübscher Junge? Wo ist denn mein lieber Junge?« Dann richtete sie sich auf und fragte mit normaler Stimme: »Du glaubst wirklich, dass etwas zwischen den beiden gelaufen ist, stimmt's?«

Diese Frage quälte mich abends beim Einschlafen und morgens, wenn ich – immer noch müde – aufwachte. Die möglichen Antworten gingen mir ständig im Kopf herum. »Keine Ahnung.

Ich weiß nur, dass ich momentan keine Lust habe, an sie zu denken. Aber Nathan hat mit seiner albernen Verfügung dafür gesorgt, dass ich es trotzdem muss.«

»Menschen tun manchmal seltsame Dinge, Minty.«

Ich spürte den Puls an meinem rechten Handgelenk. »Richtig.«

»Schau mal, zur Zeit stellt sich dieses Problem doch gar nicht. Also vergiss es.«

Die Finger meiner linken Hand umschlossen mein Handgelenk und drückten auf den Puls, und ich versuchte den Gedanken zu verdrängen, dass Geschichte sich manchmal halt doch wiederholt. Paige warf sich ein Musselintuch über die Schulter, bettete Charlies Köpfchen darauf, stand auf und wiegte sich mit kreisförmigen Bewegungen hin und her wie eine Stammesälteste. »Das hilft beim Bäuerchen.« Charlie tat ihr den Gefallen, worauf Paige sich mit einer Hand den Rücken rieb und sich in die entgegengesetzte Richtung drehte. »Ich habe einen Suchtrupp nach meiner Taille losgeschickt. Er ist noch immer unterwegs.«

Ich lachte auf. »Aber gesundheitlich ist bei dir alles okay, oder?«

»Der Rücken muckt ein bisschen. Offenbar haben sich die Muskeln ordentlich verspannt. Außerdem schlafe ich momentan ziemlich schlecht. Aber mir war ja klar, dass ich die nächsten hundert Jahre kein Auge zukriege. Kommst du mit nach oben, damit ich Charlie wickeln kann?«

Paige war eine Supermutter. Und zudem eine Superhausfrau. Ihre Schränke waren picobello. Bei ihr gab es keine Gewürzgläschen mit abgelaufenem Verfallsdatum. Im Wäscheschrank war jedes Regalbrett einem Zimmer im Haus zugeordnet, und im Kleiderschrank hingen ihre Sachen nach Farben sortiert. Wenn ich Paige nicht so geliebt hätte, hätte ich sie hassen können.

Als ich ihr nach oben folgte, stellte ich fest, dass jedes Regal staubfrei war. Die Säume der Vorhänge im Kinderzimmer wurden von durchsichtigen Folienstreifen geschützt. Doch als ich im Vorbeigehen einen Blick ins Gästezimmer warf, zuckte ich erschrocken zusammen. Überall auf dem Boden lagen schmutzige Kleider, Bücher und Papierstapel herum.

»Schaust du dir gerade das Durcheinander an? Martin sagt, wir hätten abgemacht, dass, wenn wir ein drittes Kind bekämen, er sich in einem Zimmer austoben und dort wie im Schweinestall hausen könne.«

»Aha.«

Paige wickelte und wusch Charlie. Trotz ihrer aufmunternden Worte wirkte sie ziemlich erschöpft, und ich begann, die getragenen Babysachen einzusammeln und den Wickeltisch abzuwischen.

»Das war doch nicht nötig«, meinte sie. »Aber ich bin dir trotzdem dankbar.«

»Kannst du dir vorstellen, wie sehr ich mich nach ganz alltäglichen Tätigkeiten sehne?« Ich warf die Watte in den Papierkorb.

Unvermittelt ließ Paige sich auf den Stillstuhl fallen. Der Bauch quoll ihr über den Rock, und ihre Oberschenkel sahen bleich und schwabbelig aus. »Was kommt jetzt, Minty? Was hast du vor?«

»Ich werde wieder ganztags arbeiten, um mich selbst und die Jungs zu ernähren.«

»Das wolltest du doch ohnehin.«

»Stimmt.«

Mit einem finsteren Blick kniff Paige sich in den pummeligen Oberschenkel. »Tja, das ist ja schon mal ein Anfang.«

Eine Woche später packte ich Shorts, T-Shirts, Pullis, Sandeimer, Schaufeln, Konservendosen, Lieblings-Frühstücksflocken, Teddybären und Buchstabennudeln ins Auto, verfrachtete Eve, eine Landkarte und die Jungs ebenfalls hinein und fuhr los.

Unser Ziel war die Priac Bay in Cornwall, genauer gesagt das Haus, in dem Nathan und Rose jedes Jahr ihre Ferien verbracht hatten. Die Entscheidung war mir weder leicht- noch schwergefallen, denn eigentlich handelte es sich nicht um eine Entscheidung im eigentlichen Sinne. Ich war noch nie in Priac Bay gewesen, da mir beim bloßen Gedanken schon unbehaglich wurde. »Mein Gott!«, hatte ich mich damals bei Paige beklagt, als Nathan vorgeschlagen hatte, doch einmal hinzufahren. »Da war er doch schon immer mit seiner ersten Familie.«

Paige war entsprechend schockiert gewesen. »Ist der Typ blöd? Oder hat er einfach nur eine sehr eingeschränkte Phantasie?«

Dennoch wusste ich, dass ich mit den Jungs an einen Ort fahren musste, wo Nathan glücklich gewesen war. Und so hatte ich zum Telefon gegriffen und alles in die Wege geleitet.

Als wir etwa vierhundertfünfzig mörderische Kilometer später die ungeteerte Straße zur Hütte entlangrumpelten, fiel ein leichter Sprühregen. Felix und Lucas, völlig vertrant und gelangweilt, saßen schweigend auf dem Rücksitz.

Die Welt war klatschnass, der Horizont versank im Nebel, und auf dem Meer tosten schaumgekrönte Wellen. Die Schieferpfannen auf dem Dach glänzten, und die grauen Mauern wiesen feuchte Flecken auf. Der Garten stand unter Wasser.

Eve zog sich die Pulloverärmel über die Handgelenke. »Es ist kalt, Minty.«

Ich fröstelte ebenfalls, und zwar vor Angst und Sorge. Unser mulmiges Gefühl wuchs noch, als wir feststellten, dass zwei der Schlafzimmer feucht waren. Auch die sanitären Anlagen wirkten zweifelhaft, und bis zum nächsten Laden waren es einige Kilometer. Eve und ich machten uns an die Arbeit, bezogen die Betten, packten aus und stapelten Sandeimer und Schaufeln an der Tür. Anschließend verspeisten wir ein improvisiertes Abendessen aus Bohnen und Spiegeleiern, sahen zu, wie der Regen über das graue Meer hinwegpeitschte, und lauschten den Schreien der Möwen.

»Daddy war hier«, sagte ich zu den Jungs. »Und zwar oft. Im Urlaub.«

»Daddy«, wiederholte Felix, und seine blauen Augen verdüsterten sich. »Daddy.«

»Sitze ich auf Daddys Stuhl?«, fragte Lucas nach einer Weile.

»Schon möglich. Er sieht aus, als stünde er schon eine Weile hier.«

Eve schob eine Bohne auf ihrem Teller herum.

Am nächsten Morgen gingen Eve und ich mit den Jungs den steilen Pfad zu dem winzigen Strand hinunter. Nach dem Regen war der Matsch zäh wie Karamell. Die Jungen kreischten vor Freude. Auf unserem rutschigen Abstieg zog die Feuchtigkeit der dicken Grasbüschel in unsere Kleider. Die Luft war schwer vom Salz, und auch die Blätter und Äste, an denen wir vorbeistreiften, rochen danach, unsere Lippen schmeckten salzig.

Unten am Strand war Ebbe, und die Felsen hatten dunkle Wasserflecken. Über unseren Köpfen kreischten die Möwen. Die Jungs rannten wie die Wilden johlend hin und her. Ich setzte mich auf einen Stein, um sie zu beobachten.

Da ich nasse Füße hatte, zitterte ich trotz meiner Jacke wie Espenlaub. Nathan hatte an diesem Fleckchen Erde gehangen. Viel mehr wusste ich nicht. Nie hatte ich ihn nach dem Grund gefragt oder mich nach seinem Lieblingsplatz oder der besten Badebucht erkundigt. Stattdessen hatte ich geschwiegen und mich, bildhaft gesprochen, von ihm abgewandt. »Ist dir klar, wie wenig du mich eigentlich kennst, Minty?«, hatte er mir eines Tages vorgeworfen.

Wenn ich mir doch nur die Zeit genommen hätte, ihm zu antworten, mich sofort mit ihm zusammenzusetzen und zu sagen: »Lass uns miteinander reden, Nathan. Erzähl mir alles.«

Die Erkenntnis, wie sehr ich mich angesichts von so viel Schmerz, Ohnmacht und Hässlichkeit an handfeste Dinge und unseren Alltag geklammert und wie unbeholfen ich reagiert hatte, entsetzte mich. Ich fühlte mich wie im Griff der urzeitlichen Mächte, denen gehorchend sich das Wasser immer weiter vom Strand der Priac Bay zurückzog.

Eve winkte Felix zu sich. »Komm, Felix, da ist etwas.« Sie steckten die Köpfe zusammen und betrachteten einen Gegenstand im Sand.

Lucas umkreiste sie. Er war quengelig. »Guck mal. Guck mal«, leierte er laut.

Vor langer Zeit – vor meinem inneren Gezeitenwechsel also – hatte ich im Büro von Vistemax ein Gespräch mit Rose geführt. »Ich habe keine Familie. Wer braucht auch so etwas? Ich habe keine Kinder. Wozu sich einen Mühlstein um den Hals hängen?« Nun hatte ich eine Familie, und das unerträgliche Gewicht des Mühlsteins zerrte an jedem Knochen und Muskel.

»Mum!« Unter grünen Shorts blitzten weiße Beine auf. Der Wind wehte ihm das Haar aus der Stirn. Felix kam, die mit Gänsehaut bedeckten Arme ausgestreckt, über den Kies auf mich zugelaufen. »Schau mal, was ich da habe.«

Als er die Hand öffnete, kam eine perfekt erhaltene Muschelschale zum Vorschein.

Nachdem es Käsebrote zu Mittag gegeben hatte, wurden die Jungs oben ins Bett gesteckt. Ich überließ Eve, die wegen des nicht vorhandenen warmen Wassers schimpfte, den Abwasch und fuhr los, um Proviant zu beschaffen.

Der nächstgelegene Supermarkt befand sich am Rand von Penzance. Es herrschte ein reger Betrieb. Da nun (um in Paiges Worten zu sprechen) eine strengere Haushaltsdisziplin angesagt war, kaufte ich Marmelade und Hähnchenbrust im Sonderangebot, die billigste Butter und so viele markenlose Artikel, wie ich ertragen konnte.

Auf der Heimfahrt war mir ein wenig übel. Der Wind hatte nachgelassen, und allmählich erwärmte die Sonne die ruhige Luft. Das Meer rauschte sanft. Es war ein wunderschöner Tag, und draußen auf dem Wasser waren Boote verschiedener Größe unterwegs.

Als ich zurückkam, war Eve mit den Jungen zum Strand gegangen. Ich konnte sie rufen hören. Während ich langsam und mit schleppenden Bewegungen die Einkäufe auspackte, wurde ich das übermächtige und beinahe beängstigende Gefühl nicht los, dass Nathan sich bei mir in der Hütte befand.

Zu guter Letzt nahm ich meine Jacke und verließ das Haus. Der Küstenweg führte unmittelbar an der Hütte vorbei, und ich steuerte auf die Landzunge zu. Nach einer Weile wurde ich immer schneller, bis ich beinahe rannte und meine Füße über

Sand und Steine hasteten. Die Sonne schien grell, und das vor den Klippen ganz seichte Meer schimmerte durchscheinend türkis. Am Himmel kreisten Seevögel und stürzten sich kreischend zu den Felsen hinab. Als ich um eine Ecke bog, schlug mir der Wind ins Gesicht, und ich kam schliddernd zum Stehen.

Der Geruch nach Meer, Erde und frischer Luft stieg mir in die Nase. Ich blickte auf die Bucht, wo Wasser, Felsen und Pflanzenwelt eine leuchtende, geheimnisvolle und wunderschöne Dreieinigkeit bildeten, und wusste, dass Nathan hier gewesen war. Vielleicht hatte er ja genau an derselben Stelle gestanden wie ich jetzt, sodass meine Füße in seinen unsichtbaren Fußstapfen ruhten.

Ich lauschte der fremdartigen Melodie von Wind und Wellen. Die Akkorde hallten mir in den Ohren, und ich gab mich – unwillig und argwöhnisch zunächst, dann voller Erleichterung – dem Gefühl hin.

Langsam begann ich meinen toten Mann zu verstehen. Nun war mir klar, warum Nathan immer wieder nach Priac Bay gekommen war. Warum er diesen Ort so geliebt hatte.

Nach einer Woche kehrten wir spätabends in die Lakey Street zurück. Schmutzig und wortkarg nach der langen Fahrt, fielen wir sofort in unsere Betten.

Als ich aufwachte, lag Lucas, eingewickelt in seine Daunendecke, bei mir im Bett. Offenbar hatte er sie aus dem Kinderzimmer mit herübergeschleppt. Widerstrebend machte ich die Augen auf. »Hallo, Schatz. Wie lange bist du schon hier?«

»Ganz, ganz lange.« Seine Stimme zitterte in der Stille. »Warum bist du nicht aufgewacht, Mummy?«

»Weil ich müde war.«

»Ich wollte aber, dass du aufwachst.«

Ich wusste, dass Lucas versuchte, mich etwas zu fragen, war aber nicht sicher, worum es ging. »Komm besser hier drunter.« Als ich einen Zipfel der Bettdecke lüpfte, kroch Lucas, gefolgt von einem Schwall kühler Morgenluft, hinein. Er kuschelte sich an mich, und ich roch Sand, Salz und Seegras.

Ich wartete ab.

»Denkst du, dass Daddy uns sehen kann?« Seine Stimme bebte noch immer.

Ich musterte ihn, und er erwiderte bemüht gefasst meinen Blick. »Vermutlich.« Im nächsten Moment riss ich mich zusammen. Er brauchte Gewissheit. »Ja«, sagte ich.

»Aber ich kann ihn nicht sehen.« Seine hellen, ziemlich kräftigen Augenbrauen verzogen sich in einem Stirnrunzeln, das allmählich zur Gewohnheit wurde.

Ich streichelte die Haut zwischen seinen Augen, bis seine Stirn sich wieder glättete. »Wir müssen nur fest daran glauben.«

Lucas rutschte näher an mich heran, und ich legte den Arm um ihn. »Daddy war lieb, oder?«

»Sehr.«

»Millie sagt, ihr Daddy ist fies. Er ist auch weggegangen. Daddys dürfen nicht weggehen.«

»Manchmal können sie nichts dafür, Lukey.« Lukey ... so hatte Nathan ihn immer genannt. »Dein Daddy konnte nichts dafür. Daran musst du immer denken. Bei Millies Daddy ist es etwas anderes.«

Lucas überlegte. »Aber Millies Daddy hat auch behauptet, dass er nichts dafür kann.«

Ich zog Lucas so fest wie möglich an mich. »Hör mir gut zu, Lukey. Bei Millies Daddy war es etwas anderes als bei deinem. Dein Daddy hätte dich nie verlassen ... wenn er die Wahl gehabt hätte.«

Ich war froh, dass weder Poppy noch Sam mich jetzt hören konnten.

»Kriege ich einen neuen Daddy?«, fragte Lucas.

Ich schmiegte mich eng an ihn. Er war verspannt, und ich bemerkte Schweiß an seinem Haaransatz. Seine Knochen wirkten so zerbrechlich. Plötzlich wurde ich von Angst ergriffen, ihm könnte etwas zustoßen. »Nein, Schätzchen. Du hast nur einen Daddy.«

Draußen vor dem Schlafzimmerfenster zeigte sich die Sonne. Dicht an mich gekuschelt, beruhigte sich Lucas allmählich. Sein

Atem wurde langsamer, und er schlief so plötzlich ein, wie nur Kinder es können.

Vorsichtig schlüpfte ich aus dem Bett und ging ins Kinderzimmer, um nach Felix zu sehen. Er war nicht da.

Oh, mein Gott, wo war Felix?

Dann entdeckte ich ihn unten auf der Treppe, sein Gesicht war der Haustür zugewandt. Er saß kerzengerade da und hatte sich offenbar selbst angezogen, denn er trug eine blaue Socke und ein T-Shirt, das er über das Pyjamaoberteil gezwängt hatte. Zwischen seinen Knien klemmte seine zerfledderte Schmusedecke, und er drückte seinen Teddy an die Brust.

Er verharrte völlig reglos und mit einer erwartungsvollen Geduld und Entschlossenheit, die fast an einen Heiligen erinnerte und nicht zu seinem Alter passte.

Ich hastete die Treppe hinunter und setzte mich mit bang klopfendem Herzen neben ihn. »Was machst du denn da, Felix?« Ich zog ihn an mich. »Du hast Mummy einen ganz schönen Schrecken eingejagt. Ich habe dich gesucht.«

Als ich Felix berührte, bewegte er sich, und es schien, als wäre er ganz weit weg gewesen. Seine Augen waren so blau, so vertrauensselig und so strahlend hell. »Ich warte auf Daddy, um ihm meinen Schatz zu zeigen«, erwiderte er und öffnete die Hand, in der die Muschelschale lag.

Kapitel 16

Ich zwang mich, in Nathans Arbeitszimmer zu gehen, wo ein Stapel Post darauf wartete, gelesen und beantwortet zu werden.

»Liebe Minty«, schrieb Jean, Nathans Sekretärin. »Ich bin noch immer erschüttert und frage mich ständig, ob ich vielleicht etwas hätte tun können. Er war immer so rücksichtsvoll und so nett zu mir...«

Charlie vom Empfang bei Vistemax schrieb: »Mr. Lloyd war, anders als viele, nie zu beschäftigt, um hallo zu sagen. Er hat sich immer nach Sheila und Jody erkundigt...«

Zu meiner Überraschung war auch ein Brief von Roger dabei: »Danke für die Ehre, bei der Beerdigung sprechen zu dürfen. Mir ist klar, wie schwer Ihnen diese Entscheidung gefallen sein muss. Ich habe jedes Wort ehrlich gemeint. Nathan war ein Titan, der große Visionen hatte und enorme Durchsetzungsfähigkeit besaß. Es war ein großes Glück, ihn kennen zu dürfen.«

Clive, der Windenergiefachmann, hatte eine direktere Herangehensweise gewählt: »Ein guter Abschied von dem alten Knaben. Es war sicher nicht leicht für dich. Nathan und ich waren oft nicht einer Meinung, denn er konnte manchmal stur wie ein alter Esel sein. Aber wir waren aus demselben Holz geschnitzt und wurden uns immer irgendwie einig...«

Einige Briefe waren so lobhudelnd, dass sie Nathan beinahe als einen der großen Wirtschaftsmagnaten unserer Zeit darstellten. Ein anderer, der von einer alten Schulfreundin stammte, schlug hingegen bescheidenere Töne an: »Er war ein netter Junge...«

»Liebe Minty«, schrieb Sue Frost. »Dieser Brief ist mir sehr schwer gefallen. Wir kennen einander kaum, und zwar, weil ich es so gewollt habe. Doch ich habe darüber nachgedacht und wollte Ihnen sagen, dass wir Nathan sehr geliebt haben …«

Diese Briefe zu lesen war, als mische man einen Satz Spielkarten: Nathan der Geschäftsmann, Nathan der Freund, Nathan der Vater.

Ich wollte sie alle aufheben, ein Album kaufen und sie einkleben. Eines Tages würde ich es dann den Jungs geben. Vielleicht würden wir sie gemeinsam noch einmal lesen. »Dieser Brief ist von Daddys Chef … Der da von einer Frau aus Daddys Büro …«

Zu meinem Erstaunen hatte Jilly geschrieben: »Liebe Minty, Nathans Beerdigung war sehr schön, und ich weiß, dass sie Sam Trost gespendet hat. Eigentlich wollte Sam dir selbst schreiben, aber er hat so viel mit den Vorbereitungen für den Umzug in die Staaten zu tun. Frieda entwickelt sich prächtig, und ich hoffe, dass es den Jungs einigermaßen gut geht. Vielleicht sollten wir Weihnachten gemeinsam planen …«

Offenbar hatte ich eine ungeschickte Bewegung gemacht, denn ich stieß mit dem Ellenbogen an den Stapel, sodass sämtliche Briefe zu Boden segelten. Ich bückte mich und hob einen auf, der mit schwarzer Tinte auf teures weißes Papier geschrieben war. »Liebe Minty …« Ihre kräftigen T und L hatten sich ins Papier eingeprägt, während die geschwungenen D und N sich darum rankten.

»Ich schreibe das nach der Beerdigung, weil ich nicht mehr aus noch ein weiß. Sicher geht es Dir genauso. Bestimmt bist Du zurzeit müde und viel beschäftigt, und vielleicht hast Du den Schock noch immer nicht ganz verkraftet. Bitte gib auf Dich acht. Das ist sehr wichtig. Außerdem wollte ich Dir sagen, dass man manchmal sehr wütend auf jemanden sein kann, weil er gestorben ist. So ging es mir, als mein Vater, so wie Nathan, unerwartet starb. Ich war außer mir. Doch Du sollst wissen, dass die Wut Dir die Kraft nimmt, Minty, so wie mir damals, als Nathan beschlossen hat, unsere Ehe zu beenden. Vermutlich denkst Du Dir jetzt: Wie kann Nathan es wagen, mich mit allem ganz allein sitzen zu lassen? Möglicherweise fragst Du Dich, wie Du es schaffen sollst, Deinen Lebensunterhalt zu verdienen und die Kinder zu ernähren ...«

Das Wort »Kinder« hob sich besonders kräftig von dem weißen Papier ab.

»Vielleicht denkst Du Dir beim Lesen auch, dass ich taktlos und undiplomatisch bin, weil ich mich einmische. Aber dieses Risiko gehe ich ein.«

Rose bot mir an, meine Trauer mit mir zu teilen. Ich hatte in ihrem Bett geschlafen, und nun schlief sie in meinem. »Das funktioniert nicht, Rose«, murmelte ich ins leere Arbeitszimmer hinein. Denn ich schuldete Nathan vor allem reine und unverfälschte Trauer. Die musste ich ihm schenken. Und das tat ich auch.

»Willkommen daheim.« Barry blickte von seinem überquellenden Filofax auf. »Wir haben dich vermisst.« Er trug seine Blousonjacke aus Leder. Zu dem roten Kabbala-Armband hatten sich noch einige weitere in Pastellfarben hinzugesellt.

Er klang, als ob er es ehrlich meinte. Obwohl mir ein Kloß in der Kehle aufstieg, gelang es mir, Barry rasch zuzuwinken, bevor ich mich in mein Büro flüchtete. In meiner Abwesenheit war dort saubergemacht worden. Zwei Papierberge warteten höflich auf meinem Schreibtisch.

»Hallo.« Deb kam lässig in mein Büro getänzelt. »Wie geht es dir?«

»Hoffentlich schaffe ich alles.«

»Es tut mir ja so leid, Minty. Sicher war es schrecklich für dich.«

Ich zwang mich zu einem Lächeln. »So schrecklich, dass ich Ablenkung brauche. Erzähl mal, was in letzter Zeit hier los war.«

Sie brauchte keine zweite Aufforderung. Fünf Minuten später war ich mit jedem Erschaudern und jedem Seufzer vertraut, der ihre Affäre mit Chris Sharp begleitete. Außerdem teilte sie mir im Brustton der Überzeugung mit, er sei der begabteste Mensch seit Einstein und außerdem phantastisch im Bett. Chris hatte große Pläne mit Paradox, und seine Visionen reichten weit in die Zukunft der Branche mit all ihren Umwälzungen, die wahrscheinlich bevorstanden. »Er sagt, dass die Menschen in nicht allzu ferner Zukunft ihre eigenen Fernsehprogramme zusammenstellen werden.« Ihre Stimme hob und senkte sich, und ihr Tonfall wurde träumerisch, als sie eine Einzelheit nach der anderen preisgab und Sätze sagte wie: »Wenn ich mir vorstelle, dass ich ihn vielleicht gar nicht kennengelernt hätte« und »Findest du nicht auch, dass er gut aussieht?«. Während ich den Ergüssen dieser ehemals so abgebrühten Großstadtjägerin lauschte, die sich über Nacht in ein schwärmerisches Schulmädchen verwandelt hatte, erinnerte ich mich daran, dass es auch noch andere Dinge im Leben gab.

»Ist er nett zu dir, Deb?«

»Aber klar. Allerdings möchte er sich im Moment auf keine feste Beziehung einlassen. Und so machen wir es auch.« Deb schaltete meinen Computer ein. »Er hat außerdem eine neue Software besorgt.« Sie tippte auf der Tastatur herum. »Vielleicht werde ich mir eine neue Stelle suchen müssen, denn es ist nicht gut, wenn wir beide im selben Unternehmen arbeiten.«

Alarmglocken schrillten. »Moment mal, Deb. Warum solltest *du* dann gehen? Deine Arbeit macht dir Spaß, und du hast dir deine Stellung hier hart erkämpft.« Doch ich merkte ihr an, dass sie mir gar nicht richtig zuhörte. »Was machen die Projekte?«

Ein Anflug von Besorgnis huschte über ihr strahlendes Gesicht. »Das ist eine lange Geschichte. Wir haben ein wenig ausgemistet, während du weg warst. Chris und Barry haben viel über Trends gesprochen. Reality-Shows, Rechte, und so weiter und so fort. Chris glaubt, dass wir auf diese Weise unsere Rendite erhöhen könnten. Im Moment sind einige gute Projekte in der Pipeline.«

»Und?«

»Da musst du mit Barry reden. Aber ich habe das Gefühl ...« Sie hielt inne und fügte dann hinzu: »Chris findet, wir sollten nicht so viel Kultur und ernsthafte Themen machen, dann würden wir auch mehr Projekte unterbringen.« Sie kicherte. »Weißt du, wie er das Projekt zum mittleren Lebensalter nennt?«

»Schieß los, Deb.«

»Fertig mit Vierzig.«

Bei der Redaktionssitzung erörterten wir, wie wir es bewerkstelligen konnten, dass eine größere Anzahl von unseren Projekten Abnehmer fand, und ich hörte mich Dinge sagen, die sinnvoll genug klangen, um keinen Anstoß zu erregen. Allerdings schenkten mir weder Chris noch Barry wirklich ihre Aufmerksamkeit, denn sie waren viel zu sehr mit sich selbst beschäftigt.

»Also«, begann ich mit einer Stimme, die für mich fremd und eingerostet klang. »Ich habe in *Harper's* einen Artikel über Ballerinas gelesen. Eine von ihnen, Nora Pavane, ist ziemlich bekannt und auch künstlerisch profiliert. Meiner Ansicht nach sollten wir ihr das Angebot machen, an einer Serie über das Tanzen mitzuwirken.«

Chris überlegte. »Vielleicht sollte sie sogar durch die Sendung führen.«

»Hmmm«, meinte Barry. »Klingt gut.«

»Ich erarbeite ein Treatment und mache mir Gedanken über das Format«, fuhr ich fort. »Ed Golightly von BBC 2 hätte vielleicht Interesse. Er ist der zuständige Kulturredakteur. Ich habe ihn bei einem Empfang von Vistemax kennengelernt und könnte einen Termin mit ihm vereinbaren.«

»Klingt gut«, wiederholte Barry.

Auf dem Heimweg sah ich rasch in Theos Kanzlei vorbei. Da ich meine finanzielle und rechtliche Situation mit ihm besprechen wollte, hatte er mir vorgeschlagen, ihn aufzusuchen.

Er bat mich, an seinem Schreibtisch Platz zu nehmen, und bestellte Tee bei seiner Assistentin. Der Tee wurde in einer Porzellankanne gebracht. »Die nächsten Monate werden nicht leicht«, begann er. »Die Regelung des Nachlasses wird eine Weile dauern, und außerdem müssen noch einige Besprechungen der Treuhänder stattfinden, um die Aufteilung des Vermögens zu klären. Übrigens ist Vistemax bereit, die Abfindung zu zahlen.«

Ich atmete erleichtert auf.

»Und natürlich wäre da noch Nathans Rente. Darum muss man sich ebenfalls kümmern.« Er hielt inne. »Die Sache ist allerdings, dass Rose möglicherweise ein Anteil davon zusteht.« Mit ruhiger Hand schenkte er mir eine zweite Tasse Tee ein. »Du wirst zwar keine Reichtümer erben, aber zumindest hast du auf diese Weise einen Grundstock, der das Nötigste abdeckt. Hinzu kommen die Erträge deiner Aktiendepots und dein Gehalt. Ich denke, du bist versorgt, wenn du nicht zu verschwenderisch lebst. Und auch falls du deine Stelle verlieren solltest, landest du nicht gleich im Armenhaus.«

Ich starrte in meine Tasse. »Theo, was hat Nathan sich bloß dabei gedacht, Rose zum Vormund zu bestimmen? Welche Gründe kann er gehabt haben? Sicher war ihm klar, wie … schwierig, ja, unmöglich das sein würde.«

»Ihm ging es hauptsächlich darum, die Interessen der Kinder zu schützen. Er sagte, er vertraue fest darauf, dass du ihn verstehen würdest.«

»Aber das tue ich nicht!«, rief ich aus. »Und dazu noch die öffentliche Blamage! Er hätte mit mir reden sollen.«

Theo hatte in seiner Kanzlei schon viele solche Ausbrüche erlebt, Szenen, bei denen Entrüstung, Enttäuschung und Zorn die Oberhand über gute Manieren und zivilisierte Umgangsformen gewannen. »Im Moment mag es schwer nachvollziehbar sein, aber mit der Zeit ändern sich die Dinge. Trink doch noch einen Schluck Tee.«

Dann legte er mir die Tatsachen und die Zahlen vor, die mein neues Leben bestimmen würden.

»Falls du wieder heiraten oder mit jemandem zusammenziehen solltest«, sagte er, als ich aufstand und mich verabschiedete, »wirst du das Haus verkaufen müssen, damit der Erlös für die Zwillinge angelegt wird.«

Ich wurde den Gedanken nicht los, dass ich gerade auf ziemlich kostspielige Weise erfahren hatte, wie lohnend Keuschheit doch sein kann. Denn schließlich verlangte Theo Stundenhonorare, die einem die Tränen in die Augen trieben.

Ich stieg in den Bus. Zumindest wusste ich jetzt, dass ich aufpassen, sehr, sehr aufpassen musste. In den kommenden Monaten oder möglicherweise sogar Jahren würde ich viel Kraft und Durchhaltevermögen brauchen. Allerdings war ich nicht sicher, ob ich diese Eigenschaften überhaupt besaß. Ich war einfach nur völlig außer mir. Das würde genügen müssen. Denn was sprach dagegen, dass ich mir diese pechschwarze Wut zunutze machte?

Theo riet mir, eine Prioritätenliste und eine Aufstellung meiner Finanzen anzufertigen. »Beschönige nichts«, sagte er. »Sammle alle Tatsachen und Zahlen, um dir ein genaues Bild machen zu können. So ist es leichter für dich.«

Tatsache: Ich stand ganz allein da.

Tatsache: Ich musste mich daran gewöhnen.

Tatsache: Eine Witwe mit zwei Kindern war bezüglich der denkbaren Überlebenstaktiken eingeschränkt.

Tatsache: Nach einer Katastrophe gibt sich der Verstand seltsamen Illusionen hin. Und die haben alle nichts mit der Wirklichkeit zu tun.

Einmal kam ich frühmorgens in die Küche, wo Nathan gerade das Frühstück machte. Kaffee. Speck. Toast. Es duftete köstlich. Nathan trug einen Morgenmantel und pfiff leise vor sich hin. »Hallo«, sagte ich und war plötzlich überglücklich. »Du bist aber früh auf.« Ohne sich umzudrehen, streckte er die Hand aus und zog mich an sich.

Dann war er fort.

Ja, meine Phantasie schlug die eigenartigsten Kapriolen. Ich hatte Konzentrationsstörungen, und das Lesen fiel mir schwer. Der Schlaf war unzuverlässig, und ich ertappte mich dabei, dass ich mich mit unbeantwortbaren Fragen zermürbte: Hatte Nathan beim Sterben gewusst, was mit ihm geschah? Hatte er Schmerzen gehabt? Ich hoffte nicht. Doch wenn er begriffen hatte, was vor sich ging, hatte er in diesen letzten Sekunden vielleicht die Möglichkeit gehabt, »Danke für ein gutes Leben« zu denken. Ich konnte mir nicht vorstellen, wie es wohl sein mochte, in dem Bewusstsein zu sterben, dass das eigene Leben unbefriedigend/traurig/scheußlich gewesen war.

Hatte er noch Zeit für einen Gedanken an einen von uns gehabt?

In dem Ratgeber mit dem Titel *Weiterleben*, den ich gerade las, hieß es, es sei unmöglich, den Tod zu verstehen. Alles, was wir darüber zu wissen glauben, sei nichts weiter als ein Produkt unserer Phantasie.

Mich interessierte nur, woher der Autor diese Information hatte.

Sue Frost stattete mir einen Besuch ab. Zuerst erkannte ich die Frau in der rosafarbenen Caprihose und den dazu passenden Mokassins nicht – sie sah älter aus als bei unserer letzten Begegnung im Supermarkt. »Überrascht?«, fragte sie.

»Tja, schon. Aber eigentlich auch nicht.«

Sie hielt mir einen Strauß Pfingstrosen und einige Broschüren hin. »Die habe ich Ihnen zum Andenken an Nathan mitgebracht.«

Ihr traten die Tränen in die Augen. Mir leider auch. »Vielen Dank«, stieß ich hervor.

»Wir werden ihn vermissen.« Sie hatte begonnen zu weinen. »Wir haben ihn sehr geliebt.«

Die Tränen liefen mir die Wangen hinunter. »Aber nicht genug, um mich zu akzeptieren, was ihn sehr glücklich gemacht hätte«, ging ich auf sie los.

Offenbar war das ein völlig neuer Gedanke für sie. »Ja, nun.« Sie wischte sich mit dem Ärmel die Tränen weg. »Wir alle tun manchmal Dinge, die wir bereuen. Und was diese Broschüren betrifft: Ich bin Therapeutin und auf solche Krisen spezialisiert. Außerdem leite ich diese Organisation. Wenn Sie möchten … wenn Sie glauben, dass Sie Hilfe brauchen … oder das Bedürfnis haben …«

»… einen Schlussstrich zu ziehen?«, schlug ich vor.

»… das Bedürfnis haben, dass Ihnen jemand zuhört, rufen Sie einfach diese Nummer an.«

Sie ging und ließ mir die Broschüren zurück.

Szenen aus unserem Eheleben ... heraufbeschworen, um gegen die quälende Schlaflosigkeit anzukämpfen.

»Die sind für die Braut.« Als Nathan von seinem ersten Arbeitstag nach den Flitterwochen nach Hause kam, überreichte er mir einen so wunderschönen Blumenstrauß, dass ich einen Freudenschrei ausstieß. »Weil du bei der Hochzeit keine Blumen hattest.«

»Zu Brokkoli gehört Butter.« Nathan starrte auf seinen Teller, auf dem ich Brokkoli mit Pinienkernen und Rosinen angerichtet hatte. »Warum muss man mit Gemüse so überkandidelte Sachen anfangen?«

»Um«, erwiderte ich, »alte Spießer wie dich aus ihrer Lethargie aufzurütteln. Die Welt ändert sich und der Brokkoli auch.«

Mit einem Aufstöhnen schlug Nathan die Hände vors Gesicht. »Nichts ist mehr heilig.«

Im Schlafzimmer nahm ich das Bustier aus der eleganten Einkaufstüte. Nathan saß auf dem Bett und betrachtete es. »Zieh es an, Minty. Ich will dich darin sehen.«

Ich musterte das hübsche erotische Wäschestück, in das ich einen Körper zwängen sollte, der noch von der Geburt gezeichnet war – und zwar so, als wäre nichts geschehen.

»Minty!« Nathan war ungeduldig. »Zieh es an. Dann ist es wie ... so wie früher.«

Das war es, was Nathan wollte. Er sehnte sich nach dem aufregenden Prickeln während unserer Affäre und seiner stets einfallsreichen, willigen und phantasievollen Geliebten.

Mit einem leisen Aufseufzen tat ich ihm den Gefallen. So ausstaffiert, gesellte ich mich zu meinem Mann ins Bett – doch ich war inzwischen weder willig noch phantasievoll, denn ich zog einen ganzen Rattenschwanz von Vergangenheit, Reue und Alltagsproblemen hinter mir her, gegen den jedes Bustier machtlos war.

»Oh, es geht uns wirklich großartig«, hörte ich mich am Telefon zu Mrs. Jenkins sagen. Sie hatte angerufen, um sich zu erkundigen, ob ich vielleicht Hilfe mit den Jungs brauchte. Oder: »Das wird sicher ein großer Spaß«, als Millies Mutter sich meldete, um uns zu einem Picknick im Park einzuladen. Im Großen und Ganzen vermittelte ich den Eindruck, als genössen die Jungs und ich Nathans Tod in vollen Zügen.

Obwohl ich Nathans sämtliche Schubladen und Akten durchsuchte, konnte ich sein Tagebuch nicht mehr finden. Ich durchkämmte das Auto, seine Kleidertaschen und die Bücherregale. Doch zu guter Letzt musste ich mich der Tatsache stellen, dass ich unseren Machtkampf verloren hatte. Nathan hatte beschlossen, mir die in diesem Buch notierten Vertraulichkeiten vorzuenthalten, und auch deswegen war ich traurig.

Dennoch besaß die Trauer eine eigenartige Schönheit, die gespenstisch und einsam, schwer zu beschreiben und außerdem ziemlich beängstigend war. Ich empfand sie fast als angenehm.

Tag für Tag kämpfte ich mich beharrlich durch den Berg von Post im Arbeitszimmer, fest entschlossen, jedes Schreiben zu beantworten.

Als ich endlich dazu kam, die ungelesenen Zeitungsstapel zu sortieren, die sich seit Nathans Tod angesammelt hatten, stieß ich in einer der Beilagen auf eine Werbung für die Shiftaka-Ausstellung, zu der Gisela mich mitgenommen hatte. Ich betrachtete das abgebildete Gemälde: Eine Reihe freier Pinselstriche hatte einen kleinen Mischwald geschaffen. Aus dem Hintergrund eines ineinander verwobenen Blätterdachs stachen die mit dicken schwarzen Strichen angedeuteten Stämme und Äste so markant heraus, dass die eigentlich idyllische Szene etwas Bedrohliches bekam. Als ich das Bild Felix zeigte, lautete sein Kommentar: »Igitt.«

»Warum igitt, Felix?«

»Weil da fiese Sachen drauf sind. Schau, Mummy.«

Die Blätter der Bäume waren welk, und die kleinen Vorsprünge auf den Stämmen waren keine neuen Triebe, sondern Klumpen von Insekten. Am unteren Bildrand stand in Druckbuchstaben die Inschrift: »Nur Käfer überleben den nuklearen Winter.«

Am folgenden Samstag gab es für mich und die Jungs Würstchen mit Kartoffelbrei zu Mittag. Anschließend wollten die beiden unbedingt in den Garten, während ich mich in Nathans Arbeitszimmer zurückzog. Ich ließ meinen kritischen Blick in sämtliche Winkel schweifen. Wenn es um sein Arbeitszimmer ging, hatte Nathan ein Verhalten an den Tag gelegt wie ein Bär in seiner Höhle. *Fass bloß nichts an.* Das Zimmer spiegelte seine Persönlichkeit wider: maskulin, praktisch, mit Papieren vollgestapelt und inzwischen ein wenig staubig. *Fass bloß nichts an.*

Doch wenn ich eine Situation wie diese – meinen ganz persönlichen nuklearen Winter – überstehen wollte, musste ich den Blick über den Tellerrand wagen. »Braves Mädchen«, hörte ich Paige sagen.

Also stemmte ich die Schulter gegen den Schreibtisch und schob ihn, keuchend vor Anstrengung, beiseite. *Warum musstest du uns verlassen, Nathan? Weshalb hast du nicht besser auf dich geachtet? Ja, ich bin wütend auf dich.* Ich bugsierte den Schreibtisch zum Fenster und holte dann den Stuhl. Von diesem Platz aus konnte ich den Garten sehen, wo die Zwillinge gerade ein Eichhörnchen jagten.

Falsch, dachte ich und rieb mir die Schulter. *Du irrst dich, Rose. Die Wut macht einen stärker.*

Das Arbeitszimmer wirkte jetzt größer und ganz ungewohnt. Ein freundlicher Raum, dem ich nach Belieben meinen Stempel aufdrücken konnte. Beim Verrutschen des Schreibtischs hatte ich eine Papierlawine ausgelöst: ein Verzeichnis der wichtigsten Mitarbeiter von Vistemax, das sofort in den Papierkorb wanderte. Einladungen, ein Zeitplan und eine nicht mehr aktuelle Liste von Veranstaltungen in einem Golfklub, von dem ich noch nie gehört hatte. Auch sie wurden weggeworfen.

Es läutete an der Tür. Die Stille im Haus war so angenehm und beruhigend, dass ich schon mit dem Gedanken spielte, nicht aufzumachen. Doch als es zum zweiten Mal läutete, ging ich, um nachzusehen, wer mich da besuchen wollte.

Rose stand auf der Schwelle. Sie hatte ein in braunes Papier gewickeltes längliches Päckchen in der Hand, trug Jeans und eine kurze, enge Jacke und machte einen angestrengten und abgehetzten Eindruck. Als ich instinktiv die Tür schließen wollte, stellte sie den Fuß dazwischen, um mich daran zu hindern. »Nicht, Minty.«

»Ich weiß nicht, ob mir das jetzt nicht zu viel ist«, sagte ich, und ein saurer Geschmack stieg mir in der Kehle auf. »Trotzdem danke für deinen Brief.«

»Du siehst schrecklich aus.« Sie musterte mich. »Achtest du auch auf dich? Das musst du nämlich. Warst du beim Arzt?«

»Es ist zwecklos, Rose. Geh einfach und komm nie wieder. Du warst sehr nett zu mir, aber wir sind nicht mehr befreundet.«

»Das stimmt.« Sie nickte nachdenklich. »Aber du brauchst jemanden, der ab und zu nach dir sieht. Ich weiß, wie das ist«, fügte sie hinzu.

»Findest du nicht auch, dass es gerade deshalb nicht geht?«

»Unter gewöhnlichen Umständen schon, aber jetzt ist es anders. Also ... hier bin ich.«

Einige Autos kamen die Straße entlanggerauscht, gefolgt von einem rumpelnden weißen Transporter, aus dem laute Rockmusik dröhnte. Auf der anderen Straßenseite blickte Mrs. Austen von ihren Blumentöpfen auf und starrte uns, ihr Schäufelchen in der Hand, unverhohlen an.

»Sei gütig, auch wenn es nur ein Hund ist. Meinst du das?«

»Genau.«

Der säuerliche Geschmack verwandelte sich in Erniedrigung. »Von Mitleid mit Hunden abgesehen, hat dein Besuch sicher noch einen anderen Grund.«

Sie hielt mir das Päckchen hin. »Ich glaube, das ist für dich bestimmt. Ich habe es aufgemacht. Es ist von Nathan.«

Ich betrachtete den Aufkleber. Das Päckchen war für Minty Lloyd, allerdings unter Roses Adresse. »Die falsche Ehefrau.«

Sie lächelte wehmütig. »Vielleicht hatte Nathan sich ja angewöhnt, an uns als Einheit zu denken. Er war schon immer ein sparsamer Mensch.«

Ich drückte ihr das Päckchen wieder in die Hand. »Verschwinde, ich will dich nie wieder sehen.«

Rose hätte gehorchen sollen. Das hätte jeder vernünftige Mensch getan. Ein vernünftiger Mensch hätte die Grenze akzeptiert und sich mit dem endgültigen Tod unserer alten Freundschaft abgefunden.

Doch sie war nicht bereit, sich geschlagen zu geben. »Es ist eine Pflanze für den Garten. Vermutlich hat er sie schon vor Monaten bestellt.«

»Eine Pflanze? Aber wozu denn? Er hat doch kaum einen Fuß in den Garten gesetzt.«

»Hat er dir das nicht erzählt? Er wollte alles neu anlegen und war ziemlich begeistert von diesem Plan.« Sie wies auf das Päckchen. »Die Pflanze hat eine Chance verdient, meinst du nicht?«

»Warum?«

»Aus einer ganzen Reihe von Gründen, nicht zuletzt deshalb, weil Nathan diese Rose offenbar haben wollte.«

»Es ist eine *Rose*?«

»Eine weiße.«

Der Drang, den Kopf in den Nacken zu legen und auf diesen erneuten Messerstich mit hysterischem Gelächter zu reagieren, war übermächtig. »Ich habe keine Ahnung von Pflanzen.«

»Aber ich.«

Das war doch albern. Nathan hatte nicht aufgepasst. Aber vielleicht wollte er uns beiden mit dieser Verwechslung ja auch etwas mitteilen. Möglicherweise hatte er eine Weggabelung erreicht und war zu müde gewesen, um auf die Karte zu sehen. »Du willst wirklich reinkommen und dieses Ding einpflanzen?«

»Eigentlich schon. Ich finde, dass wir die Rose unter den gegebenen Umständen nicht einfach wegschmeißen können.«

Ich dachte an all die Gründe, warum ich nicht wollte, dass Rose mit diesem von Nathan verwechselten Geschenk das Haus betrat.

»Ich habe nicht viel Zeit.« Sie nahm das Päckchen in die

andere Hand und sah auf ihre Uhr, eine schlichte quadratische Cartier an ihrem sonnengebräunten Handgelenk. »Also?«

Von der anderen Straßenseite aus beobachtete Mrs. Austen gebannt das Drama, das sich auf meiner Türschwelle abspielte. Sie legte ihr Schäufelchen weg und wischte sich die Hände an ihrer blau-weißen Schürze ab. Sicher würde es nicht mehr lange dauern, bis sie die Straße überquerte, um sich mir und Rose aufzudrängen.

Ich machte Platz. »Am besten kommst du rein.«

Kapitel 17

Rose trat in den Flur und wartete. Ihr Blick glitt über die ungeöffnete Post auf dem Tisch, die Endmoräne aus Schuhen und Jacken, die sich am Fuße der Treppe angesammelt hatte, und den Berg Bügelwäsche auf dem Stuhl.

»Die Unordnung musst du ignorieren«, sagte ich. »Es war nicht leicht in letzter Zeit.«

»Natürlich.« Aus der Nähe war zu erkennen, dass Rose die gleichen dunklen Augenringe hatte wie ich. »Klar, dass dir das alles zu viel ist.« Sie betrachtete Nathans Mantel, der noch an der Garderobe hing. »Als Nathan mich verlassen hat, war es dasselbe. Überall seine Sachen. Die Tage hatten weder Sinn noch Struktur.«

»Müssen wir das alles noch einmal durchkauen?«, entgegnete ich gereizt.

»Es bringt nichts, so zu tun, als wäre nichts geschehen.« Roses Achselzucken hatte sich verändert und wirkte nicht mehr so müde und beladen wie damals, sondern eher lässig, elegant und fast französisch.

Ich ging mit ihr in die Küche, wo sie das Päckchen auf den Tisch legte. »Du hast sie schön eingerichtet«, meinte sie. »Ganz anders, aber schön.« Ihr Blick wanderte zur Tür. »Wie geht's den Jungs? Sind sie da?«

Wieder reagierte ich gereizt. »Sie sind im Garten.«

Sie sah über meine linke Schulter hinweg zur Hintertür. »Bei der Beerdigung habe ich sie nur aus der Ferne mitgekriegt. Es … war ein ziemlicher Schock für mich, wie sehr sie Nathan ähneln. Ist Felix der mit den helleren Haaren?«

»Nein, das ist Lucas.«

»Für Fünfjährige sind sie ziemlich groß.«

»Sie sind ja auch schon sechs«, erwiderte ich.

»Sam hat erst mit achtzehn angefangen, Nathan ähnlich zu sehen. Dann hat er sich in Nathans Klon verwandelt. Ob sie wohl einmal so groß werden wie ihr Vater?«

»Keine Ahnung.«

Falls Rose glaubte, ihre mütterlichen Schwingen über meine Kinder breiten zu können, hatte sie sich gründlich geirrt. »Als Mutter hatte ich ihr nie etwas vorzuwerfen«, hatte Nathan gesagt. »Niemals.«

Ich wies auf den Kessel. »Soll ich dir einen Tee kochen?«

»Nein, danke.«

Der Schatten von vier Kindern lag über uns und erzeugte eine harte, kalte Stille.

»Die Zwillinge gehen dich nichts an, Rose«, brach ich schließlich das Schweigen. »Ich weiß nicht, was Nathan sich dabei gedacht hat, als er diese eigenartige …«, ich senkte die Stimme, »diese sinnlose Verfügung getroffen hat. Wollte er sich über uns lustig machen? Meine Kinder sollen bei dir aufwachsen, falls ich sterbe, querschnittsgelähmt werde oder den Verstand verliere? Wie konnte er bloß auf so eine Idee kommen?«

Sie trat von einem Fuß auf den anderen. »Mach nicht so einen Aufstand, Minty. Es ist nur für den Fall eines Falles und zweitens ziemlich unwahrscheinlich.«

»Trotzdem«, gab ich zornig zurück. »Ich will nicht, dass du dich in ihr Leben einmischst.«

»Verdammt noch mal!«, zischte sie. »Glaubst du etwa, dass ich scharf darauf bin?« Sie hielt inne. »Entschuldige.«

»Mir ist klar geworden, dass ich Nathan gar nicht kannte.«

Rose seufzte auf. »Das dachte ich auch, als er mich verlassen hat«, erwiderte sie, als sei es das Selbstverständlichste von der Welt. »Ich war erstaunt, wie wenig ich über den Menschen wusste, mit dem ich so lange zusammengelebt hatte. Aber das passiert in den besten Familien. Vielleicht ist es sogar ganz gut so, dass man das Denken eines anderen nicht bis ins Allerletzte erforschen kann.«

»Manchmal frage ich mich, ob Nathan sich die Sache mit der Vormundschaft nicht vielleicht aus lauter Langeweile ausgedacht hat, damit er was hatte, um darüber nachzugrübeln.« Ich wusste genau, dass ich ihm Unrecht tat.

Offenbar fand Rose das auch. »Wenn du glaubst, Nathan könnte so egoistisch gewesen sein …« Der Blick, den sie mir zuwarf, sollte wohl besagen, dass keine Brücke je lang genug sein würde, um die Kluft zwischen uns zu überwinden. »Ihm ging es nur um das Wohl der Zwillinge.« Sie klopfte auf das Päckchen und fügte wenig begeistert hinzu: »Sollen wir uns an die Arbeit machen?«

Ich war gekränkt, als ich ihr in den Garten folgte. Aber selbst wenn es falsch von mir gewesen war, Nathan als egoistisch hinzustellen, bedeutete das noch lange nicht, dass er rein selbstlose Motive verfolgt hatte.

Die Zwillinge waren hinter dem Schuppen auf Tauchstation gegangen. Seit unserer Rückkehr aus Cornwall bevölkerten Piraten und Felsenfestungen ihre Phantasie, und sie hatten sich ein Lager gebaut, das zu betreten, wie sie mir mitgeteilt hatten, allerstrengstens verboten war.

»Wo sind sie?«, fragte Rose.

Ich wies auf den Schuppen. »Wahrscheinlich in ihrem Hauptquartier, der Jedi-Kommandozentrale.«

»Aha«, meinte Rose. Sie bückte sich und zupfte an einem betagten Lavendelbusch. »Du hast meinen Garten nicht gepflegt. Aber er war dir ja noch nie wichtig.«

Von Moos durchsetztes struppiges Gras, Büsche, die dringend gestutzt werden mussten. Überwucherte Blumenbeete. Gleichgültigkeit und Verfall, das Ergebnis dessen, dass Nathan und ich den Garten stets vernachlässigt hatten. »Ja, das stimmt.«

Einen Lavendelzweig in der Hand, richtete sie sich auf. »Komisch. Und ich habe immer geglaubt, jeder Grashalm und jedes Blatt würden mir für immer im Gedächtnis bleiben. Aber wenn man einen Ort verlässt, verlässt man ihn eben auch. Oder besser, *er* verlässt einen.«

Ich hatte einige Zeit damit zugebracht, mir auszumalen, wie Rose die Verbannung aus ihrem Garten wohl verarbeitet hatte. »Meinst du damit, dass man ihn *vergisst*?«

»Nein, das nie.« Sie rollte den Lavendelzweig zwischen den Fingern hin und her. »Er enthält die Anfangstage ... von uns ... von mir.«

»Höhe, Richtung und Ruhe?«, fragte ich. »Ist das von dir?«

»Höhe? Richtung?« Verdattert runzelte sie die Stirn. Doch im nächsten Moment erhellte sich ihre Miene. »Du sprichst von den Plänen, die ich Nathan geschickt habe. Haben sie dir gefallen? Er hat mich um Vorschläge gebeten, und ich hatte plötzlich eine Unmenge von Ideen. Schließlich kannte ich den Garten wie meine Westentasche.«

»Offen gestanden, hat er sie nie erwähnt. Ich habe sie in einem Notizbuch gefunden.«

»Oh.« Rose lief feuerrot an und presste die Lippen zusammen. »Wenn du möchtest, kann ich sie dir noch einmal schicken. Ich habe eine Kopie.«

»Nein«, erwiderte ich. »Nein.«

»Ich habe den Verdacht, Nathan gefiel es gar nicht, dass ich so überhaupt nichts dagegen hatte, die Pläne anzufertigen«, fügte sie nach einer Weile hinzu. »Ich hatte so eine Ahnung, dass er von mir eigentlich eine ablehnende Antwort erwartete. Sicher war er überrascht, dass es mich wirklich nicht störte. Jedenfalls ist das bestimmt der Grund, warum er die Rose bestellt hat. Glaubst du nicht auch?«

»Vermutlich.« Ich wies mit der Hand auf den eingestürzten Teil des Zauns. »Die Jungs. Beim Fußball. Eigentlich sollte ich ihn reparieren lassen, aber es hat mich nie richtig interessiert. Und Nathan ist ... ich meine, war ... es auch egal. Als ich hier eingezogen bin, sagte er, der Garten sei deine Aufgabe gewesen, nicht seine. Und daraus habe ich geschlossen, dass ich die Finger davon lassen sollte.«

»Arme Minty«, entgegnete Rose staubtrocken. »Was hast du nur alles durchmachen müssen!«

Hinter dem Schuppen war ein Schrei zu hören. Im nächsten Moment kam Felix mit gerötetem Gesicht zum Vorschein. »Mum! Er hat mich gehauen!«, jammerte er und warf sich gegen meine Knie.

»Pssst«, antwortete ich. »Bestimmt hat er es nicht so gemeint.«

Aber Felix schluchzte immer lauter, bis ich ihn sanft schüttelte. »Psst, Felix. Sag hallo zu Mrs. Lloyd.«

Allerdings hatte Felix beschlossen, dass er lieber eine Szene machen wollte, und steigerte seine Lautstärke um einige Phon. »Blamier mich nicht«, flüsterte ich ihm zu, worauf er sich auf den Rasen warf und mit den Beinen strampelte. Er sah aus wie ein zorniges Insekt. Aus dem Augenwinkel erhaschte ich einen grinsenden Lucas. Er schwenkte einen Stock, an dem Felix' Schmusedecke hing. Ich wandte mich wieder dem Insekt zu, das inzwischen aus voller Kehle brüllte, und klopfte ihm leicht auf den Po. »Hör auf damit«, tadelte ich streng, aber ohne jede Wirkung.

»Ach, du meine Güte«, meinte Rose mit dem amüsierten Blick eines Beobachters, der vermutlich »Offenbar hast du deine Kinder nicht im Griff« besagen sollte. Die Wut, inzwischen eine alte Bekannte, ergriff Besitz von mir. Es war ein mieses Gefühl, und ich zerrte den kreischenden Felix, ein wenig heftiger als eigentlich beabsichtigt, auf die Füße. »Ich will *kein Wort* von dir hören, Rose.«

»Warum sollte ich etwas sagen? Es geht mich doch nichts an.«

»Du kennst den Grund ganz genau.«

Sie holte ein Paar Gartenhandschuhe aus ihrer Handtasche. »Darf ich einen Blick in den Schuppen werfen?«

Ich beugte mich über Felix. »Warum zeigst du Mrs. Lloyd nicht den Schuppen, während ich mit Lucas rede?« Aber Felix verweigerte die Mitarbeit und umklammerte stattdessen meine Hand. Als wir am Fliederbaum vorbeikamen, blieb Rose stehen und zog einen Ast zu sich herunter, um ihn sich näher anzusehen. Leise beklagte sie seinen schlechten Zustand und ließ ihn wieder zurückschnellen.

Die durch Vernachlässigung morsch gewordene Tür des Schuppens zitterte, als Rose sie öffnete. Drinnen war alles voller Spinnweben. An der Wand lehnte eine Gartenforke, an deren

Zinken noch Erde klebte. Eine rostige Pflanzkelle, ein Spaten und ein Stapel Blumentöpfe standen ebenfalls herum. Der Dünger in dem an der Wand lehnenden Sack war schon so alt, dass er zu einem Klumpen zusammengebacken war. Ich trat dagegen. »Nathan wollte ihn immer zum Abfallhof bringen.«

Während ich mir Lucas vorknöpfte und ihm befahl, die Schmusedecke herauszugeben, kramte Rose im Schuppen herum. Sie kam mit der Forke und einem Korb mit gesplittertem Holzgriff heraus, der eine Handvoll Dünger enthielt. »Jetzt geht es los.« Als sie, schützend die Hand vor Augen gelegt, die unebenen Rasenkanten, das Gewirr aus Unkraut und Gras und die unbeschnittene Clematis betrachtete, wusste ich, dass sie in die Vergangenheit blickte. »Offen gestanden, hatte ich gehofft, dass du keinen grünen Daumen hast, Minty. Schließlich war das hier mein Garten.« Ihre Augen funkelten belustigt. »Aber ich hätte mir da keine Sorgen zu machen brauchen.« Sie griff nach dem Päckchen. »Wo soll ich die Rose einpflanzen?«

»Ich will sie nicht.«

Schützend schloss sie die Finger darum. »Nathan hat sie geschickt. Sicher hat er dabei an uns beide gedacht. Sie gehört hierher, und es ist wichtig, wo wir sie hinpflanzen.«

»Das ist doch sinnlos.« Ich wies auf den Garten. »Sie geht sowieso ein.«

Mit der Gartenschere entfernte Rose unsanft das Einwickelpapier. »Wie ich annehme, wirst du in nächster Zeit hier wohnen.«

»Du weißt genauso gut wie ich, dass ich hierbleiben muss. Außerdem ist die Schule der Zwillinge ganz in der Nähe.« Ich sah sie an. »Vermutlich hast du mit Theo über das Testament gesprochen.«

»Ja, habe ich.« Offenbar wollte sie nichts weiter dazu anmerken. »Und wenn du hier bleibst, solltest du dich um den Garten kümmern.«

Felix' kleine Finger umklammerten meine Hand. »Rose, ich denke nicht, dass du dich da einmischen solltest.«

Das brachte sie zum Schweigen. Sicher war Rose dankbar für das Stückchen Immunität, das sie sich inzwischen erworben hatte – sie hatte Zeit gehabt, sich an ein Leben ohne Nathan zu gewöhnen. Ganz im Gegensatz zu mir, und ich hatte mich nicht mehr in der Gewalt. Anstatt mich wegen meiner patzigen Antwort zurechtzuweisen, lächelte sie Felix an, der den Kopf gehoben hatte. Seine Tränen waren versiegt, und er musterte Rose mit unverhohlener Neugier.

Rose ging vor ihm in die Hocke. »Wir haben uns noch gar nicht richtig begrüßt, Felix.« Sie hielt ihm die Hand hin. »Ich habe deinen Daddy gekannt.«

Felix ließ meine Hand los. »Daddy ...«, wiederholte er und schenkte Rose einen der schmachtenden Blicke aus großen Kulleraugen, die nach meiner Erfahrung dem Empfänger meist die Knie weich werden ließen. Rose zog die Brauen hoch. Sie war ihm bereits rettungslos verfallen.

»Er ist so wunderschön und unschuldig«, murmelte sie und schluckte. Tränen traten ihr in die Augen. »Und ihm ... so ähnlich. Aber damit war ja auch zu rechnen.«

Felix näherte sich Rose. »Warum weinst du denn? Mummy, warum weint denn die Frau?«

Ich gab ihm einen leichten Schubs. »Geh zu Lucas, Felix. Ich glaube, er ist in eurem Versteck.«

Eine weitere Aufforderung war nicht nötig. Felix rannte um den Schuppen herum und war verschwunden. Schniefend wischte sich Rose mit dem Ärmel über die Augen.

»Momentan sind sie ein bisschen schwierig. Ich muss es behutsam angehen.«

Sie antwortete nicht. Ich war gereizt und kurz davor, ihr an die Gurgel zu springen. »Jetzt pflanz das verdammte Ding endlich ein und hau ab, Rose«, zischte ich.

»Schon gut. Oder glaubst du, ich hätte große Lust, hier zu sein?« Sie ging ein paar Mal auf und ab. »Da«, verkündete sie schließlich. »Wenn ich sie dort einpflanze, kannst du sie vom Küchenfenster aus sehen.«

Der Dünger war aus dem Korb gerieselt und hatte eine weiße

Spur auf dem Rasen hinterlassen. Nachdem Rose ihn mit dem Schuh verrieben hatte, fing sie zu graben an. Dank des Regens der vergangenen Nacht war die Erde feucht und nachgiebig.

Ich beobachtete sie. »Wann hat Nathan dich um Hilfe mit dem Garten gebeten?«

»Ich weiß nicht mehr.«

»Habt ihr also öfter darüber geredet?«

Gärten brauchen eine Grundstruktur, hatte Rose sicherlich gesagt. Oder etwas Ähnliches. Und Nathan hatte zweifellos an ihren Lippen gehangen.

»Nathan und ich hatten Kontakt. Aus offensichtlichen Gründen.«

Erfüllte der Austausch von Gartentipps den Tatbestand des Ehebruchs? In gewisser Hinsicht schon, und zwar auf viel eindringlichere Weise als das Aufeinanderklatschen von zwei Körpern und das atemlose Bettgeflüster danach. Nathan hatte Rose nach ihrer Meinung gefragt. Er hatte Anteil an ihrem Denken und ihrer Kreativität haben wollen. Er hatte sich um Wiederaufnahme in die Liste der von Rose betreuten Dinge bemüht. *»Ich schlage vor, hier einen Olivenbaum zu setzen. Der Lavendel kommt am besten dorthin.«*

Rose beseitigte die Steine, die sich zur Oberfläche vorgearbeitet hatten, und glättete den Umkreis des ausgehobenen Lochs. Ihr Körper war durchtrainiert, ihre Taille schlank. »Das ist doch Wahnsinn«, sagte ich schließlich.

Sie grub weiter. »Nein, ist es nicht.«

»Ich will die Rose wirklich nicht.«

Rose richtete sich auf und lehnte sich auf den Stiel der Gabel. »Du solltest sie aber wollen.«

Ich schloss die Augen. »Hast du dich häufig mit Nathan getroffen?«

Sie wirbelte herum. »Ich habe mich nicht mit ihm getroffen.«

»Verzeihung?«

Die Wurzeln der Rose waren trocken und machten keinen sehr vielversprechenden Eindruck. Rose ließ die Pflanze in das Loch gleiten, zog sanft die Wurzelstränge auseinander und ließ

Erde dazwischenrieseln. »Eigentlich hätte man sie eine Weile einweichen müssen, aber das macht nichts.« Sie klopfte die Erde mit dem Fuß fest. »Du solltest vielleicht wissen, Minty, dass es unmöglich ist, eine Ehe so einfach abzulegen. Obwohl ich das wollte, das kannst du mir glauben.« Sie blickte auf. »Bist du bitte so gut, das hier festzuhalten?«

Ich gehorchte. Die Rose fühlte sich starr und dornig an. »Wie sehr wolltest du mich demütigen, Rose? Ich kam mir nämlich ganz schön dumm vor, als mir klar wurde, wie oft Nathan sich bei dir gemeldet haben muss.«

»Tja, jetzt weißt du wenigstens, wie es ist.« Rose klang ziemlich gleichmütig. Als sie die behandschuhten Hände zusammenschlug, entstand ein dumpfes, hohles Geräusch. Sie wollte etwas sagen, verkniff es sich aber und trat stattdessen zurück, um ihr Werk zu begutachten. »Warum mag er wohl ausgerechnet diese Rose bestellt haben. Sie ist ein Mehrfachblüher.«

Ich machte auf dem Absatz kehrt und ging ins Haus. Hinter mir hörte ich die Schuppentür klappern, Roses Schritte auf der Terrasse und dann ihre Stimme: »Auf Wiedersehen, Kinder. Hoffentlich bis bald.« Sie kriegt meine Kinder nicht, dachte ich, erfüllt von einer niederdrückenden und ungerechten Trauer.

Rose kam in die Küche und legte das Einwickelpapier auf den Tisch. »Ich weiß nicht, wo bei dir der Mülleimer ist.«

»Lass es liegen.«

»Gut.« Eine kurze Pause entstand. »Ich muss los und einen Artikel schreiben. Abgabetermine.« Von einer berufstätigen Frau zur anderen. Gespräche wie diese kann man überall beobachten und belauschen. Zwei Frauen essen zusammen zu Mittag, die eine tippt auf ihre Armbanduhr und murmelt: »Die Sitzung« oder »Du solltest mal meinen Haushalt sehen« oder »Am liebsten würde ich zehn Jahre lang schlafen«. Rose und ich hatten früher auch so miteinander geredet.

»Geh nur«, meinte ich.

Sie schüttelte ihre Handschuhe über dem Spülbecken aus. »Was die Kinder betrifft, Minty …«

»Zieh sie nicht mit hinein. Wir kommen prima zurecht. Wir

schaffen das.« Felix' kleine Gestalt am Fuß der Treppe. »Wir tun unser Bestes. Ich brauche keine Hilfe.«

Wieder sah Rose auf die Uhr und schien zu zögern. »Vergiss nicht, die Rose in den nächsten Tagen öfter zu gießen.«

»Rose, es ist nicht deine Sache, okay?«

»Lass es nicht an Nathan aus«, erwiderte sie leise.

»Nathan ist tot«, zischte ich mit zusammengebissenen Zähnen. »Tot.«

Auf der anderen Straßenseite hatte Mrs. Austen offenbar die Hoffnung auf eine Fortsetzung des Straßentheaters aufgegeben und packte nun Müllsäcke aus Plastik in ihr Auto. Gegenüber lud ein Lastwagen einen Schuttcontainer ab.

Vor Zorn konnte ich nicht mehr an mich halten. »Haben Nathan und du das bei einem eurer vertraulichen Gespräche geplant?«, schrie ich sie an. »Hat er zu dir gesagt: ›Minty braucht Hilfe. Sie ist mit den Zwillingen überfordert.‹ Womit er dir offenbar mitteilen wollte, was für eine Versagerin ich bin!«

»Das ist deine Sichtweise, nicht meine«, entgegnete Rose leise. »Ich soll nur als ihr Vormund einspringen, falls du nicht mehr bist. Das war nichts weiter als eine Vorsichtsmaßnahme.«

»Ich wünschte, du würdest endlich verschwinden«, erwiderte ich. »Aber man wird dich einfach nicht los.«

Rose drehte sich so abrupt um, dass sie eine Tasse von der Anrichte stieß. Da wir beide keine Anstalten machten, sie aufzuheben, rollte sie davon und blieb unter dem Tisch liegen. »Ich weiß nicht, was du dir da alles zusammenphantasierst, Minty.« Ihre Stimme klang erschöpft. »Denk doch mal einen Moment nach. Ich habe versucht, Nathan zu vergessen, nachdem er mit dir abgehauen ist... Nachdem du ihn mir weggenommen hattest, musste ich mir eine neue Existenz aufbauen, und das war nicht leicht. Deshalb habe ich nicht die geringste Lust, mich wieder in sein Leben reinziehen zu lassen. Oder in deins. Ich will *nichts* mit deinen Kindern zu tun haben.«

»Dann geh einfach.«

»Allerdings habe ich auch nicht die Absicht, einfach zu verschwinden, wie du es ausdrückst, nur weil es dir so besser in den Kram passt. Ich tue das, was ich für richtig halte, und zwar dann, wann ich will.«

Zornig, aufgebracht und der Verzweiflung nah lag ich den Großteil der Nacht wach. Es war ein milder Abend gewesen, als Rose mich in dieses Haus eingeladen und mit Nathan bekannt gemacht hatte. »Wie geschaffen für ein Abendessen im Garten, Minty. Komm doch.« Und noch ehe ich ihm richtig vorgestellt worden war, war mir klar, dass ich sie betrügen würde. Es war nicht weiter schwer gewesen. Als wir drei über langjährige Freundschaften sprachen, hatte ich Nathan angesehen und für einen Sekundenbruchteil die Augen aufgerissen. Das hatte genügt.

»Ich weiß nicht, was über mich gekommen ist«, meinte er später zu mir. »Ich war zwar schon öfter in Versuchung, habe ihr aber noch nie nachgegeben.«

Irgendwann hatten wir geheiratet, und zwar in einem völligen Missverständnis, was die Wünsche des anderen anging. In einem plötzlichen Gefühlstaumel hatte Nathan Rose und ihr gemeinsames Leben in der Lakey Street aufgegeben, weil er sich plötzlich nach Abenteuer, Spontaneität und Glamour sehnte. Er wollte noch einmal anders leben, bevor es zu spät dafür war. »Deine Wohnung ist optimal«, hatte er gesagt und sich auf das – notwendigerweise – schmale Doppelbett fallen gelassen. »Wir können uns all diesen nervigen Haushalts- und Alltagskram sparen.«

Ich sagte ihm nicht, dass er sich irrte. Das hätte ihn nur in eine peinliche Situation gebracht. Wer hört schon gern, dass der Versuch, die Uhr zurückzudrehen, zum Scheitern verurteilt ist.

»Verstehst du, was ich meine?«, fragte er.

Ich streichelte sein Gesicht. »Wir sind frei wie die Vögel.«

Ich verriet ihm nicht, dass ich insgeheim von einer Frau träumte, die in der Lakey Street Nummer sieben in der Küche hantierte, am Kopf der Tafel thronte und saubere Socken in den Schubladen, Milch im Kühlschrank und Seife in den Badezimmern hatte, und zwar in einem Haus, das für alles genügend Platz bot. Und dass diese Frau ich selbst war.

Die Uhr zeigte Viertel nach fünf Uhr morgens an. Als ich mit der Hand über meinen Körper fuhr, spürte ich, dass sich Rippen und Hüftknochen schärfer abzeichneten als früher. Meine Augen brannten, und ich hatte einen dicken Kopf. In dieser Nacht würde ich keinen Schlaf mehr finden. Ich stand auf, ging nach unten und trat in den Garten hinaus.

Es war kühl, und ich erschauderte. Einige Regentropfen trafen mein Gesicht, als ich mich über den Rasen tastete.

Ich hätte ehrlich mit Nathan sein und ihm antworten sollen: »Wir werden nicht frei sein. So funktioniert das nicht.«

Sein Tod – sein viel zu früher und sinnloser Tod – durfte nicht nur von kleinlichem Gezänk zwischen Rose und mir begleitet werden. Nathan hatte ein Bankett, einen Abschied wie im Kino und einen kolossalen Tusch verdient. Ich schuldete ihm eine erhabene Trauer, die Trotz, schlechtes Gewissen und Enttäuschung hinwegfegen würde.

Das wusste ich. Ich wusste es nur zu gut. Und dennoch ertappte ich mich dabei, dass ich auf die Rose hinunterstarrte. Als ich sie am Stamm packte, bohrte sich ein Dorn in meinen Daumen, sodass ein stecknadelkopfgroßes Blutströpfchen entstand. Begleitet von leisen Schmerzensschreien, zerrte ich die Rose aus dem Boden.

Kapitel 18

Zwei Monate später um Punkt drei Uhr entstiegen Barry, Chris und ich vor dem BBC Television Centre in der Wood Lane einem Taxi. »Also los«, verkündete Barry, nachdem er den beträchtlichen Fahrpreis bezahlt hatte. »Auf in den Kampf.«

»Einer für alle, alle für einen«, murmelte ich.

Barry lachte auf. »Gut, dass du deinen Sinn für Humor nicht verloren hast, Minty.«

Das Television Centre, in den Fünfzigern erbaut, war ein Labyrinth aus Studios, gestapelten Kulissen und in ungenutzten Ecken untergebrachten Kaffeebars. Ed Golightly hatte sein Büro im Souterrain von Block E, gegenüber dem Kulissenlager in Block A. Wir wurden durch ein nahezu leeres Produktionsbüro in einen mit einem schwarzen Ledersofa und passenden Sesseln möblierten Raum gescheucht, der Blick auf die U-Bahn-Linie zwischen Hammersmith und Innenstadt bot.

Ed war gedrungen und hatte rotes Haar, auf das er aufmerksam machte, indem er ständig mit den Händen hindurchfuhr. Sein Gesichtsausdruck schien zu sagen, *Ich habe es satt,* und wies ihn als Mann aus, der sein ganzes Leben der Aufgabe geweiht hatte, Sendungen über Kunst und Kultur ins Programm zu hieven.

Nun blätterte er in dem von Paradox erstellten Dossier mit dem Titel *Ein Leben auf Spitze* herum, das ich verfasst und ihm vor zwei Wochen zugeschickt hatte. Er blickte nicht auf. »Setzen Sie sich«, sagte er nur. »Gut«, meinte er schließlich und besaß den Anstand hinzuzufügen: »Ich habe eben erst Zeit gehabt, es zu lesen.«

Ich hörte Barry mit der Zunge schnalzen, aber Chris erwiderte: »Lassen Sie sich ruhig Zeit, Ed.«

»Soll ich es kurz für Sie zusammenfassen?«, erbot ich mich.

»Idee und Format sind ganz einfach. Eine bekannte Ballerina wird sich in Tango, Breakdance, Bauchtanz und Rock and Roll versuchen ...«

Ed lehnte sich zurück. »Haben Sie dabei an eine bestimmte Tänzerin gedacht?«

»Nora Pavane«, übernahm Barry. »Sie findet die Idee ausgesprochen interessant. Außerdem kann sie mit ihren Beinen Sachen machen, die Sie nicht für möglich halten würden.«

»Sehr gut zu vermarkten. Sehr sympathisch. Findet mit jedem ein Gesprächsthema«, ergänzte Chris.

Ed verzog das Gesicht. »Ich habe da ein Problem, und zwar ein großes. Wenn ich als Kulturredakteur unserem Controller ein Projekt vorschlage, in dessen Titel das Wort ›Tanz‹ vorkommt, wird der fluchen wie ein Bierkutscher. Oder lachen. So ist es nun mal. Eine Sendung, in der Nora sich live beim Schönheitschirurgen unters Messer legt, könnte ich wahrscheinlich leichter durchbringen.«

»Haben Sie denn überhaupt ein eigenes Budget?«, erkundigte sich Chris.

»Ein kleines«, erwiderte Ed vorsichtig.

»Warum arrangieren wir nicht ein Treffen zwischen Nora und dem Controller?«, schlug ich vor. »Findet in nächster Zeit vielleicht eine Veranstaltung statt, bei der die beiden sich begegnen könnten? Er wird sicher von ihr hingerissen sein, wenn er sie erst einmal kennt.«

Eds Interesse an dem Vorhaben schien ein wenig zuzunehmen, denn er blätterte in seinem Terminkalender herum. »Er wird einen Vortrag vor der Royal Television Society halten.«

»Dann ist ja alles ganz einfach, Ed«, fiel Barry ihm ins Wort. »Den Direktor der Royal Television Society kenne ich nämlich. Der hat früher mit mir an der *Late, Late Night Show* gearbeitet. Ich schicke ihm eine Mail und besorge eine Einladung für Nora. Beim anschließenden Essen kann sie dann neben ihrem Controller sitzen.« Er grinste Chris und mir zu. »Damit wäre die Sache geritzt, Kinder.«

Auf dem Heimweg holte ich meinen Wintermantel von der

Reinigung ab und kaufte im Laden an der Ecke Lakey Street ein paar Flaschen Fruchtsaft. Beim Gehen schnitt mir der Kleiderbügel aus Draht in die Finger. Der Tag war warm und sonnig gewesen. In Mrs. Austens Blumenkasten blühte eine leuchtend blaue Lobelie. Eigentlich hätte ich glücklich sein müssen, denn heute hatte alles wie am Schnürchen geklappt. Aber wenn mich jemand gefragt hätte – wenn Nathan dagewesen wäre, um mir zu meinem Erfolg zu gratulieren –, hätte ich nur geantwortet: »Weißt du, es ist mir eigentlich egal.«

Eve stand in der Küche und spülte das Geschirr. »Die Jungs sind draußen«, sagte sie. »Das Wetter ist so schön.« Sie stapelte die Teller zusammen. »Ich gehe jetzt«, verkündete sie dann und zog sich in ihr Zimmer zurück. Kurz darauf war ihr Radio zu hören.

Ich spähte zur Hintertür hinaus. Die Jungs tollten in ihren Pyjamas herum und bemerkten mich nicht. Also hörte ich den Anrufbeantworter ab. Poppys rauchige Stimme hallte durch die Küche. Ob ich sie im Büro anrufen könne? Die nächste Anruferin war Sue Frost, die fragte, ob ich mich schon bezüglich der Trauertherapie entschieden hätte? Ich füllte ein Glas mit Leitungswasser. Eine Ehe bedeutete an sich schon einen Eingriff in die Privatsphäre. Aber als Witwe war man praktisch Freiwild. Jeder wollte an meinem Leid teilhaben. Mrs. Jenkins überschüttete mich ständig mit Ratschlägen, was die Erziehung der Zwillinge anging. Paige und Gisela überboten sich mit Tipps, die einander widersprachen. Mrs. Austen hatte mich unverblümt gefragt, ob ich denn genug Geld zum Leben hätte. Kate Winsom beharrte darauf, dass ich mich für eine Darmspülung anmelden müsse. »Es ist so reinigend. In einer Situation wie dieser kannst du dir keine Giftstoffe im Körper leisten.« Andere wollten wissen, ob ich alles im Griff habe. Ohne eine Antwort abzuwarten, plapperten diese Ratgeberinnen dann los und erklärten mir, wie man in meiner Lage alles in den Griff bekäme. Allmählich fühlte ich mich wie ein großer Fisch in einem der Aquarien, in denen die Besucher unter dem Becken hindurchgehen und die freie Aussicht auf die nackten Bäuche der Tiere genießen können. Niemand hat je einen Gedanken daran verschwendet, dass auch ein Hai ein Recht auf Privatsphäre besitzt. Das ist dringend überfällig.

Brav rief ich Poppy zurück. »Ich bin es, Minty.« Seit der Beerdigung hatten wir uns nur zweimal gesehen, und zwar stets in Begleitung der Zwillinge. Unsere Gespräche waren um höfliche Nichtigkeiten gekreist.

»Danke, dass du dich meldest«, meinte sie mit untypischer Zurückhaltung. Im Hintergrund hörte ich das gedämpfte Surren eines Druckers. »Ich wollte dich nur fragen, Minty, wie es mit Dads Nachlass vorangeht.«

Merkwürdig, dass Poppy nicht selbst mit Theo gesprochen hatte.

»Wir«, ich betonte dieses Wort, »müssen ein bisschen Geduld haben. Theo wartet noch auf die gerichtliche Bestätigung des Testaments.«

Sie zögerte. »Also sind wir der Auszahlung des Geldes keinen Schritt näher gekommen?«

»Theo tut sein Bestes.«

»Aber es dauert so schrecklich lange«, hallte Poppys Verzweiflungsschrei durch die Leitung. »Kann man das denn nicht beschleunigen?«

»Was ist denn mit dem Geld? Theo hat uns doch alles ausführlich erklärt. Oder bist du mit der Regelung nicht einverstanden?«

»Nein, nein, das ist es nicht«, gab sie rasch zurück. »Ich habe mir nur so meine Gedanken gemacht. Theo meinte doch, Sam und ich hätten Anspruch auf unseren Anteil, und ich ... ich könnte meinen jetzt gut gebrauchen. Es gibt da ein paar Dinge, die ich bezahlen muss ... will.«

»Kann Richard dir nichts leihen?«

»Nein.« Ihre Stimme wurde schrill. »Das heißt, ja. Ich werde Richard fragen. Er ist immer so großzügig. Allerdings bin ich nur ungern von meinem Mann abhängig.« Sie lachte auf. »Tja, zumindest so wenig wie möglich. Habe ich dir schon erzählt, dass er wieder befördert worden ist? Ich auch, wenn auch in etwas bescheidenerem Umfang.« Das plötzliche Stocken des Druckers unterbrach sie. »Oh, Gott, ich muss Schluss machen. Ich versuche gerade, einen Lieferschein für eine riesige Bestellung von Weihnachtskerzen von Liberty's auszudrucken, und der Drucker streikt ständig. Gibst du mir so schnell wie möglich Bescheid?«

Durch die offene Tür sah ich, wie Felix sein Bein ausstreckte und wie Lucas darüber stolperte. Ich blickte wieder in Richtung Küche. »Sie ist meine Tochter, und ich muss ihr helfen«, hätte Nathan gesagt, wenn er dort am Tisch gesessen hätte.

Ich holte tief Luft. »Ich mach mir Sorgen, dass du in Schwierigkeiten stecken könntest, Poppy. Möchtest du nicht mit mir darüber reden?«

»Nein!« Ihr panischer Tonfall bestätigte mir, dass ich richtig lag. »Es geht dich nichts an.«

»Bist du sicher?«

»Ja, da bin ich absolut sicher, Minty«, entgegnete Poppy spitz. »Und jetzt würde ich es bitte gern dabei belassen.«

»Ich sage Theo, er soll sich mit dir in Verbindung setzen.«

Nach dem Telefonat beschäftigte ich mich mit den Zwillingen, die mich die nächsten Stunden auf Trab hielten. Allerdings wollte mir das Gespräch mit Poppy einfach nicht aus dem Kopf.

Als ich später nach unten kam, fiel mein Blick im Flur auf eine Vase mit verwelkenden Schwertlilien. Ich brachte sie in die Küche und kippte das widerlich riechende Wasser weg. Eine Blume fiel auf den Boden, sodass der faulende Stengel einen matschigen Klecks auf den Fliesen hinterließ. Als ich ihn mit einem Stück Küchenrolle wegputzen wollte, zerriss das Papier. Also stand ich wieder auf, um ein Kehrblech zu holen. Ein Schmerz schoss mir durch die Knie. Das brachte mich zum Schmunzeln. Nathan hatte mich geheiratet, weil er glaubte, ich könne ihm seine Jugend zurückgeben. Aber stattdessen war *ich* gealtert.

Ich beförderte die welken Blumen in den Mülleimer. Der Deckel fiel mit einem Knall zu.

Mit aller Macht ergriff mich das Gefühl, etwas unwiderbringlich verloren zu haben.

Ich wurde von Starengezwitscher vor meinem Fenster geweckt. Ein Blick auf die Uhr sagte mir, dass es halb sechs war. Stöhnend rappelte ich mich auf. »Was macht ihr beide da?«, fragte ich. Die Zwillinge waren voll bekleidet und hatten ihren Schulranzen auf dem Rücken. »Und was habt ihr da hinten drin?«

»Unseren Reiseproviant«, erklärte Felix.

»Dreh dich um.« Felix gehorchte, und ich öffnete den Schulranzen, in dem ich einen Apfel, einige Schokoladenkekse und seine Schmusedecke fand. Die war wichtig, denn Felix hätte das Haus niemals ohne seine Schmusedecke verlassen. »Habt ihr die Keksdose geplündert?«

»Das ist unser Reiseproviant«, wiederholte Lucas.

»Was für eine Reise?«

Felix zerrte an meiner Hand. »Eine ganz besondere Reise, Mummy.«

Ich setzte mich auf die oberste Stufe. »Ihr wolltet weglaufen, ohne es mir zu sagen? Da wäre ich aber sehr traurig gewesen.«

Felix verzog bestürzt das Gesicht. »Wir wollten doch nur Daddy suchen«, erwiderte er.

Ich schlug die Hände vors Gesicht, um die heißen Tränen zu verbergen, die mir in die Augen schossen. Die Stare zwitscherten wieder, und die Zwillinge schmiegten sich links und rechts an mich. Ich legte fest die Arme um sie. »Was soll ich nur mit euch beiden machen?« Da sie wussten, dass das eine rein rhetorische Frage war, antworteten sie nicht. »Ich habe euch doch von Daddy erzählt. Er ist jetzt in einer anderen Welt, wo alles friedlich ist. Aber er kann nie wieder zurückkommen.«

»Doch, das wird er schon«, erwiderte Lucas. »Wenn wir ihn ausgraben.«

Ihre Trauer schnitt mir ins Herz, und ich drückte sie fest an mich. In der Niedergeschlagenheit, die von mir Besitz ergriffen hatte, suchte ich verzweifelt nach den richtigen Worten und überlegte, was ich tun sollte. »Also«, meinte ich schließlich, »warum unterhalten wir uns nicht im Bett weiter?«

Eine Viertelstunde später schliefen sie tief und fest, allerdings erst, nachdem ich ihnen das Versprechen abgenommen hatte, dass sie nie wieder das Haus verlassen würden, ohne mir oder Eve Bescheid zu geben. Auf eine Schicht von Kekskrümeln gebettet, lag ich wach da – sie hatten darauf bestanden, ihren Reiseproviant zu verzehren.

»Minty!«, rief eine Stimme hinter mir, als ich aus dem Haus hastete, um ins Büro zu fahren.

Es war Martin. Er trug seinen Büroanzug und hatte einen Aktenkoffer mit dazu passender Reisetasche aus unglaublich teurem weichem Leder bei sich. »Ich hatte gehofft, dich noch zu treffen. Entschuldige, dass ich mich nicht gemeldet habe, aber ich hatte so viel zu tun. Paige sagt, du kämst gut zurecht … aber …« Er hob mein Kinn mit dem Zeigefinger an. »Ein bisschen blass um die Nasenspitze, und du hast abgenommen. Das ist ja nur verständlich.«

Ich fuhr mir mit der Zunge über die trockenen Lippen. Inzwischen hatte ich fast vergessen, wie man mit anderen Menschen, geschweige denn mit Freunden, kommuniziert.

»Ich glaube, ich muss mit dir reden.«

Das schreckte mich aus meiner Starre hoch. »Probleme?«

»Probleme«, gab er zu. »Hast du Zeit?«

Ich sah auf die Uhr. »In einer Stunde habe ich eine Sitzung.« Der ganze Vormittag würde dafür draufgehen. Die Mittagspause würde ich damit verbringen, Schuluniformen für die Zwillinge zu kaufen. Und am Nachmittag fand eine Besprechung mit Ed Golightly bei der BBC statt. Alle drückten die Daumen, dass wir grünes Licht bekommen würden. Mit ein wenig Glück und Rückenwind würde ich es noch rechtzeitig nach Hause schaffen, um die Zwillinge in die Badewanne zu stecken. »Ja, habe ich.«

»Einen Kaffee?« Martin wies auf das Café an der Ecke.

Wir setzten uns an einen zu kleinen Tisch, der bedenklich zu kippeln begann, sobald einer von uns sich darauf stützte. Als Martin in seinen Cappuccino pustete, schlug der Schaum Wellen, die in etwa den Falten auf seiner Stirn entsprachen. Er wirkte ratlos und zornig. Der Fleck Rasierschaum hinter seinem Ohr wollte so gar nicht zum Bild des konservativen Geschäftsmanns passen.

»Martin, was ist los? Es scheint ja schlimm zu sein.«

»Ganz richtig.« Er griff nach seiner Tasse und stellte sie wieder weg. »Paige und ich haben uns getrennt. Oder besser, sie hat mich aufgefordert zu gehen.«

»Was? Davon hat sie mir kein Wort gesagt.«

Diese Äußerung brachte Martin natürlich auch nicht weiter. Er hob den Blick und sah mir in die Augen. »Du kennst ja den Ausdruck ›ein Schlag in die Magengrube‹. Aber das trifft es nicht mal im Ansatz.«

Kurz stand mir das Bild vor Augen, wie Nathan tot in dem blauen Sessel saß. »Ich hab so eine ungefähre Vorstellung.«

»Ja, natürlich. Das hatte ich ganz vergessen.« Als er die Stirn runzelte, vertieften sich die eingesunkenen Stellen unter seinen Augen besorgniserregend. Er wirkte auf mich wie ein Mann, der hofft, er möge sich geirrt haben. Ein Mann, der über einem Rätsel brütet, obwohl er bereits den Verdacht hat, dass er es nie würde lösen können.

»Wie lange gärt es schon?«

Er zuckte die Achseln. »Wer weiß schon, was im Kopf einer Frau vorgeht?«, flüchtete er sich in eine flapsige Bemerkung.

Ich überlegte, was Paige wohl zu dieser Entscheidung bewogen haben mochte. Hatte Martin sie geschlagen? Von ihr gefordert, dass sie seine Sexsklavin wurde? »Nach einer Geburt dreht man manchmal ein bisschen durch«, versuchte ich es mit der Erklärung, die auf der Hand lag. »Bei mir war es genauso. Man fühlt sich so durcheinander und verunsichert.«

»Paige?«, erwiderte er. »Niemals.«

Dennoch konnte man seine Hilflosigkeit und seinen Schmerz fast mit Händen greifen. »Paige findet, dass ich mich nicht genug um die Kinder kümmere und außerdem zu viel von ihr verlange. Ihrer Ansicht nach hat sie genug mit den Kindern zu tun. Ich stehe ihr dabei nur im Weg.«

Ich fröstelte, obwohl die Sonne warm meinen Rücken beschien. »Martin, mit Paige stimmt offenbar etwas nicht. Bist du sicher, dass sie regelmäßig zum Arzt geht?«

»Soweit ich weiß, schon. Allerdings war ich häufig verreist.« Er schob seinen unberührten Kaffee weg. »Unser Zuhause ist zwar ein Schlachtfeld, aber Paige ist bei klarem Verstand und kerngesund. Daran besteht kein Zweifel. Mit jeder Geburt wird sie … nun, stärker und unbeirrbarer. Wie Klytämnestra oder wie diese grässliche Frau sonst hieß, die ihren Mann aus reinem Vergnügen getötet hat.«

»Er hatte gerade ihre Tochter abgeschlachtet.«

»Ach, echt? Nun ja.« Er griff nach dem Henkel seiner Reisetasche. »Natürlich beschäftige ich mich nicht jede Sekunde des Tages, geschweige denn der Nacht mit den Kindern. Das überlasse ich Paige.«

»Was erwartest du von mir, Martin?«, fragte ich ihn sanft.

»Allerdings bin ich nicht sicher, ob ich überhaupt etwas tun kann. Ich könnte nur versuchen, Paige klarzumachen, dass sie sich irrt.«

Offenbar auf der Suche nach etwas, an das er sich klammern konnte, starrte Martin auf die Tischplatte. »Wer Paige zu etwas überreden will, erreicht normalerweise das genaue Gegenteil. Aber könntest du vielleicht ein Auge auf sie haben? Sie ist nicht so stark, wie sie glaubt.« Er stand auf. »Danke für den Kaffee.« Groß und mit verdatterter Miene stand er über mich gebeugt. »Ich weiß, es ist momentan viel verlangt, Minty, doch es wäre schön, wenn du ab und zu nach ihr schauen könntest. Früher oder später kommt sie sicher wieder zur Vernunft. Ich bin sowieso nicht sicher, ob ich momentan mit ihr zusammenleben möchte, denn sie führt sich einfach schrecklich auf.« Heftig zerrte er an dem ausklappbaren Henkel seines Aktenkoffers. »Sie hätte nie in der Bank aufhören sollen. Da konnte sie ihre Energien am besten einsetzen. Die Kinder haben sie kaputtgemacht.«

Als ich Paige zur Rede stellte, war sie ganz ruhig und zeigte keine Spur von Reue. »Martin lässt sich einfach nicht mit den Kindern unter einen Hut bringen«, verkündete sie, während sie den kleinen Charlie von einer Brust an die andere legte. Mir fiel auf, dass diese Brust nicht mehr prall und üppig, sondern eher schlaff aussah. »Ständig kommt er zu spät nach Hause und verlangt, dass ich ihm Essen koche oder seine Hemden wasche.«

»Das kann doch sicherlich Linda übernehmen?«

Sie überlegte eine Weile. In ihren Augen stand ein euphorischer Ausdruck, den ich noch nicht bei ihr kannte. »Er hindert mich daran, mich auf die Kinder zu konzentrieren.«

Ich revidierte meinen Eindruck: Paige hatte doch eine Schraube locker. »Warst du in letzter Zeit beim Arzt?«

»Überflüssig.« Den Rest ihrer Antwort richtete sie an das flaumige Köpfchen ihres Sohnes. »Mummy geht es gut, richtig? Uns geht es ganz prima.«

»Du solltest dich untersuchen lassen«, meinte ich.

In der ruhigen, ordentlichen Küche brummten Spülmaschine und Waschmaschine. Oben beschäftigten sich Jackson und Lara widerwillig mit den Zwillingen. Obwohl es erst vier Uhr an einem Samstagnachmittag war, war der Tisch bereits für das Abendessen der Kinder um sechs gedeckt. Die Zeitschaltuhr am Herd war so eingestellt, dass sie um halb sechs anspringen würde.

Ich fühlte mich merkwürdig ratlos und faltete die Hände auf dem Schoß. »Natürlich bin ich in Sachen Ehe nicht unbedingt die beste Ratgeberin ...«

»Allerdings«, fiel Paige mir scharf ins Wort.

»Doch ich kann etwas dazu sagen, weil ich Bescheid weiß.«

»Was weißt du?«

»Wie man sich einredet, dass das, was man tut, richtig ist.«

Charlie zog den Kopf zurück, sodass ihm Paiges Brustwarze aus dem Mund flutschte. »Oh, schau!«, rief sie aus. »Er hat eine wunde Lippe. Armer kleiner Junge.« Sie küsste zärtlich seine Wange. »Mummy macht sie wieder heil.«

Ich dachte nicht oft an meine Mutter. Allerdings kann ich mit

Fug und Recht behaupten, dass sie zu ihren Lebzeiten nie sehr liebevoll, zärtlich und mütterlich mit mir umgegangen ist. Erstens war sie stets zu müde, weil sie unseren Lebensunterhalt verdienen musste, nachdem mein Vater uns verlassen hatte. Und zweitens konnte sie mich einfach nicht leiden. Deshalb lastete ich ihr auch einen Großteil meiner Misserfolge im Leben an, denn schließlich ist es nach Auffassung der meisten Ratgeber die Mutter, die einen auf diese Welt vorbereitet. Als sie noch lebte, tat ich so, als wäre sie tot. Dann starb sie, was ich in der ersten Zeit nach Kräften zu ignorieren versuchte.

»Hör mir zu.« Als Paige den Blick nicht von Charlie abwandte, stand ich auf und riss ihr das arme Baby aus den Armen. Er fühlte sich kräftig und kompakt an und roch nach halb verdauter Milch. Wegen der jähen Bewegung fing der Kleine zwar zu brüllen an, aber ich achtete nicht auf ihn. »Du hörst mir jetzt zu. Es ist ganz leicht, sich selbst einzureden, man hätte recht. ›Ja‹, habe ich mir immer gesagt. ›Rose ist so selbstzufrieden. Eigentlich sind ihr Nathan und seine Bedürfnisse ganz egal. Es geschieht ihr recht, dass sie ihn verliert. Eine Frau, die so gleichgültig ist wie Rose, hat einen Mann wie Nathan nicht verdient.‹ Und nach einer Weile empfand ich es beinahe als meine Pflicht, ihr Nathan wegzunehmen.«

»Und es ist dir geglückt. Na und?«

»Du verstehst nicht, was ich dir sagen will, Paige. Man kann für alles und jedes eine Begründung finden. Das ist das Problem mit der Vernunft. Sie ist nämlich sehr flexibel.«

Paige stand auf und streckte die Arme aus. »Gib mir mein Baby«, befahl sie. »Es muss gewickelt werden.«

Doch ich drückte Charlie umso fester an mich. »Du kannst doch nicht allen Ernstes glauben, dass es besser für die Kinder ist, ohne Martin aufzuwachsen!«

»Das sagt genau die Richtige.«

»Felix und Lucas leiden schrecklich.«

Es gelang Paige, mir Charlie abzunehmen. »Ich weiß deine Besorgnis zu schätzen, Minty.« Ihre Miene wurde abweisend. »Aber mir wäre es lieber, wenn du dich raushältst.«

»Glaub nicht, dass ich dich aus den Augen lasse, nur weil ich kurz verreist war«, sagte Gisela. »Ich will alles wissen. Auch wenn ich dir jetzt auf die Nerven gehe, wirst du mir irgendwann dankbar sein.«

Gisela hatte einen Monat in Südfrankreich verbracht. Gleich nach ihrer Rückkehr rief sie mich an und verabredete sich mit mir zum Mittagessen. Die Vistemax-Limousine holte mich von Paradox ab, ein kleines Privileg, das ich nicht vor Deb und Konsorten zu verbergen versuchte. Gisela saß im Wagen. Sie war sonnengebräunt und erholt und küsste mich freundschaftlich. Ich erwiderte diese Geste – ich hatte sie wirklich vermisst.

»Hoffentlich drängst du bei Theo auf einen Fortgang der Sache«, meinte sie. »Wenn man bei Anwälten nicht ständig hinterher ist, lassen sie die Dinge schleifen.«

Der Wagen schwebte in Richtung Kensington. Nachdem ich ihr eine etwas geschönte Version meiner finanziellen und rechtlichen Situation präsentiert hatte, fragte ich: »Hat dir damals jemand geholfen, die Einzelheiten zu regeln, Gisela?«

Sie zögerte. »Manchmal … Tja, Marcus hat mich unterstützt. Er hat ein Händchen für so etwas.«

»Offen gestanden ist das juristische Hickhack nicht meine größte Sorge. Es geht um die Jungs. Sie vermissen Nathan so.«

Sie betrachtete ihre anmutig auf dem Schoß gefalteten Hände. »Es muss zurzeit schrecklich für dich sein.«

»Hin und wieder kann ich die Trauer der beiden kaum ertragen. Vor ein paar Tagen wollten sie ihn suchen gehen. Sie hatten sogar schon ihre Taschen gepackt.«

Eine Reihe unterschiedlicher Gefühle malte sich in Giselas perfekt geschminktem Gesicht. Dann sagte sie forsch: »Da musst du durch.« Sie kramte ihren Terminkalender aus der Tasche. »Und jetzt brauche ich deinen Rat. Besser gesagt, muss ich mit dir reden, und deshalb werde ich dich jetzt bestechen.«

»Wahrscheinlich geht es um Marcus.«

»In gewisser Weise geht es immer um Marcus. Ich habe zwar versucht, das zu verhindern, aber es hat sich als unmöglich erwiesen. Er ist … irgendwie ständig präsent.«

»Weil du es so willst«, wandte ich ein.

»Vermutlich.«

Der Wagen stoppte an einer Ampel. Beim Gedanken an das teure Essen, zu dem Gisela mich einladen wollte, wurde mir ein wenig flau im Magen. »Gisela, ich habe eigentlich keinen richtigen Hunger. In letzter Zeit habe ich einfach keinen Appetit.«

»Das wundert mich nicht. Betrachte es einmal so: Viele Frauen würden dafür sterben. Eigentlich wollte ich dich für ein paar Tage nach Claire Manor entführen, damit du dich mal so richtig verwöhnen lassen kannst. Ich zahle. Dann musst du dir meine Probleme anhören und vergisst dabei vielleicht deine eigenen.«

Ich berührte sie am Ellenbogen. »Das ist wirklich nett von dir. Das wäre …« Doch dann hörte ich mich sagen: »Aber es ist noch ein bisschen zu früh, die Zwillinge allein zu lassen. Ich glaube, das darf ich ihnen nicht antun.«

Giselas weicher, mitfühlender Blick wurde stählern. »Doch, das darfst du, Minty.«

»Ich kann es mir finanziell nicht leisten, Gisela«, versuchte ich es mit einem anderen, völlig wahrheitsgetreuen Einwand.

»Ich habe bereits gesagt, dass ich bezahle.«

»Und ich kann mir im Büro keine Sekunde länger freinehmen. Mein Stuhl wackelt schon, und Paradox wartet nur auf einen Vorwand, um mich loszuwerden.«

»Wirklich?«

Ich dachte an Chris Sharp und seinen Ehrgeiz. »Ich glaube schon. Und ich möchte ihnen diesen Vorwand nicht liefern.«

»Dafür habe ich natürlich das vollste Verständnis. Also fahren wir an einem Wochenende.«

Als der Wagen vor dem Restaurant hielt, betrachtete sie mich. »Du siehst schlecht aus, Minty. Blass und traurig. Das ist nicht gut für Paradox. Du musst dir zwei Tage Auszeit gönnen. Das ist das Mindeste, was du tun kannst.« Sie nahm meine Hand und tätschelte sie. »Abgemacht? Mit einem Nein gebe ich mich sowieso nicht zufrieden.«

Abends beim Ausziehen überwand ich mich und unterzog mich einer eingehenden Musterung im Spiegel. Die Augen und das Haar, die ich dort sah, hatten ihren Glanz verloren. Am meisten machten mir meine Augen zu schaffen. Sie waren leblos.

Kapitel 19

Mein Angriff auf Barry war sorgfältig geplant. Der Nachtklub La Hacienda befand sich zwei Stockwerke unter der Erde und war nur spärlich beleuchtet. Barry hatte Chris, Deb, Gabrielle, Syriol und mich dorthin eingeladen, um das Okay des Controllers für *Ein Leben auf Spitze* zu feiern. Chris und Deb räkelten sich auf einem Sofa, während Syriol sich allein auf der dämmrigen kleinen Tanzfläche wiegte. Die Musik von Iggy Pop war ohrenbetäubend. Barry nuckelte an einer Flasche Bacardi Breezer (zuckerreduziert).

Ich nahm einen Schluck Tequila. Das Salz brannte mir auf den Lippen. »Barry!«, rief ich. »Kann ich am Freitag in einer Woche ein bisschen früher gehen? Wir haben keine Sitzung – ich habe nachgesehen.«

Er nahm die Flasche vom Mund. »Warum?«, schrie er zurück.

Ich rutschte näher an ihn heran und hielt ihm die Lippen ans Ohr, wobei ich hoffte, dass er das nicht falsch verstehen würde. »Ich fahre übers Wochenende weg.«

»Muss das sein?«, brüllte er.

Ich sah mich um. Die Lichtorgel über der Tanzfläche tauchte Syriol in einen seltsamen Farbton. Auf einem Sofa ganz in der Nähe fiel ein Pärchen übereinander her. Deb himmelte Chris an, dessen Blick jedoch auf Syriol gerichtet war. Ich empfand das Dämmerlicht und den Lärm als unangenehm und fühlte mich alt.

»Ja, ich muss«, erwiderte ich. »Aber ich bin Montagmorgen rechtzeitig zur Besprechung mit Ed zurück.«

»Das will ich auch hoffen«, entgegnete er. »Wir dürfen nicht nachlassen, denn er muss merken, dass wir es ernst meinen.«

Auch Eve zeigte sich hilfsbereit. Also instruierte ich sie genau,

253

bestach sie, indem ich ihren Lohn verdoppelte, und beschaffte die Zutaten für sämtliche Mahlzeiten. Dann rief ich Paige an und bat sie, sich für den Notfall zur Verfügung zu halten. Da sie mir immer noch wegen unseres Gesprächs böse war, reagierte sie bockig. »Aber nur, wenn es gar nicht anders geht«, sagte sie. »Jackson hat am Samstagvormittag immer Mathenachhilfe, und Lara ist den ganzen Tag beim Ballett. Am Sonntag besuchen wir meine Mutter.«

Die Kinderbetreuung war geregelt. Vermutlich waren nicht einmal Flüge zum Mond so sorgfältig geplant worden – Mahlzeiten, Kleidung, Geld –, um jedem unvorhergesehenen Zwischenfall vorzugreifen.

Ich erklärte den Zwillingen, ich würde für zwei Tage und zwei Nächte wegfahren, und zwar an einen Ort, wo man hübsch gemacht wurde. Ich versprach hoch und heilig, mit ihnen nach meiner Rückkehr ins Naturkundemuseum zu den Dinosauriern zu gehen.

Allerdings waren meine Bemühungen ein Schlag ins Wasser. Lucas sprang auf der Stelle: »Du darfst nicht weggehen! Du darfst nicht weggehen!«

Geduldig erklärte ich ihm, Eve würde sich um sie kümmern. Außerdem würde es nicht lange dauern. Ich hörte mich selbst – beschwichtigend und einfühlsam – sagen, ich würde nur am Freitag und am Samstag weg sein und ihnen am Sonntag wieder einen Gutenachtkuss geben.

»Aber du bist doch schon hübsch, Mummy.« Felix griff nach seiner Schmusedecke.

Da es ihm gelungen war, mir ein schlechtes Gewissen zu machen, entgegnete ich in schärferem Ton als beabsichtigt: »Ich brauche ein bisschen Ruhe. Es ist viel Arbeit, für euch beide zu sorgen. Wusstet ihr das?«

Gleichzeitig traten Felix und Lucas einen Schritt zurück, tauschten auf irgendeiner außerirdischen Frequenz eine Information aus und verließen wortlos den Raum.

»Kinder!«, rief ich ihnen nach. »Kommt bitte zurück.«

Immer noch in Unheil verkündendem Schweigen, stiegen sie

die Treppe hinauf und gingen in ihr Zimmer. Die Tür wurde zugeknallt. Dann wurde ein Gegenstand über den Boden geschoben. Ich folgte ihnen, um nach dem Rechten zu sehen. »Felix, lass mich rein! Lucas!« Ich rüttelte an der Tür. Keine Reaktion.

Als ich in die Knie ging und durchs Schlüsselloch spähte, stellte ich fest, dass die Lehne des lackierten Stuhls unter die Klinke geklemmt war. »Felix, Lucas …« Ich wünschte, ich hätte selbstsicherer geklungen. Wie eine Mutter, die die Lage im Griff hat.

Drinnen rührte sich nichts, sodass ich mich genauso gut auf dem Mond hätte befinden können. Die Struktur des Teppichs drückte sich in meine Knie, und wie immer in dieser Körperhaltung starben mir die Zehen ab.

Ich machte mich hier zum Narren, und die Zwillinge merkten, dass sie mich in der Hand hatten.

Als ich aufstand, wurde ein Zettel unter der Tür durchgeschoben. »Mumy, hau ab«, war mit grüner Wachsmalkreide darauf gekritzelt.

Ich lehnte mich an die Wand und ließ mich langsam und erschöpft hinuntergleiten, bis ich den Boden unter mir spürte. Das falsch geschriebene »Mumy« war eindeutig anklagend und ablehnend gemeint und schnitt mir wie ein Messer ins Herz.

»Nathan, kannst du dich bitte darum kümmern«, hatte ich ihn in Momenten wie diesen aufgefordert. »Die Zwillinge sind ungezogen/frech/bockig/den Tränen nah …« Rückblickend betrachtet hatte ich ihm diese Aufgabe öfter aufgebürdet, als ich zugeben wollte. Und Nathan, der seine Freude, auf meinen SOS-Ruf hin die Feuerwehr spielen zu dürfen, kaum verbergen konnte, hatte sich ins Getümmel geworfen. »Euch muss man allen mal den Kopf zurechtrücken. Sei streng mit ihnen. Lass dir nicht auf der Nase herumtanzen«, hatten seine Lieblingsworte gelautet. »Sie müssen wissen, wer der Anführer ist.« Manchmal hänselte ich ihn, er nehme sich zu wichtig. Doch hin und wieder weinte ich auch, weil ich offenbar von Erziehung keinen blassen Schimmer hatte. Es blieb mir einfach ein Rätsel, wie eine intelligente und tüchtige Frau wie ich sich in so ein Durcheinander hatte hineinmanövrieren können.

Als ich aufblickte, rechnete ich schon mit Nathans Schritten auf der Treppe, seiner Hand auf meiner Schulter und seiner Stimme in meinem Ohr. Und dann hörte ich mich laut grummeln: »Nathan wird nie graue Haare bekommen.«

Doch das war alles Vergangenheit.

Mumy, hau ab.

In Claire Manor angekommen, nahm ich eine Schlaftablette und wachte in einem fremden Bett auf, das kunstvoll à la Polonaise mit Musselin drapiert war. Die Fenster am anderen Ende des Raums hatten bodenlange Vorhänge, die teuer aussahen, und das Kissen auf dem Sessel war mit altmodischen Troddeln versehen.

Solche Zimmer sah man normalerweise nur in Zeitschriften. Es verstrahlte einen diskreten Hauch von Wohlstand und Komfort, den Kompromiss zwischen Phantasie und Realität, denn es würde nie jemand auf Dauer darin wohnen können oder wollen.

So luxuriös und perfekt organisiert Claire Manor auch sein mochte, handelte es sich keinesfalls um ein Märchenschloss. Genau genommen war vielmehr Selbsterkenntnis der Grund seiner Existenz. In den Badezimmern stand eine Batterie von Lotionen und Cremes bereit, und man erwartete regelrecht, dass die Gäste sie in ihren Koffern verschwinden ließen. Sie versprachen nicht wenig: Zarte Haut und aufgefüllte Collagendepots wären der Lohn für ihre Benutzung. Sie stellten die Anwenderin vor ein bemerkenswertes Dilemma: Natürlich war es ausgeschlossen, dass die versprochenen Wohltaten wirklich eintreten würden – aber wenn man der Natur ungehindert ihren Lauf ließ, gab es sowieso keine Hoffnung mehr. Die Auswahl von Büchern im Regal – *Einblick in die Seele*, *Zehn Schritte zu einem schönen Körper*, *Yoga für den Geist* und *Sich selbst im Griff* – war Teil dieser kühl kalkulierten Verschwörung.

Auf der anderen Seite des mit einem dicken Teppich ausgelegten Flurs bewohnte Gisela ein Zimmer, das meinem glich wie ein Ei dem anderen – nur dass es größer war, dass ein Obstkorb auf Kosten des Hauses bereitstand und dass das Bad über zusätzliche Handtücher verfügte.

Kein Kind hatte je einen Fuß in Claire Manor gesetzt. In diesen rosafarbenen, duftenden, mit Stoffen drapierten Hallen, wo alle nur mit gedämpfter Stimme sprachen, mussten Kinder draußen bleiben.

Ich streckte mich, wackelte mit den Zehen und versuchte, die Euphorie wieder wachzurufen, die mich gestern Abend mit Gisela an der Rezeption ergriffen hatte. »Jetzt kann ich mich so richtig austoben«, hatte ich ihr anvertraut. »Silberzwiebeln verschlingen und um vier Uhr morgens beim Zimmerservice ein Sandwich mit Speck, Salat und Tomaten bestellen.«

Gisela warf mir einen zweifelnden Blick zu. »Minty, das hier ist eine Gesundheitsfarm. Darf ich dich daran erinnern, dass dein Körper ein heiliger Tempel ist?«

Doch als ich so im fahlgrauen Morgenlicht, noch benommen von der Schlaftablette, im Bett lag, gingen mir andere Gedanken im Kopf herum. Ich wusste, dass Lucas und Felix sich gerade aufsetzten und zu Eve sagten: »Jetzt ist Mummy auch weg.«

Während des Abendessens (ein Ragout aus Mungobohnen und Zwiebeln) hatte Roger Gisela zweimal aus einem banalen Grund angerufen. Gisela hatte zugehört, ihn beschwichtigt und sich anschließend bei mir für die Störung entschuldigt: »Roger wird nervös, wenn ich wegfahre. Er kann das nicht leiden.« Sie spießte eine Bohne auf. »Und das ist ein Mann, der schon einige Großkonzerne geleitet und dabei Millionen verdient hat …«

»Und?«, hatte ich nachgehakt, als sie nichts hinzufügte.

Gisela hatte ihr Wasserglas umfasst und gesagt: »Darüber wollte ich mit dir reden. Aber nicht heute Abend.«

Das anstehende Gespräch hing wie ein Damoklesschwert über mir, während die letzten Reste von Schläfrigkeit verflogen. Es klopfte an der Tür, und ein Mädchen in einem hellrosa Kittel kam mit einem Tablett herein. Sie trug ihr dickes blondes Haar zu einem Pferdeschwanz zusammengefasst und eine strenge Miene im Gesicht. »Ihr Frühstück.« Sie stellte eine Tasse mit heißem Wasser, in dem eine Zitronenscheibe schwamm, neben das Bett. »Ein wunderschöner Tag«, fuhr sie fort und zog die Vorhänge auf, damit das warme Sonnenlicht hereinscheinen konnte. »Ihr Programm hat man Ihnen ja schon erklärt.« Sie griff nach dem Ausdruck auf dem Tisch und studierte ihn. »Wissen Sie, wo Ihr erster Termin stattfindet?« Sie drückte meinen Fuß unter der Bettdecke. Es war eine professionelle Berührung, dazu gedacht, zu beruhigen und die Illusion von Fachkompetenz zu vermitteln. »Genießen Sie den Tag.«

»Mein Körper ist ein heiliger Tempel«, murmelte ich, als ich das heiße Wasser trank. Auf der Frühstückszufriedenheitsskala ließ es einiges zu wünschen übrig.

Zu Hause starrte Felix jetzt wie jeden Morgen wahrscheinlich missmutig in seine Cornflakes. Das Frühstück war eindeutig nicht seine Lieblingsmahlzeit. »Kein Hunger.« Lucas hatte seine Portion vermutlich schon hastig verschlungen. Mittlerweile wurden die beiden zunehmend gerissener und verbündeten sich zu immer neuen Täuschungsmanövern. Wenn Felix glaubte, dass ich nicht hinschaute, schob er sein Schälchen zu seinem Bruder hinüber. Man durfte sie keine Sekunde aus den Augen lassen. Nathan und ich hatten öfter über die Möglichkeit gesprochen, dass Lucas Felix unterdrücken könnte. Doch Nathan hatte sich nur am Kopf gekratzt und, ohne eine Spur von Ironie, gemeint: »Das ist das Gesetz des Dschungels. Sie müssen es lernen.«

»Komisch«, hatte ich erwidert. »Normalerweise bin ich eher die Harte und du der Softie.«

»Die Zeiten ändern sich«, entgegnete Nathan.

Das stimmte. Die Zeiten hatten sich bis zur Unkenntlichkeit verändert.

Ich griff zum Telefon und rief Eve an. »Alles in Ordnung?«

Sie hörte sich heiser und müde an. »Ich glaube schon.«

»Du glaubst?«

Ihr Husten klang ziemlich scheußlich. »Alles bestens.«

Neun Uhr. Fitnesskurs. Ich arbeitete die Übungen ab. Beckenboden anspannen (das erzählten die einem jetzt erst). Atmung kontrollieren. Sitzmuskeln anspannen und auf die Hüftmuskeln konzentrieren. Vokabular und Anweisungen der schlanken Trainerin im grauen Sportanzug waren mir bestens vertraut. Allerdings zielten sie auf eine unerreichbare Perfektion ab. Aber damit verdiente die Frau ihr Geld.

»Strecken. Dehnen. Beugen.« Allerdings hatte ich mir im Laufe der letzten Jahre einen anderen Jargon angeeignet, der mir inzwischen leichter über die Lippen ging und hauptsächlich aus Befehlen wie »Wasch dich hinter den Ohren!«, »Los, in die Badewanne!« und »Jetzt ist aber Schluss mit dem Unsinn!« bestand. Das Ziel? Mich einigermaßen unbeschadet durch einen Tag zu bringen, an dessen Ende zwei satte und saubere Kinder standen.

Halb elf. Ich kletterte nackt in ein Gerät, das an einen eisernen Stiefel erinnerte, und saß bis zum Hals im Schlamm, ein Gefühl, das ich nicht unbedingt als angenehm bezeichnen würde. Eine Stunde später wurde ich von einer anderen Blondine, diesmal im weißen Kittel, mit dem Schlauch abgespritzt. Als sie den Wasserstrahl auf meinen Torso richtete, schrie ich auf. Das Wasser war eiskalt. Das Mädchen lächelte mir aufmunternd zu. »Das machen Sie sehr gut, Mrs. Lloyd.« Ihr Blick glitt über meinen Bauch und meine Hüften.

Ich schnappte mir ein Handtuch und wickelte mich ein. Da ich es vom Fitnessstudio gewohnt war, mich in der Umkleide nackt auszuziehen, hatte ich die positiven Seiten des Schamgefühls bis jetzt nicht zu schätzen gewusst.

Nach jeder Anwendung verfassten die zuständigen Frauen in den weißen Kitteln einen Bericht und legten ihn in die Plastikmappe, die jede Klientin ständig mit sich führte.

Ein Uhr. In blütenweiße Morgenmäntel aus Frottee gehüllt, trafen Gisela und ich uns zum Mittagessen: grüne Bohnen mit Walnüssen in einem Zitronendressing. Der Speisesaal war lichtdurchflutet und hatte Blick auf den makellos gepflegten englischen Garten, wo sich Rittersporn und Mohnblumen mit exotischeren Gewächsen mischten.

»Mein Bericht?« Gisela wirkte zerstreut. »Ach, da ist alles in Ordnung. Allerdings glauben sie, dass ich mich nicht ausgewogen ernähre, obwohl ich ihnen versichert habe, dass das nicht stimmt.« Sie hielt inne. »Hast du zu Hause angerufen? Alles unter Kontrolle?«

»Eve klang ein bisschen seltsam, aber bis jetzt klappt alles.« Das Dressing auf den Bohnen war ausgesprochen sauer, sodass es mir schon beim ersten Bissen den Mund zusammenzog. Ich hatte Zitronen noch nie wirklich gemocht. Ein hochgewachsener, sonnengebräunter Mann am Nebentisch beäugte mit unverhohlenem Entsetzen den Teller mit Bohnensprossen und Tofu, der vor ihm stand. Als er mich ansah, ertappte ich mich bei einem mitfühlenden Lächeln, das er mit einem Kopfschütteln erwiderte.

Gisela stocherte in ihrem Essen herum und war ungewöhnlich ruhelos und nervös. Ich zwang einen Bissen hinunter. »Ich nehme an, Marcus hat dir ein Ultimatum gestellt.«

Sie lehnte sich zurück.

»Er verlangt, dass du dich entscheidest«, fuhr ich fort. »Roger oder er.«

Gisela griff nach ihrem Löffel und angelte nach der kleinen Papayascheibe, die auf einem Stück Melone lag. »Es kommt ziemlich ungelegen, dass er ausgerechnet jetzt Theater machen muss.«

»Der arme Marcus.«

Gisela zog die Mundwinkel nach unten. »Er wusste, worauf er sich einlässt.«

Daran gab es anscheinend nichts zu rütteln, und ich dachte über die Regeln nach, die Giselas Leben bestimmten. War Marcus ihr ständiger Liebhaber, oder durfte er das nur in der Zeit zwischen einem Ehemann und dem nächsten sein? Galten für Arrangements wie diese feste Abmachungen? Die Melone auf meinem Teller war nicht reif und zudem eiskalt, sodass mir beim Hineinbeißen die Zähne wehtaten. »Was machst du jetzt?«

Sie zuckte zusammen. »Darüber wollte ich ja mit dir reden.«

»Es rührt mich, dass du dich mir anvertrauen willst ... und es ist wirklich wunderschön hier«, ich wies auf den Raum, »aber ich weiß nicht, ob ich dir helfen kann.«

»Das erstaunt mich.« Gisela wirkte verdattert. »Du hast das doch schon hinter dir. Damals bist du ziemlich rücksichtslos vorgegangen. Und ich brauche jemanden, der so nüchtern denkt wie du.«

Ich ließ das wortlos auf mich wirken. »Du konntest dir doch denken, dass es eines schönen Tages dazu kommen würde«, sagte ich schließlich.

Sie seufzte auf. »Ich habe versucht, es zu verdrängen. Ich hatte Angst, sonst die Nerven zu verlieren. Selbst mir ist die Situation immer etwas seltsam und konstruiert vorgekommen. Anfangs hat Marcus sich damit abgefunden, dass ich ihn nie heiraten würde. Dann aber fing er an, selbst Geld zu verdienen. Er hat sich mit anderen Frauen eingelassen, und wenn ich einmal frei war, steckte er immer gerade in einer Beziehung und umgekehrt. Wir hatten einfach das falsche Timing. Ich habe ihm immer wieder gesagt, dass er jederzeit gehen könne. Schon vor Jahren hätte er die Möglichkeit gehabt, mich zu verlassen. Jetzt kommt er plötzlich an und fordert sein Recht. Eigentlich hatte ich ja nie richtig vor, ihn *nicht* zu heiraten. Es ist halt einfach nicht dazu gekommen.«

»Roger ist zwar nicht unbedingt mein Fall«, meinte ich, »aber ich vermute, es würde ihn sehr treffen, wenn du gingest.«

Gisela biss sich auf die Lippe. »Dieses Problem hatte ich bis jetzt noch nie. Normalerweise sterben meine Ehemänner, und das ist etwas ganz anderes.«

»*Ganz* anderes.« Das Gespräch begann mir sauer aufzustoßen, weshalb ich wieder auf die gefrorene Melone losging.

Gisela ließ ihre liegen. »Mir ist etwas ziemlich Erschreckendes klar geworden. Ich habe keine Lust mehr, Risiken einzugehen.« Als ich einwenden wollte, dass ich sie eigentlich ganz anders eingeschätzt hatte, fügte sie hinzu: »Marcus war mein Leben. Wenn ich ihn zurückweise, werde ich ihn nie wiedersehen, und diesen Gedanken kann ich nicht ertragen. Außerdem ist es viel komplizierter, mit Roger verheiratet zu sein als mit Nicholas oder Richmond. Er lässt mir einfach keine Freiräume.«

»Bist du sicher, dass er nichts von Marcus ahnt?«

Gisela senkte den Blick. »Nein.«

Der große Zeiger der Uhr über dem Büfetttisch war auf die volle Stunde gerückt. »Gisela, ich habe einen Termin mit heißen Steinen. Wir müssen später weiterreden.«

Gisela konsultierte ihre Mappe. »Und ich muss in den Schlamm.«

Sie hastete davon, während ich mich zwischen den Tischen hindurchschlängelte. »Ich habe den Tofu gegessen«, verkündete der sonnengebräunte Mann, als ich an ihm vorbeikam.

»Und haben Sie überlebt?«, gab ich leise zurück.

»Gerade so.«

Der Erfinder der Anwendung mit heißen Steinen hatte offenbar ziemlich viel Ahnung von der menschlichen Psyche. Wie mir das Mädchen im weißen Kittel erklärte, habe man Patienten im Mittelalter erhitzte Gläser aufgesetzt, um negative Gemütszustände aus ihrem Körper zu ziehen. Mit den Steinen sei es ganz ähnlich. Eine sehr ansprechende Idee und sehr verführerisch: schlechte Laune, Groll und Melancholie ließen sich also mithilfe heißer Gläser oder Steine beseitigen. Dasselbe galt sicher auch für Trauer – wenn man nur daran glaubte.

Nach der Anwendung hatte ich rote Flecken auf der Haut und pochende Kopfschmerzen – wahrscheinlich ein letzter Gruß der ausgetriebenen Giftstoffe – und fiel auf die Massagebank.

Ein Engel im weißen Kittel drückte selbstbewusst und mit geschickten, professionellen Bewegungen an meiner Wirbelsäule herum.

Hinter meinen geschlossenen Augenlidern liefen die Zwillinge am Samstagmorgen die Treppe hinunter und in die Küche. »Daddy, was machen wir heute?«

Nathan biss in seinen Toast und antwortete etwas wie: »Tja, ich glaube, wir üben erst einmal Diktat.« »Nein?«, fügte er hinzu, als sich Protestgeschrei erhob. »Was für eine Überraschung! Ich dachte, ihr schreibt gerne Diktate. Dann muss ich mir wohl etwas anderes einfallen lassen. Moment mal. Was haltet ihr davon, Mummy beim Staubwischen zu helfen? Auch nicht?« Fünf Minuten später – die Zwillinge hatten inzwischen aus unerklärlichen Gründen Hausaufgaben, Aufräumen und Gartenarbeit abgelehnt – zog Nathan seinen Trumpf aus dem Ärmel. »Augenblick mal, ja, einer von euch beiden schickt mir eine Botschaft ... Sie lautet ... gleich kommt es ... Wie lautet sie nur? Abenteuerspielplatz und Pizza? Oder?«

Wie oft hatte ich geseufzt: »Nathan, sag es ihnen doch einfach.«

Die Finger der Masseuse ertasteten die Umgebung meines Ischiasnervs. Diese Spielchen würde es nie mehr geben, und die Endgültigkeit drang mir bis ins Mark. Wie sehr ich die absurden Vorschläge und die ausgelassene Stimmung am Samstagmorgen vermisste!

»Sie sind sehr verspannt, Mrs. Lloyd«, merkte das Mädchen an.

Wie oft wiederholte sie dieses Mantra wohl, das in seiner distanzierten Anteilnahme so tröstend wirkte? Sie deutete damit an, dass die Menschen auf ihrer Massagebank alle Sorgen der Welt in ihren Muskeln mit sich herumschleppten und dass nur sie, die Expertin, sie davon befreien konnte.

Sie umfasste meinen Kopf und bearbeitete mein Genick. »Ich glaube, Sie stehen unter großem Druck. Das bemerke ich daran, wie verkrampft Ihre Muskeln sind.« Ihre Finger drückten und bohrten. »Sie sind ziemlich ...«, sie machte eine dramatische Pause, »hart.«

Ich fühlte mich, als hätte man mir einen Orden verliehen. Meine Erschöpfung war der Beweis dafür, dass mir in der Welt da draußen – zwischen all den anderen ausgebrannten Wichtigtuern – eine bedeutende Rolle zukam und ich mir deshalb den Platz auf dieser Massagebank redlich verdient hatte. Ich brauchte die Masseuse, und sie brauchte mich, denn ohne meine Überlastung wäre sie arbeitslos gewesen. Ein Arrangement, von dem beide Seiten profitierten.

Nach der Massage entfernte sie umständlich die Handtücher. »Ich lasse Sie jetzt allein.« In der Tür blieb sie noch einmal stehen. »Sie müssen auf sich achten, Mrs. Lloyd.« Jedes Wort war ehrlich gemeint und gleichzeitig eine Floskel.

»Danke.«

Gerade hatte ich es mir neben dem leuchtend türkisfarbenen und von falschen Marmorsäulen flankierten Pool bequem gemacht, als ich jemanden neben mir spürte. Es war der Mann aus dem Speisesaal.

»Hallo.«

Meine Antwort fiel höflich, wenn auch nicht sonderlich begeistert aus. »Hallo.«

»Ich könnte ein wenig Gesellschaft vertragen.« Er lächelte mir auffordernd zu. »Ich bin nämlich allein hier und fühle mich nicht sehr wohl.«

»Setzt Ihnen das Essen so zu?«

Er ließ sich auf den Stuhl neben mich fallen. »Den Erfinder von Tofu sollte man zum Tierarzt bringen und einschläfern lassen.«

Ich lachte. »Sie können auch normales Essen bestellen.«

»Das werde ich auch. Übrigens heiße ich Alan Millett. Ich bin hier, weil meine Familie mich rausgeschmissen hat, um meine Geburtstagsüberraschung organisieren zu können. Allerdings wissen sie nicht, dass ich es weiß.«

»Und Sie haben trotzdem mitgemacht?«

»Warum nicht? Sally, Joey und Ben macht es offenbar Spaß. Außerdem fand ich auch, dass ich eine kleine Pause brauche, und habe mich deshalb hierher verfrachten lassen.«

Die Plastikmappe fiel zu Boden, und ich bückte mich, um sie aufzuheben. Ich ertappte mich dabei, dass ich Alan Millett ansah wie damals Nathan, als Rose mich zu sich eingeladen hatte, um mich ihm vorzustellen. Alan Millett erwiderte meinen Blick. Er hatte ein offenes, ehrliches Gesicht. »Ich bin zwar Ehemann und Vater und liebe meine Familie«, sagte seine Miene, »aber ... warum nicht?«

»Sie haben interessante Augen«, meinte er. »Hat Ihnen das schon mal jemand erzählt?«

War mein Pawlowscher Reflex etwa eingerostet? Warum nur hatte ich nicht das Gefühl, dass es einen Versuch wert sein könnte? Weshalb lächelte ich ihm nicht instinktiv auffordernd zu? Stattdessen setzte ich mich gerade hin. »Ja. Mein Mann.«

Am anderen Ende des Pools stand eine Frau auf und schlüpfte aus dem Bademantel, sodass ein grellroter Badeanzug zum Vorschein kam. Leichtfüßig und selbstbewusst stieg sie die Stufen hinunter, schnappte nach Luft und machte dann einen großen Satz ins Wasser.

Alan Millett unternahm einen zweiten Anlauf. »Möchten Sie etwas trinken? Ich glaube, es gibt hier pürierten Weizenkeimsaft oder ähnliche Leckereien.«

»Offenbar haben Sie sich nicht von der Stimmung hier anstecken lassen.«

»Nicht im Geringsten«, entgegnete er vergnügt.

»Ich auch nicht. Aber verraten Sie mich bitte nicht. Meine Freundin hat mich hierher eingeladen.«

»Das ist seltsam«, erwiderte er. »Ich hätte gedacht, Sie wären Feuer und Flamme.«

Nachdem ich eine Weile die Schwimmerin beobachtet hatte, fragte ich: »Und was ist das für eine Geburtstagsüberraschung?«

»Eine Party mit Zelt und allen Schikanen. Offenbar halten sie mich für blind. Eigenartige Markierungen auf dem Rasen. Riesige Kerzenvorräte. Aber am verräterischsten war, dass meine Frau sich eine Badezimmerwaage gekauft hat. Das heißt, dass sie versucht, sich in ein neues Kleid hineinzuhungern.« Sein Tonfall war liebevoll.

»Werden Sie sich amüsieren?«

»Klar. Schließlich wird man nicht alle Tage fünfzig. Warum sollte man den Tag nicht feiern?« Er beugte sich leicht in meine Richtung und zog die Augenbraue hoch. Ich wusste, dass ich nur zu reagieren brauchte, damit mir die Gelegenheit zu einem Abenteuer in den Schoß fiel. Unverbindlich, angenehm und ohne Verpflichtungen. »Ich habe vorhin Ihren Namen nicht verstanden«, fügte er hinzu.

»Weil ich ihn nicht gesagt habe. Ich heiße Minty.«

»Ungewöhnlich. Und warum sind Sie hier?«

»Aus einer ganzen Reihe von Gründen.« Ich stand auf und band mir den Gürtel des Bademantels fest um die Taille. »Sie scheinen eine sehr nette Familie zu haben. Hoffentlich wird Ihre Party ein Erfolg.«

Als ich ging, starrte er nachdenklich in die blauen Tiefen des Pools.

Während ich mich in meinem Luxuszimmer zum Abendessen umzog, ertappte ich mich dabei, dass ich mit Nathan sprach. »Heute wollte mich jemand anbaggern.«

»Und?«

»Kein Interesse, Nathan. Er war sehr nett, aber es ist nicht dasselbe.«

Die Antwort konnte ich nicht verstehen.

Ich befürchtete, ich könnte anfangen, mich nicht mehr genau an Nathan zu erinnern. In meinem Gedächtnis verschwamm sein Bild bereits und veränderte sich. War das wahr? Hatte es sich wirklich so abgespielt? Hatte er das tatsächlich zu mir gesagt?

Kapitel 20

»Minty, ich habe mir gestern Sorgen um dich gemacht.« Gisela nahm kein Blatt vor den Mund. »Du sahst zum Fürchten aus.«

Regel Nummer fünf: Wenn es nicht gerade um Leben oder Tod geht, ist es die Pflicht einer Freundin zu lügen.

»Das muss an den Giftstoffen liegen«, erwiderte ich. »Die wollen einfach nicht parieren.«

Es war früh am Sonntagmorgen. Wir hatten uns hinaus in den makellos gepflegten Garten – Pavillon, Hecken, Steinstufen und eine riesige Rasenfläche – geflüchtet, um vor der täglichen Arbeit frische Luft zu schöpfen. Es würde heute heiß werden. Aber wir hatten den Zeitpunkt abgepasst, als eine leichte Brise und taubedeckte Pflanzen noch Kühle spendeten. Es war schön, am Leben zu sein.

Gisela ließ nicht locker. »Natürlich hast du allen Grund, nicht topfit zu sein.« Sie senkte verschwörerisch die Stimme. »Aber gibt es da etwas Besonderes, das dich bedrückt? Du kannst mir alles erzählen.«

»Es kommt und geht«, beichtete ich. »Ich gerate in Panik.« Allein das Wort auszusprechen sorgte dafür, dass die allgegenwärtige Melancholie sich in meiner Brust breitmachte. »Ich befürchte, dass ich all das, was mir auferlegt ist, gar nicht tragen kann.«

Gisela, die Abenteurerin und Realistin, verstand genau, was ich meinte. »Du hast doch genug Geld, oder? Die Abfindung?« Sie war zwar, Bettgeflüster sei Dank, gewiss über die genaue Höhe der von Vistemax gezahlten Abfindung im Bilde, konnte es aber nicht zugeben und drückte sich deshalb ausgesprochen taktvoll aus.

»Sagen wir mal, ich bin momentan auf meinen Job angewiesen.«

Sie musterte mich prüfend. »Manchmal kriegen wir das, was wir wollen.«

»Ich wollte nicht, dass Nathan stirbt.«

»Ich meinte, dass du berufstätig sein wolltest. Wenigstens hast du jeden Tag was zu tun.« Sie packte mich am Arm. »Also ist Selbstmitleid überflüssig. Verstanden? Das ist etwas für dumme Menschen. Und hör auf zu grübeln, Minty.«

Zwischen den beiden Ansprüchen, mich weder selbst zu bemitleiden noch zu grübeln, blieb mir nicht mehr viel Spielraum. Allerdings hatte Giselas Rat etwas für sich. Sich am Riemen zu reißen und das Gejammere einzustellen war nicht nur vernünftig, sondern auch lebensrettend.

Sie ging den Pfad hinunter, lief an einer Hecke entlang und hielt vor einer Pflanze inne, deren Blütenpracht an eine leuchtend blaue Wolke erinnerte. »Marcus hat recht mit seinem Einwand, genug sei genug. Aber ich wünschte, er hätte es nicht gesagt. Bis jetzt hat doch alles so wunderbar geklappt.«

Unzählige Bienen labten sich an der Pflanze. Ich bückte mich, um einen jungen Trieb abzubrechen. Er roch scharf und irgendwie vertraut, und ich steckte ihn in die Tasche. »Für dich vielleicht. Aber Marcus sieht das offenbar anders.«

»Genau das meinte ich damit, dass man nicht grübeln soll, Minty. Damit schwächt man nur seine eigene Position.«

In diesem Moment wurde mir klar, dass Gisela und Roger das perfekte Paar waren. Marcus ahnte ja nicht, dass seine hoffnungslosen Minneträume von seiner *dame lointaine* schon längst Makulatur waren. »Marcus hat den Kürzeren gezogen.«

Gisela fuhr so ruckartig zu mir herum, als hätte jemand an einer unsichtbaren Schnur gezogen. »Warum kann ich Marcus nicht begreiflich machen, dass es nicht unbedingt das Beste sein muss, mit dem Menschen, den man liebt, auch zusammenzuleben?«

Ich warf einen Blick zurück auf das ehrwürdige Anwesen aus grauem Stein, wo jedes Fenster blitzblank und jeder Grashalm ordentlich gestutzt war. Es war teuer, exklusiv und für die meisten unerreichbar. »Das ist es also«, meinte ich, denn mir war endlich ein Licht aufgegangen. »Du willst das alles nicht verlieren. Es ist zu riskant. Der arme Marcus.«

Die Lymphdrainage bestand daraus, dass jemand mit leichten Bewegungen die Finger über mein Gesicht und meinen Hals gleiten ließ. Es war nicht unangenehm, nein, ganz im Gegenteil, und ich spürte, wie ich langsam wegdämmerte.

Die Finger flatterten und streichelten ... Vögel flogen nach Süden ... Das Flügelschlagen einer Motte in der Dämmerung ... Das leise Plätschern des Meeres am Strand.

Ich versuchte, nicht zu denken.

Leises Meeresrauschen ... wie das Meer in der Priac Bay, das Rose an jenem Tag – dem Tag, an dem Nathan in ihrer Wohnung gestorben war – so gut beschrieben und das ich den Jungen gezeigt hatte.

Es sei eine winzige Bucht, hatte sie gesagt. (Sie behielt recht, und die Jungs fanden es toll dort.) Entlang den Klippen verlaufe ein Küstenpfad, auf dem man ständig Wanderer treffe. Richtig. Grasnelken wüchsen in Büscheln. Dazu Seegras und, je nach Jahreszeit, auch Gänseblümchen. Das Meer könne sehr unterschiedlich sein, hatte Rose gemeint, aber sie liebe es am meisten, wenn es so glatt sei, dass Steine und Algen durch das türkisfarbene Wasser schimmerten. Von der Hütte der Küstenwache aus habe man Blick auf die Felsen, wo sich Strandläufer vor vielen Jahrhunderten über havarierte Schiffe hergemacht hätten. Ein Stück weiter oben sei ein in die Klippen gehauener Pfad. Dort hätten die Lasttiere gewartet, bis die Plünderer, beladen mit Beute, zurückgekommen seien.

Nach einer Weile glitten die Finger über meinen Hals. »Den restlichen Tag werden Sie sich schläfrig fühlen«, sagte eine Stimme zu mir. »Das müssen sie zulassen.«

Beim Anziehen meldeten sich die Kopfschmerzen vom Vortag zurück. Ich sah auf die Uhr. Elf. Der Tag vor mir erstreckte sich in idyllischer Einförmigkeit. Es würde für lange Zeit der letzte dieser Art sein.

Als ich aus der Kosmetikkabine trat – ein Schrein, ausgestattet mit rosafarbenen Schnörkeln und Nischen, voll von in Reih und Glied angeordneten Fläschchen, denen es zu huldigen galt –, klingelte mein Mobiltelefon. Ich nahm das Gespräch an.

»Minty …« Eves Stimme klang heiser und voller Angst. »Mir geht es schlecht. Ich bin krank.«

Ich setzte mich auf einen der Stühle im Flur. Gewiss standen sie für all jene hier, die bei der Jagd nach der Schönheit von ihren Kräften verlassen wurden. »Was fehlt dir denn, Eve?«

»Ich kriege keine Luft mehr.«

»Wo bist du?«

»Im Bett.«

»Und die Zwillinge?«

»Bei Mrs. Paige.« Ich hörte, wie sie nach Atem rang und das Telefon herunterfiel. Ihr Husten war besorgniserregend.

»Eve? Eve, kannst du mich hören?« Ein schreckliches Schweigen. »Ganz ruhig, Eve. Ich komme sofort nach Hause.«

Giselas Verständnis hielt sich in Grenzen. »Dann musst du wohl abreisen.« Wie ihr Tonfall verriet, wollte ihr nicht ganz in den Kopf, warum sich nicht jemand anderer um das kranke Au-pair-Mädchen kümmern konnte. »Heute Abend wären wir doch ohnehin gefahren.«

»Ich weiß. Es tut mir leid.« Ich stand, voll bekleidet und die gepackte Tasche zu meinen Füßen, an der Rezeption. Der Raum wurde von zwei pastellfarbenen Blumengestecken und dem Porträt eines Mädchens hoch zu Ross in einem engen grünen Reitkostüm geschmückt. Die drei Empfangsdamen hatten einen makellosen Teint. »Ich weiß nicht, wie ich dir für deine Großzügigkeit danken soll, aber ich muss los. Wenn Eve wirklich krank ist, muss ich mich um eine Vertretung für sie kümmern, damit ich morgen zur Arbeit kann.«

Gisela verzog unwillig das Gesicht. »Nun ja.« Es ärgerte sie, dass ihr Geschenk an mich auf diese Weise verdorben wurde. Außerdem hatte sie noch mehr mit mir besprechen wollen.

»Erzähl mir, wie es mit Marcus weitergegangen ist.«

Sie trat einen Schritt zurück. »Natürlich.«

Ich griff nach meiner Tasche. »Denk auch an Roger«, hörte ich mich sagen. Allerdings war es mir rätselhaft, warum ich mir Sorgen um den Mann machte, der Nathan gefeuert hatte.

Sie warf mir einen zornigen Blick zu. »Zerbrich dir darüber nicht den Kopf. Er bekommt genau das, was ihm zusteht.«

Auf der Heimfahrt im Zug starrte ich aus dem Fenster auf die vorbeirasende Landschaft und dachte an den Nathan, der nach der Trennung von Rose übersprudelnd vor Begeisterung zu mir gekommen war. »Zwischen Rose und mir ist es aus. Jetzt wird alles anders.«

Die Kluft zwischen seinen Worten und unserer Wirklichkeit hatte mich erschreckt. Der Mann hatte grau meliertes Haar, ein Kniegelenk, das zwackte, und erwachsene Kinder. Ich hingegen hatte es auf den Lexus, seine Kreditkarte und das hübsche Haus abgesehen.

Doch das Eigenartige, das ich bis heute noch nicht richtig fassen konnte, war, dass ich Nathan tatsächlich geglaubt hatte.

Eve lag zusammengekrümmt im Bett. Wegen des geschlossenen Fensters war es stickig im Zimmer und roch nach Krankheit. Neben dem Bett bemerkte ich einige Gläser, eine halbvolle Teetasse und eine Schachtel Aspirin.

Ich sah auf den ersten Blick, dass Aspirin in diesem Fall nicht genügen würden. Eine Viertelstunde später hatte ich Eve ins Auto gepackt und sie in die nächste Notaufnahme gefahren.

Nach drei weiteren unangenehmen Stunden – wir waren Zeuginnen einer Prügelei zwischen Betrunkenen und der Fixierung eines schreienden jungen Mädchens geworden und hatten mit ansehen müssen, wie ein über und über mit Blut verschmierter Mann um Hilfe flehte – verkündete ein Arzt, die fiebrige und inzwischen halb bewusstlose Eve litte an einer Lungenentzündung. Dabei schwang der Vorwurf mit, das alles sei nur meine Schuld. Er erklärte weiterhin, Eve müsse einige Tage im Krankenhaus bleiben, bis sich ihr Zustand stabilisiert habe. Anschließend brauche sie sorgfältige Pflege. Wieder war darin die Andeutung zu hören, es läge einzig und allein an mir, diese Vernachlässigung meiner Pflichten wiedergutzumachen.

Beim Verlassen des Krankenhauses war ich wütend auf den Arzt, auf Eve, auf mich selbst und auf die ganze Welt.

Paige lieferte die Jungs bei mir ab. Als ich die Tür öffnete, stießen die Zwillinge, die noch nicht mit mir gerechnet hatten, einen lauten Schrei aus, stürmten mit rudernden Armen und in Höchstgeschwindigkeit auf mich zu und kollidierten mit meinem Bauch. »Nicht so heftig, ihr zwei.«

»Du riechst komisch«, stellte Lucas fest und schnupperte an meinem Arm, der erst an diesem Morgen von den dienstbaren Geistern in Claire Manor gesalbt worden war.

»Gefällt es dir nicht? Es riecht nach Rosen und Thymian.«

»Ein-fach ek-lig!«

Paige unterbrach meinen Schwall von Dankesworten und lehnte es ab, hereinzukommen. Dass sich unser Verhältnis abgekühlt hatte, war nicht zu übersehen. »Wie läuft es so?«, wagte ich mich schüchtern vor. Doch sie ging nicht darauf ein.

»Bevor du mich fragst: Ich kann morgen nicht einspringen.«

»Oh.«

Paige schüttelte den Kopf. »Völlig unmöglich. Linda hat ihren freien Tag, und ich bin voll und ganz mit den Kindern beschäftigt. Tut mir leid.« Ihre Miene wurde versöhnlicher. »Warum versuchst du es nicht bei Kate Winsom oder Mary Teight?«

Als sie ging, klingelten ihr von meinem Dank sicher noch die Ohren. Ich hängte mich sofort ans Telefon.

Kate Winsoms Sohn war nach der Schule bei einem Freund eingeladen. »Es tut mir ja so leid, dass ich dir nicht helfen kann, denn schließlich …« Sie überließ es meiner Phantasie, mir das genaue Ausmaß ihres Beileids wegen meines Verlustes auszumalen. Mary Teight musste mit ihrer Tochter zum Arzt.

Auch Millies Mutter Tessa bedauerte sehr. »Oh, Minty, es tut mir ja so leid, aber Millie ist morgen bei ihrem Vater. Warum rufst du keine Agentur an?«

»Das würde ich ja«, erwiderte ich. »Aber heute ist Sonntag.«

»Kannst du dir den Tag nicht freinehmen?«

Nach dem Telefonat mit Tessa war ich durch mit meiner Liste. Sonst kannte ich niemanden bis auf Sue Frost, die nicht zählte, weil ich keine Lust auf ungebetene Ratschläge zum Thema Kindererziehung hatte. Als mir das klar wurde, fühlte ich mich noch einsamer.

Während die Zwillinge Hähnchennuggets mit Pommes verspeisten, tigerte ich in der Küche auf und ab und rief mir den harten Blick aus Chris Sharps haselnussbraunen Augen ins Gedächtnis. Sicher würde dieser nicht verständnisvoller werden, wenn ich jetzt seine Nummer wählte und ihm mitteilte, mein Kinderbetreuungssystem sei gerade in sich zusammengebrochen. Von Barrys Warte aus betrachtet waren Zwischenfälle wie diese in die Rubrik »Wackelkandidatin« und »beruflich überfordert« einzuordnen.

Gisela rief an, um sich zu vergewissern, ob ich gut nach Hause gekommen sei, und um mir von der phantastischen Gesichtspflege zu erzählen, die ich verpasst hätte. »Sie verwenden Schlamm aus dem Toten Meer. Hast du dein Problem gelöst? Was machst du jetzt?«

»Das weiß ich nicht«, antwortete ich wahrheitsgemäß.

Sie schnalzte mit der Zunge. »So schwierig kann das doch wohl nicht sein.«

Hier sprach eine kinderlose Frau. »Tut mir leid, dass wir nicht mehr Zeit zum Reden hatten, Gisela. Hast du dich entschieden?«

»Ich weiß es nicht«, erwiderte sie. »Ich weiß es wirklich nicht.«

»Offenbar weiß derzeit keiner irgendwas«, meinte ich.

Die Zwillinge warfen sich auf den Boden und balgten sich wie die Welpen. Da sie sich seit meiner Rückkehr wieder sicher fühlten, fingen sie an, über die Stränge zu schlagen. Aber dennoch sprang immer wieder einer von ihnen auf, um mich kurz an Arm, Knie oder Gesicht zu berühren und sich zu vergewissern, dass ich wirklich da war.

Ich zwang mich, nicht in Panik zu geraten. Ich zwang mich, Nathan nicht dafür verantwortlich zu machen, dass er mich im

Stich gelassen hatte. Ich rang um die nüchterne Sicht der Dinge, die mich in meinem früheren Leben befähigt hätte, gleich morgen in aller Frühe eine Agentur anzurufen und die nächstbeste verfügbare Kraft zu engagieren.

Der Geräuschpegel der Zwillinge stieg. »Mum!«, kreischte Lucas, und ich konnte gerade noch einen heftigen Kopfstoß abwehren.

»Das darfst du nicht tun, Lucas. Du könntest jemanden verletzen.«

Ich war nicht sicher, ob ich es fertigbringen würde, die beiden einer wildfremden Agenturmitarbeiterin zu überlassen.

»Mum«, meinte Lucas. »Dad sagt ...«

Plötzlich herrschte eine herzzerreißende Stille. Ich ging in die Knie und zog meine Söhne an mich. Ihre Köpfe ruhten auf meinen Schultern, und ihre kleinen Körper schmiegten sich an meinen. »Ja, Lukey. Was hat Dad gesagt?«, murmelte ich.

Eine Agenturmitarbeiterin würde wegen Lucas' Kopfstößen oder Felix' Schweigsamkeit wahrscheinlich böse werden. Vielleicht würde die Agenturmitarbeiterin grob mit ihnen umgehen oder ihnen Eier zu essen geben, die sie überhaupt nicht mochten. Eine Agenturmitarbeiterin würde niemals verstehen, wie sehr sie um ihren Vater trauerten.

»Dad sagt«, wiederholte Felix. Die Wimpern an seinen Kulleraugen erinnerten an feuchte Federn. Ich blickte in ihre blauen Tiefen hinab, in denen so viel mehr Wissen zu liegen schien, als sein Alter eigentlich zuließ. Dann wandte ich mich an Lucas. »Was hat Dad gesagt?«

Lucas starrte mich verdattert an. Dann schüttelte er den Kopf. »Weiß nicht«, nuschelte er und warf sich quer über mich, um nach Felix zu schlagen. Der stürzte mit einem Aufschrei zu Boden.

Ich erlaubte ihnen zu raufen, denn dabei konnten sie Dampf ablassen, und offenbar empfanden sie die Berührungen als tröstlich. Währenddessen sah ich auf die Wanduhr. Noch nie hatte ich den Eindruck gehabt, dass die Zahlen so schwarz hervorstachen. Sonntag ... Sonntag ... Die Zeit lief mir davon.

Mein Verstand arbeitete fieberhaft. Und insbesondere ein Szenario war es, das meiner Melancholie wieder neue Nahrung gab.

»Tut mir leid«, würde Barry sagen, wenn ich ihn anrief, um ihm mitzuteilen, dass ich es nicht zu der Sitzung am Montag schaffen würde. »Offenbar klappt es mit Ihrer Ganztagsstelle doch nicht.« Ich malte mir aus, wie er die Hände ausbreitete und seine Armbänder sich zusammenschoben. »Wir brauchen jemanden, auf den wir uns verlassen können, Minty. Und im Moment sieht es nicht danach aus, als ob Sie dieser Jemand wären.«

Der gebildete Mann – die gebildete Frau ist hier nicht gemeint – zeichnet sich dadurch aus, dass er gleichzeitig widersprüchliche Gedanken denken kann. Nathan ... war tot. Seine Kinder lebten.

Eine Idee nahm Gestalt an. Hör zu, beharrte sie, als ich sie schon abtun wollte. Ich breitete die Hand aus und betrachtete meine Finger. Überleg es dir wenigstens.

Der Radau hatte allmählich besorgniserregende Ausmaße angenommen, und ich machte mich daran, die Kontrahenten zu trennen. Felix drehte sich um und biss mich kräftig in die Hand. Ich zuckte zurück. »Lass das.« Er erstarrte und wandte sich ab. Ich kauerte mich neben ihn. »Felix, du darfst niemals einen anderen Menschen beißen. Hörst du? Mummy versucht dir gerade, etwas Wichtiges beizubringen.«

Die Existenzfrage kann man auf unterschiedliche Weise beantworten. »Nun wenden wir uns ein wenig ausführlicher dem Überlebenskampf zu«, schrieb Charles Darwin in *Die Entstehung der Arten*.

Einmal, wir waren bereits seit einer Weile verheiratet und gerade dabei, uns leidenschaftlich zu lieben, hielt Nathan plötzlich inne. »Noch nie habe ich eine Frau so begehrt wie dich, Minty«, gestand er mir, was mich unglaublich erregte. Er sagte nicht wie schon öfter zuvor: »Ich habe noch nie jemanden so geliebt wie dich.« Mir fiel auf, dass etwas fehlte, aber ich fand, dass Begehren auch in Ordnung war.

Allerdings stimmte das nur zum Teil. Begehren war eine gute Sache und half uns, auch unruhige Zeiten zu überstehen. Dass zwischen uns die Liebe fehlte, hätte mich unruhig machen sollen. Und dennoch beschloss ich, es zu ignorieren.

Wieder griff ich zum Telefon und wählte, während sich Felix tränenüberströmt an mein Bein klammerte, eine eigentlich ganz harmlose Zahlenkombination. Sofort wurde abgehoben.

»Bist du es, Rose?«

»Minty.«

»Ich weiß, dass ich dich störe ...«, die Pause bestätigte diese Diagnose, »aber ich möchte dich ... ich muss dich um einen Gefallen bitten.« Da Rose nicht die Absicht hatte, mir mein Vorhaben zu erleichtern, entstand wieder eine lange Pause. »Bitte ...« Das Wort tat weh, und ich spürte, wie mir die Röte in die Wangen stieg.

»Ich weiß nicht, ob das möglich ist, Minty. Worum geht es denn?«

»Du hast keinen Grund, etwas für mich zu tun. Nur der Jungs zuliebe. Es gibt da nämlich ein Problem.«

»Warum ich?«

»Weil Nathan fand, dass du dich beteiligen solltest. Ich halte mich nur an seinen ... Vorschlag.«

»Die Jungs«, unterbrach sie mich. »Fehlt ihnen etwas? Sind sie krank?«

Ihr meine missliche Lage zu beichten wirkte, als hätte jemand ein Furunkel aufgestochen, und ich bekam am Telefon einen hysterischen Weinkrampf. »Ich brauche morgen jemanden, der auf sie aufpasst. Ich darf nicht im Büro fehlen, und Eve liegt im Krankenhaus. Ab übermorgen kann ich eine Vertretung organisieren.«

Sam setzte Rose um Punkt acht Uhr vor der Tür des Hauses Nummer sieben ab. »Er hat bei mir übernachtet und mich hergefahren«, erklärte sie.

Sam blieb auf der Schwelle stehen. »Hallo, Minty, ich kann leider nicht bleiben.«

»Noch mal Glückwunsch, dass du den Job gekriegt hast«, antwortete ich geistesgegenwärtig.

Er runzelte die Stirn. »Ist ein zweischneidiges Schwert, wie ich gerade mitbekomme«, entgegnete er. »Ich bin in London, um die letzten Einzelheiten zu regeln.«

»Hat Jilly sich inzwischen entschieden, ob sie mitkommt?«

»Ich arbeite noch daran.«

Poppys Bitte fiel mir ein. »Kann ich etwas für euch tun?«

»Eigentlich nicht. Uns wird schon eine Lösung einfallen.« Er lächelte, um seinen Worten die Schärfe zu nehmen. »Trotzdem danke für das Angebot.«

Die Reihen hatten sich geschlossen. Ich verstand den Wink. Offenbar war meine Hilfe hier nicht gefragt – eins zu null gegen mich. Nachdem Sam sich verabschiedet hatte, ging ich mit Rose ins Haus.

In der Küche stellte sie ihre Handtasche auf den Tisch. Sie trug Jeans, ein hautenges T-Shirt und eine schwarze Strickjacke, in der ihre Arme noch schlanker wirkten, als sie waren. »Ich weiß nicht, was ich sagen soll oder warum ich überhaupt gekommen bin, Minty.« Sie kehrte mir den Rücken zu. »Aber ich glaube, ich mache es Nathan zuliebe.«

Ich rief die Jungs, die gerade dabei waren, das Kinderzimmer zu zerlegen. Lucas hatte eine grüne Hose an, Felix trug blaue Socken. »Jungs, ihr erinnert euch doch noch an Mrs. Lloyd.«

»Rose.« Sie hielt ihnen die Hand hin. »Hallo, Lucas? Prima, diesmal habe ich richtig geraten. Hallo, Felix.«

Ein Windstoß brachte das Katzentürchen zum Klappern. *Peng!* Wie immer ein unheimliches Geräusch. Kurz verdüsterte sich Roses Miene.

»Das ist das Katzentürchen«, verkündete Felix.

»Habt ihr eine Katze?«, fragte Rose.

»Mummy erlaubt es nicht.«

Die Zwillinge hielten Abstand, beschränkten sich darauf, Rose aufmerksam zu mustern. Ihre Mienen verrieten Langeweile und Ablehnung, und sie wirkten ziemlich übermüdet. »Rose ist die Mummy von Sam und Poppy«, erklärte ich. »Sie wird heute auf euch aufpassen. Ihr wisst doch noch, dass sie Daddy gekannt hat.«

Felix zog die Schultern hoch. »Warum kannst du nicht auf uns aufpassen, Mummy?«

»Weil ich arbeiten muss. Sonst werden sie im Büro böse auf mich.«

»Er klingt genau wie Sam«, meinte Rose.

Wieder klapperte das Katzentürchen, was mich daran erinnerte, wie banal das Leben und wie gnadenlos der Alltag mit seinen unzähligen kleinen Verrichtungen war. In Roses Augen erschien die Welt inzwischen abwechslungsreich und wunderschön. In meinen leider nicht. Das Klappern des überflüssigen Katzentürchens erinnerte mich daran, dass sich vor mir eine kahle Ebene aus Verlust, Leid und Trauer erstreckte, die ich erst noch durchqueren musste.

Rose wühlte in ihrer Tasche. »Vermutlich war ich der letzte Rettungsanker.«

»Ehrlich gesagt, ja.«

Das brachte sie zum Schmunzeln, und die Stimmung wurde ein wenig lockerer. »Es muss dich große Überwindung gekostet haben, mich anzurufen.«

»Ja. Und wenn du ehrlich bist, war es für dich nicht leicht herzukommen.«

»Dann hätten wir das ja geklärt.« Sie holte ein Päckchen bunter Filzstifte und zwei Malblöcke aus der Tasche. »Felix und Lucas, wollen wir ausprobieren, wer die schönste Katze malen kann? Und dann bringe ich euch zur Schule.«

Offenbar hatte Felix gründlich nachgedacht. »Bist du Poppys Mummy? So wie Mummy unsere Mummy ist?«

Rose nickte. »Genau so.«

Lucas griff sich einen Malblock und einen grünen Stift, während Felix abwartete. »Das sind meine blauen Socken«, teilte er Rose mit und streckte das Bein aus. »Daddy fand sie gut.«

Als Rose die Socke und den winzigen Fuß darin betrachtete, liefen ihr die Tränen über die Wangen.

Ich wandte mich ab.

Bevor ich aufbrach, warf ich einen Blick in die Küche. Rose lehnte am Tisch und baumelte mit einem Bein. Die Zwillinge malten, und Rose sagte: »Wusstet ihr, dass euer Daddy gern geschwommen ist? Einmal ist er so weit rausgeschwommen, dass wir ihn mit dem Boot retten mussten.«

Kein auch noch so strahlendes Licht konnte die tiefe Düsternis vertreiben, die mir immer vor Augen stand.

»Tschüs, Jungs.« Ich schulterte meine Tasche. »Seid schön brav.«

Die beiden hoben kaum die Köpfe. »Tschüs, Mummy.«

Um Punkt sechs Uhr öffnete ich lautlos die Haustür. Rose saß, ein Kind zu jeder Seite, auf dem Wohnzimmersofa und hatte die Arme um die Jungs gelegt. »Und dann hat euer Daddy die Angel genommen und ganz fest daran gezogen. Er hat gezogen und gezogen …«

Die drei waren so in die Geschichte versunken, dass sie mich gar nicht bemerkten. Als Rose die Hand hob und Felix geistesabwesend übers Haar strich, schmiegte er sich enger an sie.

»Und wisst ihr, was an der Angel hing?«

»Ein riesengroßer Fisch.« Lucas hielt die Hände auseinander. »So groß?«

»Nein.«

»Ein Toter?« Erschrocken riss Felix die Augen auf.

»Nein.«

»Ein Wal?«

»Ich verrate es euch«, sagte Rose. »Es war ein Koffer mit der Aufschrift ›R. Pearson‹. Und drinnen waren viele, viele Dosen mit Erbsensuppe.«

Als ich mit dem Fuß am Teppich scharrte, drehte Rose sich um. Unsere Blicke trafen sich, und sie drückte die Zwillinge fester an sich. »Schaut mal, wer da ist!«

»Ja«, erwiderte ich. »Eure Mummy.«

Die Tasche über der Schulter, stand Rose im Eingangsflur. »Auf Wiedersehen, Jungs. Bis bald.« Sie gab mir den Hausschlüssel zurück. »Sie waren ganz brav.«

Was das Verhältnis zwischen mir und Rose betraf, war eines nicht von der Hand zu weisen: Ich hatte falsch gehandelt und die Rolle der kaltherzigen Schurkin übernommen, während Rose das bemitleidenswerte Opfer war. Und das gab mir – zumindest wenn man an ein Schicksal glaubt – die Freiheit, auch weiterhin nach Lust und Laune zu sündigen. »Nathan hat dich geliebt«, sagte ich. »Er hat nie aufgehört, dich zu lieben.«

Rose lachte auf. »Ach, du meine Güte, offenbar hat sich das Blatt gewendet.« Sie hüstelte leise. »Siehst du nicht, wie komisch das ist?« In einer versöhnlichen Geste hielt sie mir die Hand hin. »Wirklich nicht?«

Ich brachte es nicht über mich, danach zu greifen. »Ich werde daran arbeiten.«

Rose wurde wieder ernst, und ein trauriger und bedauernder Ausdruck huschte über ihr Gesicht. »Ich glaube, Nathan hat mich trotz allem geliebt.«

»Und du«, bohrte ich weiter nach, »hast du ...«

Rose steuerte auf die Tür zu. »Ich habe dir heute einen Gefallen getan, Minty. Lassen wir es dabei bewenden.« Sie legte die Hand auf die Klinke. »Um eines klarzustellen: Da Nathan bereits eine Scheidung hinter sich hatte, hätte er nie die Zwillinge im Stich gelassen. Und er hat niemals bereut, dass es sie gibt. Niemals.«

»Das war nicht meine Frage.«

»Aber das ist meine Antwort«, erwiderte sie leise. Sie zerrte an der Klinke.

»Moment, ich helfe dir.« Ich rüttelte daran. »Das Schloss klemmt.«

»Oh, ich weiß«, erwiderte Rose. »Das war schon immer so.«

Kapitel 21

Es dauerte keine vierundzwanzig Stunden, bis ich Poppy an der Strippe hatte. »Minty, ich finde es unmöglich, dass du meine Mutter als Ersatzkindermädchen missbrauchst.«

Zufällig war ich sogar ihrer Ansicht. »Hat Rose das so ausgedrückt?«

»Nicht wortwörtlich. Aber sie hat mir erzählt, du hättest sie in letzter Minute angerufen und sie um Hilfe angefleht. Ich finde das nicht richtig«, fügte sie hinzu.

»Ich brauchte jemanden, der auf die Jungs aufpasst.«

»Du bist ihre Mutter. Begreifst du denn nicht, wie du sie damit verunsicherst?«

Ich hielt mir vor Augen, dass Poppy keine Kinder und deshalb auch nicht die leiseste Ahnung hatte. Poppy hatte nicht splitternackt und festgeschnallt dagelegen und, umringt von einer an eine Cocktailparty erinnernde Menschenansammlung, eine Geburt durchgestanden. Sie hatte nachts nicht anstatt zu schlafen den Schreckensphantasien aller Eltern nachgehangen: *Was ist, falls Lucas gerade dann auf die Straße läuft, wenn ein Lastwagen in voller Geschwindigkeit um die Ecke biegt?* Außerdem fehlte Poppy die Erfahrung, wie zwei blonde Wuschelköpfe immer wieder neue Wege fanden, die Grenzen meiner Geduld zu erkunden. »Deine Mutter hätte auch nein sagen können.«

Ein ungeduldiges Aufseufzen drang durch die Leitung. »Hast du noch immer nicht kapiert, dass Mum alles mit sich machen lässt?«

»Ich glaube, das stimmt nicht ganz, Poppy.«

»Sie hat die verrückte Vorstellung, Dad hätte es gewollt, dass sie sich um die Jungs kümmert. Ich habe ihr geraten, dass sie sich da raushalten soll. Richard findet auch, du solltest deine Probleme selbst lösen.«

281

Trotz aller guten Vorsätze empfand ich diese letzte Bemerkung als kränkend. Denn ich hatte aus seinen verständnisvollen Bemerkungen geschlossen, dass wir einander verstanden. »Tut er das wirklich?«

»Äh. Tja, wir sind einer Ansicht.«

Ich wäre jede Wette eingegangen, dass Richard nichts dergleichen geäußert hatte. »Poppy«, meinte ich deshalb. »Ich tue mein Bestes, aber es ist im Moment nicht leicht für mich, und die Jungs bedeuten mir mehr als alles andere.«

»Und?«

»Ich hatte Angst, meinen Job zu verlieren, wenn ich nicht ins Büro komme.« Allein diese Worte auszusprechen sorgte dafür, dass mir der Schweiß auf der Oberlippe ausbrach.«

»Hättest du nicht mit denen sprechen können? Schließlich gibt es doch Gesetze für solche Fälle.« Eine Pause. »Ich würde mir das nicht gefallen lassen, Minty.«

»Doch, das denke ich schon, nämlich dann, wenn dir nichts anderes übrig bliebe.« Inzwischen zitterten mir die Knie. »Es besteht eben ein Unterschied zwischen Theorie und Praxis.«

»Ach, mir kommen die Tränen.«

Ich ließ den Blick durch die Küche schweifen. Seit Eve nicht mehr da war, zeigte sie deutliche Anzeichen von Vernachlässigung. Auf dem Fensterbrett lag Staub, vor dem Mülleimer war Kaffeesatz verschüttet worden, und neben der Spüle warteten einige schmutzige Pfannen darauf, dass sich jemand ihrer annahm.

»Da wären übrigens noch zwei Dinge, Poppy. Ich glaube, es ist nicht gut, wenn ich mich in Jillys und Sams Probleme einmische. Sam hat mich höflich abgewimmelt.«

»Du hast dir ganz bestimmt nicht genug Mühe gegeben.«

»Das stimmt nicht. Ich habe versucht, mich langsam vorzutasten, und gemerkt, dass es nichts nützen würde. Jetzt bist du wieder dran, fürchte ich. Du wirst dich selbst damit befassen müssen.«

»Hm. Jetzt klingst du wie Sam. Der große Bruder, der einen nur herumkommandiert. Und was war das Zweite?«

»Ich habe mit Theo gesprochen. Es sieht ganz danach aus, als ob in nächster Zeit kein Geld fließen würde. Er konnte mir auch nicht sagen, wann es so weit ist.«

»Oh, mein Gott«, erwiderte Poppy, und es schwang ein wenig Verzweiflung in ihrer Stimme mit. »Bist du ganz sicher?«

Ich hatte weder Zeit noch Lust, mir Poppys Schwierigkeiten anzuhören. Schließlich hatte ich es hier mit der Frau zu tun, die in Schwarz zu meiner Hochzeit gekommen war und die ihren Vater – auch für mich beleidigend – als geilen alten Bock bezeichnet hatte. Außerdem hatte sie stets ihr Möglichstes getan, um der Familie das Weihnachtsfest zu verderben. Also bestand zwischen uns beiden keine Beziehung, in der die eine der anderen sofort zur Hilfe eilte, wenn es Schwierigkeiten gab.

Doch ich schlug die Vernunft in den Wind. »Ich habe den Verdacht, dass du dich beim Pokern übernommen hast«, sagte ich zu ihr. »Habe ich recht?«

Ein Aufschluchzen. »Mit *dir* kann ich nicht darüber reden.«

»Doch, du kannst.«

Es waren noch ein wenig Bohren und Nachhaken nötig, aber schließlich legte Poppy ein Geständnis ab. »Ich bin total süchtig. Ich weiß nicht, wie das passieren konnte. Es ist mir immer noch rätselhaft, aber es ging ganz schnell. Und jetzt komme ich nicht mehr davon los. Nachts liege ich wach und frage mich, wieso. Weil ich immer verloren habe, musste ich mir Geld leihen, und nun kann ich es nicht zurückzahlen. Irgendwann konnte ich meine Kreditkartenschulden nicht mehr begleichen, und ich habe mir etwas bei einem dieser Kredithaie geliehen, die einem das Blaue vom Himmel versprechen, aber nichts von ihren astronomischen Zinsen sagen. Und eine Karriere im Kerzenhandel ist … ist halt nur eine Karriere im Kerzenhandel, wenn du verstehst, was ich meine. Da verdient man nur Peanuts. Mit Richard kann ich nicht darüber sprechen. Er würde ausrasten. Mit Mum auch nicht. Wenn ich nicht bald etwas unternehme, kommt der Gerichtsvollzieher, und dann steh ich bei den Banken auf der schwarzen Liste und …«

Ich fiel ihr ins Wort. »Moment mal, Poppy. Hast du inzwischen mit dem Spielen aufgehört? Das ist nämlich die erste Voraussetzung.«

»Natürlich.« Poppy war eine miserable Lügnerin.

»Ich glaube dir nicht.«

Da unser Vertrauensverhältnis noch auf tönernen Füßen stand, reagierte sie auf meinen Vorstoß, indem sie auf mich losging: »Misch dich nicht ein. Ich schaffe das schon. Wenn du mir das Geld besorgst, werde ich alles regeln.«

Die lebenslange Lektüre von Ratgebern kam mir nun sehr gelegen. »Warum suchst du dir nicht Hilfe?« Ich senkte die Stimme. »Poppy, ich kann dir ein paar Adressen besorgen.«

Wieder ein Schluchzen. »Ich vermisse Dad. Es ist, als hätte man ein Loch im Kopf. Warum musste er sterben?« Schweigen. Dann hörte ich ihre bedrückte, körperlose Stimme am anderen Ende der Leitung. »Ich wünschte, ich wäre tot.«

Ich warf einen Blick auf die Uhr. Ich hatte genau eine Stunde Zeit, und die konnte ich besser nutzen, als sie mit dem Bügeln der Jacke zu verbringen, was eigentlich als Nächstes auf meiner Liste stand. »Ganz ruhig, Poppy.« Bei dem Gedanken, mich in unbekanntes Terrain zu begeben, wurde ich ganz aufgeregt. »Wenn du möchtest, komme ich vorbei.«

»Nein«, erwiderte sie. »Lass es.«

Eve hatte das Bett, das am weitesten von der Stationstür entfernt war, wodurch sie hoffentlich ein bisschen Ruhe hatte. Es herrschte ein unglaubliches Hin und Her von Rollwagen, Besuchern und weißbekittelten Ärzten.

Sie lag auf ein Kissen gestützt da. Die Farbe ihres Gesichts ähnelte dem Weiß der Bettwäsche.

»Geht es dir schon besser, Eve?« Ich stellte den mitgebrachten Obstkorb auf ihren Nachttisch und zog mir einen Stuhl heran. Da Eve zu schwach zum Sprechen war, hielt ich nur ihre Hand und streichelte ihre Finger. Das schien ihr zu gefallen, denn sie lächelte kurz und schloss dann die Augen. Nach einer Weile begab ich mich auf die Suche nach jemandem, der mir etwas über Eves Zustand sagen konnte.

Die Oberschwester hatte sich im Schwesternzimmer verschanzt. Sie wirkte wie frisch gestärkt, aber abgearbeitet, und war so klein, dass sie kaum über den Papierstapel schauen konnte, der sich vor ihr auftürmte. »Wer?«, fragte sie. Es dauerte eine Weile, bis sie ihre Unterlagen durchsucht und die von Eve gefunden hatte. Daraufhin teilte sie mir mit, Eve könne zwar morgen entlassen werden, benötige aber viel Pflege und werde in frühestens sechs Wochen wieder vollständig auf den Beinen sein. Als sie mir den Tagesablauf, bestehend aus leichten Mahlzeiten, Waschen im Bett und Medikamentengabe, schilderte, lief es mir kalt den Rücken hinunter.

Als nächstes knöpfte ich mir Eves von einer Agentur geschickte Vertreterin vor und schilderte ihr die Lage. Doch das Mädchen – eine blonde, immer lächelnde Australierin – schüttelte nur den Kopf und antwortete höflich: »Nach den Vorschriften der Agentur darf ich mich nur um die Kinder kümmern.«

Und so begann die Telefonodyssee von Neuem. »Wenn du nur kurz vorbeischauen könntest«, flehte ich Tessa/Kate/Paige an, »bloß um nach Eve zu sehen und dafür zu sorgen, dass sie ihre Medikamente nimmt und etwas isst.«

»Wenn sie wirklich krank ist, solltest du einen Pflegedienst beauftragen«, meinte Tessa.

»Ich musste mir schon ein Kindermädchen suchen, und es kostet mich ein Vermögen.«

Kate hatte zwar mehr Mitgefühl, allerdings ebenfalls keinen hilfreichen Rat zu bieten. »Am besten bleibst du zu Hause, Minty. Du würdest dir ewig Vorwürfe machen, wenn Eve etwas zustieße.«

»Ich rede kein Wort mehr mit dir, Minty«, lautete Paiges Antwort. »Du hältst mir nämlich nicht nur Vorträge, sondern ich habe außerdem herausgefunden, dass du auf Martins Seite stehst.«

»Wie das?«

»Ihm ist rausgerutscht, dass er dich bei einem Kaffee angeworben hat.«

»Das war doch schon vor einer Ewigkeit. Wie hätte ich denn sonst reagieren sollen? Mich weigern, mit ihm zu reden?« Als sie nichts erwiderte, fügte ich verzweifelt hinzu: »Eve braucht jemanden, der ab und zu nach ihr sieht, und das Mädchen von der Agentur kann oder will sich nicht darum kümmern.«

»Meinetwegen.« Paige klang wenig begeistert. »Ich schicke Linda zu euch. Sie kann Eve etwas zu essen machen.«

Keine ideale Lösung, aber mehr war nicht zu erwarten. Und schließlich würde die Sache nicht ewig andauern, und so stellte ich eine Liste für Linda auf.

Anfangs war Eve noch sehr schwach, und obwohl sich ihr Zustand nach einer Weile besserte, ging es nicht die ganze Zeit bergauf. Manchmal konnte sie für etwa eine Stunde aufstehen, an anderen Tagen aber war sogar die leichteste Arbeit zu viel für sie. Und so beschäftigte ich das Kindermädchen von der Agentur trotz meines schrumpfenden Finanzpolsters für weitere zwei Wochen.

Paige vertrat die Auffassung, dass ich Eve feuern sollte. »Du musst überleben«, beharrte sie. »Du kannst dir kein schwaches Glied in der Kette leisten.«

Viel war in den vergangenen Jahrhunderten über Ethik und Moral nachgedacht worden, bis man langsam zur Auffassung gekommen war, dass Mitleid mit den Schwachen und soziales Engagement an sich etwas Lobenswertes seien. »Apropos: Ist Martin für dich auch so ein schwaches Glied in der Kette?«

Paige sprach mit mir wie mit einem störrischen Kind. »Er raubt mir den letzten Nerv, und dafür habe ich keine Zeit. Und du hast keine Zeit für ein nicht einsatzfähiges Kindermädchen.«

Eve mochte krank sein, aber sie war nicht auf den Kopf gefallen und ahnte, aus welcher Richtung der Wind wehte. »Bitte, ich darf meinen Job nicht verlieren«, flehte sie vor lauter Angst, ich könnte sie wirklich auf die Straße setzen. Für etwa zehn Sekunden war die Idee, ihr eine Rückfahrkarte nach Rumänien zu kaufen, ganz nach oben auf meine Liste gerückt. Dann jedoch umfasste ich Eves bleiches Gesicht mit beiden Händen. »Sei nicht albern, Eve. Die Jungs brauchen dich und haben dich sehr gern. Ich brauche dich auch, damit du dich um sie kümmerst. Also schau, dass du so schnell wie möglich wieder gesund wirst.«

Wenn ich abends mit einem Essenstablett die Stufen zu ihrem Zimmer hinaufstieg, fragte ich mich, was Nathan wohl von mir halten würde.

Bei Paradox hatte ich mir angewöhnt, eine Jacke (die ich alle zwei Tage austauschte) über meine Stuhllehne zu drapieren und sie dort hängen zu lassen. So wurde jeder, der frühmorgens oder spätabends einen Blick in mein Büro warf, zu der Schlussfolgerung verleitet, dass ich schon/noch bei der Arbeit war. Außerdem druckte ich eine Liste sogenannter Arbeitsessen in Zwanzig-Punkt-Fettschrift aus und klebte sie an meinen Computer. In Wahrheit jedoch verbrauchte ich einen beträchtlichen Anteil des wöchentlichen Familienbudgets für Taxifahrten, damit ich nach Hause in die Lakey Street hetzen und Eve etwas zum Mittagessen kochen konnte. Der Zeitplan war zwar mörderisch, aber ich hatte inzwischen eine kleine Macke bei mir entdeckt: Überforderung machte mir nichts aus.

Unterdessen hatte sich zwischen Barry und Chris eine ungesunde Symbiose herausgebildet. »Chris denkt meine Gedanken und geht meine Wege«, verkündete Barry während einer der Ideensitzungen, die Chris mittlerweile dominierte.

Deb wurde bleich und starrte angestrengt auf die Kaffeemaschine. »Ich suche eine neue Stelle«, hatte sie mir zuvor bedrückt anvertraut.

Chris wich Debs Blick aus, sammelte seine Unterlagen ein und winkte mit einem Finger. »Bis später, Kinder.«

Barry folgte ihm, sodass Deb und ich allein am Konferenztisch zurückblieben. Sie zog die Augenbrauen hoch. »Ich habe das Gefühl, ausgebootet worden zu sein, Minty. Und ich komme einfach nicht dahinter, wie das passieren konnte.«

Am Wochenende ging ich mit den Kindern zu Gisela zum Tee. Seit meinem letzten Besuch hatte sie das Wohnzimmer umgestaltet und es in Mattgold und Cremefarben mit venezianischen Spiegeln und echten Gobelinkissen ausgestattet.

»Nein, Felix«, rügte sie, als Felix nach einem der Kissen griff. »Es ist sehr alt und wertvoll.« Ihre Aufmerksamkeit wandte sich Lucas zu, der entdeckt hatte, dass sich unter dem Aubussonläufer eine wunderbare Parkettstrecke verbarg, die sich ausgezeichnet zum Schliddern eignete.

Obwohl ich die Zwillinge zur Ordnung rief, waren sie unruhig und quengelig und hatten keine Lust zu gehorchen. So ging es nun schon seit einigen Tagen, und mir war noch kein Mittel dagegen eingefallen. Lucas stand gerade dicht neben Gisela, als er kräftig niesen musste. Hastig reichte ich ihm ein Taschentuch, das er benutzte und es Gisela dann mit einem reizenden Lächeln hinhielt. Diese zuckte angewidert zusammen. »Am besten läute ich nach Angela, damit sie ihnen in der Küche ihren Tee gibt.«

Roger, der auf dem Weg zu einer Versammlung im Golfklub war, ließ sich kurz blicken. Mit leutseliger Miene kam er ins Wohnzimmer und küsste mich auf die Wange. »Wie schön, Sie zu sehen«, sagte er leise und sah dabei seine Frau an. »Haben Sie alles im Griff?« Er schien zwar bei bester Gesundheit zu sein, wirkte aber weder sonderlich ausgeruht noch glücklich.

Ich widerstand der Versuchung, ihm mit einer Aufzählung meiner Schwierigkeiten ein schlechtes Gewissen zu machen. Als ich in den letzten Wochen über Nathans Schicksal nachgedacht hatte, war mir klar geworden, dass es Roger trotz all seiner Macht und seines Einflusses eines Tages genauso gehen würde. Auch Rogers Karriere war irgendwann zu Ende.

Nachdem er fort war und Angela Tee und Schokoladenkuchen serviert und die Jungen mitgenommen hatte, erkundigte sich Gisela nach Paradox und meiner Arbeit. Ich stellte die Tasse weg. »Momentan braut sich was zusammen«, sagte ich, »und ich werde in der Sache eine Menge Fingerspitzengefühl brauchen.«

Gisela schnitt sich ein winziges Stück Schokoladenkuchen ab und arrangierte es auf ihrem Teller. »Ich kann mir vorstellen, wie schwierig es für dich ist, Minty, und ich bewundere, wie wacker du dich schlägst.«

Es war zwar sehr nett von ihr, so etwas zu sagen, aber ich fragte mich, ob sie es wirklich ernst meinte. »Hast du Neuigkeiten von Marcus?«

Sie sprang auf, als sie seinen Namen hörte. »Nein, habe ich nicht.«

Ich wartete darauf, dass sie weitersprach, aber Gisela schien in traurige Gedanken versunken. Die Szene auf dem Gobelinkissen neben meinem rechten Ellenbogen stellte einige Jäger im Wald und einen verwundeten weißen Rehbock dar. Der Wald hatte etwas Träumerisches und Geheimnisvolles, im Unterholz wimmelte es von kleinen Tieren und Pflanzen. »Bist du wütend, Gisela?«

»Ja und nein.« Gisela stellte sich an das hohe Fenster und spielte an der Vorhangschleife herum. »Gut, so viel kann ich dir sagen. Letztlich glaubte ich, keine andere Wahl zu haben. Ich bin mit Roger verheiratet und kann mein Eheversprechen nicht so einfach brechen, wie Marcus es sich vorstellt.«

Das warf ein völlig neues und nicht uninteressantes Licht auf die Situation. »Gisela, seit wann kümmerst du dich um Eheversprechen?«

Sie warf den Kopf zurück. »Du hast ein völlig falsches Bild von mir, Minty. Ich habe immer das getan, was von mir erwartet wurde und was ich zugesichert hatte. Die Ehe ist ein Geschäft, keine mystische Erleuchtung.« Sie spielte weiter mit der Vorhangschleife. »Eigentlich hatte ich keine Wahl. Das hat mich ... ein wenig erschüttert. Ich habe nicht den Mut, mir auszumalen, wie es wäre, mit Marcus statt mit Roger zusammenzuleben. Ich kann es mir einfach nicht vorstellen.«

»Aha.«

»Bin ich deshalb schon tot?«

Ich wagte eine Mutmaßung. »Hat Marcus das gesagt?«

Gisela lächelte traurig. »Etwas Ähnliches. Aber es ist vorbei.« Sie kehrte an ihren Platz zurück, und ich sah zu, wie sie wieder in die Rolle der Gastgeberin schlüpfte, ihren Rock glattstrich und nach der Teekanne griff. »Noch ein Tässchen?«

Offenbar war Gisela durch ihren Pakt mit dem Teufel nicht wirklich glücklich geworden. »Bist du sicher?«

Sie stellte die Teekanne weg. »Weißt du, was man über Drogenabhängige sagt? Wenn man sie von der Sucht und den damit zusammenhängenden Problemen befreit, haben sie keine Ahnung mehr, wie sie ihre Zeit totschlagen sollen.«

»Soziales Engagement? Ehrenamtlich natürlich.«

So ein schlechter Witz wäre typisch für Nathan gewesen. Gisela zwang sich zu einem frostigen Lächeln. »Dann wäre ich wirklich tot.« Sie wies auf das Kissen. »Frankreich. Achtzehntes Jahrhundert. Sind dir schon die ausgezeichneten Pflanzenfarben aufgefallen?«

»Das sind sie.« Mit halbem Ohr lauschte ich, ob die Zwillinge Angela die Hölle heißmachten.

Gisela fuhr die Umrisse des verwundeten Rehbocks auf dem Kissen mit einem Finger nach, an dem ein gewichtig wirkender Brillantring funkelte. »Ich hatte mich an ein Leben gewöhnt, in dem oberflächlich betrachtet alles geordnet wirkt und in dem nur ich wusste, dass das nicht stimmt. Es gab eine Grenze, so wie der Saum an einem Kleidungsstück. Ich konnte mir sagen: Ich bin zwar mit Nicholas oder Richmond oder Roger verheiratet, aber ich habe jederzeit die Möglichkeit, die Koffer zu packen.« Sie lachte auf. »Das Problem ist, dass ich, seit ich Marcus in die Wüste geschickt habe, die ganze Zeit nur noch an ihn denke, und zwar ganz anders als je zuvor.«

»Ach, Mensch«, sagte ich. »Das ist schlimm. Jetzt hast du ein schlechtes Gewissen und das Gefühl, etwas verpasst zu haben, im Doppelpack.«

Gisela fuhr zusammen. »Was meinst du damit?«

»Das ist eine ziemlich üble und lästige Krankheit und außerdem unheilbar.«

»Woher weißt du das?«

»Aus persönlicher Erfahrung«, erwiderte ich.

»Wenn wir keinen Daddy haben, heißt das, dass wir keine Familie sind?«, fragte Felix im Auto.

»Nein, Felix. Man kann auch ohne Daddy eine Familie sein.«

»Und du bist eine richtige Mummy.«

Ich starrte in den stockenden Verkehr hinaus. »Ich bin eine richtige Mummy.«

Als wir zurückkamen, stand Eve in der Küche. Obwohl ihre Kleider noch um sie schlotterten, machte sie schon einen viel kräftigeren Eindruck. »Ich koche das Abendessen«, verkündete sie. Ich wollte sie daran hindern, doch sie hob die Hand. »Ich erledige das.«

Ich half ihr, Gurken und Karotten in Streifen zu schneiden und den Shepherd's Pie aufzuwärmen. Ihre Bewegungen waren quälend langsam, aber entschlossen. Nach dem Essen bestand sie darauf, das Geschirr abzuräumen. Als sie mich ansah, las ich Dankbarkeit in ihrem sonst so gleichmütigen Blick. »Du bist so nett, Minty.«

Einige schlimme Nächte hatte ich damit zugebracht, Nathan loszuwerden. Theoretisch war es eine Frage der Logik: Nathan war ja nicht mehr da, um seine Hemden, Socken, Anzüge, Schuhe und Krawatten zu tragen. Und eigentlich konnte es kein großes Problem sein, die Sachen zu sortieren und zu verpacken. Doch Logik hin oder her, fiel es mir schwer, alles wegzuwerfen. Manchmal gelang es mir, eine Schublade zu leeren, dann wieder brachte ich es nicht über mich. Darüber hinaus musste alles im Verborgenen geschehen, weil ich nicht wollte, dass die Jungs es mitbekamen, und weil … es wehtat. Und so kam ich nur in kleinen Etappen voran, unbemerkt und spätnachts.

Um Viertel vor zwei stand ich auf und öffnete die Türen von Nathans Kleiderschrank. Der Inhalt war bereits von einer dünnen Staubschicht überzogen. Da waren seine grünen, blauen und roten Krawatten. Ein Schal war zwischen die Hemden gestopft, und ich zog ihn heraus. Es war ein teurer, und ein Hauch von Rasierwasser stieg mir in die Nase. Das Gefühl, als ob sich ein scharfer Gegenstand sich in meine Brust bohrte, ließ mich nach Luft schnappen. Mit dem Schal zwischen den Fingern, die plötzlich taub geworden waren, sank ich aufs Bett.

Nathan war tot.

Nach einer Weile legte ich den Schal weg, holte Nathans grauen Lieblingsanzug aus dem Schrank und breitete ihn auf dem Bett aus. In das Sakko schob ich das blaue Hemd, das er im Büro am liebsten getragen hatte. Ich band eine Krawatte, rote Seide, um den Kragen. Ein Paar Seidensocken und blankpolierte Schuhe rundeten das Ensemble ab.

Hier. Das war Nathans Hülle. Ich konnte so tun, als wäre er da und lehne sich, die Hände hinter dem Kopf verschränkt, in die Kissen. Minty, könntest du bitte mal richtig zuhören ... Ein Schlag aufs Kopfkissen, Schuhe ausgezogen und auf den Boden geworfen. Minty, was denkst du?

Die Kleiderspendentüte für das Hospiz stand neben dem Bett. Wenn ich der Hülle die Krawatte abnahm und sie in die Tüte legte, würde ein Teil von Nathan verschwunden sein. Wenn ich das Hemd herauszog – was ich nun tat – und es sorgfältig zusammenfaltete, war ein weiterer Teil fort. Und die Schuhe ... die Schuhe? Wenn ich sie in die Tüte warf, konnte Nathan nie wieder das Haus Nummer sieben betreten und die Treppe hinauflaufen: Na, wo sind meine Jungs?

Und mit dem Anzug verabschiedete sich auch der Geschäftsmann, der immer strategisch dachte und Dinge sagte wie: Unsere Mitbewerber sind wirklich gut aufgestellt, aber wir werden ihnen die Hölle heißmachen.

»Als ich Nathan geheiratet habe«, hatte Rose mir zu Anfang unserer Freundschaft beim Mittagessen anvertraut, »war ich noch immer nicht über meine letzte gescheiterte Beziehung hinweg. Aber Nathan hat sich solche Mühe gegeben, mich glücklich zu machen. Wie hätte ich da widerstehen können? Er war wie ein Fels in der Brandung, während bei Hal alles auf Sand gebaut war. Was hätte ich mehr verlangen können?«

Ich hatte nicht viel Zutrauen in Roses Fähigkeit, Felsen von Sand zu unterscheiden. Immerhin hatte sie, wie sie mir beichtete, die Angewohnheit, sich auf dem Heimweg in die Kirche

St. Benedicta zu schleichen und vor der Muttergottes eine Kerze anzuzünden – das war doch auf Sand bauen wie aus dem Lehrbuch.

»Hal konnte meine Erwartungen nie erfüllen«, hatte Rose hinzugefügt. »Das wussten wir beide. Bei Nathan war das anders.«

Unten schrie einer der Zwillinge. Ich stopfte den Anzug in die Tüte und ging los, um nach dem Rechten zu sehen.

Felix hatte einen Albtraum gehabt. »Mummy, da war eine ganz große Katze mit riesigen Krallen und wollte mich fressen...«

Ich zog seinen erhitzten kleinen Körper an mich. »Alles ist gut, Felix«, flüsterte ich. »Mummy ist da. Ich habe die böse Katze verscheucht. Schau, sie ist weg.«

Nichts war gut. Doch während ich meinen Sohn mit dieser Lüge beruhigte, empfand ich einen eigenartigen Stolz darauf, dass es mir gelungen war, sie zu erfinden. Bis die Jungs groß und mutig genug waren, um die Wahrheit zu erfahren, musste ich sie vor dem Schlimmsten beschützen.

Kapitel 22

Als ich die Tasche meiner schwarzen Leinenhose umdrehte, kam der Zweig, den ich in Claire Manor abgebrochen hatte, zum Vorschein. Inzwischen war er spröde und verwelkt, und nur noch ein Hauch des Blaus, das mich so angezogen hatte, war zu erkennen. Neugierig schlug ich in einem von Nathans Büchern nach. Die Pflanze hieß Nepeta, im Volksmund auch Katzenminze genannt. Sie zog Katzen so magisch an, dass man junge Setzlinge gegen sie schützen musste.

Während ich den Absatz über Katzenminze las, läutete das Telefon.

»Eigentlich rede ich ja nicht mit dir«, sagte Paige.

»Gut«, erwiderte ich. »Ich frage dich auch nicht, wie es dem Baby geht.«

»Es schreit ein bisschen viel.« Ihre Stimme zitterte. »Ich war noch nie so erschöpft.« Wenn Paige das zugab, war die Lage offenbar ernst. »Drei Kinder. Und ich muss dafür sorgen, dass anständige Menschen aus ihnen werden, ohne mich selbst dabei in ein Monster zu verwandeln.« Ihre Stimme wurde schrill. »Das ist so anstrengend, dass mir manchmal Zweifel kommen.«

Paige und Zweifel? Das passte eigentlich gar nicht zusammen. »Paige, hast du mit Martin gesprochen?«

»Soll ich dir nicht lieber etwas über Laras Arabesken erzählen?«

»Paige, hast du mit Martin gesprochen?«

»Misch dich nicht ein, Minty. Okay?«

Ich verdrehte die Augen zur Decke. »Und wie sind Laras Arabesken?«

»Erstaunlicherweise sehr gut. Sie hat eine ausgezeichnete Linie. Allerdings spielen ihre Füße nicht so richtig mit. Leider viel zu weich. Aber wir werden daran arbeiten.«

Ich hatte Mitleid mit der zur Perfektion verdonnerten Lara. Von nun an würden andere über ihre Füße bestimmen. Am anderen Ende der Leitung stieß Paige einen tiefen Seufzer aus, der von Verzweiflung und Ungewissheit zeugte. »Du musst noch einmal über Martin nachdenken«, beharrte ich deshalb.

»Ich *denke* an ihn, Minty, und zwar ständig. Ich habe ihn wirklich sehr, sehr gern. Aber ich habe keine Zeit, verheiratet zu sein. Nicht mit drei Kindern. Nicht, wenn ich alles richtig machen will.«

»Paige, hast du heute schon was gegessen?«

»Gegessen? Eigentlich nicht. Dazu bin ich viel zu beschäftigt. Und bevor du fragst: Nein, ich schlafe auch nicht gut. Ich weiß, dass du glaubst, ich hätte den Verstand verloren und litte an Wochenbettdepressionen, und möglicherweise hast du recht. Aber Martin war nie ein sehr begeisterter Vater. Er hat keine Freude daran, und es nervt ihn, wenn es im Haus von Kindern wimmelt. Also wer hat jetzt die Psychose?«

»Trotzdem muss er bei euch sein.«

Ein Unheil verkündendes Schweigen. »Minty, ich denke nicht, dass du die Richtige bist, um mir Vorträge zu halten.«

»Wo wohnt er jetzt?«

»Bei seiner Mutter. Sie hat ihn für die nächste Zeit in der Mansarde einquartiert.«

Ich rief Martin an und verabredete mich für den folgenden Nachmittag mit ihm in der Bank. »Minty, ist es wirklich so dringend? Ich muss zu einem Kongress nach Genf und bin die nächsten Wochen unterwegs. Aber wenn du mich unbedingt sprechen musst, schiebe ich dich um halb drei dazwischen.«

Man musste Martin zugute halten, dass er pünktlich war, sodass ich nicht viel Zeit hatte, das beeindruckende verglaste Atrium des Gebäudes zu bewundern. Er trat aus dem Aufzug, küsste mich auf die Wange und schob mich den Flur entlang. »Ich hoffe, es ist wirklich wichtig.«

»Du hast mich doch gebeten, ein Auge auf Paige zu haben.«

»Ach, meine Frau.« Obwohl er versuchte, es lässig klingen zu lassen, merkte man ihm die Anspannung an. Er geleitete mich in die Kantine, die eher an einen eleganten Speisesaal erinnerte, und schnippte kurz mit den Fingern. Und, siehe da, man servierte uns einen frisch zubereiteten Espresso, komplett mit heißer Milch und Cantucci. Offenbar war das Wohnen bei seiner Mutter Martins Gesundheit nicht abträglich, denn im Gegensatz zu Paige war er schlank und elegant und hatte eine frische Gesichtsfarbe.

Cantucci hatte ich noch nie widerstehen können. Ich tauchte meinen Keks in den Espresso und verspeiste ihn mit dem Genuss, der verbotenen Früchten vorbehalten ist. »Martin, du musst wieder zu Hause einziehen.«

Er runzelte die Stirn. »*Sie* hat mich rausgeschmissen. Schon vergessen?«

»*Sie* hat gerade ein Baby bekommen. Und wir sind uns doch einig, dass man dann nicht so ganz richtig tickt. Vermutlich bleibt das so, bis die Kinder erwachsen sind. Und Paige ist sowieso ein bisschen verrückt.« Martin schnaubte. »Auf mich hört sie nicht, weil ich eine Sünderin bin. Oder wenigstens will sie meinen Rat nicht annehmen.« Als ich sehnsüchtig auf Martins Cantucco starrte, reichte er ihn mir gehorsam.

»Die Kinder, Martin. Sie werden die Leidtragenden sein, auch wenn man es ihnen jetzt vielleicht noch nicht anmerkt.« Da ich dabei an meinen eigenen Nachwuchs dachte, konnte ich diese Aussage mit noch mehr Leidenschaft vorbringen. Wenn Felix und Lucas litten, litt ich ebenfalls. »Magst du die Kinder wirklich nicht?«

»Behauptet Paige das?« Martin runzelte die Stirn. »Ich wusste schon vor der Geburt, dass es nicht leicht werden würde. Aber selbst ich war überrascht, wie unerträglich es dann wirklich war. Ich habe Paige gewarnt, sie steigere sich zu sehr hinein. Aber...«, er bedachte mich mit einem eindringlichen Blick, einem von der Marke »Ich bin ein Fels in der Brandung«, der auch Nathans Spezialität gewesen war, »freiwillig wäre ich nie gegangen.«

»Paige hat vor kurzem ein Baby zur Welt gebracht«, gab ich

zurück.»Sie ist geschwächt, ihre Hormone spielen verrückt, sie kann halt nicht mehr ganz klar denken.«

Zu meiner Bestürzung traten Martin Tränen in die Augen. »Nimm mich nicht ernst«, murmelte er, »aber könntest du bitte jetzt aufhören?«

Rasch ließ ich den Blick durch den Raum schweifen. Niemand hatte Martins Tränen bemerkt. Denn wenn das Argusauge eines Konkurrenten darauf gefallen wäre, hätte ihm das sicher keine Vorteile verschafft. Eine Gruppe Banker in Nadelstreifenanzügen kam hereingetrottet. Sie hatten hängende Schultern und redeten leise und ernst aufeinander ein. Ich zeigte mit dem Finger auf sie.»Offenbar macht das Arbeiten hier nicht allzu viel Spaß.«

»Macht es auch nicht.« Martin hielt sich schützend die Hand vor die Augen.»Allerdings macht zurzeit nichts so richtig Spaß.«

»Du könntest das Problem lösen.«

Martin nahm sich zusammen.»Warum bist du eigentlich so interessiert daran, Minty?« Damit meinte er offenbar, warum ich, eine Ehebrecherin, mich so leidenschaftlich für den Erhalt der Familie einsetzte.

Ich hätte gekränkt reagieren können, aber inzwischen hatte ich mich an dieses Vorurteil gewöhnt.»Ich habe zwei kleine Kinder«, erwiderte ich.

Er bedachte mich mit einem so traurigen Blick, dass ich nicht anders konnte, als in meine Kaffeetasse zu starren.»Geh einfach nach Hause, Martin. Sag Paige, dass sie sich irrt. Du wolltest nicht, dass deine Familie zerbricht. Mach ihr klar, dass es den Kindern zuliebe sein muss.«

»Ich find es nicht gut, dass du mich aus einer wichtigen Sitzung holen lässt, um mir etwas zu sagen, was eigentlich jedem Volltrottel klar ist.«

»Trotzdem.«

Zu meiner Überraschung nahm er meine Hände.»Das hast du gut gemacht, Minty.«

Ich entzog sie ihm nicht. Obwohl ich wusste, wie wenig meine Ratschläge bewirken würden, wollte ich mir den Mund nicht verbieten lassen. »Ach, noch etwas, Martin. Sag Paige, es ginge auch um sie. Tu es.«

Ich ließ ihn vor den hochmodernen Aufzügen stehen, die ihn in Windeseile in den neunzehnten Stock hinauftragen würden, und trat auf die Straße hinaus.

Eine Postkarte traf ein: »Liebe Minty. Ich habe mich über den Tag mit den Jungs gefreut, und ich frage mich …« Zwischen »ich frage mich« und »ob wir das nicht wiederholen können?« befand sich eine kleine Lücke. »Ich würde gern mit ihnen in den Zoo oder vielleicht ins Kino gehen. Rose.«

Die Karte strahlte nicht unbedingt Selbstbewusstsein aus. Die Handschrift wirkte zögerlich, und die Wortwahl wies darauf hin, dass sie sich ihrer Sache nicht sicher gewesen war. Aber dass Rose die Karte dennoch abgeschickt und ich sie erhalten hatte, verschob das Gleichgewicht, das zwischen uns herrschte.

Eine Woche verstrich, bevor ich antwortete.

Bei Paradox feilte ich an den letzten Details von *Ein Leben auf Spitze* und spielte mit dem Gedanken an eine Geschichte der Choreografie, den ich aber wieder verwarf. Deb kündigte an, sie werde demnächst bei Papillon anfangen, und als ich erwiderte, das täte mir sehr leid, meinte sie: »Ach, ich habe keine Zeit mehr, einfach nur rumzuhängen.« Allerdings konnte ihre aufgesetzte Lässigkeit nicht verbergen, wie unglücklich sie in Wirklichkeit war. Als das Wort »Zeit« fiel, musste ich an das Projekt zum mittleren Lebensalter denken, und holte es aus der Ablage.

Außerdem stürzte ich mich mit Feuereifer in den Papierkrieg. Ich schrieb Briefe an die Bank, führte einige lange Gespräche mit Theo, machte mich auf die Suche nach einem Suchttherapeuten und bezahlte Rechnungen. Dann stellte ich die Möbel im Wohnzimmer und im Schlafzimmer um, damit es im Haus ein wenig anders aussah. Nathans Arbeitszimmer hatte ich inzwischen in einen gemütlichen Raum mit weiblicher Note verwandelt. An der Pinnwand hingen meine Unterlagen: Stundenpläne, Arbeitspläne … und natürlich die Listen.

Mittlerweile nahmen meine Sachen den gesamten Platz in den Schränken und Schubladen und an den Kleiderhaken ein. Die Regale im Bad waren mit meinen Kosmetika gefüllt. Oben auf dem Speicher stand ein Karton mit Nathans Rasierer, einem Rasierpinsel aus Dachshaar, einer Haarbürste und einem neuen Kamm, noch in seiner Plastikverpackung. Er würde dort warten, bis Felix und Lucas älter waren.

Ich lag wach und beobachtete meine Chimären. Offenbar hatte ich mich geirrt. Es gab doch eine ausgleichende Gerechtigkeit, und sie lag darin, dass man einander nicht entrinnen kann. Nathan hatte sich nie von Rose gelöst. Rose nicht von Hal. Und Rose und ich kamen auch nicht los voneinander.

Nachdem Rose als Literaturredakteurin gefeuert worden war und ich ihren Platz eingenommen hatte, hatte ich überlegt, wie ich die Rubrik aufpeppen und verändern könnte. *Meine* Literaturseite sollte nur so von innovativen Ideen strotzen. Und dennoch hatte Timon meine Bemühungen nicht zu schätzen gewusst. »Ihre Seiten waren einfach nicht innovativ«, lauteten seine Worte, als er mich vor die Tür setzte.

Rose hatte mir erzählt, sie habe wegen ihres ersten Freundes Hal sehr gelitten und Höllenqualen ausgestanden. Allerdings seien da auch Momente des Glücks und der Ekstase gewesen, die sie für immer in ihrem Herzen bewahren würde. Mir fehlten solche Erinnerungen, wie Rose sie, Duftsäckchen gleich, in einer Schublade verstaute. Und ich beneidete sie darum.

Ich brauchte lange, um auf Roses Postkarte zu antworten, denn es war, als blieben die Worte in der Feder meines Füllhalters stecken. »Hättest du Lust, zum Schulsportfest von den Jungs zu kommen?«

Wir verabredeten, dass Rose früher erscheinen und sich mit Eve die Eröffnungswettkämpfe ansehen sollte. Ich würde später dazustoßen, um Felix und Lucas in den Disziplinen zu bewundern, an denen sie teilnahmen – Sackhüpfen, Eierlauf, Kurzstreckenlauf und Hochsprung. Außerdem gab es da noch eine ausgeklügelte Folterveranstaltung namens Elternrennen. Wie Lucas mir mitteilte, rechnete er fest mit meinem Sieg.

Noch zwölf Stunden bis zum Sportfest. Felix und Lucas quengelten nach dem Abendessen so lange, bis ich mit in den Garten kam. Sie wollten Sprint und Dreibeinrennen trainieren. Als ich einwandte, dass ihnen schlecht werden würde, zupfte Felix mich am Ärmel. »Bitte«, sagte er.

Also stand ich geduldig – ein Adverb mit einer Vielzahl von Bedeutungsnuancen – mit der Stoppuhr in der Hand da, während die Jungs auf dem Rasen hin und her stürmten, bis Lucas plötzlich blass wurde und meinte, ihm sei schlecht.

Noch fünf Stunden bis zum Sportfest. Wieder zwitscherten die Stare vor meinem Schlafzimmer. Es war fünf vor sechs. Lucas schlich ins Zimmer, kletterte aufs Bett und küsste mich. »Mummy, du musst kommen.«

»Warum?« Ich musterte ihn schlaftrunken. Er war im Morgenmantel.

»Komm und schau es dir an«, beharrte er.

Es gelang mir, mich aufzurappeln und mich ins Kinderzimmer zu schleppen. Dort auf dem Bett lag, ordentlich ausgebreitet, Felix' Sportkleidung. T-Shirt, marineblaue Turnhose, weiße Turnschuhe und weiße Socken. »Ist das richtig so, Mummy?«, fragte er.

»Schau mich an«, sagte Lucas und riss sich den Morgenmantel vom Leib. Er hatte seine Sachen schon an, trug sein T-Shirt allerdings verkehrt herum. Dann boxte er ein paarmal in die Luft und ließ sich auf ein Knie fallen. »Auf die Plätze, fertig – looos.«

Felix kroch unter das Bett, hielt mir mit triumphierender Miene die Turnschuhe hin, die er offenbar aus meinem Schrank gekramt hatte, und legte sie mir zu Füßen. »Die sind für dein Rennen, Mummy.«

»Richtig.« Ich kämpfte mit Lucas und dem T-Shirt.

Währenddessen zählte Felix seine Sachen auf. »Da ist meine Turnhose. Hier sind meine Schuhe …«

»Gut gemacht, Jungs«, sagte ich. »Super.« Ich setzte mich auf Lucas' Bett. »Wisst ihr eigentlich, wie früh es noch ist?«

Felix hatte seine Bestandsaufnahme beendet und hüpfte, die

Pyjamahose bis zu den Knöcheln heruntergerutscht, im Zimmer herum. »Du kommst doch Mummy, oder?«

Ich rieb mir die Augen. »Aber natürlich«, erwiderte ich.

Bei Paradox arbeitete ich den ganzen Vormittag ungestört durch und schickte mich – eine Akte mit dem Titel *Statistische Analyse von Depressionen bei Frauen zwischen 40 und 65* unter dem Arm – pünktlich zum Gehen an. Doch Syriol rief mich zurück. »Besuch für Sie, Minty.«

Eine bleiche und merklich abgemagerte Poppy saß auf einem Stuhl und blätterte in einer Fernsehzeitschrift. Bei meinem Anblick legte sie sie weg und sprang auf. »Hallo. Tut mir leid, dass ich dich so überfalle. Hast du etwas Neues von Theo gehört?«

»Nein. Es zieht sich wie Gummi, aber ich kann leider auch nichts tun.«

»Oh, Gott, Minty.« Sie trug ihr Haar streng zurückgebunden. Es stand ihr nicht.

»Moment«, sagte ich. »Setz dich.«

»Ständig denke ich, wie böse Dad deshalb auf mich gewesen wäre. Er war immer sparsam und hat mich auch so erzogen. Das macht mich völlig fertig. Ich werde die Vorstellung nicht mehr los, er könnte enttäuscht von mir sein.« Sie wickelte sich den Rocksaum wie einen Verband um den Finger. »Ich halte das nicht aus.«

»Du solltest Richard reinen Wein einschenken, Poppy.«

Sie schüttelte den Kopf. »Nein, da muss ich allein durch. Es war *mein* Fehler, und schließlich braucht Richard nicht *alles* über mich zu wissen, nur weil wir verheiratet sind.« Sie nestelte am Riemen ihrer Handtasche herum. »Meine Pokerschulden sind meine Privatangelegenheit.«

»Was ist mit deiner Mutter? Die würde es verstehen.«

»Du kennst Mum nicht«, antwortete Poppy bedrückt. »Manche Sachen verzeiht sie einem nicht. Jedenfalls brauche ich jetzt das Geld, das Dad mir vererbt hat. Dann kann ich meine Schulden bezahlen und werde dich nicht mehr belästigen.«

»Theo liegt noch immer im Clinch mit dem Finanzamt. Es sind noch ein paar Fragen offen, wegen des Geldes, das dein Vater damals von deiner Großmutter geerbt hat. Warum hast du es getan, Poppy?«, fügte ich neugierig hinzu.

Sie zuckte die Achseln. »Es war der Nervenkitzel. Ich dachte, ich könnte das System austricksen. Die üblichen Ausreden eben.« Sie starrte an die Wand. »Langweilig und abgedroschen.«

Sie war so aufgebracht, dass ich aufstand, zum Wasserspender ging und einen Becher füllte, den ich ihr in die Hand drückte. »Aber davon geht die Welt nicht unter.«

Barry kam den Flur entlang und hob die Augenbrauen. Als ich eine ausweichende Geste machte, verschwand er. Ich sah auf die Uhr. Die Zeit raste. Gleich würde Lucas im Eierlauf starten.

Poppy war meine Handbewegung aufgefallen. »Tut mir leid, dass ich gestört habe, Minty. Ich weiß, wie beschäftigt du bist.« Dieses Zugeständnis kam so unerwartet, dass ich mich neben sie auf einen Stuhl fallen ließ. »Ich begreife nicht, warum ich mich habe hineinziehen lassen, Minty. Manchmal glaube ich sogar, dass ich abhängig werden wollte ... Ach, was soll's? Es bringt doch sowieso alles nichts.«

Meine Finanzen boten mir nur wenig Spielraum, konnten aber eine momentane Flaute verkraften. Also nahm ich mein Scheckbuch aus der Handtasche. »Pass auf, ich könnte dir vorübergehend etwas leihen. Dadurch kriegst du ein wenig Luft. Und dann statten wir beide Theo einen Besuch ab. Er hat Schweigepflicht.«

Poppy hob den Kopf. »Würdest du das tun?«

Ihr Erstaunen war beinahe beleidigend, doch seltsamerweise verstand ich sie. »Ja.«

»Gut. Danke.« Tränen liefen Poppy über die Wangen. »Ich bin am Ende ... Minty. Wirklich. Was soll ich nur tun?«

Eierlauf. Als nächstes stand das Sackhüpfen auf dem Programm. Felix nahm daran teil. Ich zerrte mein Notizbuch aus der Tasche. »Ich habe mich nach Therapeuten erkundigt.«

»Therapeuten!« Sie winkte ab.

Ich sah sie eindringlich an. »Meinst du es nun ernst oder nicht?«

Poppy schwieg. Also packte ich sie am Handgelenk, schleppte sie aus dem Gebäude, hielt das erstbeste Taxi an und nannte dem Fahrer eine Adresse in South Kensington. »Ich bringe dich jetzt zu jemandem, der als Fachmann auf diesem Gebiet gilt. Wenn wir dort sind, Poppy, wirst du einen Termin vereinbaren. Ich werde dir dabei nicht von der Seite weichen.«

Als ich den Park erreichte, waren die Rennen vorbei und die Auszeichnungen verliehen. Das Picknick war bereits in vollem Gange.

Es herrschte das übliche Gewimmel von Eltern, hauptsächlich Mütter und ein paar vereinzelte arbeitslose oder unter dem Pantoffel stehende Väter. Ein Teil der Wiese war mit einem Seil abgetrennt. Dahinter stand ein Tisch, dessen flatterndes weißes Tischtuch von einigen silbernen Pokalen festgehalten wurde. Es waren Überbleibsel aus einer längst vergangenen Zeit. Inzwischen debattierten die Lehrer nämlich ernsthaft darüber, ob Wettkämpfe mit Siegern und Verlierern überhaupt zulässig seien.

Es war heiß und sonnig, und die Kinder in ihren blauen Turnhosen und T-Shirts rannten herum wie Ameisen auf LSD. Ich brauchte nur zwei Sekunden, um Rose in der Menschenmenge ausfindig zu machen. Sie saß mit Felix auf einer karierten Decke. Zwischen ihnen stand eine offene Kühltasche. Ihr weiter rosafarbener Rock erinnerte an eine Blume. Eve hatte sich zu einer anderen Gruppe gesellt und plauderte mit einer Freundin. Es war ein Bild, das sich auf dieser Wiese unzählige Male wiederholte: die karierte Decke und die offene Kühltasche, aus der Chips, kalte Pizza, Fruchtsaft und – damit die Erwachsenen nicht den Verstand verloren – Wein zutage gefördert wurden.

Rose schwenkte ein Cocktailwürstchen und sagte etwas zu Felix, worauf dieser so lachen musste, dass er rückwärts auf die Decke fiel und mit den Beinen strampelte. Das tat er immer, wenn ich einen Witz machte. Allerdings hatte ich ihn schon seit langer Zeit nicht mehr so lachen gesehen.

»Hallo.« Ich ließ mich neben den beiden auf der Decke nieder.

Rose verhielt sich kühl. »Hallo, Minty. Lucas ist da drüben.« Sie wies auf eine Kindertraube, die sich um die Sportlehrerin scharte. »Er war gut.«

Felix hielt mir ein Würstchen vor die Nase. »Vorsicht.« Ich beugte mich vor, um ihn zu küssen. Er war erhitzt und nassgeschwitzt und roch nach Weingummis und Orangensaft, keine sehr ansprechende Mischung, aber für mich trotzdem so wundervoll wie sonst nichts auf der Welt. »Wie war es bei dir?«, flüsterte ich.

Als er mir den Mund aufs Ohr presste, brachte sein lautstarkes Atmen mein Trommelfell zum Schwingen. »Ich bin Zehnter geworden, Mummy.«

Rose blickte in die Ferne. Einige Kinder hatten sich zu einem spontanen Tauziehwettbewerb zusammengefunden. »Die Jungs haben ständig nach dir gefragt. Ganz gleich, wo du gesteckt hast, hoffe ich, dass es die Sache wert war.«

»Ich auch«, gab ich mit dem Brustton der Überzeugung zurück.

»Wirklich wert war«, wiederholte sie. »Lucas ... war den Tränen nah. Er hat beim Eierlaufen gewonnen.«

Ich wusste, was Rose dachte: Nur auf meine Karriere fixiert, war ich sogar bereit, das Glück und Wohlergehen meiner Kinder aufs Spiel zu setzen. »Ach, beruhige dich, Rose. Du weißt genauso gut wie ich, wie es in Büros läuft. Wie oft hast du mir erzählt, dass jedes Mal, wenn Sam oder Poppy ein Weihnachtssingen oder ein Sportfest hatte, in letzter Minute etwas ganz Dringendes bei Vistemax dazwischenkam und du es nicht mehr rechtzeitig geschafft hast.«

Rose war schon immer fair gewesen. »Stimmt.«

Ich blickte zu Lucas hinüber, der in im Zentrum der Traube um die Sportlehrerin stand. »Was ist denn da los?«

»Der zweite und dritte Platz im Zwanzigmeterlauf sind noch strittig.« Offenbar wollte sie andeuten, ich müsste eigentlich wissen, worum es ging. »Er hat so gehofft, dass du pünktlich kommst und ihn laufen siehst. Sie hätten sich beide gefreut.« Sie hielt inne und fügte dann leise hinzu: »Aber du machst wie immer alles so, dass es dir in den Kram passt, Minty.«

»Manchmal klingst du wie Nathan«, meinte ich.

Sie zuckte zusammen und überlegte eine Weile. »Nur dass Nathan dich gefragt hätte, was denn wichtiger gewesen sei, als deine Söhne beim Sportfest anzufeuern.« Die Hand über den Augen, sah sie zu Lucas hinüber. »Ich zumindest musste mir so etwas ständig von ihm anhören.«

»Rose, ich habe mich nicht absichtlich verspätet.«

Felix legte den Kopf in den Nacken. »Redet ihr von meinem Daddy?« Seine blauen Augen blinzelten. »Hat Daddy auch an Wettrennen teilgenommen?«

»Das hat er bestimmt, Felix.« Roses Tonfall hatte etwas Besitzergreifendes, das mich abstieß. Lucas kam – mit rudernden Armen wie Windmühlenflügel – auf uns zugelaufen. Er war schmutzig und glücklich. Ohne mich wahrzunehmen, stürmte er an mir vorbei und sprang Rose an. »Ich war total schnell.«

»Ja, warst du. Felix und ich sind vom Schreien noch ganz heiser.« Sie tippte mit dem Finger auf die Siegerrosette an seinem T-Shirt.

»Lukey«, sagte ich, während brennende Eifersucht in mir aufstieg. »Hallo. Zeig mir deine Rosette.«

Rose blickte auf und las meine Gedanken. Dafür hast du mir Nathan weggenommen, lag es ihr offenbar auf der Zunge. Doch sie zog nur die Augenbrauen hoch und meinte leise zu Lucas: »Hast du Mummy schon begrüßt?«

Ich drückte Lucas fest an mich. Keine Ahnung, warum ich mich nicht verteidigte, indem ich Rose den wahren Grund für meine Verspätung nannte. Schließlich hatte ich keinen Grund, Poppy in Schutz zu nehmen. Es war nur das seltsame Gefühl, dass ich ihr Geheimnis nicht verraten durfte.

Rose stapelte das Picknickgeschirr aus Plastik, sammelte die Chipstüten ein und verstaute alles in der Kühltasche. »Hast du schon etwas gegessen? Es ist noch ein Sandwich übrig.«

»Nein, danke.« Meine Stimme zitterte.

Rose war das Sinnbild der Selbstbeherrschung. Sie wischte sich einen Chipskrümel vom Finger. »Da du ja jetzt da bist, sollte ich vielleicht besser gehen.« Sie griff nach einer Leinentasche und schulterte sie.

Ein paar Meter entfernt schrie ein Kleinkind aus voller Kehle nach seiner Mutter. Eine Kinderhorde spielte Fangen und rannte zwischen den Picknickdecken hin und her. Eine Lehrerin wies ein mürrisches Mädchen mit struppigen Zöpfen zurecht. »Ich war schon viele Jahre nicht mehr auf einem Sportfest.« Rose deutete auf das brüllende Kleinkind. »Vermutlich hat es eine Mutter. Übrigens ...«, sie zögerte, »Minty, ich weiß nicht, was du davon hältst, aber Felix redet ständig von einem Kätzchen. Darf ich euch eines besorgen? Ich habe da eine Quelle.«

»Nein«, erwiderte ich barsch. »Mir kommt keine Katze ins Haus.«

»Gut. Ich dachte nur, es könnte Felix möglicherweise helfen ...«

»Vielleicht sollten wir das nicht mehr wiederholen«, sagte ich. »Es ist zu kompliziert. Inzwischen tut es mir leid, dass ich dir den Kontakt mit den Jungs ermöglicht habe.«

»Sei nicht albern, Minty.« An Roses Hals stieg Zornesröte auf. Gerade noch war sie die Gelassenheit in Person gewesen, aber nun schien sie wirklich wütend zu sein. »Es kann doch nicht schaden, wenn ich mich um sie kümmere. Ich mag sie.«

»Trotzdem, Rose.«

»Nathan hatte recht.«

»Und womit, wenn ich fragen darf? Zu welchen Schlussfolgerungen seid ihr während eurer vertraulichen Gespräche gelangt?«

Rose starrte mich an und verzog voll Abscheu das Gesicht. »Nichts.« Sie zog den Schulterriemen ihrer Tasche hoch und ging davon.

Kapitel 23

Bis in die Nacht hinein arbeitete ich an dem wieder auferstandenen Projekt über das mittlere Lebensalter. »Wenn wir einsehen, dass Zeit lediglich ein künstliches Gebilde ist«, schrieb ich, »spielt nur die Erfahrung eine Rolle. Die Erfahrung ist es, die uns formt und uns hilft, mit unseren Fehlern zu leben. Sie ermöglicht es uns auch zu verstehen, dass das Wissen um unseren Tod seine Schatten auf unser Leben wirft.«

War das richtig? Glaubte ich daran? Zumindest war es eine bestechende Theorie, denn die Menschen, die ihr anhingen, gehörten einer kleinen, aber feinen Minderheit an und waren ausgeglichene, abgeklärte und reife Erwachsene. Es wäre nett gewesen, sich dazu zählen zu können.

Schließlich schob ich meine Notizen beiseite. Ich musste weiter an der Idee feilen. Sie befand sich noch im Puppenstadium. Sie brauchte Zeit, damit ihr Flügel wuchsen.

Ich rieb mir die Augen und fuhr mir mit den Fingern durchs Haar, dem eine Frisur gut gestanden hätte – nur der Himmel wusste, wann ich dazu kommen würde.

Womit hatte Nathan recht gehabt?

Worin waren er und Rose sich im Zusammenhang mit mir einig gewesen?

Schon wieder beharkte ich die Vergangenheit.

Ich ging, um mir einen Tee zu kochen. Auf dem Weg in die Küche warf ich einen Blick auf den Treppenabsatz, wo das Bügelbrett stand und wo Rose, als sie noch hier wohnte, ihren Schreibtisch aufgestellt hatte. Sie war auch weiterhin in diesem Haus anwesend. Nathan ebenfalls.

Ich setzte den Kessel auf, öffnete die Hintertür und trat hinaus in die Sommernacht.

Was hatten Nathan und Rose gemeinsam beschlossen?

Ich setzte mich auf die Bank und fuhr mit dem Fingernagel über den Tisch. Inzwischen wuchsen Flechten darauf. Er musste geschrubbt werden. Ich erinnerte mich daran, wie Nathan mir an diesem Tisch gegenübergesessen hatte. Wir waren seit drei Jahren und einem Tag verheiratet. Weil es ein warmer Abend war, aßen wir im Freien zu Abend. Es gab Pasta mit Meeresfrüchten – ich verspeiste die Meeresfrüchte ohne Pasta –, und wir verhandelten darüber, wohin wir in Urlaub fahren sollten.

»Ich will in die Wärme«, sagte ich wie immer, sodass mein Wunsch nicht weiter überraschend kam.

Er bohrte die Gabel in die Nudeln, wickelte sie geschickt auf und führte die Gabel zum Mund. »Und ich will nach Cornwall«, erwiderte er, wie jedesmal.

»Ich habe ein hübsches Haus auf Rhodos ausfindig gemacht. Es liegt direkt am Meer. Den Jungs würde es gut gefallen.«

»Die Jungs sind noch zu klein. Als wir mit Sam und Poppy …« Nathan beendete den Satz nicht, legte die Gabel weg und schaute ins Leere, um mich nicht ansehen zu müssen.

In diesem Moment fragte in mir laut und deutlich eine Stimme: »Ist dir klar, dass du genug Geschichte angesammelt hast, um eine Bibliothek zu füllen?«

Ich stand auf, um Salz aus dem Küchenschrank zu holen. Die Erkenntnis beschämte und bedrückte mich, wirkte aber gleichzeitig eigenartig beruhigend, da mir nun alles sonnenklar war.

Nathan würde seine Vergangenheit niemals loslassen. Er war dazu gar nicht in der Lage.

Er folgte mir in die Küche. »Minty, es muss endlich Schluss damit sein. Ich kann nicht so tun, als hätte es Poppy und Sam nie gegeben.«

»Nein«, sagte ich.

Oben rief einer der Zwillinge. Nathan und ich drehten uns gleichzeitig um, als wir den Schrei hörten. »Du oder ich?«, fragte Nathan.

Wenigstens darin waren wir uns einig gewesen.

Nun stand ich wieder in der Küche, ließ heißes Wasser ins Becken laufen und hielt meine eiskalten Hände hinein. Ich ließ das Wasser im Kessel aufkochen und nahm eine Tasse Kamillentee mit ans Bett. Anschließend löschte ich das Licht und legte mich hin. Nach einer Weile streckte ich den Arm aus und breitete ihn über den Teil des Bettes, wo eigentlich Nathan hätte liegen sollen.

Rose reagierte nicht auf die Nachrichten, die ich auf ihrem Anrufbeantworter hinterließ. Ich wartete zwei Tage ab. Dann fuhr ich nach der Arbeit zu ihr.

Sie kam an die Tür. Ihr Rock war von Prada; dazu trug sie eine Jacke mit Leopardenmuster und eine Kette aus großen Holzperlen. Sie sah ausgesprochen gut aus und wirkte nicht sehr überrascht. »Ich habe mir schon gedacht, dass du früher oder später hier auftauchen würdest.«

Da sie mich nicht hereinbat, nahm ich meinen ganzen Mut zusammen. »Du hast mich nicht zurückgerufen. Also bin gekommen, um einiges zu klären.«

Als Rose weiter die Tür festhielt, fügte ich hinzu: »Rose, wenn wir es endlich hinter uns bringen, können wir die Vergangenheit vergessen.«

Schließlich machte sie Platz. »Komm rein.«

Das Wohnzimmer war von einem wunderbar duftenden Blumenmeer erfüllt. »Ich hab die Moderation für eine Gartenserie angeboten bekommen«, erklärte sie. »Es geht um kleine Stadtgärten. Die Leute waren so nett, mir Blumen zu schicken.«

»Bei welchem Sender?«

»Im Hobbykanal. Aber die Sendung wird von Papillon produziert. Wahrscheinlich schaut kaum jemand zu, aber man muss nehmen, was man kriegen kann. Es macht sicher Spaß.«

»Papillon? Sicher steckt Deb dahinter.« Ich warf einen Blick auf die Karte an einem riesigen Lilienstrauß. »Alles Liebe von Hal«, stand darauf.

»Wie geht es Hal?«, fragte ich.

»Gut. Viel zu tun.«

»Ich habe mir oft überlegt, ob du ihn irgendwann heiraten wirst.«

»Offen gestanden, hat er mir einen Antrag gemacht.« Rose wies auf den blauen Sessel. »Nimm doch Platz, Minty.«

Ich mied den blauen Sessel, in dem Nathan gestorben war, und setzte mich lieber aufs Sofa. »Und warum nimmst du nicht an?«

»Mir gefällt es so, wie es ist. Ich fühle mich wohl und möchte nichts daran verändern«, erwiderte Rose. Allerdings zitterte ihre Stimme leicht. »Hal gehört zu den Menschen, die einem ein Leben lang erhalten bleiben, und er ist immer noch da. Also ...«, sie hielt inne. »Ich weiß nicht, wie ich mich entscheiden soll. Ja oder nein. Aber vermutlich eher nein. Ich möchte nicht, dass sich etwas ändert. Inzwischen habe ich mich an meine Unabhängigkeit gewöhnt.« Kurz malten sich Verunsicherung und Zweifel in ihrem Gesicht. »In meinem Alter ist es schwierig ... so ...« Sie wechselte das Thema. »Sag, was du mir zu sagen hast, und dann geh wieder. Wir wollen einander nicht die Zeit stehlen.«

Mein Mund und meine Kehle waren staubtrocken, doch ich brachte es nicht über mich, sie um etwas zu trinken zu bitten. »Ich will alles über dich und Nathan wissen.«

»Nathan und ich waren verheiratet. Wir hatten zwei Kinder. Ich hatte einen guten Job. Dann habe ich dich eingestellt und dich zu mir nach Hause zum Essen eingeladen, um euch miteinander bekannt zu machen. Den Rest kennst du ja.«

»Nein«, erwiderte ich. »Das war nicht meine Frage.«

Rose verheimlichte mir etwas. Das Licht schmeichelte ihrem honigblonden Haar und ihrer Haut. Früher einmal hatte Nathan dieses Haar und diese Haut berührt. Sie hatten ihm gehört.

Durstig und brennend vor Scham stellte ich schließlich die Frage, die mir auf der Zunge lag: »Rose, war Nathan zum Schluss wieder dein Liebhaber?«

Rose rutschte in ihrem Sessel herum. Schlank, aber nicht zu dünn, durchtrainiert und elegant, wie sie heute war, lagen Welten zwischen ihr und der leicht zerzausten berufstätigen Mutter, mit der ich bei Vistemax zusammengearbeitet hatte. Und trotzdem war sie verletzlich. Es ist schwierig in meinem Alter. Auch Verletzlichkeit hat etwas Erotisches. Ganz sicher hatte Nathan sie begehrt.

Sie hob die Hand. »Die Trauer um Nathan lastet wie ein Stein auf meiner Brust. Es ist wie ein gewaltiger Anfall von Magendrücken.«

»Ich weiß«, sagte ich.

Weinst du genauso um ihn wie ich?, hätten wir einander fragen können.

»*Tust* du das?«

»Du hast meine Frage nicht beantwortet.«

»Das liegt daran, dass ich das auch nicht vorhabe.«

Ich biss mir auf die Lippe. »*Sag* es mir, Rose. Was haben Nathan und du entschieden?«

»Er meinte, du wärst sehr ehrgeizig.«

»Das war er auch in meinem Alter. Du genauso. Du hast dich mit ihm gestritten, weil du wieder arbeiten wolltest.«

Die Hand auf ihrer Brust ballte sich zur Faust. »Das tut jetzt nichts mehr zur Sache. Es sind alte Geschichten, die ich nicht noch einmal durchkauen möchte.«

»Für dich mögen sie alt sein.« Kurz schloss ich die Augen. »Aber Nathan war dagegen, und das hat zu Reibereien geführt.«

»Du meine Güte, Minty, worauf willst du hinaus?«

»Vermutlich«, erwiderte ich bedrückt, »geht es mir darum, dir zu erklären, dass er eigentlich nicht glücklich mit mir war und dass er bereute, dich verlassen zu haben.« Kurz zögerte ich. Die nächsten Worte stieß ich durch zusammengebissene Zähne hervor: »War er wieder mit dir im Bett?« Obwohl Rose ein Geräusch ausstieß, das ebenso ein Lachen wie ein Aufstöhnen gewesen sein konnte, ließ ich mich nicht beirren. »Schließlich war es etwas Vertrautes für ihn ...« Ja, er hatte mit Rose die alltägliche Sprache aus kleinen Bemerkungen und Berührungen geteilt. Er hatte nachts ihrem Atem gelauscht und gehört, wie sie sich die Zähne putzte, den Kessel mit Wasser füllte ... »Und deshalb war es doch kein so großer Schritt.« Rose hob die

Hand, um mich zu unterbrechen, aber ich achtete nicht darauf. »Von eurer langen gemeinsamen Vorgeschichte war ich ausgeschlossen. Ich konnte da nicht mithalten. Du warst immer präsent und mir einen Schritt voraus. Immer.«

»Lass das, Minty.«

Ich war klug genug, auf sie zu hören.

Ein wehmütiges Lächeln spielte um Roses Mundwinkel. »Wer ständig fordert, geht leer aus.« Dieser Satz war bei uns im Büro häufig gefallen. Damals. Vor vielen Jahren. Timon, der Chefredakteur, wollte dauernd mehr Bücher, weniger Bücher, andere Bücher. Wer ständig fordert, geht leer aus. Doch mit Ausnahme dieses Falles hatte man mit Forderungen meistens Erfolg. »Als Nathan mir damals gebeichtet hat, dass er mit dir eine Affäre hat«, fuhr Rose fort, »habe ich ihn gefragt, warum er es mir überhaupt gesagt hat. Ich bin bis heute der Ansicht, dass man bei Seitensprüngen sehr diskret vorgehen sollte.«

»Ich muss es trotzdem wissen.«

Roses Lächeln war verflogen. Als sie sich zu mir hinüberbeugte, um ihre Aussage zu untermauern, stieg mir Jasminduft in die Nase. »Ich brauche dir nichts zu erzählen, Minty.« Ihr Tonfall war nicht gehässig, sondern eher sanft. »Du hast vor langer Zeit das Recht verwirkt, vertrauliche Dinge von mir zu erfahren. Ich muss nicht mit dir sprechen, und ich denke nicht, dass ich verpflichtet bin, dir bei der Lösung deiner Probleme zu helfen.«

Sie stand auf, ging hinaus und kehrte mit einer Flasche und Gläsern auf einem Tablett zurück. »Am besten trinkst du einen Schluck davon. Hal hat ihn aus Italien mitgebracht.«

Als ich das Glas entgegennahm, schnitt mir die Bluse unter der Achsel ein. »Die Jungs fragen oft nach dir.«

Ich bemerkte, dass blitzschnell ein freudiger Ausdruck über ihr Gesicht huschte. »Die Jungs …« Ihre Stimme war träumerisch und fast besitzergreifend. »Sie sind süß.«

»Finger weg von meinen Söhnen«, hätte ich am liebsten gezischt, obwohl ich wusste, wie unvernünftig das war. Um Selbstbeherrschung ringend, starrte ich auf meine Hände. »Alte

Freundschaften und Verbindlichkeiten. Erinnerst du dich? Du hast bei dem Abendessen, bei dem ich Nathan kennengelernt habe, darüber geredet. Darüber, wie schwer es ist, sie abzuschütteln.«

Sie lächelte finster. »Glaub mir, ich könnte dich jederzeit abschütteln, Minty. Und zwar ohne Probleme. Es wäre wirklich ganz leicht.«

Das meinte sie ernst, und ich errötete – nicht vor Wut, sondern vor Verzweiflung. Als Frau, die Rose den Mann ausgespannt hatte, war ich schuldig, erbärmlich und all das andere, was Rose mir möglicherweise zuschrieb. Und dennoch hatte ich vor vielen Jahren miterlebt, wie sie – den grellrosa Lippenstift verschmiert, den Pullover ausgebeult – ins Büro gestürmt gekommen war und geschimpft hatte, Nathan oder die Kinder seien wieder einmal anstrengend/fordernd/übellaunig gewesen. Damals hatte ich gedacht, sie sei bemitleidenswert.

Ich trank meinen Wein und sah mich im Zimmer um. Mit seiner ruhigen Atmosphäre, den ordentlich abgestimmten Magnolien- und Cremetönen und den blauen Akzenten hie und da spiegelte es das wider, was aus Rose geworden war. Das Zimmer war genau nach dem Geschmack seiner Bewohnerin eingerichtet. »Es hat Vorteile, wenn man allein lebt«, stellte ich fest.

Sie wusste sofort, was ich meinte. »Genau genommen ja.«

Wir wechselten einen Blick. Seltsamerweise verstehen wir einander. Rose stellte ihr Glas weg. »Nathan und ich waren viele Jahre verheiratet«, sagte sie. »Wir kannten uns gut. Genau so … so wie … du und ich. Uns fehlte nie der Gesprächsstoff.« Sie stand auf und trat ans Fenster. »Mein Leben mit Nathan war privat, bis du auf der Bildfläche erschienen bist. Auch wenn es in unserer Ehe schlechte Phasen und blinde Flecken gab, ging sie nur uns beide etwas an. Und bis du gekommen bist, hat sie auch gut funktioniert. Aber ab diesem Moment haben alle hingestarrt, und jeder musste seinen Senf dazugeben.« Sie drehte sich um und sah mich ruhig und unverwandt an. »Du verstehst doch sicher, Minty, dass ich dir nichts schulde. Weder Erklärungen noch Freundschaft.«

»Nathan ist zu dir gekommen, weil er Trost brauchte und sich aussprechen wollte«, rief ich aus. »Bei mir hat er das alles nicht gefunden. Mit dir ins Bett zu gehen wäre ja nur die logische Konsequenz gewesen.«

Rose lehnte die Stirn gegen den Vorhang. »Könnte sein.« Sie seufzte auf. »Warum hörst du nicht endlich auf und gehst?«

»Weil ich wütend auf mich selbst bin, Rose. Aber auch wütend auf Nathan.«

Abrupt wirbelte sie herum. »Hast du nicht einmal zu mir gesagt, Nathan sei tot – *tot*? Richtig? Und zwar in deiner unnachahmlich sachlichen Art.«

»Ja, das habe ich.«

»Dann lass ihn in Ruhe. Gönn ihm seinen Frieden.«

»Du hast recht. Ich sollte nicht hier sein.«

»Stimmt genau«, erwiderte sie kühl. Sie schenkte sich ein zweites Glas Wein ein und drückte es an die Brust. Als ich mich nicht rührte, sagte sie: »Willst du nicht endlich gehen? Geh.«

Was stand in den Ratgebern zum Thema »zweite Frau entschuldigt sich bei der ersten«? Diese Bücher, die vorgaben, Menschen den Glauben an sich selbst zurückgeben zu können, die vorgaben, dass man sein Leben in den Griff bekommen und es nach Belieben verändern könne, die verführerische Lösungs- und Versöhnungsphantasien und ähnliche Luftschlösser heraufbeschworen.

»Ich wollte dir sagen, wie leid es mir tut«, begann ich. »Mir ist erst nach der Hochzeit mit Nathan und der Geburt der Zwillinge klar geworden, was ich angerichtet habe. Da erschien mir plötzlich alles anders, insbesondere, als ich bemerkte, wie enttäuscht Nathan ... manchmal ... war. Hin und wieder, wenn er mich ansah, bemerkte ich, wie sehr er seine Entscheidung bereute. Er hat sich schon um mich gekümmert, aber noch viel mehr hat ihm, glaube ich, Kummer bereitet, dass er all das aufgegeben hatte, was ihm wichtig gewesen war.«

Nathan hatte Rose übel mitgespielt. Ich hatte Rose übel mitgespielt. Und inzwischen wusste ich, dass es viele Jahre dauern kann, bis ein Mensch von der vollen Wucht seiner Sünden ereilt wird. Das verschwiegen die Ratgeber. Vermutlich war ihnen dieses Thema zu heikel.

»Arme Minty«, meinte Rose, und ihre Ironie traf mich bis ins Mark. Über ihr Weinglas gebeugt, blieb sie sitzen, ohne zu trinken oder mich anzusehen. »Du konntest ihn geschenkt haben«, gab sie zu. »Er hatte mich so gekränkt, dass ich manchmal glaubte, vor Schmerz sterben zu müssen. Aber du kennst ja das Sprichwort ›Die Zeit heilt alle Wunden‹. Das stimmt wirklich. Gott sei Dank. Als er an dem Tag, an dem er gestorben ist, hier auftauchte, habe ich ihn nicht mit offenen Armen empfangen. Eigentlich hatte ich keine Lust auf seinen Besuch, denn ich war sehr beschäftigt. Das hat er bemerkt, und er war enttäuscht. Allerdings habe ich auch keinen Grund gesehen, mir seinetwegen Umstände zu machen. So lange hat er damit verbracht, sich zu befreien. Nathans Probleme waren nicht mehr die meinen ... Ich konnte mich nicht mehr auf ihn einlassen ... nicht so, wie er es wollte ... Und offen gestanden mache ich mir deswegen Vorwürfe.«

»Wie schade«, stieß ich hervor. Sich kurz vor dem Tod überflüssig zu fühlen war sicher ein ziemlicher Schlag ...

Sie schluchzte auf. »Verdammt, er hat mich deinetwegen verlassen. Schon vergessen?« Sie wandte mir ihr Gesicht zu, in dem sich das Leid abzeichnete. »Schon vergessen?«

»Ich denke fast ununterbrochen daran. Insbesondere jetzt.«

Rose gab sich sichtlich Mühe. »Du musst dich um die Zwillinge kümmern. Sam und Poppy haben es damals nur schwer verkraftet. Obwohl sie viel älter waren als deine beiden, hat es sie sehr mitgenommen. Ich habe dir und Nathan die Schuld daran gegeben und konnte nichts tun, um ihnen zu helfen. Du darfst deine Wut und deine Fehler nicht deinen Kindern aufbürden.« Sie drehte das Glas zwischen den Fingern. »Ich werde das nicht zulassen.«

Eine Ader pochte an Roses Schläfe und vermutlich auch an meiner. Ich starrte auf den ausgeschalteten Fernseher in der Zimmerecke. »Das mit Poppy und Sam tut mir leid.« Der Gerechtigkeit halber fügte ich hinzu: »Poppy hat sich an mir ausgetobt. Sie ist eine Kämpfernatur.«

Rose bückte sich und hob einen winzigen Perlmuttknopf vom Boden auf. »Typisch Poppy. Sam hat es im Moment nicht leicht. Ich mache mir ein wenig Sorgen um ihn und Jilly… Sie schienen so gut zusammenzupassen, aber man kann nie wissen. Ich würde mich gern mehr um sie kümmern, aber ich muss schließlich meinen Lebensunterhalt verdienen und meine eigenen Probleme lösen. Sie müssen das allein schaffen.« Ihre Stimme wurde zärtlich. »So … sosehr ich sie auch liebe.« Ihre Zuneigung schloss mich nicht ein. Ein wenig freundlicher fügte sie hinzu: »Trauer nagt am Selbstbewusstsein, Minty. Das weiß ich aus eigener Erfahrung. Aber es kann auch ein gutes Ende geben. Glaub mir.« Sie wies in den Raum hinein. »Als Nathan ging, dachte ich, ich hätte versagt, auch den Kindern gegenüber. Aber ich habe überlebt. Blut und Tränen hat das gekostet, aber ich habe es geschafft.« Sie balancierte den Knopf auf der Handfläche. »Nathan hat das getan, was er tun wollte. Ich habe übersehen, dass er sich verändert hatte. Und warum hätte er sich auch nicht verändern sollen? Es war sein Recht, nur dass ich es damals nicht bemerkt habe. Also war es nicht allein deine Schuld.« Ihre Worte machten es mir ein wenig leichter.

Der Wein hatte mir die Zunge gelöst. »Einmal waren Roger und Gisela Gard zum Essen bei uns. Du wirst es kaum glauben, aber ich wollte Nathans Karriere fördern. Einer der Zwillinge war unartig, und Nathan hat sich um ihn gekümmert. Als ich Roger beobachtete, wie er Nathan ansah, konnte ich ihn fast denken hören: Das ist ein Mann, der sein Pulver verschossen hat. Und da kam mir plötzlich der Gedanke, dass es besser wäre, tot zu sein als zu scheitern.« Ich stellte mein Glas weg. »Nun frage ich mich, ob ich Nathan vielleicht den Tod gewünscht habe, Rose. Habe ich das?«

Rose ließ den Wein im Glas kreisen. »Nach der Trennung von Nathan dachte ich, dass es eine Witwe viel leichter hat als eine sitzengelassene Ehefrau. Niemand hätte mir die Schuld geben können, solange ich ihn nicht allabendlich mit Hamburgern und Pommes vollgestopft hätte. Wenn er gestorben wäre, wäre die Situation leichter zu verkraften gewesen.«

»Ja.«

Sie stellte das Glas weg. Ihr Goldring blitzte auf. »Allerdings hätte ich wahrscheinlich trotzdem meinen Job an dich verloren, oder?«

»Wahrscheinlich schon«, gestand ich. »Ich wollte ihn unbedingt und habe Fairness unter Kollegen für etwas Altmodisches gehalten.«

»Und jetzt?«

Ich dachte an Chris Sharp. »Daran hat sich nicht viel geändert.« Ich betrachtete den Teppich. »Hat Nathan versucht, mich zu demütigen, als er dich zum Vormund der Kinder eingesetzt hat?«

»Vielleicht dachte er, das wäre das Beste für sie.«

»Vielleicht.«

Rose nahm meine Hand, eine Berührung, die für mich völlig unerwartet kam. »Minty, offenbar begreifst du nicht, dass ... ich mich endlich gelöst hatte. Es hat lange genug gedauert. Endlich hatte ich aufgehört, von Nathan zu träumen. Also hatte ich keine Lust mehr, mich in sein Leben einzumischen. Ich habe mich gegen ihn abgegrenzt.«

Ich ließ meine Hand in ihrer liegen und sagte ihr, was mich bedrückte. »Ich habe ihn nie geliebt, Rose, nicht wirklich. Nicht in Wahrheit. Nicht von Herzen und mit Seele, Körper und Verstand. Er wusste, dass er älter wurde. Er wollte noch mal neue und andere Sachen ausprobieren. Aber ich habe es ihm nicht leicht gemacht. Wenn ich ihn wirklich geliebt hätte, hätte ich ihm erlaubt ... nach Cornwall zu fahren und noch vieles andere mehr.« Ich umklammerte Roses Hand. »Ich glaube, er war unbeschreiblich einsam.«

Rose zog ihre Hand weg. »Ich zeige dir jetzt einen Brief, Minty.« Sie ging zum Schreibtisch in der Ecke, griff nach einem kleinen Luftpolsterumschlag und reichte ihn mir.

Ich holte zwei eng beschriebene Seiten heraus. »Meine liebste

Rose …« Bedeutete »liebste« nicht, dass die angesprochene Person der Mensch ist, der einem am nächsten steht?

Ich habe kein Recht, diese Bitte an Dich zu richten, glaube aber, dass es nötig werden könnte. Wenn Du diesen Brief erhältst, den ich bei Theo hinterlege, habe ich die Lage richtig eingeschätzt.

Ich schreibe Dir, um Dich daran zu erinnern, dass Du früher gut mit Minty befreundet warst. Wenn Du das hier liest, heißt das, dass sie mit den Zwillingen allein ist. Natürlich habe ich keine Ahnung, wie lange dieser Zustand andauern wird. Als ich Dich bei meinem letzten Besuch fragte, ob Du als Vormund eintreten würdest, falls ihr und mir etwas zustoßen und die Jungs noch minderjährig sein sollten, hast Du geantwortet, Du würdest es Dir überlegen. Ich weiß nicht, wen ich sonst bitten soll. Es ist eine große Verantwortung, die ich Dir da aufbürde, insbesondere, wenn man unsere Vergangenheit betrachtet. Doch ich kenne Dich durch und durch, Rose, und es gibt niemanden, dem ich mehr vertraue …

Ich musste innehalten. »Oh, Nathan …«

»Alles in Ordnung?«, erkundigte sich Rose.

Ich nickte.

Als Rechtfertigung für mein Verhalten Dir gegenüber kann ich nur vorbringen, dass unsere komplizierten Gefühle und Impulse uns oft merkwürdige Dinge tun lassen. So haben sie mich zum Beispiel von Dir, die ich geliebt habe, zu Minty geführt. Aber ich habe Minty ebenfalls geliebt und möchte Dir etwas sagen: Sie hat so viel an sich, das man bewundern muss (es ist Dir doch damals auch aufgefallen, als ihr Freundinnen wurdet), und das trifft noch immer zu. Es war nicht leicht für sie und hat sich völlig anders entwickelt, als sie erwartet hat. Deshalb möchte ich Dich noch einmal bitten, für sie da zu sein, falls sie Hilfe mit den Jungs braucht, auch wenn sie Dich nicht von selbst darauf anspricht.

Ich legte den Brief weg, griff nach meiner Tasche und stand auf. »Warum hast du mir das verschwiegen? Ich weiß, dass ich dich unsäglich gekränkt habe, aber du hättest es mir sagen müssen.«

Roses Antwort fiel kurz und knapp aus. »Ja.«

»Dann wäre alles viel leichter zu ertragen gewesen.«

»Ja, wahrscheinlich schon. Doch ich habe dabei nicht an dich gedacht, Minty.«

Also hatte Rose sich durch ihr Schweigen an mir gerächt. Aber etwas anderes hatte ich auch nicht verdient.

Mein Kopf dröhnte, und ich wollte unbedingt nach Hause. »Er wusste, dass ich ihn nie richtig geliebt habe«, stieß ich hervor. »Richtig und wirklich.« Inzwischen weinte ich bitterlich. »Es steht in dem Brief.«

Rose faltete ihn zusammen und legte ihn auf den Schreibtisch. »Als Nathan mich verlassen hat, habe ich aufgehört, ihn so zu lieben, wie er es wollte. Das ließ sich nicht vermeiden. Anders hätte ich nicht überlebt.«

Wir sahen einander an. In unserem Blick lag die Vergangenheit, die wir miteinander teilten, betrauerten und bereuten. Sie griff nach dem Umschlag. »Da wäre noch etwas. Er hat Theo gebeten, es mir zuzuschicken. Ich glaube, es ist eine Art Tagebuch. Ich habe es nicht gelesen, Minty. Nur die ersten Seiten. Ich konnte es einfach nicht. Nimm du es.« Sie drückte mir den Umschlag in die Hand. Als ich hineinschaute, stellte ich fest, dass es das verschwundene Notizbuch war.

Auch das hatte er Rose zugedacht.

Über das Herz und das, was es bewegt, haben wir keine Macht. Endlich war mir klar geworden, dass ich Nathan sein Ringen mit seinen Gefühlen nicht zum Vorwurf machen durfte. Wenn man schon seine eigene Natur und seine Impulse nicht versteht, wie soll es dann möglich sein, das Denken eines anderen Menschen zu erfassen und die Wut, die Leidenschaft und die Verbindlichkeiten zu begreifen, die es bestimmen? Rose, Nathan und ich hatten einander betrogen, jeder auf seine Weise, und dabei hatten wir nicht zuletzt uns selbst eins ausgewischt.

»Wir müssen uns mehr Mühe geben, etwas daraus zu machen, Rose«, sagte ich.

»Ja«, erwiderte sie. »Das müssen wir.«

Als ich nach Hause kam, stürmten die Jungs, die mich am Fenster erwartet hatten, auf mich zu, um mich zu begrüßen. Ich nahm sie in die Arme und zog sie ins Haus. Dann schloss ich die Tür, lehnte mich von innen dagegen und atmete tief durch.

Kapitel 24

Es war Freitag, vier Wochen vor Weihnachten. Ich saß im Konferenzraum von Paradox und sah zu, wie die Zeiger der Uhr sich langsam an halb sechs vorbeischoben. Barry war voll in Fahrt und würde nicht so bald zu reden aufhören. Was er sagte, war zwar interessant, aber es wäre toll gewesen, er hätte schon früher damit angefangen.

Chris hatte den Kopf in die Hand gestützt. In einer Redepause blickte er auf. »Bist du in Eile, Minty?«

»Ganz und gar nicht«, entgegnete ich gelassen.

»Du bist gleich dran, Minty«, sagte Barry.

In einem halbherzigen Versuch, Weihnachtsstimmung zu verbreiten, hatte Syriol eine Lichterkette über das Bild an der Wand gehängt. Es war von Shiftaka. Nachdem ich Barry davon überzeugt hatte, dass es sich um eine gute Geldanlage handelte, hatte er beschlossen, einen Teil der Profite von Paradox in ein echtes Wertobjekt zu investieren. (Als ich ihn darauf hinwies, dass auch seine Mitarbeiter durchaus einen Wert darstellten, hatte Barry nur gegrinst und erwidert, er brauche etwas *Greifbares*.)

Shiftakas Gemälde zeigte eine abstrakte Figur, halb Körper, halb Skelett, die auf einem Bett aus glühenden Kohlen lag. Das Bild war in grellen Rottönen und tiefem Schwarz gehalten. Zur Farbe des Hintergrunds fiel mir nur das Wort »schmutzigweiß« ein. Der Titel lautete *Kioto, Ruhe in Frieden*. Obwohl ich mich noch nicht entschieden hatte, ob ich Shiftaka für einen guten Maler hielt, arbeitete ich hart an meinem »ungeschulten Blick«. Aber solange Barry Shiftakas Werk für zukunftsweisend hielt, war das Bild ein Glücksgriff gewesen.

Ich hatte Barry mit in Marcus' Galerie genommen, damit er sich das Bild ansehen konnte. Den Kopf über den Laptop gebeugt, saß Marcus an seinem Schreibtisch, und als er bei unserem Eintreten aufblickte, war ich erschrocken, denn ich hatte ihn viel jünger in Erinnerung gehabt. Er brauchte ein oder zwei Sekunden, um mich einzuordnen, und als er mich erkannte, glomm unverkennbar Hoffnung in seinen Augen auf. Allerdings verlosch diese schlagartig, sobald klar ihm wurde, dass ich nicht in Giselas Auftrag hier war.

Ich stellte die beiden Männer einander vor und erklärte, Barry sei auf der Suche nach einer Geldanlage. Daraufhin war Marcus sofort ganz Fachmann, der lässig und geduldig einen potenziellen Kunden zu gewinnen suchte. Ich fand ihn viel sympathischer als Roger.

Während Barry zwischen den beiden Räumen hin und her schlenderte, wandte sich Marcus an mich. »Wie geht es Gisela?«, fragte er mit seiner unerwartet dunklen Stimme.

»Ich denke, gut. In letzter Zeit habe ich sie kaum gesehen.«

Er entschied sich gegen den Small Talk – ein weiterer Aspekt, der für ihn sprach – und kam sofort auf den Punkt. »Offenbar hat sie nicht begriffen, dass ich keine Ehefrau will, sondern sie, nur sie als Person. Ich brauche niemanden, der Marmeladengläser einlagert und Speisepläne aufstellt. Aber als die Entscheidung anstand, war ihr das vermutlich lieber. Gisela hat sich an ein Leben als Profiehefrau gewöhnt.«

»Ich denke, da haben Sie recht.«

Allerdings konnte sich Marcus davon auch nichts kaufen. »Was hat sie nur davon, mit Roger zusammenzubleiben? Das Leben mit ihm muss doch schrecklich langweilig sein ... Ich bin derjenige, der sie geliebt hat, nicht Roger.«

Bedauernd stellte ich fest, dass er die Vergangenheitsform benutzte. »Es ist nicht langweilig, Marcus«, verbesserte ich ihn, »sondern anders.«

Inzwischen hatte Barry seinen Erkundungsgang beendet und wies auf *Kioto, Ruhe in Frieden.* »Ich nehme das da.« Er näherte sein Gesicht dem von Marcus. »Und sind Sie wirklich sicher, dass ich mein Geld nicht zum Fenster hinauswerfe?«

Marcus zuckte nicht mit der Wimper. »Nichts im Leben ist sicher.«

Und seitdem zierte der Shiftaka die Wand bei Paradox.

»Minty.« Endlich war Barry am Ende seiner Ausführungen angelangt. »Möchtest du fortfahren?«

Ich griff nach meinen Aufzeichnungen. »Gut. Erinnert ihr euch noch an das Projekt über das mittlere Lebensalter, das wir vor einem Jahr erörtert haben. Es ließ sich nicht umsetzen. Aber das hier wird klappen. Eine dreiteilige Serie über Eltern. *Kinderliebe*. Das Format? In jeder einstündigen Folge kommen Experten sowie Eltern mit ihren persönlichen Erfahrungen zu Wort. Die Sendung soll die Frage stellen, welchen Belastungen Eltern ausgesetzt sind. Wie beeinflusst die Elternschaft Männer und Frauen körperlich und emotional? Welche Auswirkungen haben Kinder auf Ehe und Freundschaften? Was geschieht mit den Stiefeltern älterer Kinder? Was kann man tun, wenn man glaubt, als Eltern versagt zu haben? Wie kommen Alleinerziehende zurecht?«

Gute Frage. Wie schaffen Alleinerziehende das eigentlich?

Chris zog die Augenbraue hoch. Dann räusperte er sich und notierte sich etwas.

Ich sprach weiter. »Der springende Punkt ist, dass man ohne Scheuklappen an das Thema herangehen muss und auch die problematischen Seiten des Lebens mit Kindern nicht ausblenden darf. Die Beiträge müssen eine deutliche Sprache sprechen und Dinge aufs Tapet bringen, die die meisten Menschen nur zu denken wagen. Kinder verändern das Leben. Man liebt sie nicht immer. Eltern scheitern. Es kann einsam sein.«

»Gibt es auch positive Aspekte?«, erkundigte sich Chris.

»Aber ja«, erwiderte ich. »Reichlich.« Mein Herz schlug höher. »Aber das sollen die Eltern selbst beschreiben. Sie können es nämlich am besten.« Ich nahm das vorbereitete Treatment und reichte es Barry. »Die Sendung soll temporeich, bunt und mutig sein, und ich denke, wir könnten sie der BBC anbieten.«

Chris runzelte die Stirn, während Barry nachdenklich *Kioto, Ruhe in Frieden* musterte.

»Danke, Minty«, sagte er schließlich. »Ich bin zwar noch

nicht ganz überzeugt, aber ich werde darüber nachdenken. Wir sprechen ein andermal darüber.«

»Denk vor allem an die riesige Zielgruppe«, beharrte ich.

»Vertrau mir.«

Ich war gerade dabei, meine Papiere zu ordnen, als Chris in mein Büro kam. Er schloss die Tür und lehnte sich dagegen. »Ich würde gern ein paar Dinge mit dir bequatschen, Minty.«

»Klar.« Ich schaltete meinen Computer aus und bemerkte dabei, dass mein Ehering viel lockerer saß und dass eine Vene an meiner Hand hervortrat. Kein gutes Zeichen. So mancher Filmstar hatte sich schon aus geringerem Anlass einem Handlifting unterzogen.

»Hast du gehört, dass der Vertrag mit Carlton wegen der Dokumentation über den Papst unter Dach und Fach ist?« Er schnippte mit den Fingern. »Das müsste die Quartalszahlen in die Höhe treiben.«

»Willst du darüber mit mir sprechen? Wenn ja, würde ich das nämlich gern auf morgen verschieben. Ich muss nach Hause.«

Chris stieß sich von der Tür ab und lehnte sich an meinen Schreibtisch. Mein kleines Büro kam mir plötzlich beengt vor. Seine haselnussbraunen Augen funkelten. »Du hast ein schweres Jahr hinter dir, Minty.«

Seine Anteilnahme überraschte mich. Außerdem hatte ich mit Mitgefühl noch immer meine Schwierigkeiten, da es mir häufig die Tränen in die Augen trieb. »Ja, aber allmählich gewöhne ich mich daran. Das Leben muss weitergehen.«

Allerdings hätte ich mir meine Bedenken sparen können, denn natürlich verfolgte Chris mit seiner freundlichen Bemerkung Hintergedanken.

»Minty, wäre es nicht vielleicht besser für dich, wenn du in einem größeren Unternehmen arbeiten würdest, wo man flexibler auf jemanden in deiner problematischen Situation eingehen kann, für die ich natürlich das vollste Verständnis habe?«

Es war zwecklos, sich aufzuregen. Wenn ich bei Paradox überleben wollte, bis ich selbst Lust auf einen Tapetenwechsel hatte, konnte ich mir keinen Wutausbruch leisten. »War das ein Vorschlag oder eine Anweisung?«

Ich konnte nicht feststellen, ob sein gewinnendes Lächeln ehrlich gemeint war. »Nur unter Freunden: In unserer Branche können private Probleme ein Karrierehindernis sein. In einem Unternehmen, dessen Personaldecke so dünn ist wie bei Paradox, muss alles klappen wie am Schnürchen, und zwar ohne überflüssige Komplikationen. Man muss sich darauf verlassen können, dass jedes neu auftretende Problem umgehend beseitigt wird, wenn du verstehst, was ich meine.«

»Wie reizend von dir, Chris«, murmelte ich.

Früher einmal hätte ich meine erotische Ausstrahlung eingesetzt – der Nathan ja schließlich auch erlegen war. Ich hätte die Augen weit aufgerissen, durch die Wimpern nach oben gespäht und mein Dekolleté ins Blickfeld gerückt. »Wirklich nett, dass du dich dafür interessierst«, hätte ich gesagt und dabei einen Hauch von Verheißung mitschwingen lassen, um Chris aus dem Konzept zu bringen. Das sollte nicht bedeuten, dass ich derartige Taktiken inzwischen ablehnte oder sie nie wieder einsetzen würde. Jedoch erforderten Verführungskünste einen gewissen Zeitaufwand, und ich wurde zu Hause von meinen Söhnen erwartet.

Also verstaute ich den Rest meiner Notizen in meiner Tasche und ließ sie zuklappen. »Chris, vielleicht sollten wir dieses Gespräch besser nicht fortsetzen. Falls du andeuten willst, dass ich als berufstätige Mutter eine Schwachstelle bin, könntest du dich nämlich in ernsthafte Schwierigkeiten bringen.«

Er war nicht dumm und ruderte sofort zurück. »Ich habe dabei nur an dich gedacht«, meinte er.

Auf dem Heimweg kam ich an Paiges Haus vorbei. Der Vorgarten war picobello, denn der Gärtner war vor Kurzem mit dem herbstlichen Frühjahrsputz fertig geworden. »Du kannst es um diese Jahreszeit nicht als Frühjahrsputz bezeichnen«, hatte ich bei unserem Telefonat am Vortag zu Paige gemeint.

»Ich nenne es, wie ich will«, lautete ihre Antwort.

»War Martin bei dir?«

»Es wär schön, wenn du dich nicht einmischen würdest«, erwiderte Paige gereizt.

»Und?«

»Er besucht uns an den Wochenenden. Aber es kommt nicht infrage, dass er hier wieder einzieht, Minty. Ich bin viel zu sehr mit den Kindern beschäftigt, um verheiratet zu sein.«

Als ich die Tür meines Hauses öffnete, fand ich dort die erwartete Szene vor. Eve war auf einem Küchenstuhl zusammengesackt, während sich die Jungs oben in ihrem Zimmer ein kleines Gefecht lieferten. Eves Hand, die auf dem Tisch lag, war so bleich und mager, dass ich erschrak.

Also befasste ich mich zuerst mit ihr. »Hör mal«, sagte ich zu der mit hängenden Schultern dasitzenden Gestalt. »Das hat doch keinen Zweck. Jetzt schleppst du dich schon seit Monaten durchs Haus, ohne dass sich dein Zustand nennenswert gebessert hätte. Du solltest nach Hause fahren und deine Familie besuchen.«

Als sie die Hände vom Gesicht nahm, bemerkte ich überrascht, dass ihre Augen leuchteten. »Nach Hause?« Sie schnappte nach Luft, als atme sie bereits den Geruch des Flusses und der Berge ihrer Heimat ein.

Damit stand meine Entscheidung fest. »Du fährst für zwei Wochen nach Hause und ruhst dich bei deiner Familie aus. Dann kommst du zurück.«

»Ich besorge mir eine Busfahrkarte.« Ein seliges Lächeln auf den Lippen, rappelte Eve sich auf. »Ich rufe sofort an.«

»Aber die Fahrt würde jeweils zwei Tage dauern. Du musst fliegen.«

»Und das Geld?«

In meinem Kopf spulte sich blitzartig eine Reihe von Berechnungen ab. Eve brauchte eine Pause und ihre Mutter. Vier Tage in einem Bus waren keine Erholung. Und für mich – und auch für Eve selbst – war es wichtig, dass sie bald wieder fit war. »Ich bezahle dein Ticket. Du fliegst, sobald wir einen Platz in einer Maschine bekommen.«

Als ich nach oben ging, um die Aufständischen in ihre Schranken zu weisen, stand das Ergebnis meiner Kalkulationen fest. Da das Darlehen an Poppy und Eves Flugkarte ein ziemliches Loch in meine Finanzen reißen würden, musste die Liste mit den Weihnachtsgeschenken eben dementsprechend zusammengestrichen werden. Den Friseurbesuch konnte ich nun ganz klar vergessen, und außerdem würden die Kosten für Eves Vertreterin zweifellos einen Verzicht auf jeden überflüssigen Weihnachtsluxus erfordern. Aber das meinte ja das Wort »überflüssig« – man konnte auch darauf verzichten.

Es war der Tag vor dem Heiligen Abend. Die fahle Sonne am Himmel war wohl als schlechter Scherz gemeint. Ich manövrierte das Auto in eine Parklücke und stieg aus. Da es bitterkalt war, zog ich den Reißverschluss meiner hellblauen Fleecejacke zu und klappte den Kragen hoch. Der Geruch von gefrorenem modrigem Laub und dem Frittierfett eines Imbisswagens, der ein Stück weiter die Straße hinauf stand, stiegen mir in die Nase.

Ich genoss den Moment der Freiheit und gestattete mir, meine Gedanken kurz schweifen zu lassen, bevor ich wieder mit fester Hand in die Zügel griff. Augenblicken wie diesen verdankte ich es, dass ich nicht den Verstand verlor.

Ich überlegte gerade, ob ich wieder ins warme Auto steigen sollte, als ein silbernes Coupé erschien und neben mir stehen blieb. Eine Tür flog auf, und Lucas sprang heraus. »Mum!«

Felix folgte ihm auf den Fersen. »Mum!«

Beide umklammerten Bilderbücher, auf deren Einband ein Dinosaurier prangte. Das wusste ich, weil Felix mir sein Buch mehr oder weniger ins Gesicht drückte.

Dem Beifahrersitz entstieg eine Gestalt in Tweedjacke, schwarzer Hose und Stiefeln. »Hallo«, sagte Rose.

Nachdem sie das Auto abgeschlossen hatte, machten wir uns, die Jungen im Schlepptau, auf den Weg zum Teich.

»Lucas hat mittags kaum etwas gegessen«, meldete Rose. »Er war zu aufgeregt. Es gab eine Ausstellung über den Tyrannosaurus rex. Das Sauriermodell hat Plastiktiere verschlungen und sein Maul ordentlich zuschnappen lassen. Lucas war ganz hingerissen, aber Felix ... Tja, ich fürchte, er war nicht sehr begeistert.«

»War es sehr voll?«

»Das fragst du noch?!«

Eine Runde um den Teich genügte uns. Das Wasser sah brackig aus, und offenbar war der Stadt das Geld zur Parkpflege ausgegangen. Zu allem Überfluss war es bitterkalt, weshalb wir, ohne uns abzusprechen, wieder auf unsere Autos zusteuerten. »Was hast du in nächster Zeit vor?«, erkundigte ich mich bei Rose.

»Nach Weihnachten besuche ich Hal auf seiner Farm. Ich habe ihn schon seit Wochen nicht gesehen.« Freudige Erwartung malte sich auf ihrem Gesicht. »Anschließend geht es, glaube ich, nach Vietnam. Ich drehe einen Beitrag dort.«

Wir standen neben den Autos. »Vielen, vielen Dank, dass du dich heute um die Kinder gekümmert hast«, sagte ich. »Das war mir wirklich eine große Hilfe.« Ich kramte den Autoschlüssel aus der Tasche. Daran klebte ein Kaugummi, den ich vor kurzem von Lucas konfisziert hatte. Rose holte ihren Schlüssel aus einer leuchtend grünen Eidechsenleder-Handtasche und ließ den Verschluss zuschnappen. »Das nächste Mal gehe ich mit ihnen in den Zoo. Wenn es wärmer ist.«

Wir beugten uns zueinander vor, und eine verlegene Sekunde verging, bevor unsere Wangen einander streiften und wir zarte Küsse andeuteten.

»Danke«, wiederholte ich.

»Keine Ursache.« Sie küsste Felix und Lucas auf die Stirn. »Seid brav und vergesst nicht, was ich euch gesagt habe.«

Nachdem ich die Zwillinge in ihren Kindersitzen festgeschnallt hatte, fuhren Rose und ich in entgegengesetzte Richtungen davon. Bevor Rose abbog, hupte sie noch einmal.

Ich fuhr durch Straßen, in denen Menschen auf dem Heimweg von der Arbeit waren. Es machte ganz den Eindruck, als wimmle es überall nur von Paaren. Händchen haltend. Redend.

Sie teilten sich eine Flasche Wasser oder eine Tüte Pommes. Einige hatten die Arme umeinander gelegt. Ein Mann steckte die Hand in die Jackentasche seiner Freundin. An der Ecke Albert Bridge Road und Battersea Bridge Road stand ein eng umschlungenes Paar. Im Vorbeifahren erhaschte ich einen Blick auf das Gesicht des Mädchens. Sein Ausdruck war innig, strahlend und voller Vorfreude auf die Zukunft.

Mir brannten Tränen in den Augen.

Seit Wochen hatte ich schon keinen Ratgeber mehr gelesen. Erstens war ich auf einschlägige Statistiken gestoßen: »Als Käufer eines Buches zu einem beliebigen Thema«, schlussfolgerte ein Experte, »kommt mit der größten Wahrscheinlichkeit eine Person infrage, die innerhalb der letzten achtzehn Monate ein ähnliches Buch erworben hat.« Diese Aussage sorgte dafür, dass ich mir die folgende Frage stellte: Wenn Ratgeber so hilfreich bei der Lösung von Problemen sind, warum hat man dann das Bedürfnis, ein zweites Selbsthilfebuch zu demselben Thema zu lesen?

»Was hat Rose zu euch gesagt, damit ihr es nicht vergesst?«, fragte ich die Jungen nach einer Weile.

»Grrrrrr. Das ist der Dinosaurier, der das Pferd frisst«, lautete Lucas' Antwort.

»Damals gab es doch noch gar keine Pferde«, wandte Felix ein.

»Jungs, was hat Rose euch gesagt?«

Im Rückspiegel erkannte ich, dass Felix angestrengt die Stirn runzelte. »Sie hat gesagt, dass wir mit jedem Tag Daddy ähnlicher sehen.«

Ich streckte die Zunge aus, um mir die Tränen abzulecken, die mir immer noch über die Wangen liefen. Regel Nummer sechs ist von einem Ausspruch von Rose abgeleitet: Man darf sich nicht unterkriegen lassen, denn alles geht irgendwann vorbei.

Anfangs hatte Poppy ein wenig verschnupft auf die Entscheidung der Familie reagiert, dass das Weihnachtsessen bei mir stattfinden sollte. »Eigentlich müssten Richard und ich jetzt gekränkt sein«, meinte sie. »Außerdem ist unser Haus das Größere.«

Allerdings wurde sie ein wenig versöhnlicher, als sie erfuhr, dass Jilly und Frieda aus Bath kommen würden. Sam würde aus den Staaten einfliegen, und es war geplant, dass die drei anschließend ein paar Tage bei Poppy verbringen sollten. Jilly war wieder schwanger, und Sam hatte zuletzt angekündigt, sie werde in England bleiben, bis das Baby da sei (»In den Staaten könnten wir uns keine Geburt leisten«), und Sam dann nach Austin folgen.

Die Jungs und ich suchten beim Händler an der Ecke einen Christbaum aus und schleppten ihn, zusammen mit einer Auswahl besonders scheußlich bunter Kugeln und Lichterketten, in die die beiden sich verliebt hatten, nach Hause. Meine Einwände, silberne Kugeln und weiße Lämpchen seien doch viel hübscher, stießen auf taube Ohren, sodass mein Traum von einem geschmackvoll-eleganten Christbaum an ihrer Entschlossenheit scheiterte.

Schließlich war es ja vor allem *ihr* Baum.

Wir stellten ihn in den Flur, wo Felix und Lucas ihn mit Leibeskräften geradehielten, während ich darunter kroch, um ihn im Ständer festzuschrauben. Dann traten wir einen Schritt zurück, um unser Werk zu bewundern. »Mummy«, verkündete Felix feierlich. »Er steht ein bisschen schief.« Ich biss mir auf die Lippe. Das Aufstellen des Baums war die Aufgabe von Nathan gewesen, dem Meister im millimetergerechten Ausrichten. Ich merkte, wie den beiden das Wort »Daddy« durch den Kopf schoss. »Du bist ein Pedant, Felix«, sagte ich deshalb, kroch aber noch einmal unter die duftenden Zweige. Du solltest mich jetzt mal sehen, Nathan, dachte ich.

Ich hatte alles bis ins letzte Detail geplant. Geschenke: Badeöl für die Frauen – ich hatte Syriol, die sich gern etwas dazu verdienen wollte, mit dem Einwickeln beauftragt – und eine Flasche Wein für jeden der Männer. Essen: Der obligatorische Truthahn mit fertiger Sauce, Preiselbeeren, Brotfarce, Gemüse und Pudding würde vom Supermarkt geliefert werden. Das Schälen von Rosenkohl und Kartoffeln würde ich, unterstützt von den Jungs, sicher hinbekommen.

Ein breites Lächeln auf dem bleichen Gesicht, war Eve an Heiligabend nach Hause geflogen, und zwar mit so viel Gepäck – hauptsächlich Pullover und Socken von Marks & Spencer –, dass ich schon befürchtete, sie könnte Schwierigkeiten beim Einchecken kriegen.

Die Weihnachtsstrümpfe hatte ich schon vor einigen Tagen gefüllt.

Am Weihnachtstag stand ich bei Morgengrauen auf, um den Tisch zu decken. Nachdem ich lange und gründlich über die Sitzordnung nachgedacht hatte, beschloss ich, dass Sam, flankiert von seiner Mutter und Jilly, am Kopf der Tafel Platz nehmen sollte. Am anderen Ende des Tisches saßen Richard und ich. Poppy hatte sich freiwillig für den Platz zwischen den Zwillingen gemeldet, um ein Auge auf sie zu haben. »Ihr müsst höflich Konversation betreiben«, hatte ich sie ermahnt. »Was ist denn Konversation?«, fragte Felix.

Sam kam direkt vom Flughafen und zu früh. Da er müde und unrasiert war und außerdem Mundgeruch hatte, schickte ich ihn hinauf ins Gästezimmer, damit er sich in Ruhe frischmachen konnte. Die anderen erschienen eine halbe Stunde später.

Verwirrung entstand über der Frage, ob man die Geschenke vor oder nach dem Mittagessen aufmachen sollte. Doch ich setzte mich durch und verkündete, das Essen würde anbrennen, wenn wir noch länger warteten. Sam tranchierte den Truthahn, während Richard den Wein einschenkte. Poppy hatte Kerzen mitgebracht, und zwar rot glitzernde, die ich, wenn ich ehrlich war, selbst sicher nicht ausgesucht hätte. Während das Essen verteilt wurde, spielte sie ein Schnurspiel mit den Kindern. Rose führte, einen Arm um Frieda gelegt, ein ernstes Gespräch mit Jilly.

Auf mich achtete niemand, was mich nicht sonderlich störte, weil ich in der Küche alle Hände voll zu tun hatte. Schließlich hatte ich es so gewollt. Beim Essen wurde lebhaft geplaudert, und alle tauschten den neuesten Klatsch, hin und wieder einen alten Witz oder eine Anekdote aus. Allerdings konnte man von Sechsjährigen kein stundenlanges Stillsitzen erwarten, und so begannen die Zwillinge bald, hin und her zu zappeln, sodass Richard die Plätze tauschen musste, um Poppy zu helfen, sie zu bändigen.

Als ich mit zwei flambierten Puddings aus der Küche kam, applaudierten alle. Mir drehte sich der Kopf. Ich setzte mich sprachlos und hatte auf einmal keinen Appetit mehr. Rose lächelte mir verschwörerisch zu.

Wir sprachen über die Zeitverschiebung beim Fliegen. »Ich habe Melatonin genommen.« Sam rieb sich das Gesicht. »Aber es bringt nicht viel.«

»Du solltest es mit Arnika versuchen. In Tablettenform«, schlug Rose vor.

»Wahrscheinlich wäre es das Beste, wenn du an Bord nicht literweise Wein in dich hineinkippen würdest.« Poppy versetzte ihrem Bruder einen Rippenstoß. »Richtig?«

»Ausgerechnet du gibst uns Verhaltenstipps.« Sam grinste. »Ich kenne deine dunklen Geheimnisse.« Kurz malte sich Entsetzen in Poppys Augen, und ich tastete unter dem Tisch nach ihrer Hand. Nach einer Weile schlossen sich Poppys Finger um meine. Währenddessen fuhr Sam fort: »Wer hat denn damals in der sechsten Klasse Gavins Schokoladenhasen stibitzt. Das würde mich bis heute brennend interessieren.«

Nach dem Pudding stand Sam auf, das Weinglas in der Hand. »Ein Trinkspruch«, sagte er. »Auf abwesende Freunde.«

»Dad …«, rief einer der Zwillinge, und ich wirbelte herum, um festzustellen, welcher der beiden es gewesen war.

Darauf folgte eine herzzerreißende, von Wehmut erfüllte Stille, die keiner von uns ertragen konnte. Die Zwillinge wurden zappelig, Frieda verzog das Gesicht, und die Erwachsenen prosteten einander zu. Abwesende Freunde.

Im nächsten Moment warf Frieda sich in ihrem Stuhl zurück, sodass sie hintüber kippte. »Himmelherrgott«, schimpfte Jilly. »Das habe ich dir doch schon so oft verboten!« Dann aber fiel ihr ein, dass heute Weihnachten war, und ihre finstere Miene glättete sich. »Komm, Schätzchen, wenn ich dir einen Kuss gebe, tut es gleich nicht mehr weh.«

Sam förderte eine Digitalkamera zutage. »Und jetzt bitte lächeln«, befahl er. »Mum, kannst du ein bisschen rutschen? Frieda, beweg dich nicht. Lucas, setzt du dich bei deiner Mum auf den Schoß? Danke.«

Wir hielten unsere Posen, während es einige Male klickte und Sam sich mit der Kamera zu schaffen machte. »Schaut mal«, sagte dann und reichte sie herum.

Rose saß, Jilly neben sich, in der Mitte der Gruppe. Richard hatte rote Augen. Da Lucas sich im kritischen Moment bewegt hatte, sah er ein bisschen verwackelt aus. Felix zeigte auf etwas. Poppy blickte Richard an. Und ich? Ich befand mich am linken Bildrand und wirkte müde, was nicht weiter erstaunlich war. »Du bist ziemlich gut getroffen, Minty«, meinte Poppy, als sie Sam die Kamera zurückgab.

Rose setzte sich zu mir. »Ich habe mir Gedanken über den Garten gemacht, wie du mich gebeten hast. Wir könnten die Katzenminze neben den Zaun pflanzen. Dort würde sie gut aussehen, und die Jungs hätten noch genug Platz zum Spielen. Was hältst du davon?«

Eine Kerze flackerte zischend auf, und ich beugte mich vor, um die Flamme vor dem Luftzug zu schützen. Als ich die Hitze auf meiner Haut spürte, zuckte ich zusammen. »Mum!«, schrie Felix. »Mum! Können wir jetzt unsere Geschenke auspacken?«

Die Flamme beruhigte sich. Ich nahm die Hand weg.

Danksagung

Ich schulde vielen Menschen Dank dafür, dass sie mir so großzügig ihre Zeit geopfert und ihr Wissen mit mir geteilt haben. Insbesondere sind das Clive Sydall, Anthony Mair und Sebastian Leathlean. Etwaige Fehler sind natürlich mein eigenes Verschulden. Außerdem möchte ich Janet Buck, Lucy Floyd, William Gill, Ann MacDonald, Pamela Norris, Belinda Taylor und vielen anderen danken, die für mich wie ein Fels in der Brandung waren. Zu guter Letzt auch noch ein dickes Dankeschön an meine Lektorin Louise Moore und das Team bei Michael Joseph und Penguin, Hazel Orme, Mark Lucas, meinen Agenten, und nicht zu vergessen an meinen Mann und meine Kinder.

Elizabeth Buchan

Elizabeth Buchan studierte Englisch und Geschichte an der University of Kent in Canterbury und begann ihre Karriere als Werbetexterin für Penguin Books. Das war ein gutes Training für ihre Schriftstellerkarriere, weil sie sich durch das gesamte Penguin-Programm lesen musste, um herauszufinden, wovon das jeweilige Buch handelte. Später wurde sie Belletristiklektorin bei Random House, entschied aber schon nach wenigen Jahren, sich ihren Wunsch zu erfüllen: das Schreiben. Seit 1994 ist sie als freie Autorin tätig.

Als Stoff für ihren ersten Roman wählte sie die französische Revolution (»Daughters of the Storm«), ihr zweiter Roman (»Light of the Moon«) schildert das Schicksal einer englischen Agentin im besetzten Frankreich im Zweiten Weltkrieg.

Ihr dritter Roman, »Rosenzeit« (Consider the Lily), ist die Geschichte einer Frau um die dreißig, die durch Gärtnern aus ihrer Unzufriedenheit findet. »Eine unglaublich gut geschriebene Geschichte: witzig, traurig und sophisticated«, lobte »The Independent«. Der Roman wurde zu einem internationalen Bestseller und verkaufte sich allein in Großbritannien über 300 000 Mal.

Es folgten »Sommer der Perlmuttfalter« (Perfect Love), »Klatschmohn und Schmetterlinge« (Against Her Nature), »Im Zwiespalt des Lebens« (Secrets of the Heart) und »Die Rache der reifen Frau« (Revenge of the Middle Aged Woman). Letzterer wurde in zahlreiche Sprachen übersetzt und für das Fernsehen verfilmt. Ihre neuesten Romane heißen »Das kann's doch nicht gewesen sein« (The Good Wife) und »Ein gewisses Alter« (That Certain Age). Zuletzt erschien die Fortsetzung ihres Bestsellers »Die Rache der reifen Frau« unter dem Titel »Rosen für die zweite Frau« (The Second Wife).

Elizabeth Buchan ist Rezensentin für »Sunday Times« und »Daily Mail«. Ihre Erzählungen sind in verschiedensten Zeitschriften erschienen und wurden auch bei BBC gesendet. Heute lebt sie mit ihren beiden Kindern und ihrem Mann in London. Weiteres zur Autorin: www.elizabethbuchan.com